名家名译书系

WORLD CLASSIC
MASTERPIECES SERIES

# 死魂灵

[俄] 果戈理/著　鲁迅/译

時代文藝出版社

**图书在版编目（CIP）数据**

死魂灵 / (俄) 果戈理 著；鲁迅 译. —长春：时代文艺出版社，2012.12（2018.1重印）

ISBN 978-7-5387-3824-7

Ⅰ. ①死… Ⅱ. ①果… ②鲁… Ⅲ. ①长篇小说－俄罗斯－近代 Ⅳ. ①I512.44

**中国版本图书馆CIP数据核字(2012)第268435号**

**出 品 人　陈　琛**
**产品总监　郭力家**
**选题策划　方　伟**
**责任编辑　李　硕**
**装帧设计　孙　俪**
**排版制作　周艳云**



**死魂灵**

[俄] 果戈理 著　鲁迅 译

出版发行 / 时代文艺出版社有限责任公司
地址 / 长春市泰来街1825号　时代文艺出版社　邮编 / 130011
总编办 / 0431-86012927　发行部 / 0431-86012957　北京开发部 / 010-63108163
官方微博 / weibo.com / tlapress 天猫旗舰店 / sdwycbsgf.tmall.com
印刷 / 三河市京兰印务有限公司
开本 / 710mm×1000mm　1 / 16　字数 / 350千字　印张 / 25.5
版次 / 2013年8月第1版　印次 / 2018年1月第2次印刷　定价 / 62.80元

**图书如有印装错误　请寄回印厂调换**

# 出版前言

如果说文艺复兴是“黑暗时代”的中世纪和近代的分水岭，是使欧洲摆脱腐朽的封建宗教束缚，建立新的社会制度体系的前奏曲；那么，五四运动和新文化运动则堪称是“中国的文艺复兴”，因为它同样使中国摆脱了腐朽的封建统治束缚，引起了思想和社会变革，是中国建立新社会制度的舆论前提。人文主义哺育的这个时代，巨人辈出。

欧洲文艺复兴时期的巨人，他们为多种学科作出杰出贡献，是当时的博学家；中国文艺复兴时期的学者，也多少存留西方文艺复兴时期巨人的遗风。本社选辑的这套“名家名译书系”，就是为纪念在这个理性的萌芽时期，在文学、历史、心理学等方面作出卓越贡献的先辈们。

书系的译者大多是清廷派遣生、庚子赔款官费生或通过其他途径在英、法、美、日等国留学深造过的，他们有的是国内外闻名的作家、教授、文学评论家、文学史家、思想家、语言学家、翻译家、教育家、出版家，有的甚至还是著名的考古学家、收藏家、社会活动家、革命家等，这既使他们的翻译充满人文色彩，又使他们的创作闪烁理性光彩，比起其他译本，他们的译本有大量的注释，涉及神话传说、政治、社会风俗、地理、典籍引用等，显示了译者渊博的知识，可以增加读者的见闻和阅读趣味，非常值得一看。

而且，本次出版选辑的书籍，多是外国文学（包括诗歌、散文、小说、戏剧、文学评论、童话故事等）、历史、心理学名著等最初引进国门时的译本，多是开先河的中文译本，所以在编选的过程中，编者不但选择不同时代、不同国别的名家名著，还注重选择体现不同学科领域的经典译著，具有非常重要的人文阅读、研究和史料价值。

因为历史、社会和文化交流的种种原因，当时的那些民国大家翻译这些世界名著时，正值中国近代文言文向白话文过渡时期，原稿中存在大量民国时期的英译、法译或其他译本转译的人名、书名和地名等，为了更加符合现代读者的阅读习惯，本书都尽最大努力予以纠正。另外，这套丛书多是民国时期翻译的作品，所以文字叙述多是半白文，标点、编排体例等也不同于现在的阅读习惯，本次出版，在尽量保证原书的原汁原味的同时，也做了大量的修订工作，以使其更契合21世纪读者的阅读口味！

源远流长的世界文化长廊堪称是一个典藏丰富、精彩纷呈的文明与智慧之海。绵延千载的沉淀，逾越百年的积累，筑就了取之不竭、美不胜收的传世名著宝库。有熠熠生辉的思想明珠，也有不朽的传世之作；有刀光剑影的世界战争史实，也有皆大欢喜的民族融合赞歌。为此，“名家名译书系”系列的编选萃取世界文化史绵延数世纪、丰富积淀之宝藏，从古代的希腊、罗马到近代的印度、意大利；从日本文学的起步，到欧美文化的滥觞……沿着时光的隧道，让读者跟随美丽的文字从远古一步步走到今天，尽阅世界各国数千年的文化风貌，勾画出人类文化发展的演进脉络，并从中获得视觉的美感以及精神的愉悦，从而开始一段愉快的读书之旅。

# 名家导读

## 一

果戈理的长篇小说《死魂灵》，在19世纪的俄国文学史上，占着特殊的地位。这是他有艺术价值的第一部长篇小说，其中呈现着出于伟大的艺术家和写实主义者的画笔的俄国社会生活的巨大而真实的图像。在这部小说里，俄国的诗人竭力将他个人对旧习惯的同情和反感以及他对教化和道德的观察，编入他的小说和故事里面去，而又只抱定一个希望：说出他所生活着的时代的黑暗方面的真实来。

从这个意义上说，《死魂灵》在俄国文学史上，是开辟了一个新时代的纪念碑。

在19世纪的第一个十年——即所谓“浪漫主义”和“感情洋溢”的时期中，不住地牵制着俄国诗人的，只有一个事物，就是他个人。什么都远不及他自己和一切他的思想、心情、幻想等自由活动重要。他只知道叙述一切环境，怎样反映于他自己，即诗人；所以他和这环境的关系，只不过是纯主观的。但到19世纪的第四个十年中，艺术家对于自己所处的环境的主观态度，却迅速地起了变化，而且立即向这方向前进了。从此以后，艺术家的努力，首先是要竭力诚实地、完全地来抓住人生，并且加以再现；人生本身的纷繁和复杂，对于他这样的诗人，现在是他的兴趣的最重要的对象了。他开始深入，详加分析，于是纯粹地、诚实地复写其全体或者一部分。艺术家以为最大的功劳，是让自己的同情和反感退后，力求其隐蔽。他只要竭力客观地并且不怀成见地来抓住他所处置的材料，悉数收为己有。

果戈理使艺术家转向客观的描写非常显明地见于俄国文学中，在《钦差大臣》和《死魂灵》中，我们看到了两幅尼古拉一世时代的极写实的图画。果戈理在西欧被誉为俄国文学的所谓“自然主义”派的奠基人。一切俄国的艺术家，全都追踪果戈理的前轨，他们以环境为辛苦的、根本的研究对象，将它们作为全体或者一部分，客观地，但也艺术地再现出来。这是一切伟大的俄国艺术家的工作方法，从屠格涅夫、陀思妥耶夫斯基和奥斯特洛夫斯基以至冈察洛夫，从托尔斯泰到萨尔蒂科夫（谢德林）。如果他们之中，有谁在他的著作里发表着自己的世界观，并且总爱流连于和他最相近的形态；如果他在真实的图像中织进他个人的观察，肯在读者前面说出一种信仰告白来，那么，他的著作先就是生动真实的伟大而详细的肖像，是一个时代的历史纪念碑。这并非是在发表他个人的见解和感情，而是在抓住那滚过他眼前的人生观念和轮廓。

果戈理的创作，在俄国文学发展史上，该有怎样的重大的影响，也就可想而知了。偏于教训的悲情小说，无关人生的传奇小说以及许多抒情诗似的述怀散文，都逐步退走，将地方让给环境故事——给写实的、逼真的世情小说和它那远大的前程：提醒读者，这是对于人生和周围的真实，取批评态度的散文故事。

二

然而一开始，就毅然使艺术和人生相接近的作家——尼古拉·瓦西里耶维奇·果戈理（1809—1852）——在天性上，却绝非沉静的、冰冷的观察者，或者用批评的智力和幻想指导和控制他强烈的欲求的人。

果戈理是带着一个真的浪漫的魂灵到这世界上来的，但他的使命却是将诗歌贡献于写实的、沉着而冷静的自然描写的纯粹意境。这个矛盾，就决定着他一生的全部悲剧。

果戈理是纯然属于这一类人的，他以为现世不过是未来的理想上的一个前兆，而且有坚强的信仰沉酣于他的神灵所授的使命。

这一类精神的特质，是不断地提升他到另一世界去——到一个圆满的世界去，他在这里放着他所珍重的一切：他对正义的不可逾越的概念，他对永久之爱的信仰以及替换流转的真实。这理想的世界，引导着他的一生，在黑暗的日子里，这就在他前面照耀。随时随地，他都在这里发现他的奖赏或者责罚和裁判，这些赏罚，不断地指挥着他的智力和幻想，而且往往勾摄了他的注意，使他把大地遗忘。但当人们正在为了形成尘世的存在，艰难的工作时，它却更往往是支持他的柱石。

一个人怀着这样的信念，他就总是或者落在人生之后或者奔跑在人生之前。在确定和现实的面前，他能够不投降，不屈服。实际的生活，在他看来几乎常常是无价值的，而且他对此大都加以蔑视。他要把自己的概念和见解，由实在逼进梦幻里，他还往往神驰于他所臆造的过去，然而平时却生活于对美丽将来的预先赏味中。对现实持一种冷静的批评的态度，和他的性格是不相合的，因为他总带着成见来看现实，又把这硬归入他认为和现实相反的人生要义里去了。他不善于使自己的努力和贮力相调和，也不能辛苦地、全面地将他的所有才能用于自己的生活和工作。极困难的问题，在他本以为很容易解决，但立刻又来了一个小失败，于是他就如别人一样，失掉了平衡，这让他不快活。他眷恋着自己所安排的关于人生的理想和概念，所以要和这反映我们生活的艰难的尘世散文相适应，是十分困难的。

对于这样的人，我们称之为“浪漫者”，这用的是一个暗晦的老名词，所指的特征，是感情胜于智力，狂热胜于瞬间的兴味。

作为人和作家，果戈理的全部悲剧即蕴含在这里面，他那精神上的浪漫情怀，因为矛盾，只得将他自己的创作拆穿了。他是一个浪漫主义者，具有典型的浪漫主义性格特征，他爱在幻想的世界，即仰慕和预期的世界中活动。这就是说，他或者美化人生，加以装饰，使这变成童话；或者照着他的宗教和道德的概念，来想象这人生。他在他的梦境和实状之间的冲突中，有过可怕的经验，他觉察到，但做不到用一种健全的批判审视存在和确定，来柔和那苦恼和渴慕的心情。他也如一切浪漫主义者一样，偏爱他自己所创造的人生理想，而且——说起要点来——他所自认为天职的，是催促这理想的实现，和准备在世界上得到最后的胜利。他不但是一个充满梦幻的浪漫主义者，而且也是一个为美好而战斗的浪漫主义者。

然而在他一切的浪漫资质中，果戈理却具有一种惊人的天赋，这成就了他一生中所有幸福和美好的根源，但同时也制造出所有的不幸来：他用特别的才能来发现实际生活的一切可怜、猥琐、肤浅、污秽和平庸，而且到处看出它的存在。生活的诗意的方面，是浪漫主义者大抵故意漠不关心，加以轻视或者想要加以轻视的，但这一切，却都涌到果戈理的调色板上，俨然达到艺术的具体化。天性是这样的浪漫者，而描写出来，又全为非浪漫的或反浪漫的一个艺术家——果戈理这样的人，这种情况非常之少。所以艺术家一到心情和创作的才能分裂时，既自然要承受重大的苦恼，也不能离开坚牢的分裂，这分裂，是只有这两种精神中的一种得到胜利，才能够结束的：或者用那毫无粉饰的散文来描写人生的真实，以此扑灭他浪漫的精神坚持，或者反之，艺术家以浪漫的情调来闷死或破坏了诚实地再现人生的力量。

实际上出现了后一事：果戈理描写写实的人生描写的伟大才能消失了，他总是日见其化为一个宗教和道德思想的纯粹而率直的宣讲者。但在这才能已将消失之前，这写实的能手却还灿然一亮，在《死魂灵》里，最后一次放出了他那全部的光辉。

## 三

这部长篇小说是果戈理天才的晚成果实，是他幻想的浪漫倾向和他锋利而诚实的观察人生的天赋之间，起了长久的争斗之后，才得以完成的著作。

在他的第一部小说《狄康卡近乡夜话》（1831—1832年）里，这分裂的最初痕迹就已经显然可见了。在这小说里，果戈理是作为一个小俄罗斯下层民众生活的描写者而出现的，但同时也是幻想诗人，将古代的传说重新创造，使它复活。他最早的作品很明显的可见两种风格的混合，但其中自然还以梦幻的一面为多。就是自然叙述和许多人物性格描写，也保持着这风格——纵使果戈理固然也并不排斥用纯粹的简朴一致的精神以及真正的写实法来表现别的人物和情形。从这两种风格的混合，如喜和悲、哭和笑的交替代谢中就能清楚地看出诗人的创作还没有确定的方向，然而其中也存留着印象，可见艺术家的魂灵，那时已经进行过激烈的战斗了：梦幻者的理想主义，不能踏倒他看穿了的实际上的一切可憎和庸俗，而他自己却竭力在把握并显示另一种更崇高、更理想的写实者的强有力的天资。

关于艺术创作的崇高而理想的意义，果戈理在开始他作家事业的第一年，就已大加思索了。那时特别烦扰着他的是浪漫主义者非常爱好的主题，就是凡有梦幻者、理想者和艺术家一遇到命运极不宽容地使讨厌的、严酷的现实和他冲突的时候，就一定提出来的那种苦恼。果戈理在他的短篇小说《肖像》里，就很广泛地涉及了梦幻和生活之间的分裂的问题。

这篇小说的梗概极像霍夫曼[①]的一篇故事。那故事叙述了一个青年艺术家的精神传奇，他为了贪欲，便趁时风，背叛了真正的、纯粹的、崇高的艺术，但等到他知道自己的才能已经宣告灭亡的时候，就发狂而死了。这不幸的丑恶的艺术天才是反基督教者的幻想肖像，用一种极写实的或者简直是自然主义的艺术手法写实，在这图画里显现着反基督教者的一部分魂灵。

艺术应该为理想效力，但并非是对包括一切裸露和可憎在内的真实的再现——这是这一篇故事的根本思想——向我们讲说这道德，是托之艺术家怎样受了肖像的危险影响，贪利趋时，终于招了悲剧的死穴。而这肖像，乃是一幅太写实主义的艺术作品。

果戈理也如德国的浪漫主义者一样，试图在艺术中抓住一种崇高的、近乎宗教的信仰。然而他的艺术观却不能把总是起于梦幻的世界和我

① E. Th. A. Hoffmann（1776—1822），德国的浪漫派作家。——译者注

们的生活之间的矛盾遮蔽起来。他就在眼前，看见这开口于两个世界之间的深渊，而这种目睹，让他有些害怕和震悚。这里只有一个方法了，忘却它：震撼和损害，在精神上无足轻重。这是《涅瓦大街》和《狂人日记》两篇故事的主题。

然而在果戈理的创作里，渐渐地起了决定性的转变了。他对自己的才能让了步，他服从它，走向现实和真实的描写；他不再将它们美化，理想化了；它们怎样，他就照式照样地映下来，首先是一向很吸引他眼球的消极方面。现在是他和这庸俗的、陈腐的、龌龊的真实，在艺术的原野上相冲撞了，于是立即就出现了严重的问题，这他在《肖像》里也已经提过了："如果用艺术来描写龌龊和邪恶，而且写得很自然、很生动，几乎就像把这龌龊和这邪恶的一片粘在了艺术品上，那么，艺术也还在尽它高尚的使命吗？"

不过果戈理并不能长久地抗拒他的才能。他的艺术，就一步一步地和生活接近起来了。这接近，从他那1834年集成出版的浪漫的故事，名为《密尔格拉得》的短篇小说集子中，尤其可以清晰地看见。

这些小说中有一篇《旧式地主》，是一首简朴的牧歌，是一个双面人凋零的人生故事，是一篇心理学的随笔，那幽深和诗趣，是没有一首浪漫的牧歌所能企及的。善感和浪漫的作家，都喜欢这一类令人感动的主观的东西，就如两个爱人，远离文明的诱惑，同居于天然平和之中的故事。《旧式地主》是一个极好的尝试，用这材料，把浪漫的要素来写实地、人工地修补了。寂寞荒凉之处，有一座小俄罗斯村庄，这里有倦于世事而无所希望的男主角和忧郁的或是易受刺激的女主角——一对老夫妇；故事虽然简洁和明了，却到处贯注着深沉的真实和诗情。这在果戈理创作上，昭示着写实主义对于浪漫主义的一个决定性的胜利。

在历史故事《塔拉斯·布尔巴》中，果戈理给我们展示了完全两样的诗的境界。这里也看出他从早先的理想化风格，向写实主义的明显转变，但自然以在一部历史小说中所能做到的为限。果戈理的大著作《塔拉斯·布尔巴》里景物描写，那价值是不可动摇的。这故事的内容所包含的复杂，恐怕不亚于《死魂灵》；从中也可以发现各种典型和插话一样的丰富性，做法一样的有力和一样的急速的步骤。心理的活动，在《塔拉斯·布尔巴》里也恐怕比果戈理的任何其他的作品还要表现得深刻，因为主人公的感情，在这里比《死魂灵》里所写的人物感慨更认真、更复杂。包含《塔拉斯·布尔巴》是一篇历史叙事诗，也有一点理想化。这里面包含着古代传说的精神，但所写的人物的心境，却总是真实的，并且远离了过度浪漫的风格。萨波罗格的哥萨克民族的古代传说，他们的服装，他们的家庭生活，他们和犹太人以及波兰人之间所发生的战争——这一切，作家都用了一种神奇的写实手法写在《塔拉斯·布尔巴》中；还在里面极老练地插入了叙述和描写的要素；这些不但不累及著作，反倒使它更加活泼，更加绚烂起来。《塔拉斯·布尔巴》从那史诗式的匀称描写，尚武的制作精神，尤其是性格的完成和插话的精湛方面来看，它可以说是小俄罗斯的《伊利亚特》[①]——而且写实主义还容许考古学也跟着传说在历史故事里作为艺术的要素，冲进这叙事诗里。

但写实的艺术描写，果戈理在他那有名的喜剧《钦差大臣》（1836年）里才达到了真正的本色的完成。

果戈理是创造“俄国的”戏剧，把俄国的生活实情，不粉饰、不遮掩地搬到戏台上来的数目有限的诗人之一。俄国国民戏剧的历史，由望维旬的喜剧开始。在这部剧本里，作家用了十足写实的手法描写了叶卡捷琳娜时代的贵族地主，然而这里让人觉得还有一种并不可爱的要素：浮躁地讲道理。也是贵族，不过这回是都市的官僚，这情景在格里鲍耶陀夫的《智慧的痛苦》里上演了，这是天才的讽刺，却绝不是天才的喜剧。而且那真实也表现得失去了本相：只是一种法国式文学传统的收容。

在《钦差大臣》里，俄国的官场到底还是被搬到戏台上来了。关于这喜剧讽刺的对象，其实是看客。早从18世纪和19世纪上半叶的作家所写的攻击腐败邪恶和向收贿进行道德说教的一批剧本中就看得很熟悉了。

---

① *Iliad*，希腊诗人荷马（Homer）所作有名的两大史诗之一。——译者注

《钦差大臣》却只凭一点就比这批剧本更胜一筹，那就是所描写的典型都是真实的活人，看客随时——倘若并非全体，那就是部分的代表者——都能够在他周围的人中遇见。果戈理之后有奥斯特洛夫斯基，他的剧本把商界搬上了戏台，而且使俄国生活的图画形成了几种很典型的样式，这就是三个“黑暗世界”——贵族、官场和商业的世界。从此以后，就在戏台上用这真实的黑暗方面警醒了太倾向于理想化的俄国人。最后，这类剧本中又增加了新图像，臻于完整了——是下等人民的黑暗世界的图像：在托尔斯泰的《黑暗之力》的剧本中就出现了这种新图像。

果戈理在他的喜剧里，紧盯着社会的弊病和邪恶的真相，挥舞着嘲笑的鞭子，他把政务的糊涂、庸俗和空虚搬上了戏台，并且惩治官僚界，把他们交给一个豪言壮语者，让他们忍受空洞的饶舌者的嘲笑和愚弄，还由他来差遣他们。但幸而他终于使他们站在合法的审判者之前，还派来一个宪兵，这才使他们恍然大悟，这喜剧在第一幕不过是严谨客观和事实，最后就自然分明地闯出了道德。警察局长来得非常糊涂，这本身就尽够看客嗤笑和轻蔑的了，对于他的性格描写，更无需强有力的言语。宪兵的出现，恰如在《伪君子》[1]的最后一幕里一样，是充当法律的代表，来镇压看客的；他通知他们，政府的眼睛永远是开着的，纵使大家以为它闭着。然而诗人超群的艺术才气，使他懂得调和道德和环境的真实以及典型的活泼之间的矛盾。在这以前，看客总在剧本的种种紧凑的时候，从戏台上得到教训的言论，但《钦差大臣》里却完全没有这言论。这是一种全新的、异样的喜剧创作；它绝不采取戏剧艺术中大家熟悉的形式，因为它并非一本感人的喜剧，也不是一本趣剧，更不是道德的戏文。

这作品给它的创作者带来很大苦痛和失望，因为这引起了一些人对他的极猛烈、极激烈的不公平言论。他用旅行，来疗救他精神的忧愁和对于同类市民的愤懑。这是果戈理常用于治疗自己的忧郁和精神疲倦的方法，那效果确实比一切药饵更切实、更好。渴慕漫游和变换居住地，源于

---

① *Tartuffe*，法国喜剧作家莫里哀（Molière，1622—1673）的作品。——译者注

他那浪漫的才情。关于这一点，他和一个被仰慕、忧愁、郁积所驱策，竭力要离开故乡，向新的、遥远的国度去的热狂者很相似。果戈理也向往这样的一个辽远的国度，虽然他心里装着神圣的爱，爱着俄国。而他在外国的人群中，也并不觉得安闲。他还有一个巨大的眷爱：意大利。

果戈理也常常推究他那漫游和旅行的热情，搜索原因，以解释自己的游历生活。他归因于自己必须多换气候的疾病以及需要研究人们和生活，写进他的作品里面去，最后还有艺术家的纯粹的精神需求。如果他很久之后重回俄国来，就觉得好像有些后悔，而且增涨了对于故乡之爱；然而这感觉，一遇着招他远行的难以言传的热望，就又颓然中止了。他的魂灵里带着一种病，这病在世纪之初曾经侵入西欧，将人们拉离故乡，渴仰着遥远的天涯海角——这病，拜伦和夏多布里昂①都曾经历过，而且弗朗兹·舒伯特②在他那谣曲《流浪者》里，在这首19世纪30年代一切俄国青年男女所心爱的谣曲里，发现了非常神异的音乐的表现。

然而，果戈理在经历了五年（1836—1841）的国外旅行后所携来的，却并非一本悲观的日记，也不是一篇感人的史诗。他带来了《死魂灵》的第一部：一部小说或者一篇诗，它庆祝了年轻的俄国写实主义的大胜利。这是果戈理在诗界所获得的决定性的胜利。

## 四

当果戈理旅居外国，尤其是在意大利的时候，他很勤奋，工作也顺利地进行。这是他的创造力最为旺盛的时期。浪漫主义的倾向还在那美丽的短篇小说《罗马》里闯出了最后一回，就逐渐地退开，让冷漠的、平静的、诙谐的人生观占了坐。他的蓬勃发展的才能，不断地竭力使人生的真实和艺术的真实成为亲密的融和——总是不断的获得胜利，不但在表现形

① George Gordon Byron（1788—1824），英国诗人；François-René de Chateaubriand（1768—1848），法国作家，世称近代浪漫主义的开创者。——译者注

② Franz Schubert（1797—1828），奥地利著名音乐家，最大功绩是在完成谣曲*Lied*，世有“谣曲王”之称。——译者注

式上还在旧浪漫形式上设定的一切早先计划的积累上，也还在改造和革新对果戈理旧作那样的一类作品上。

秉承着这样的一种写实的精神，果戈理就在这时候改写了他的故事《肖像》和《塔拉斯·布尔巴》。然而最有力、最自由地显出该谐家和人生描写家的力量的作品则是那短篇小说《外套》。他在这时代对于激情的浪漫的倾向和心情的大成之作。这部作品在俄国文学史上，占着极其特殊的地位。这是当时这一种类作品中的先例，而且恐怕是最全面的一例，后来非常流行，并且具有巨大的社会意义。这成了《被侮辱与被损害的》[①]故事的一页，陀思妥耶夫斯基由于特别的喜爱，曾将果戈理的作品直接采用。当这时候，伴着社会理想的滋长和迅速发展，西方已经在文学和行动中开始了对孱弱者和损伤者的关心。但在俄国，却漠然地放过了将社会看做人们的集团，从果戈理才有最初的企图，全不受西欧的倾向的影响，而他的《外套》这一篇作品，被人称为俄国所谓的“弹劾小说”[②]的起点和根源，是正确的。大家应该看得见，在果戈理的故事里，反抗和弹劾显得很微弱，倒带有一种柔和的同情之感。诗人使我们和他那老实的主人公，遍历了他的生活路径的一切重要驿站；我们到他的屋顶房里去拜访他，他就在那里一文一文地，终年数着放在小匣里一小堆铜元，为了好去换银币，他在那里挨饿受冻，节省蜡烛，脱下他的衣服，免得它破得快，他在那里穿了睡衣寂寞地坐着，精神上穿着永远的理想的外套；我们又跟他到局里去，在那里人们不太留意他，好像飞过的苍蝇，在那里人们侮弄他，把纸片撒在他的头顶上，在那里他年年伏着他的写字桌，很小心地在纸上写着字，或者把文件放在旁边，要抄写一遍来自寻乐趣。果戈理让这故事以幻想收场，是有一点任性的，但幸而处处表现出一种和他先前的幻想故事完全不同的风格。这幻想的东西含有一种嘲弄、诙谐和玩笑的混合，以至于几乎完全退向后一种要素，把他的浪漫性格损坏了。作者不过要用这怪事来让他的小说以两幅小小的世情图画来结束而已。

---

① 陀思妥耶夫斯基的长篇小说。——译者注

② Anklageliteratur，也曾译作“谴责小说”。——译者注

果戈理的艺术，如果从他的旧样式转了向，并且使他的敏锐的观察才能和诙谐自由驰骋起来，就是这么的强有力。

然而想要认识这天才的力量，就应该读一读悲壮滑稽的诗篇《死魂灵》。在这里，每一页上都留下了煊赫的证据。

## 五

创作《死魂灵》，对作者来说是一个大欢喜，也是一个大苦痛。当他的诗整页的好像自己从笔端涌出的时候，他感到一种高尚的享受和满足，但成年累月地满怀热望等候着灵感，却也是他向来未曾经历过的。这工作果戈理整做了十六年：从1835年，他写这作品的第一页草稿起，到1852年，死神从他手里把笔夺去的时候为止。在这十六年中，他用六年（1835—1841）（这之间，他自然还写另外的诗）来完成那第一部。其余的十年，就完全花在续写他的作品的尝试上了。

按作者的理想，《死魂灵》该是一篇“诗”，用所有光明的和黑暗的两方面，显出俄国的政治生活和社会生活的一切五花八门来。果戈理要在这里用新的形式使旧的史诗复活；所以他故意把自己的小说比作荷马的歌唱——一篇韵语，也就是一篇诗。这作品的完整计划，在作者的心里自然是并未完全设定的，后来就选取了很奇特的方向。这冷静的、并不有趣的叙事诗的故事，逐渐地变为宣讲道德的真理和但愿俄国完全改变的希望，逐渐地回到向全人类宣传一种新教训，以振作精神和提高他们的生活理想里去了。

这诗的全局，果戈理只藏在自己的心里，不过间或用很平淡的口气告诉他最亲近的朋友，说他的计划是怎样的大而深。果戈理关于自己作品的这太刺激人的傲语，在他的朋友和相识者中惹起了极猛烈的反对，他们嫌恶，不高兴听这种话。依他们的见解，以为艺术家的计划倘使真的远大，也许会增长他更甚的骄慢，因为使他傲慢的，并非他伟大的艺术，而是他自信拥有道德的真理，因此立刻执着于这崇高的使命，以义务自任，向他的邻人宣讲起这真理来。

果戈理对关于他的作品的计划，虽然保守着秘密，但我们也可以根据他偶尔的发言和暗示，根据他和亲近的人们的谈话以及信札和第二部的断片，十分看出作家的秘密——这也就是艺术家和道德家的秘密。

“上帝创造了我，”果戈理曾经说，“他对我并没有隐瞒我的使命。我的出生，不全是为了要在文学史上划出一个时期来。我的职务还要简单而切近：就是要让每个人都思索，而不是我独自首先来思索。我思考的范围是灵魂，是人生强大的、坚实的东西。所以我的事务和创作，也应该强大和坚实。”《死魂灵》的整体构造，该是一个这样的“强大的、坚实的”工作，当风暴扑向他们的魂灵上来时，人就可以靠它来支持，它是他们的救济之道的问答示教①。这诗对于读者，应该是引导道德复苏的领导者，恰如对于作者，当他起了精神的照明，做一个虔诚的祷告，忏悔过他本身的罪业之后一样。

但在诗人的精神上，怎么会形成这样一种认识呢？

果戈理的天性，原是容易感动的，他喜欢指教和宣讲。这劝善的调子，早就见于他先前的书简中，而且作证的不但有动摇孩子的怀疑，也还有他饱含抒情诗样的飞舞在他的感情和思想的抒情诗，也曾表现于他的小说上，所以我们在这第一篇故事里，就在天真烂漫的玩笑和诙谐中，看见了很是忧郁的短章；看见了人生的许多悲哀和苦痛。然而到果戈理的诙谐严肃起来的时候，诗人也跟着逐步为这思想所束缚，以为他的责任，是在创造一种伟大的东西，于是道德的倾向，也逐步地加强，拉了他去了。自从《钦差大臣》第一次上演以后，他才确信他在观众眼中，真有一种道德的力量，就决计要用这力量来给大事业效劳，并且不为小举动去浪费他已成的势力。在他年轻时，还没有觉察到这势力的时候，他就已经梦想着成就一种大事，做大众的恩人和教师，做祖国的英雄和战士。因为要贯彻这崇高的使命，他把全部希望都寄托于自己的才能，又开始去找重要的任务，就是和他的信仰

① Katechismus，基督教中对于新入者用问答施以教化的方法。——译者注

相合，一实现便要给人真正的益处的伟大而显著的材料。

于是关于“死魂灵”的奇谈就飞快地失掉了它滑稽性，果戈理转向那些没有分明的界限和框子的材料上去了。从此以后，果戈理便向这主题集中了他的抒情诗的全力，要在这里表现出他自己的道德的确信来。他着手把这材料进行开拓，掘深，提它到那“伟大的对象”的高度，让他可以说：从早先的青年时代以来所梦想的高贵的作品，就要完成了。把一个简单的奇谈变成一种宏大的理想，只能缓缓地、渐渐地进行，而作者在他的工作之初，显然还说不出当它完成时会是什么样子。

在伦理倾向之外，还有诗人的爱国志向，也给诗篇了很有力的影响。果戈理的爱国主义，原是与时俱进的，当诗人准备实施他的计划时，他对于祖国的爱，已经和上述的宗教色彩，结合成一种坚强保守的世界观了。而且这爱国主义也如他努力将真理之路指示给同类市民一样，并不停止前进，诗人愈是开拓和掘深他的作品，这爱国情怀也跟着愈加强烈。果戈理在他的小说里，一定要谈起俄国，尤其在第一部里，曾经发过许多微辞。他在还没想到续做他的诗篇时，给我们看了他的故乡的“另一面”，而且还是它最不像样子的“另一面”。小说的主角和他所遇见的一切人物，都是空虚得简直可怜的人。那尽写得——十分冷酷和无情地来对付自己的祖国，这就是说，关于它那好的一面，也就是关于需要我们尊敬和爱戴的所有俄国人，却并不提起。果戈理滋长不止的爱国之情，使他觉得自己有义务在他的诗篇里对自己的同类市民也说一句鼓励、同情和亲切的话。他的故事的范围越展开，他也越加迫切地感到这义务。于是果戈理就从诙谐和讽刺走向文饰俄国和赞美俄国的道德。他要在他的诗篇里给他们留一个适当的位置，而且也已经在小说的第一部里实行。他知道，读者是有权利来要求他也描写些俄国生活的最好的方面，因此他迎着这希望，又依照了自己的爱国情感，开始给他的作品找寻积极的典型，而他的精神，又上升到像他先前的作品中表现的那样亢奋了。

这是诗篇的全盘计划中的爱国理想的部分。要使果戈理在旅居国外时逐年增强的宗教的情结，在诗人的创作上不产生有力的影响，这是很难办到的。他在外国，确定了自己的特别使命。对于上帝，和上帝对于他以及他的工作都有特别的同情的一个坚定的信仰，鼓励着他。他的文字的创作，在他看来就高到成为圣道的一种，那就自然，他也只得把自己的一生从此看成一个严肃的、沉重的义务。这义务，是倘要尽上帝放在他手中的职务，人就只好努力和自强的。果戈理首先从禁食和祷告来履行他的作家的任务；他“坚决地改造自己”，他毫不留情地剿灭他认为不洁和有罪的一切，并且依照他所谓的道德的复苏的标准来审视他所有的思想；他相信唯有用纯洁的心灵和明净的感情，这才能尽他的崇高的天职，而这些心绪和思想，自然也流露在他的诗篇中。于是这就成了向同类和同胞赎罪的道德说教的一种方法了。

在果戈理看来，作家的职务恰恰和他本心的特质融为一体。在果戈理看来，他的诗是给他赎罪的牺牲品。他所叙述的罪，要求赎取和惩罚，他的主角的罪，也如他本身的一样。他的作品就变为一个犯罪和迷误的魂灵净化和明悟的过程，带着一种深沉神秘的气味，就像果戈理总带着尊敬的惊异来读的但丁的伟大叙事诗①一样有意义。

果戈理想做从黑暗进向光明、由地狱升到天上的第二个但丁，有一种思想，很深地掌控而且震撼着诗人的魂灵，让他依靠感悟和忏悔，将他的主角引出孽障，纵使不能让他进入圣贤之域，也要使他成为高贵的道德的人。这思想，本来是要在诗的第二和第三部上表现出来的，然而果戈理没有做好布置和草案，失败了，最后把先前所写下来的一切，都抛在火里面。所以已完成的诗的完整的部分，就只有诗篇的第一部：俄国人堕落的历史，他的邪恶、他的空虚、他的无聊和庸俗的故事。

## 六

如果我们从《死魂灵》里，除去作者用以指示他的诗篇的秘密意义

① Dante Alighieri（1265—1321），意大利的著名诗人。“叙事诗”即指他所作的《神曲》。——译者注

和其他部分的作用，就剩下诗人自己对一切抒情诗的讲解，那么，这部小说就几乎成为《钦差大臣》的直接的、至少是更加丰富、内容更多的续编。两部作品描绘出一幅俄国生活的并不错杂却真实惊人的图像。所写的人物，《钦差大臣》里是官僚，在《死魂灵》里还夹进地主和家奴去。但那图画，在这里是显得无穷之广和深的。《钦差大臣》的主人公的心理活动差别较小，也不大复杂，而《死魂灵》里满是强有力的对照，跳动着丰富且有差异的人生，它们完全不一样。小说在我们面前展开了一幅性格的典型画卷，每个典型都叙述分明，从诗篇的第一页到最后一页，写得毫无差错。这些活着似的、有血有肉似的在我们面前生活、动作着主角：帕维尔·伊万诺维奇·乞乞科夫，并没有纽带将他和他周围的社会环境相联系，倒是他从外面飘了进来，恰如赫列斯达可在《钦差大臣》里一样。这主角，是作者用了特别的眷爱和细心塑造出来的。他是枢纽，他周围聚集着诗篇中的所有人物，我们的头领在这家奴、地主和官僚的珍品展览会里，随意取出一个，就会引发这样无穷的可笑和滑稽，合了起来，便惹起一种悲哀之至的印象。

然而果戈理对待他的主角，是还很宽容的。乞乞科夫是一个道德上实有可疑，往事无非黑暗，现实确也无聊的人吗？这并不是问题。从人和市民的角度来看，他是一个不折不扣的恶棍和骗子，从典型代表者的人格来看，他则是一个展得很大的人物，剥开道德，在它的最深处就是不道德，然而是自己活着，也使别人活着的。对于这可爱而彬彬有礼的强盗，诗人并不满足于这冷淡和偏颇的性格描写，他给我们讲他少年时代的全部经历，他给我们解释乞乞科夫会发生这强盗行为的本能，而且引导我们再想下去，他的主角的恶棍和骗子行为的全部责任，是应该判给乞乞科夫一个人，还是他的罪恶的大部分，倒该落在他所生长的环境上呢？是的，作者终于向读者直接提出了问题：“那么，乞乞科夫的确是一个这样的无赖吗？”他立刻接下去道：“为什么就是无赖？对于别人，我们又何必这么严厉呢？——他不过是人们所说的好掌柜和得利的天才。”[①]罪恶第一是在于占有的欲望：它就是使世界显得不大干净的原因。乞乞科夫是他的欲望的牺牲品，“然而有些欲望，也非人力所能挑选。”

只要办得到，对乞乞科夫就已经很宽容了，对于那些实在没有这么坏的朋友和相识者，当然更是如此。实际上，诗人是用大慈大悲来对待一切的。首先，是对于贵族，他比对待官僚还要宽容得多。他们自然也是空虚、无聊、猥琐的人，但并不会激起我们特别的愤怒和很大的反感。我们肯定会嗤笑他们，我们怜悯他们，但我们到底也还可以在他们之间生活，用不着妥协和做出大的牺牲。对于总是从最好的方面来看人的诚实而恳切的马尼洛夫，还提什么非议呢？是的，就连那个索巴克维奇，也几乎可以容忍：这笨重粗暴的刽子手。不过他那动物的本能有时使我们惊骇，此外倒也毫不损害他的邻人。连普柳什金和科罗博奇卡，也赚得我们的同情多于我们的审判。作者自己，陈列了他们的灵魂的渺小和空虚，他们的生活的无聊，但也连忙来使读者在太早的审判之前，先从这两样中选取它一样。他向我们说明了普柳什金的幸福生活，已经是很久以前的事了，我们就知道面前站着一个不幸者，是他自己无法抵抗的热情的牺牲品。作者怀着深深的苦痛，讲述着一个人堕落下去的无聊、渺小和讨厌；他展示出人像的变异来，并且给我们充满智慧的忠告，如果我们从娇柔的童年跨进了严正固定的成人时期，就得给自己备好一大批灵感和理想，作为存储，不能在中途随便浪费。果戈理用活尸来恐吓我们，然而他总说这并不会使人胆怯，倒博得我们的同情之泪。即使是诺兹德廖夫，这浮躁、无耻、欺骗和冷嘲的集成，果戈理也写得他还有一点可取之处，连坏心思也都没有遮掩，他对我们几乎完全解除了武装，使我们对他也无需真的发怒了。

果戈理也是这样恳切和宽容地来描写他的主角的同伴的，这些人物，都属于自由人一类，本身并不是官僚。但反之，对于官僚一类人物，他就严厉得多了，如果他们担任着国家的一种什么职务，换一句话说，就

---

① 这里引的是第十一章，但原译和本文微有不同，所以现在也不改和原译一致。——译者注

是如果他们是一个官，恰如在《钦差大臣》里一样，《死魂灵》也毫不包含政治讽喻的痕迹。讥刺也没有一句触着地位很高的上等人，不过一个一个地向着官场中的小人物。

整个诗篇，是一个美的模范，所以也不会使读者觉得它是对统治和行政的批判，但除了《戈贝金大尉的故事》，这是检查官绝对不肯放过的，由作者大加改换和检讨，这才通过了检查。这故事是果戈理敢于对君权质疑的唯一的表演。别的一切作品，他只不过是选取由这权力而来的机关为目标，还要细看了主角的级别和地位，再来区别他的攻击的轻重。官愈大，作者的批判也就愈温和，他的目标，自然并不在专来奉承统治者，倒只为了一种假设，以为高的智识，就也会恪守高的道德。

因此，《死魂灵》里的所有的大官，除了总督和地方执政官，其他官也都是可敬可爱的人们，至多也不过是有一两点古怪和特别之处。这美好的官场，给道德家仅留下了很少的一点暗淡，真的，从果戈理的表现来看，他可以置身他们之中，简直好像在家里一样。

然而图画突然强有力地变换了，如果我们从这职位较高的外省官员的圈子，走进低级的区域，和乞乞科夫一同跨进那坐着小官的办公室里去，这时我们就到了公文的王国，有龌龊的，有干净的，而这里面的非法和邪恶，还有一片很宽广的活动余地。我们参加对假证人的处置审判，真到场的很少，大抵是挑选些没受过教育的法官。我们看见乞乞科夫的骗局怎样得到法律的许可，单是为了情面就不收取他法定的款子，倒用了莫名其妙的方法写在别的请愿人的账目上……总而言之，已经不是沿着上司划定的符合道德的路线而行，却向冷静而纯粹的功利主义恶棍和骗子的社会投降了。

如果我们再走下去，出了都市，走到乡间，那么，我们就要在这地方遇到十足的废物和无赖，例如宪兵上校特罗巴希金，是一个心肠柔软的汉子，历访各村，像逞威的时疫似的无处不到，因此他最终也被农人们送往别的世界去了。那报告我们乡村警察的英雄行为的一段，在全部诗篇里，的确要算是很大胆的。

《死魂灵》的第一部，因此实在是一篇关于可怜和无聊的人们的叙事诗：那禀着猛兽的本能的钻谋骑士的可怜，都市社会全体，男男女女的可怜和猥琐，那细小和无聊的利益关系，那没有目的的醉生梦死，那精神的愚钝，那唠叨和谗谤的王国的可怜。然而最具有特点的，也还有农人，作者只不过适当简短地提及了一下，在《死魂灵》中，作者出色地描写了他们的难看和可怜方面。农人是无所谓无德和有德，无所谓好和坏的，就只是可怜、愚钝、麻木。果戈理不愿意像和他同时代的许多善感而浪漫的作家的一样，把他们的智力和心思理想化和提高，然而他也不愿意把他们写得很坏，像讽刺作家那样，将读者的注意拉到我们可怜、孱弱的同胞的罪孽和邪恶方面去，借此博得他们的玩味和赏识。

诗人对于他的这些同胞，有着衷心的同情，这是毫无疑问的。只要看看乞乞科夫对于他买进来的农奴的命运做出的推测，就能够明白诗人在幻想这些可怜人的命运，这些人们，都被很生动的描写着死掉之后，他们的主人就给了他们高度的赞美。然而乞乞科夫在路上遇见一个农夫时，却除了听些米卡伊大叔和米念衣叔的呆话而外，一无所有。在全部诗篇中，也没有一处可以发现俄国农夫天生的机智和狡猾，但这灵魂的才气，让我们喜欢，而且凡是祖国的朋友，也应该常常并且有意讲给我们听。

## 七

这就是这伟大的祖国之诗幸存部分的内容真相。据我们的分析，这作品，在它的作者看来是有很深的道德意义的。它先使我们遇见一群空虚、邪恶和可怜的人，接着再给我们一幅他们振作起来的美丽图画。在作者的眼中，这诗篇是献给他的祖国的誓约，首先涤荡过一切可憎和污秽，然后指出神圣之爱来。这作品的伦理意义，是果戈理依据他的宗教观念，他的爱国主义和他的柔软的、怜悯的心抄录下来的。在这里，果戈理对邪恶、孱弱、庸俗、怠慢和游惰的态度很坚决，一句话，他就是一切个人的和社会的弊病的弹劾者，是最进步的俄国男子中的一个，而这为报效祖国的崇高使命而服务，是没有人能够否认的。

然而熟读了他的作品，人就很容易知道他的力量和才能，并不单在于弹劾和谴责。这讽刺家其实是一个柔软的、温和的、富有同情心的人，并且知道对于在他的作品里被缚到笞柱上去的人，给以公平的宽恕。他还替最邪恶者找寻饶恕和分辩的话，他绝不喜欢称人为邪恶者，于是就另选出一个名称，叫做孱弱者，想借此使读者对于被弹劾和被摈斥的人，心存宽恕。他引导人认识自己的罪孽。那方法，并不是揭发他们的坏处和罪恶，倒往往是在他们那里，引起他们对于因自身或别人的罪过而陷于不幸的周围人的同情。

但《死魂灵》在俄国的文学和社会生活中创造出来的伟大意义，却并非这道德的理想和观照。作品还没有完成，俄国的读者从诗人冷静的誓约中毫无所得。读者留在手里的，只不过是一卷对于他所生活着的社会的弹劾状，是一卷成于真正的诗歌巨匠、伟大的写实作家之手的弹劾状。

《死魂灵》在俄国文学中，是伟大的写实小说的开端和模范，而常常捉弄人们的是，在这浪漫者和诗人所写的写实小说的伟大标本中，那作者的行径以浪漫的梦幻开始，而以宗教的宣讲结束。

然而造化将神奇的才能给这宣讲者放在摇篮里了，他禀着别人没有的纯净的、本色的、因理想化而不羁的描写真实的能力——在这才干达到顶峰，又极迅速而不停地消失的短时期中，诗人却用极深的真实，创造了这巨大的图画，在这上面，俄国人这才第一次看见他自己，看见狼狈的生活本身的真实映像。

科特利亚列夫斯基

# 第一卷

VOLUME I

（全 稿）

# 第一章

省会N市的一家旅馆的大门口，跑进了一辆讲究的、有软垫子的小小的篷车，这是独身的人们，例如退伍陆军中校、步兵二等大尉，有着百来个农奴的贵族之类——一句话，就是大家叫做中流的绅士这一类人所爱坐的车子。车里面坐着一位先生，不太漂亮，却也不难看；不太肥，可也不太瘦，说他老是不行的，然而他又并不怎么年轻了。他的到来，旅馆里并没有什么惊奇，也毫不惹起一点怎样的事故；只有站在旅馆对面的酒店门口的两个乡下人，彼此讲了几句话，但也不是说坐客，倒是大抵关于马车的。“你瞧这轮子，”这一个对那一个说，“你看怎样，譬如到莫斯科，这还拉得到吗？”“成的，”那一个说，“到喀山[①]可是保不定了，我想。”“到喀山怕难。”那一个回答道。谈话这就完结了。当马车停在旅馆前面的时候，还遇见一个青年。他穿着又短又小的白布裤，时兴的燕尾服，下面露出些坎肩，是用图拉出产的别针连起来的，针头上装饰着青铜的手枪样。这青年在伸手按住他快要被风吹去的小帽时，也向马车看了一眼，然后走掉了。

马车一进了中园，就有侍者，或者是俄国客店惯叫做伙计的，来迎接这绅士。那是一个活泼的、勤快的家伙，勤快到看不清他究竟是怎样一副嘴脸。他一只手拿着抹布，跳了出来，是高大的少年，身穿一件很长的

① 喀山，位于俄罗斯伏尔加河中游西北岸，为重要的交通枢纽。——译者注

省会N市的一家旅馆的大门口，跑进了一辆讲究的小篷车。

“你瞧这轮子，你看怎样，譬如到莫斯科，这还拉得到吗？”
“成的，到喀山可是保不定了，我想。”
“到喀山怕难。”

礼服，衣领耸得高高的，几乎埋没了脖颈，将头发一摇，就带领着这绅士，走过那全是木造的廊下，到楼上看上帝所赐的房子去了。房子是极其普通的一类，因为旅馆先就是极其普通的一类，像外省的市镇上所有的旅馆一样，旅客每天付给两卢布，就能开一间幽静的房间：各处的角落上，都有像梅干似的蟑螂在窥探，通到邻室的门，是用一口衣橱挡起来的，那边住着邻居，是一个静悄悄、少说话、然而出格的爱管闲事的人，关于旅客及其个人的所有每一件事，他都有兴趣。这旅馆的正面的外观，就说明着内部：那是细长的楼房，楼下并不刷白，还露着暗红的砖头，这原先就是不太干净的了，经了厉害的风雨，更加黑沉沉了。楼上也像别处一样，刷着黄色。下面是出售马套、绳子和环饼的小店。那最末尾的店，要确切，还不如说是窗上的店，是坐着一个卖斯比丁①的人，带着一个红铜的大茶壶②，一张脸，也红得像他的茶炊一样，如果他没有一把乌黑的大胡子，远远望去，是要当做窗口摆着两个茶炊的。

这旅客还在观察自己的房子的时候，他的行李搬进来了。首先是有些磨损了的白皮的箱子，一见就知道他并不是第一次走路。这箱子，是马夫谢利凡和随从彼得鲁什卡抬进来的。谢利凡生得矮小，身穿短短的皮外套；彼德鲁什卡是三十来岁的人，穿一件分明是主人穿旧了的宽大的常礼服，有着正经而且容易生气的相貌，以及又大又厚的嘴唇和一样的鼻子。箱子之后，搬来的是桦木块子嵌花的桃花心木的小提箱，一对靴楦和蓝纸包着的烤鸡。事情一完，马夫谢利凡到马房里照料马匹去了，跟丁彼得鲁什卡就去整顿狭小的下房，那是一个昏暗的狗窠，但他却已经拿进他的外套去，也就一同带去了他独有的特别的气味。这气味，还分给着他立刻拖了进去的袋子，那里面是装着侍者修饰用的一切家伙的。他在这房子里靠墙支起一张狭小的三条腿的床来，放上一件好像棉被似的东西，蛋饼似的薄，恐怕也蛋饼似的油；这东西，是他问旅馆主人要了过来的。

佣人刚刚安顿好，那主人却跑到旅馆的大厅里去了。大厅的大概情

---

① Sbiten，是一种用水、蜜、莓叶或紫苏做成的饮料，下层阶级当做茶喝的。——译者注
② Samovar，是一种茶具，用火暖着茶，不使冷却，像中国的火锅一样。——译者注

这箱子，是马夫谢利凡和随从彼德鲁什卡抬进来的。谢利凡生得矮小，身穿短短的皮外套；彼德鲁什卡是三十来岁的人，穿一件分明是主人穿旧了的宽大的常礼服，有着正经而且容易生气的相貌，以及又大又厚的嘴唇和一样的鼻子。

形，只要出过门的人是谁都知道的：总是油上颜色的墙壁，上面被烟熏得乌黑，下面是给旅客们的背脊磨成的伤疤，尤其是给本地的商人们，因为每逢市集的日子，他们总是六七个人一伙，到这里来固定喝几杯茶；照例是烟熏的天花板，照例是挂着许多玻璃珠的乌黑的烛台，侍者活泼地转着盘子，上面像海边的鸟儿一样，放着许多茶杯，跑过那走破了的地板上蜡布的时候，它也就发跳，发响；照例是挂满了一壁的油画；一句话，就是无论什么，到处都一样，不同的至多也不过图画里有一幅乳房很大的水妖，读者一定是还没有见过的。和这相像的自然的玩笑，在不知道从什么时候，从什么人，从什么地方弄到我们俄国来的许多历史画上，也可以看见；其中自然也有我们的阔人和美术爱好者听了引导者的劝诱，从意大利买了回来的东西。这位绅士脱了帽，除下他毛绒的红色的围巾，这大抵是我们的太太们亲手编给她丈夫，还恳切地教给他怎样用法的——现在谁给一个鳏夫来做这事呢？我实在断不定，只有上帝知道罢了，我就从来没有用过这样的围巾。总而言之，那绅士一除下他的围巾，他就叫午膳。当搬出一切旅馆的照例的食品：放着替旅客留了七八天的白菜汤，还有脑子烩豌豆，青菜香肠，烤鸡，腌黄瓜，以及常备的甜的花卷儿；无论热的或冷的，来一样，就吃一样的时候，他还要使侍者或是伙计来讲种种的废话：这旅馆先前是谁的，现在的东家是谁了，能赚多少钱，东家可是一个大流氓之类，侍者就照例地回答道："啊呀！那是大流氓呀，老爷！"恰如文明了的欧洲一样，文明的俄国也很有一大批可敬的人们，在旅馆里倘不和侍者说废话，或者拿他开玩笑，是要食不下咽的了。但这客人也并非全是无聊的质问：他又详细地打听了这镇上的执政官、审判厅长和检察长——一句话：凡是大官，他一个也没漏：打听得更详细的是这一带的所有出名地主：他们每人有多少农奴，他住处离这市有多远，性情怎样，是不是常到市里来；他也细问了这地方的情形，省界内可有什么疾病或者时疫：如猩红热、水疱之类，他都问得很细心而且仔细，也不像单是因为爱管闲事。这位绅士的态度，是有一点定规和法则的；连擤鼻涕也很响。真不知道他是怎么弄的，每一擤，他的鼻子就像吹喇叭一样。然而这看来并不要

客人细问了这地方的情形，省界内可有什么疾病或者时疫：如猩红热，水疱之类……

紧的威严，却得了侍者们的大尊敬，每逢响声起处，他们就把头发往后一摇，立正，略略低下头去，问道："您还要用些什么呀？"吃完午膳，这绅士就喝一杯咖啡，坐在躺椅上。他把垫子塞在背后，俄国的客店里，垫子是不装绵软的羊毛，却用那很像碎砖或是沙砾的莫名其妙的东西的。他打呵欠了，叫侍者领到自己的房里，躺在床上，迷糊了两个钟头。休息之后，他应了侍者的请求，在纸片上写出身份、名姓来，给他可以去呈报当局，就是警察。那侍者一面走下扶梯去，一面就一个一个地读着纸上的文字："六等官帕维尔·伊万诺维奇·乞乞科夫，地主，私事旅行。"当侍者还没有读完单子的时候，帕维尔·伊万诺维奇·乞乞科夫却已经走出旅馆，到市上去逛去了，这分明给了他一个满足的印象；因为他发现了这省会也可以用别的一切省会来作比较的：最耀人眼的是涂在石造房子上的黄色和木造房子上的灰色。房子有一层楼的，有两层楼的，也有一层半楼的，据本地的木匠们说，这里的建筑，都美观得出奇。房子的布置，或者设在旷野似的大路里，无边无际的树篱中；或者彼此挤得一团糟，却也更可以分明地觉得人生和活动。到处看见些几乎完全给雨洗清了的招牌，画着花卷，或是一双长统靴，或者几条蓝裤子，下面写道：阿小裁缝店。也有一块画着无边帽和无遮帽，写道："洋商瓦西里·菲陀罗夫"[①]的招牌。有的招牌上，是画着一个弹子台和两个打弹子的人，都穿着燕尾服，那衣样，就像我们的戏院里一收场，就要踱上台去的看客们所穿的似的。这打弹子人画得捏定弹子棒，正要冲，臂膊微微向后，斜开了一条腿，也好像他要跳起来。画下面却写道："弹子房在此！"也有在街路中央摆起桌子来，卖着胡桃、肥皂和看去恰如肥皂一样的蜜糕的。再远一点有饭店，挂出来的招牌上是一条很大的鱼，身上插一把叉。遇见得最多的是双头鹰的乌黑的国徽，但现在却已经只看见简单明了的"酒店"这两个字了。石路到处都有些不大好。这绅士还去看一趟市立的公园，这是由几株瘦树形成的，因为看来好像要长不大，根上还支着三脚架，架子油得碧

① 这是纯粹的俄国姓名，却自称外国人，所以从他们看来是可笑的。——译者注

绿。这些树儿，虽然不过芦苇那么高，然而日报的《火树银花》上却写道："幸蒙当局之德泽，本市遂有公园，遍栽嘉树，郁苍茂密，虽当炎夏，亦复清凉。"再下去是"观民心之因洋溢之感谢而战栗，泪泉之因市长之热心而奔迸，即足见其感人之深矣"等等。绅士找了警察，问过到教会、到衙门、到执政官家里的最近便的路，便顺着贯穿市心的河道，走了下去——途中还揭了一张贴在柱上的戏院的广告，这是预备回了家慢慢看的。接着是细看那走在木铺的人行道上的很漂亮的女人，她后面还跟着一个身穿军装、挟个小包的孩子。接着他是睁大了眼睛，向四下里看了一遍，以深通这里的地势，于是就跑回旅馆，后面跟着侍者，轻轻地扶定他，走上梯子，进了自己的房里了。接着是喝茶，于是向桌子坐下，叫点蜡烛来，从衣袋里摸出广告来看，这时就总是眯着他的右眼睛。广告却没有什么可看的，做的是科茨布①的诗剧，波普略文先生扮罗拉，沙勃罗瓦小姐扮珂罗。别的都是些并不出名的角色。然而他还是看完了所有的姓名，一直到池座的价目，并且知道了这广告是市立印刷局里印出来的；接着他又把广告翻过来，看背后可还有些什么字。然而什么也没有，他擦擦眼睛，很小心地把广告叠起，收在提箱里，无论什么，只要一到手，他是一向总要收在这里面的。据我看来，白天是要以一盘冷牛肉、一杯柠檬汽水和一场沉睡结束了，恰如我们这俄罗斯祖国的有些地方所常说的那样，鼾声如雷。

第二天都花在访问里。这旅客遍访了市里的大官。他先到执政官那里致敬，这执政官不肥也不瘦，恰如乞乞科夫一样，制服上挂着圣安娜勋章，据人说，不远就要得到明星勋章了；不过他是一位温和的老绅士，有时还会自己在绢上绣花。其次，他访检察长，访审判厅长，访警察局长，访专卖局长，访市立工厂监督……可惜的是这世界上的阔佬，总归数不完，只好断定这旅客对于拜访之举，做得很起劲就算：他连卫生监督和市政建筑技师那里，也都去表了敬意。后来他还很久地坐在篷车里，计算着

① Kotzebue（1761—1819），德国的戏曲作家。——译者注

该去访问的人，但是他没有访过的官员，在这市里竟一个也想不出来了。和阔人谈话的时候，他对谁都是恭维。看见执政官，就微微地露一点口风，说是到贵省来，简直如登天堂，道路很出色，正像铺着天鹅绒一样；又接着说，放出去做官的都是贤明之士，所以当局是值得最高的赞颂和最大的鉴识的。对警察局长，他很称赞了一通这市里的警察，对副知事和审判厅长呢，两个人虽然还不过五等官，他却在谈话中故意错叫了两回“大人”①，又很中了他们的意了。那结果是，执政官就在当天邀他赴自己家里的小夜会；别的官员们也各各招待他，一个请吃中饭，别个是玩一场波士顿②或者喝杯茶。

关于自己，这旅客避免多谈。即使谈起来，也大抵不着边际。他显着惊人的谦虚，这之际，他的口气就滑得像背书一样，例如：他在这世界上，不过是无足重轻的一条虫，并没有令人注意的价值。在他一生中，已经经历过许多事，也曾为真理受苦，还有着不少要他性命的敌人。现在他终于想要休息了，在寻一块小地方，给他能够安静的过活。因此他以为一到这市里，首先去拜谒当局诸公，并且向他们表明他最高的敬意，乃是自己的第一义务，等等。市民对于这忙着要赴执政官的晚宴的生客所能知道的，就只有这一点。那赴宴的准备，却足足费了两个钟头，这位客人白天里的专心致志的化装，真是很不容易遇见的。午后睡了一下，他就叫拿脸盆来，将肥皂抹在两颊上，用舌头从里面顶着，刮了很久很久的时光。然后拿过侍者肩上的手巾，来擦他的圆脸，无处不到，先从耳朵后面开头，还靠近着侍者的脸孔，咕咕地哼了两回鼻子。然后走到镜面前，套好前胸衣，剪掉两根露出的鼻毛，就穿上了绛红色的红红的闪闪的燕尾服。他这样的化过装，即走上自己的篷车，在只从几家窗户里漏出来的微光照着很阔的街道上驰过去。执政官府里，却正如要开夜会一样，里面很辉煌，门口停有点着明灯的车子，还站着两个宪兵。远处有马夫们的喊声；总而言之，应有尽有。当乞乞科夫跨进大厅的时候，他不得不把眼睛眯了

① 帝俄时，四、五等的文官是没有资格被称作“大人”的。——译者注
② Partie Boston，是叶子牌的一种。——译者注

一下子，因为那烛灯，以及太太们的服饰的光亮，实在强得很。无论什么都好像浇上了光明。乌黑的燕尾服，或者一个，或者一群，在大厅里蠢动，恰如大热的七月里，聚在白糖块上的苍蝇，管家婆在开着的窗口敲冰糖，飞散着又白又亮的碎片：所有的孩子们都围住她，惊奇地尽看那拿着槌子的善于做事的手的运动。苍蝇的大队驾了轻风，雄赳赳地飞过来，仿佛它们就是一家之主，并且利用了女人的近视和眩她眼睛的光，就这边弄碎了可口的小片，那边撒散了整个的大块。丰年的夏天，吃的东西多到吃不下去，它们飞来了，却并不是为了吃，只不过要在糖堆上露脸，用前脚或后脚彼此摩一摩，在翅子下面去擦一擦，或者张开两条前脚，在小脑袋下面搔一搔，于是雄赳赳地转一个身，飞掉了，却立刻从新编成一大队，又复飞了回来。乞乞科夫还不及细看情形，就被执政官拉着臂膊，去绍介给执政官夫人了。当此之际，这旅客也不至于糊涂：他对这太太说了几句不亢不卑，就是恰合于中等官阶的中年男子的应酬话。几对跳舞者要占地方，所有旁观的人们只好靠壁了，他就反背着两只手，向跳舞者很注意地看了几分钟。那些太太们大都穿得很好，也时髦，但也有就在这市里临时弄来应急的。绅士们也像别处一样，可以分成两大类：一类很瘦，始终钉着女人；有几个还和彼得堡绅士很难加以区别；他们一样是很小心地梳过胡子，须样一样是很好看，有意思，或者却不过漂亮而已，一张刮得精光的鸡蛋脸，也一样是拼命地跟着女人，法国话也说得很好，使太太们笑断肚肠筋，也正如在彼得堡一样。别一类是胖子，或者像乞乞科夫那样的，不太肥，然而也并不怎么瘦。他们是完全两样的，对于女人，不看，避开，只在留心着家丁，可在什么地方摆出一顶打牌的绿罩桌子来没有。他们的脸都滚圆，胖大，其中也有有着疣子或是麻点的；他们的发样既不顺直，也不卷缩，又不是法国人的 Diable t'emporte[①] 式，头发是剪短的，或者梳得很平，他们的脸相因此就越加显得滚圆、威武。这都是本市的可敬的大官。唉唉！在这世界上，胖子实在比瘦子会办事。瘦子们做官大抵

① 法国话，直译是“恶魔捉我”，意译是“任其自然”。——译者注

只靠着特别的嘱咐，或者不过充充数，跑跑腿。他们的存在轻得很，空气似的，简直靠不住；但胖子们是不来占要路的旁边之处的，他们总是抓住紧要的地位，如果坐下去，就坐得稳稳当当，使椅子在他们下面发响，要炸，但他们还是处之泰然。他们不喜欢好看的外观，燕尾服自然不及瘦子们的做得好，但他们的钱柜子是满满的，还有上帝保佑。只要三年，瘦子就没有一个还未抵债的农奴了，胖子却过得很安乐，看吧——忽然在市边的什么地方造起一所小房子来了，是太太出面的，接着又在别的市边造第二所，后来就在市郊之处买一块小田地，然后是连带一切附属东西的大村庄。凡胖子，总是在给上帝和皇帝出力，博得一切尊敬之后，就退职下野，化为体面的俄罗斯地主，弄一所好房子，平安地，幸福地，而且愉快地过活的。但他的瘦子孙却又会遵照那很好的俄罗斯的老例，飞毛腿似的把祖遗产业化得一干二净。我们的乞乞科夫看了这一群，就生出大概这样的意思来，是瞒也瞒不过去的，结果是他决计加入胖子类里去，这里有他并不陌生的脸孔：有浓黑眉毛的检察长，常常眯着左眼，仿佛是在说："请您到隔壁的房里来，我要和您讲句话。"——但实际上他倒是一个认真、沉静的人。有邮政局长，生得矮小，但会说笑话，又是哲学家；还有审判厅长，是一个通世故、惬人心的绅士——他们都像见了老朋友似的欢迎他，乞乞科夫却只招呼了一下，然而也没有失礼貌。在这里他又结识了一个高雅可爱的绅士，是地主，姓叫马尼洛夫的，以及一个绅士索巴克维奇，外观有些鲁莽，立刻踏了他一脚，于是说道"对不起"。人们邀他去打牌，他照例很规矩地鞠一鞠躬，答应了。大家围着绿罩桌子坐下，直到夜膳时候还没有散。认真地做起事来，就话也不说了，这是什么时候全都这样的。连很爱说话的邮政局长，牌一到手，他的脸上也就显出一种深思的表情，用下唇裹着上唇，到散场都保持着这态度。如果打出花牌来，他的手总是在桌子上使劲地一拍，倘是皇后，就说："滚，老虔婆！"要是一张皇帝呢，那就叫道："滚你的丹波夫庄家汉！"但审判厅长却回答道："我来拔这汉子的胡子吧！我来拔这婆娘的胡子吧！"当他们打出牌来的时候，间或也漏些这样的口风，什么："随便吧，有钻石呢！"或者

“滚，老虔婆！”
“滚你的丹波夫庄家汉！”
“我来拔这汉子的胡子吧！我来拔这婆娘的胡子吧！”

不过说："心！心儿！毕克宝宝！"或者是"心仔，毕婆，毕佬！"或者简直叫做"毕鬼"。这是他们一伙里称呼大家压着的牌的名目。打完之后，照例是大声发议论。我们的新来的客人也一同去辩论，但是他有分寸，使大家都觉得他议论是发的，却总是灵活得有趣。他从来不说："您来呀……"说的是"请您出手……"或者"对不起，我收了你的二吧"之类的话。倘要对手高兴，他就递过瓷釉的鼻烟壶去，那底里可以看见两朵紫罗兰，为的是要增加些好香味。我们的旅客以为最有意思的，是先前已经说过的两位地主，马尼洛夫和索巴克维奇。他立刻悄悄地去向审判厅长和邮政局长打听他们的事情。看看他所问的几点来，就知道这旅客并非单为了好奇，其实是别有缘故的，因为他首先打听他们有多少农奴，他们的田地是什么状态；然后也问了他们的本名和父称①。不多工夫，他就把他们俩笼络成功了。地主马尼洛夫年纪并不大，那眼睛却糖似的甜，笑起来细成一条线，佩服他到了不得。他握着他的手，有许多工夫，一面很热心地请他光临自己的敝村，并且说，那村，离市栅也不过十五俄里②。乞乞科夫很恭敬地点头，紧握着手，说自己不但以赴这邀请为莫大的荣幸，实在倒是本身的神圣的义务。索巴克维奇却说得很简洁："我也请您去。"于是略一弯腰，把脚也略略地一并，他穿着大到出人意外的长靴，在俄国的巨人和骑士已经死绝了的现在，要寻适合于这样长靴的一双脚，恐怕是很不容易的了。

第二天，乞乞科夫被警察局长邀去吃中饭并且参加晚上的聚会了。饭后三点钟，大家入座打牌，一直打到夜两点。这回他又结识了一个地主诺兹德廖夫，是三十岁光景的爽直的绅士，只讲过几句话，就和他"你""我"了起来。诺兹德廖夫对警察局长和检察长也这样，弄得很亲热；但到开始赌着大注输赢的时候，警察局长和检察长就都留心他吃去的牌，连他打出来的，也每张看着不放松了。次日晚上，乞乞科夫在审判厅

---

① 俄国旧例，每人都有两个名字，例如这里的帕维尔·伊万诺维奇·乞乞科夫，末一个是姓，第一个是他自己的本名，中间的就是父称，译出意义来，是"伊凡之子"，或是"少伊"。平常相呼，必用本名连父称，否则便是失礼。——译者注

② Versta，俄里名。每一俄里，约合中国市里二里余。——译者注

长的家里，客人中间有两位是太太，主人却穿着有点脏了的便衣来招呼。后来他还赴副知事的夜餐，赴白兰地专卖局长的大午餐会和检察长的小小的午餐会，但场面却和大宴一样；终于还被市长邀去赴他家里的茶会去了，这会的花费，也不下于正式的午餐。一句话，他是几乎没有一刻工夫在家里的，回到旅馆来，不过是睡觉。这旅馆到处都相宜，显得他是很有经验很通世故的人物。每逢谈天，他也总是谈得很合拍的：说到养马，他也讲一点养马；说到好狗，他也供献几句非常有益的意见；讲起地方审判厅的判决来，他就给你知道他关于审判方面也并非毫无知识；讲到打弹子他又打得并不脱空；一谈到道德，他也很有见识，眼泪汪汪谈道德；讲到制造白兰地酒呢，他也知道制造白兰地酒的妙法；或者讲到税关稽查和税关官吏，他也会谈，仿佛他自己就做过税关官吏和税关稽查似的。但在谈吐上，他总是带着一种认真的调子，到底一直对付了过去，却实在值得惊叹的。他说得不太响，也不太低，正是适得其当。总而言之，无论从哪一方面看，他从头到脚，是一位好绅士。所有官员，都十分高兴这新客的光临。执政官说他是好心人；检察长说他是精明人；宪兵队长说他有学问；审判厅长说他博学而可敬；警察局长说他可敬而可爱，而警察局长太太则说他很可爱，而且是知趣的人。连不太爱说人好话的索巴克维奇，当他在夜间从市里回家，脱掉衣服，上床躺到他那精瘦的太太旁边去的时候，也就说："宝贝，今天我在执政官那里吃夜饭，警察局长那里吃中饭，认识了六等官帕维尔·伊万诺维奇·乞乞科夫：一个很好的绅士！"他的太太说了一声"嗯"，并且轻轻地蹬了他一脚。

对于我们的客人这样的夸奖，在市里传布，而且留存了，一直到这旅客的奇特的性质，以及一种计划，或是乡下人之所谓"掉枪花"，几乎使全市的人们非常惊疑的时候。关于这，读者是不久就会明白的。

# 第二章

这客人在市里住了一礼拜以上了，每天是吃午餐、赴夜会，真是所谓度着快乐的日子。终于他决心要到市外去，就是照着约定，去访问那两位地主，马尼洛夫和索巴克维奇了。虽然他下了这决心，似乎骨子里也还有别的更切实的原因，更要紧的事……但这些事，读者只要耐心看下去，也就自然会慢慢地明白起来的，因为这故事长得很，事情也越拉越广，而且越近收场，也越加要紧的缘故。马夫谢利凡得到吩咐，一早就在那篷车上驾起马匹来；彼得鲁什卡接到的却是留在家里，守着房子和箱子的命令。就在这里把我们的大角色的两个家丁，给读者来绍介一下，大约也不算多事的吧。当然，他们俩并不是什么重要人物，仅仅是所谓第二流或者第三流的人物，而且这史诗的骨干和情节的展开也和他们无关，至多也不过碰一下，或者带一笔——但作者是什么事都极喜欢精细的，他自己虽然是一个很好的俄国人，而审慎周详却像德国人一样。当然也用不着怎么多的时光和地方，读者已经知道，例如彼得鲁什卡，是穿着他主人穿旧的不合身的灰色常礼服，而且有着奴仆类中人无不有的大鼻子和厚嘴唇的，这以外，也没有加添什么的必要了。至于性格，是爱沉默，不爱多言，还有好学的高尚的志向，因为他在拼命地读书，虽然并不懂得内容是怎样。“情爱英雄冒险记”也好，小学的初等读本或是祷告书也好，他完全一视同仁——都一样的读得很起劲；如果给他一本化学教科书，大约也不会不要的。他所高兴的并非他在读什么，高兴的是在读书，也许不如说，是在读下去，字母会拼出字来，有趣得很，可是这字的意义，却不懂也不要紧。这读书，是大抵在下房里，躺在床上的棉被上面来做的，棉被也因此弄得又薄又硬，像蛋饼一样。读书的热心之外，他还有两样习惯，也就是他这人的两个特征：他喜欢和衣睡觉，就是睡的时候，也还是穿着行立时候所穿的那件常礼服；还有一样是他有一种特别的臭味，有些像卧房的气味，即使是空屋，只要他搭起床来，搬进他的外套和随身什物去，那屋子就像十年前就已经住了人似的。乞乞科夫是一位很敏感的、有时简直可以说是很难服侍的主子。早上，这臭味一扑上他灵敏的鼻子，他就摇着头，呵斥道："该死的混蛋！在出汗吧？回去洗澡！"彼得鲁什卡却一声也不响，只管做他的事；他拿了刷子，刷刷挂在壁上的主人的燕尾服，或者单是整理房间。他默默地在想什么呢？也许是在心里说："你的话倒也不错的！一样的话说了四十遍，你还没有说厌吗……"家丁受了主人的训斥，他在怎么想，连上帝也很难明白的。关于彼德鲁什卡，现在也只能说这一点点。

马夫谢利凡却是一个完全两样的人……但是，总将下流社会来绍介给读者，作者却实在觉得过意不去，因为他从经验得知读者们是很不喜欢认识下等人的。凡俄国人，倘使见着比自己较高一等的人，就拼命地去结识，和伯爵或侯爵应酬几句，也比和彼此同等的人结了亲密的友谊更喜欢。就是本书的主角不过是一个六等官，作者也担心得很。假使是七等官之流，那也许肯去亲近的，但如果是已经升到将军地位的人物——上帝知道，可恐怕竟要以傲然的对于爬在他脚跟下的人们那样的鄙夷不屑的一瞥了，或者简直还要坏，即使置之不理，也就致了作者的死命。但纵使这两层怎么恼人，我们也还得回到我们的主角那里去。他是先一晚就清清楚楚地发过必要的命令的了，一早醒来，洗脸，用湿的海绵从头顶一直擦到脚尖，这是礼拜天才做的——但刚刚凑巧，这一天正是礼拜天——然后刮脸，一直刮到他的两颊又光又滑像缎子，穿起那件闪闪的绛红色的燕尾服，罩上熊皮做的大外套，侍者扶着他的臂膊，时而这边，时而那边，走下楼梯去。他坐上马车，那车就格格地响着由旅馆大门跑出街上去了。过路的牧师脱下帽子来和他招呼；穿着龌龊小衫的几个野孩子伸着手，乞求着：“好心老爷呀，布施点我们可怜的孤儿！”马夫看见有一个孩子总想爬上车后面的踏台来，就响了一声鞭子，马车便在石路上磕撞着跑远了。远远的望见画着条纹的市栅，这高兴是不小的，这就是表示着石路不久也要和别的各种苦楚一同完结。乞乞科夫的头再在车篷上重重地碰了几回之后，车子这才走到柔软的泥路上。一出市外，路两边也就来了无味而且无聊的照例的风景：长着苔藓的小土冈，小的枞林，小而又低又疏的松林，焦掉的老石楠的干子，野生的杜松，以及诸如此类。间或遇见拖得线一般长的村落。那房屋的造法，仿佛堆积着旧木柴。凡有小屋子，都是灰色的屋顶，檐下挂着雕花的木头的装饰，那样子，好像手巾上面的绣花。几个穿羊皮袍子的农夫，照例坐在门口的板凳上打呵欠。圆脸的束胸的农妇，在从上面的窗口窥探；下面的窗口呢，露出小牛的脸或者乱拱着鼻头的猪。一言以蔽之：千篇一律的风景。走了十五俄里之后，乞乞科夫记起来了，照马尼洛夫的话，那庄子离这里就该不远了；但又走过了第十六块里程碑，还是看不见像个村庄的处所。假使在路上没有遇见两个农夫，恐怕他们是不会幸而达到目的地的。听得有人问扎马尼洛夫村还有多么远，他们都脱了帽，其中的一个，显得较为聪明，留着尖劈式胡子的，便回答道：“您问的恐怕是马尼洛夫村，不是扎马尼洛夫村吧？”

“哦 哦，是的，马尼洛夫村。”

“马尼洛夫村！你再走一俄里，那就到了，这就是，你只要一直地往右走。”

“往右？”马夫问道。

“往右，”农夫说，“这就是上马尼洛夫村去的路呀。它的名子叫马尼洛夫村。扎马尼洛夫村可是什么地方也没有的。一到那里，你就看见山上有一座石头的二层楼，就是老爷的府上。老爷就住在那里面。这就是马尼洛夫村。那地方，扎马尼洛夫村可是没有的，向来没有的。”

驶开车，寻马尼洛夫村去了。又走了两俄里，到得一条野路上。于是又走了两三以至四俄里之远，却还是看不见石造的楼房。这时乞乞科夫

“您问的恐怕是马尼洛夫村，不是扎马尼洛夫村吧？”
“哦哦，是的，马尼洛夫村。”
“马尼洛夫村！你再走一俄里，那就到了，这就是，你只要一直地往右走。”

记起了谁的话来，如果有一个朋友在自己的村庄里招待我们，说是相距十五俄里，则其实是有三十俄里的。马尼洛夫村因为位置的关系，访问者很不多。邸宅孤零零地站在高冈上，只要有风，什么地方都吹得着。岗子的斜坡上，满生着剪得整整齐齐的矮草；其间还有几个种着紫丁香和黄刺槐的英国式的花坛。五六株赤杨处处簇作小丛，扬着它带些小叶的疏疏的枝杪。从其中的两株下面，看见一座蓝柱子的绿色平顶的圆亭，匾上的字是“静观堂”；再远一点，碧草丛中有一个池子，在俄国地主的英国式花园里，这是并不少见的。这岗子的脚边，沿着坡路，到处闪烁着灰色的小木屋，不知道为什么，本书的主角便立刻去数起来了，却有二百所以上。这些屋子，都精光地站着，看不见一株小树或是一点新鲜的绿色；所见的全是粗大的木头。只有两个农妇在给这村落风景添些活气，她们像图画似的撩起了衣裙，池水浸到膝弯，在拉一张缚在两条木棍上头的破网，捉住了两只虾和一条银光闪闪的鲈鱼。她们仿佛在争闹，彼此相骂着似的。旁边一点，松林远远地显着冷静的青苍。连气候也和这风景相宜，天色不太明，也不太暗，是一种亮灰的颜色，好像我们那平时很和气、一到礼拜天就烂醉了的卫戍兵的旧操衣。来补足这幅图画的预言天候的雄鸡，也并没有缺少。它虽然为了照例的恋爱事件，头上给别的雄鸡们的嘴啄了一个几乎到脑的窟窿，却依然毫不措意，大声地报着时光，拍着那撕得像两条破席一般的翅子。当乞乞科夫渐近大门的时候，就看见那主人穿着毛织的绿色常礼服，站在阶沿上，搭凉棚似的用手遮在额上，研究着逐渐近来的篷车。篷车愈近门口，他的眼就愈加显得快活，脸上的微笑也愈加扩大了。

“帕维尔·伊万诺维奇！”乞乞科夫一下车，他就叫起来了，“您到底还是记得我们的！”

两个朋友彼此亲密地亲吻，马尼洛夫便引他的朋友到屋里去。从大门走过前厅，走过食堂，虽然快得很，但我们却想利用这极短的时间，成不成自然说不定，来讲讲关于这主人的几句话。不过作者应该声明，这样的计划是很困难的，还是用大排场来描写一个性格容易。这里只好就是这样的把颜料抹上画布去——发闪的黑眼睛，浓密的眉毛，额上的深皱纹，俨然搭在肩头的乌黑或是血红的外套——小照画好了；然而，这样的到处皆是，外观非常相像的绅士，是因为看惯了吧，却大概都有些什么微妙的、很难捉摸的特征的——这些人的小照就难画。倘要这微妙的、若有若无的特征摆在眼面前，就必须格外地留心，还得将用鉴识人物所练就的眼光，很深地射进人的精神的深处去。

马尼洛夫是怎样的性格呢，恐怕只有上帝能够说出来。有这样的一种人：恰如俄国俗谚所谓的“不是鱼，不是肉”，既不是这，也不是那，并非城里的绅士，又不是乡下的农夫[①]。马尼洛夫大概就可以排在他们这一类里的。他的风采很体面，相貌也并非不招人欢喜，但这招人欢喜里，总很夹着一些甜腻味；在应酬和态度上，也总显出些竭力收揽着对手的欢心模样来。他笑起来很媚人，浅色的头发，明蓝的眼睛。和他一交谈，在最初的一会，谁都要喊出来道：“一个多么可爱而出色的人呵！”但停一会，就什么话也不能说了，再过一会，便心里想：“呸，这是什么东西呀！”

于是离了开去，如果不离开，那就立刻觉得无聊得要命。从他这里是从来听不到一句像别人那样，讲话触着心里事，便会说了出来的泼辣或是不逊的言语的。每人都有他的特点：有的喜欢猎狗，有的以了不得的音乐爱好者自居，以为深通这艺术的奥妙；第三个不高兴吃午餐；第四个不安于自己的本分，总要往上钻，就是一两寸也好；第五个原不过怀一点小希望，睡觉就说梦话，要和侍从武官在园游会里傲然散步，给朋友、熟人、连不相识的人们都瞧瞧；第六个手段很高强，以至于起了要讽刺一下阔人或是傻子的出奇的大志；而第七个的手段却实在有限得很，不过到处弄得很齐整，借此讨些站长先生[②]或是搭客马车夫之流的喜欢。总而言之，谁都有一点什么东西的，就是他的个性，只有马尼洛夫却没有这样的东西。

---

① Bogdan和Selifan都是人名。这两句话，犹言既非城里的绅士，又非乡下的农夫。——译者注

② 指驿站长，是帝俄时代最低级的官员，常受人欺负。——译者注

在家里他不大说话，只是沉思，冥想，他在想些什么，也只有上帝知道罢了。说他在经营田地吧，也不成，他就从来没有走到野地里去过，什么都好像是自生自长的，和他没干系。如果总管来对他说："东家，我们还是这么这么办的好。"他那照例的回答是："是的，是的，很不坏！"他仍旧静静地吸他的烟，这是他在军队里服务时候养成的习惯，他那时算是一个最和善、最有教养的军官。"是的，是的，实在很不坏！"他又说一遍。如果一个农夫到他这里来，搔着耳朵背后说："老爷，可以放我去缴捐款吗？"那么，他就回答道："去就是了！"于是又立刻吸他的烟，而那农夫不过是去喝酒，他却连想也没有想到的。有时也从石阶梯上眺望着他的村子和他的池，说道，如果从这屋子里打一条隧道，或者在池上造一座石桥，两边开店，商人们卖着农夫要用的什物，那可多么出色呀。于是他的眼睛就愈加甜腻腻，脸上显出满足之至的表情。但这些计划，总不过是一句话，他的书房里总放着一本书，在第十四页间总夹着一条书签；这一本书，他是还在两年以前看起的。在家里总是缺少着什么；客厅里却陈设着体面的家具，绷着华丽的绢布，花的钱一定是很不在少的；然而到得最后的两把靠手椅，材料不够了，就永远只绷着麻袋布；四年以来，每有客来，主人总要预先发警告："您不要坐这把椅子，这还没完工哩。"在另一间屋子里，却简直没有什么家具，虽然新婚后第二天，马尼洛夫就对他的太太说过："心肝，我们明天该想法子了，至少，我们首先得弄些家具来。"到夜里，就有一座高高的华美的古铜烛台摆在桌子上了，铸着三位希腊的神女①，还有一个螺钿的罩，然而旁边却是一个平常的、粗铜的、跛脚的、弯腰的，而且积满了油腻的烛台，主人和主妇，还有做事的人们，倒也好像全都不在意。他的太太——他们是彼此十分满足的。结婚虽然已经八年多，但还是分吃着苹果片、糖果或胡桃，用一种表示真挚之爱的动人的娇柔的声音，说道："张开你的口儿来呀，小心肝，我要给你这一片呢。"这时候，那不消说，她的口儿当然是很优美地

① Grazie，是神女们，分掌美、文雅和欢喜，出自希腊神话。——译者注

“张开你的口儿来呀，小心肝，我要给你这一片呢。”

张了开来。

一到生日，就准备各种惊人的赠品——例如琉璃的牙粉盒之类。也常有这样的事，他们俩都坐在躺椅上，也不知为了什么缘故，他放下烟斗来，她也放下了拿在手里的活计，来一个很久很久的身心交融的接吻，久到可以吸完一支小雪茄。总而言之，他们这，就是所谓幸福，自然，也还有别的事，除了彼此长久的接吻和准备惊人的赠品之外，家里也还有许多事要做，各种问题也是层出不穷的。例如食物为什么做得这样又坏又傻呀？仓库为什么这么空呀？管家妇为什么要偷东西呀？当差的为什么总是这么又脏又醉呀？仆人为什么睡得这么没规矩，醒来又只管胡闹呀？但这些都是俗务，马尼洛夫夫人却是一位受过好教育的闺秀。

这好教育，谁都知道，是要到慈善女塾里去受的，而在这女塾里，谁都知道，以三种主要科目为造就一切人伦道德之基础：法国话，这是使家族得享家庭幸福的；弹钢琴，这是使丈夫能有多少愉快的时光；最后是经济部分，就是编钱袋和诸如此类的惊人的赠品。那教育法，也还有许多改善和完成，尤其是在我们现在的这时候：这是全在于慈善女塾塾长的才能和力量的。有些女塾，是钢琴第一，其次法国话，末后才是经济科。但也有反过来：首先倒是经济科，就是编织小赠品之类，其次法国话，末后弹钢琴。总之，教育法是有各式各样的，但这里正是声明的地方了，那马尼洛夫夫人……不，老实说，我是很有些不敢讲起大家闺秀的，况且我也早该回到我们这本书的主角那里去，他们都站在客厅的门口，彼此互相谦逊，要别人先进门去，已经有好几分钟了。

“请呀，您不要这么客气，请呀，您先请。”乞乞科夫说。

“不能的，您请，帕维尔 · 伊万诺维奇，您是我的客人呀。”马尼洛夫回答道，用手指着门。

“可是我请您不要这么费神，不行的，请请，您不要这么费神。请请，请您先一步。”乞乞科夫说。

“那可不能，请您原谅，我是不能使我的客人，一位这样体面的、有教育的绅士，走在我的后面的。”

“可是我请您不要这么费神，不行的，请请，您不要这么费神。请请，请您先一步。”

“那可不能，请您原谅，我是不能使我的客人，一位这样体面的、有教育的绅士，走在我的后面的。”

“哪里有什么教育呢！请吧请吧，还是请您先一步。”

“不成不成，请您赏光，请您先一步。”

“那又为什么呢？”

“哦哦，就是这样子！”马尼洛夫带着和气的微笑说。这两位朋友终于并排走进门去了，大家略略挤了一下。

“请您许可我来介绍贱内。”马尼洛夫说，“宝贝儿！这位是帕维尔·伊万诺维奇。”

乞乞科夫这才看见一位太太，当他和马尼洛夫在门口互相逊让的时候，是毫没有留心到的。她很漂亮，衣服也相称。穿的是淡色绢的家常便服，非常合适；她那纤手慌忙把什么东西抛在桌子上，整好了四角绣花的薄麻布的头巾。于是从坐着的沙发上站起来了。乞乞科夫倒也愉快似的在她手上吻了一吻。马尼洛夫夫人就用她那带些粘舌头的调子对他说，他的光临，让他们很高兴，她的男人，是没有一天不记挂他的。

“对啦，”马尼洛夫道，“贱内常常问起我：‘你的朋友怎么还不来呢？’我可是回答道：‘等着就是，他就要来了！’现在您竟真的光临了。这真给我们大大的放了心——这就像一个春天，就像一个新心灵的佳节。”

一说到心灵的佳节的话，乞乞科夫倒颇有些着慌，就很客气地分辩说他并不是一个什么有着大的名声或是高的职位和衔头的人物。

“您都有的，”马尼洛夫含着照例的高兴的微笑，堵住他的嘴。“您都有的，而且怕还在其上哩！”

“您觉得我们市怎么样？”马尼洛夫夫人问道，“过得还舒适？”

“出色的都市，体面的都市！”乞乞科夫说，“真过得舒适极了；交际场中的人物都非常之恳切，非常之优秀！”

“那么，我们的市长，您以为怎样呢？”马尼洛夫夫人还要问下去。

“可不是吗？是一位非常可敬，非常可爱的绅士呵！”马尼洛夫赶忙说。

“对极了，”乞乞科夫道，“真是一位非常可敬的绅士！对于职务是很忠实的，而且对职务又看得很明白的！但愿我们多有几个这样的人才。”

“大约您也知道，要他办什么，他没有什么不能办，而且那态度，也真的是漂亮。”马尼洛夫微笑着，接下去说，满足得细眯了眼，好像一只被人搔着耳朵背后的猫。

“真是一位非常恳切，非常文雅的绅士！”乞乞科夫道，“而且又是一个出色的美术家呀！我真想不到他会做这么出色的刺绣和手艺。他给我看过一个自己绣出来的钱袋子，要绣得这么好，就在闺秀们中恐怕也很难找到的。”

“那么，副知事呢？是一位出色的人！可对？”马尼洛夫说，又细眯了眼。

“是一位非常高超、极可尊敬的人物呀！”乞乞科夫回答道。

“请您再许可我问一件事：您以为警察局长怎么样？也是一位很可爱的绅士吧？是吗？”

“哦哦，那真是一位非常可爱的绅士！而且又聪明，又博学！我和检察长，还有审判厅长，在他家里打过一夜牌的。实在是一位非常可爱的绅士！”

“还有警察局长的太太，您觉得怎么样呀？”马尼洛夫夫人问，“您不觉得她也是一位非常和蔼的闺秀吗？”

“哦哦，在我所认识的闺秀里面，她也正是最可敬服的一位了！”乞乞科夫回答说。

审判厅长和邮政局长也没有被忘记，全市的官吏，几乎个个得到品评，而且都成了极有身价的人物。

“您总在村庄里过活吗？”乞乞科夫终于问。

“一年里总有一大部分！”马尼洛夫答道，“我们有时也上市里去，会会那些受过教育的人们。您知道，如果和世界隔开，人简直是要野掉的。”

“真的，一点不错！”乞乞科夫回答说。

“要是那样，那自然是另一回事了。”马尼洛夫接着说，“如果有着很好的邻居，如果有着这样的人，可以谈谈譬如优美的礼节，精雅的仪式，或是什么学问的。您知道，那么，心就会感动得好像上了天……”他还想说下去，但又觉得很有点脱线了，便只在空中挥着手，说道：“那么，就是住在荒僻的乡下，自然也好得很。可是我全没有这样的人。至多，不过有时看看《祖国之子》[①]罢了。”

乞乞科夫是完全同意的，但他又接着说，最好不过的是独自过活，享用着天然美景，有时也看看书……

“但您知道，”马尼洛夫说，“如果没有朋友，又怎么能够彼此……”

“那倒是的，不错，一点也不错！”乞乞科夫打断他，“就是有了世界上一切宝贝，又有什么好处呢？贤人说过，‘好朋友胜于世上一切的财富。’”

“但您知道，帕维尔·伊万诺维奇，”马尼洛夫说，同时显出一种亲密的脸相，或者不如说是太甜了的，恰如老于世故的精干的医生，知道只要弄得甜，病人就喜欢吃，于是尽量的加了糖汁的药水一样的脸相，说：“那就完全不同了，可以说——精神的享乐，例如现在似的。能够和您攀谈，享受您有益的指教，那就是幸福，我敢说，那就是难得的出色的幸福呵……”

“不不，怎么说是有益的指教呢？我只是一个不足道的人，什么也没有。”乞乞科夫回答道。

“唉唉，帕维尔·伊万诺维奇！我来说一句老实话吧！只要给我一部分像您那样的伟大的品格，我就高高兴兴情愿抛掉一半家财！”

“却相反，我倒情愿……”

如果仆人不进来说食物已经准备好，这两位朋友的彼此披肝沥胆，就很难说什么时候才会完结了。

---

① 完全中立的关于历史、政治、文学的杂志，1812年到1852年，在彼得堡发行。——译者注

“那么，请吧。”马尼洛夫说。

“请您原谅，我们这里是拿不出大都市里、大宅第里那样的午饭来的：我们这里很简陋，照俄国风俗，只有菜汤，但是诚心诚意。请您赏光。”

为了谁先进去的事，他们又争辩了一通，但乞乞科夫终于侧着身子，横走进去了。

餐厅里有两个孩子在等候，是马尼洛夫的儿子——他们已经到了上桌同吃的年纪了，虽然还得坐高脚椅。他们旁边站着一个家庭教师，恭恭敬敬地微笑着鞠躬。主妇对着汤盘坐下，客人得坐在主人和主妇的中间，仆人给孩子们系好了饭巾。

“多么出色的孩子呵！”乞乞科夫向孩子们看了一眼，说，“多大年纪了？”

“大的七岁，小的昨天刚满六岁了。”马尼洛夫夫人说。

“费密斯托克留斯！”马尼洛夫向着大的一个说，他正在把下巴从仆人给他缚上了的饭巾里挣出来。乞乞科夫一听到马尼洛夫所起的，不知道为什么要用“留斯”收尾的希腊气味名字，就把眉毛微微一扬；但他又赶紧使自己的脸立刻变成平常模样了。

“费密斯托克留斯，告诉我，法国最好的都会是哪里呀？”

这时候，那教师就把全副精神都贯注在费密斯托克留斯身上了，几乎要跳进他的眼睛里面去，但到得费密斯托克留斯说是“巴黎”的时候，也就放了心，只是点着头。

“那么，我们这里的最好的都会呢？”马尼洛夫又问。

教师的眼光又紧盯着孩子了。

“彼得堡！”费密斯托克留斯答。

“还有呢？”

“莫斯科。”费密斯托克留斯道。

“多么聪明的孩子呵！了不得，这孩子！”乞乞科夫说，“您看就是……”他向着马尼洛夫显出吃惊的样子来，“这么小，就有这样的智识。我敢说，这孩子是有非凡的才能的！”

“啊，您还不知道他呢！”马尼洛夫回答道，“他实在机灵得很。那个小的，亚勒吉特，就没有这么灵了，他却不然……只要看见一点什么，甲虫儿或是小虫子，就两只眼睛闪闪的，盯着看，研究它。我想把他培养成外交官呢。费密斯托克留斯，”他又转脸向着那孩子，接着说，“你要做全权大使吗？”

“要。”费密斯托克留斯回答着，一面正在摇头摆脑地嚼他的面包。

但站在椅子背后的仆人，这时却给全权大使擦了一下鼻子，这实在是必要的，否则，毫无用处的一大滴，就要掉在汤里了。谈天是大抵关于幽静的退隐田园的生活风味，但被主妇的几句品评市里的戏剧和演员的话所打断。教师非常注意地凝视着主客，一觉得他们的脸上有些笑影，便把嘴巴张得老大，笑得发抖。大约他很有感德之心，想用了这方法来报答主人的知遇的。只有一次，他却显出可怕的模样来了，在桌上严厉地一敲，眼光射着坐在对面的孩子。这是好办法，因为费密斯托克留斯把亚勒吉特的耳朵咬了一口，那一个便挤细眼睛，大张着嘴，要痛哭起来了；然而他觉得也许因此失去好吃的东西，便使嘴巴恢复了原状，开始去啃他的羊骨头，两颊都弄得油光闪闪的，眼泪还在这上面顺流而下。

主妇常常向乞乞科夫说着这样的话：“您简直什么也没有吃，您可是吃得真少呀。”这时乞乞科夫就照例地回答道：“多谢得很，我很饱了。愉快地谈心，比好菜蔬还要有味呢。”于是大家离开了餐桌。马尼洛夫很满足，正想要把客人邀进客厅去，伸手放在他背上，轻轻地一按，乞乞科夫却已经显着一副大有深意的脸相，说是他因为有一件很重要的事情，必须和他谈一谈。

“那么，请您同到我的书房里去吧。”马尼洛夫说着，引客人进了一间小小的精舍，窗门正对着青葱的闪烁的树林，“这是我的小窠。”马尼洛夫说。

“好一间舒适的屋子。”乞乞科夫的眼光在房里打量了一遍，说。这确是有许多很惬人意的：四壁抹着半蓝半灰的无以名之的颜色；家具是四把椅子，一把靠椅和一张桌子，桌上有先前说过的夹着书签的一本书，写过字的几张纸，但最引人注目的是许多烟。烟也各式各样的放着：有用纸包起来的，有装在烟盒里面的，也有直接就堆在桌上的。两个窗台上，也各有几小堆从烟斗里挖出来的烟灰，因为要排得整齐、好看，很费过一番心计的。这些工作，总令人觉得主人就在借此消遣着时光。

“请您坐在靠椅上。”马尼洛夫说，“坐在这里舒适点。”

“不不，让我坐在椅子上吧！”

“不能让您坐椅子！”马尼洛夫含笑说，“这靠椅是专为给客人坐的。无论您愿意不愿意——一定要您坐在这里的！”

乞乞科夫坐下了。

“请您许可我敬您一口烟！”

“不，多谢，我是不吸的！”乞乞科夫殷勤地，而且惋惜似的说。

“为什么不呢？”马尼洛夫也用了一样殷勤的，而有惋惜的口气问。

“因为没有吸惯，我也不敢吸惯；人说，吸烟是损害健康的！”

“请您许可我说一点意见，这话是一种偏见。据我看起来，吸烟斗比嗅鼻烟好得多。我们的联队里有一个中尉，是体面的，很有教育的人物，他可是烟斗不离口的，不但带到食桌上来，说句不雅的话，他还带到别的地方去。他现在已经四十岁了；感谢上帝，健康得很。”

乞乞科夫分辩说，这是也可以有的。在自然界中，有许多东西，就是有大智慧的人也不能明白。

“但请您许可我，要请教您一件事……”他用了一种带着奇怪的，或者是近于奇怪模样的调子说，并且不知道为什么缘故，还向背后看一看。马尼洛夫也向背后看一看，也说不出为的什么来。“最近一次的户口调查册，您已经送去很久了吧？”

“是的，那已经很久了，我其实也不记得了。”

“这以后，在您这里，死过许多农奴了吧？”

“这我可不知道，这事得问一问总管。喂！来人！去叫总管来，今天他该是在这里的。”

“听着，我的好伙计！送出了最末一次的户口调查册以后，我们这里死了多少农奴了？”
“您说什么？多少？这以后，死了许多。”

总管立刻出现了。他是一个四十岁上下的人：刮得精光的下巴，身穿常礼服，看起来总像是过着很舒服的生活，因为那脸孔又圆又胖，黄黄的皮色和一对小眼睛，就表示着他是万分熟悉柔软的毛绒被和毛绒枕头的。只要一看，也就知道他也如一切管理主人财产的奴才一样，走过照例的轨道。最初，他是一个平常的小子，在主人家里长大，学着读书，写字；后来和一个叫什么亚喀什卡之类的人结了婚，她是受主妇宠爱的管家，于是自己也变为管家，终于还升了总管。一上总管的新任，那自然也就和一切总管一样：结识些村里的小财主，给他们的儿子做干爹，越发向农奴作威作福，早上九点钟才起床，一直等到茶炊煮沸了，喝几杯茶。

"听着，我的好伙计！送出了最末一次的户口调查册以后，我们这里死了多少农奴了？"

"您说什么？多少？这以后，死了许多。"总管说，打着饱嗝，用手遮着嘴，好像一面盾牌。

"对啦，我也这么想。"马尼洛夫就接下去，"死了许多了！"于是向着乞乞科夫，添上一句道："真是多得很！"

"譬如，有多少呢？"乞乞科夫问道。

"对啦，有多少呢？"马尼洛夫接着说。

"是的，怎么说呢？有多少？那可不知道，死了多少，没有人算过。"

"自然。"马尼洛夫说，便又对乞乞科夫道，"我也这么想，死亡率是很大的；死了多少呢，我们可是一点也不知道。"

"那么，请您算一下。"乞乞科夫说，"并且开给我一张详细的全部的名单。"

"是啦，全部的名单！"马尼洛夫说。

总管说着："是是！"出去了。

"为了什么缘故，您喜欢知道这些呢？"总管一走，马尼洛夫就问。

这问题似乎使客人有些为难了，他脸上分明露出紧张的表情来，因此有一点脸红——这表情，是显示着有话要说，却又说不出口的。但是，马尼洛夫也终于听到非常奇怪，而且人类的耳朵从来没有听到过的东西了。

“您在问我为什么缘故吗？就为了这缘故呀：我要买农奴。”乞乞科夫说，但又痴痴地中止了。

“还请您许可我问一声。”马尼洛夫说，“您要农奴，是连田地，还是单要他们去，就是不连田地的呢？”

“都不，我并不是要农奴。”乞乞科夫说，“我要那已经……死掉的。”

“什么？请您原谅……我的耳朵不大好，我觉得，我听到了一句非常奇特的话……”

“我要买死掉的农奴，但在最末的户口册上，却还是活着的。”乞乞科夫说明道。

马尼洛夫把烟斗掉在地板上面了，嘴张得很大，就这样地张着嘴坐了几分钟。刚刚谈着友谊之愉快的这两个朋友，这时是一动不动地彼此凝视着，好像淳厚的古时候，常爱挂在镜子两边的两张像。到底是马尼洛夫自去拾起烟斗来，趁势从下面望一望他的客人的脸，看他嘴角上可有微笑，还是不过讲笑话。然而全不能发现这些事，倒相反，他的脸竟显得比平常还认真。于是他想，这客人莫非忽然发了疯，惴惴地留心地看，但他的眼睛却完全澄净，毫没有见于疯子眼里那样狞野的暴躁的闪光：一切都很正常。马尼洛夫也想着现在自己应该怎么办，但除了细细地喷出烟雾以外，也全想不出什么来。

“其实，我就想请教一下，这些事实上已经死掉，但在法律上却还活着的魂灵，您可肯让给我或者卖给我吗，或者您还有更好的高见？”

但马尼洛夫却简直发了昏，只是凝视着他，说不出一句话。

“看起来，您好像还有些拿不定！”乞乞科夫说。

“我……啊，不的，那倒不然。”马尼洛夫道，“不过我不懂……对不起……我自然没有受过像您那样就在一举一动上也都看得出来的好教育；也没有善于说话的本领……恐怕……在您刚才见教的说明后面……还

“都不，我并不是要农奴。”乞乞科夫说，“我要那已经……死掉的。”
“什么？请您原谅……我的耳朵不大好，我觉得，我听到了一句非常奇特的话……”

藏着……什么别的……恐怕这不过是一种修辞上的词藻，您就爱这么使用使用的吧？”

“啊，并不是的！”乞乞科夫即刻说，“并不是的，我说的什么话就是什么意思，我就确是说着事实上已经死掉了的魂灵。”

马尼洛夫一点也摸不着头脑。他也觉得这时该有一点表示，问乞乞科夫几句，但是问什么呢，却只有鬼知道。他最后找到的唯一的出路，仍旧是喷出烟雾来，不过这回不是从嘴巴里，却从鼻孔里了。

“如果这事情没有什么为难，那么，我们就靠上帝保佑，立刻来立买卖合同吧。”乞乞科夫说。

“什么？死魂灵的买卖合同？”

“不！不是这样的！”乞乞科夫回答道，“我们自然说是活的魂灵，全照那登在户口册上的一样。我是无论如何不肯违反民法的，即使因此在服务上要吃许多苦，也没有别的法；义务，在我是神圣的，至于法律呢——在法律面前，我一声不响。”

最后的一句话，很惬了马尼洛夫的意了，虽然这件事本身的意思他还是不能懂。他拼命地吸了几口烟，当做回答，使烟斗开始发出笛子一般的声音。看起来，好像他是以为从烟斗里，可以吸出那未曾闻的事情的意思来似的，但烟斗却不过嗞嗞地叫，再没有别的了。

“恐怕您还有点怀疑吧？”

“那可没有！一点也没有！请您不要以为对于您的人格，我有什么批评似的偏见。但是我要提出一个问题来：这计划…… 或者说得更明白些……是这交易……这交易，结局不至于和民法以及将来的俄国的面子不对吧？”

说到这话，马尼洛夫就稍微地摇一摇头，显着极有深意的样子，看定了乞乞科夫的脸，脸上还全部露出非常恳切的表情来，尤其是在那紧闭了的嘴唇上，这在平常人的脸上是从来看不到的，除非那人是一个出类拔萃的精明的国务大臣，而且，也得在他谈到实在特别困难的问题的时候。

然而乞乞科夫就简单地解释，这样的计划或交易，和民法以及将来的俄国的体面完全不会有什么相反之处，停了一下，他又补充说，国家还因此收入合法的税，对于国库倒是有些好处的。

“那么，您的意见是这样？”

“我以为这是很好的！”

“那，如果好，那自然又作别论了。我没有什么反对。”马尼洛夫说，完全放了心。

“现在我们只要说一说价钱……”

“什么？说价钱？”马尼洛夫又有些发昏了，说，“您以为我会要魂灵的钱吗？那些已经并不存在了的？如果您这么想，那我可就要说是一种任意的幻想，我这一面是直接奉送，不要报酬，买卖合同费也归我出。”

倘使这件故事的记述者在这里不说我们的客人当听到马尼洛夫的这一番话的时候是多么的高兴，那一定是要大遭物议的。他虽然镇定，深沉，这时却也显出像山羊似的跳了起来的样子，谁都知道，这是只在最最高兴的时候才会显出来的。他在靠椅上动得厉害，连罩在那上面的羽纱都要撕破了，马尼洛夫也觉得，惊疑地看着他。为了泉涌的感激之诚，这客人便规规矩矩地向他淋下道谢的话去，一直弄到他完全失措，脸红，大摇其头，终于声明了这全不算一件什么事，不过想借此表示一点自己的真心的爱重和精神的相投——而死掉的魂灵呢——那是不足道的——是纯粹的废物。

“决不是废物。”乞乞科夫说，握着他的手。

他于是吐了很深的一口气，好像他把心里的郁结都吐空了；后来还有点做作地说出这样的话来：“啊！您知道这些看上去好像琐细的赠品，给了一个无名无位的人，是怎样的有用呵！真的！我什么没有经历过呢！就像孤舟在惊涛骇浪中……什么迫害我没有熬过呢！什么苦头我没有吃过呢！为什么呢？就因为我忠实于真理，要良心干净，就因为我去帮助无靠的寡妇和可怜的孤儿！”这时他竟至于须用手巾去擦那流了下来的眼泪了。

马尼洛夫完全被感动了。这两个朋友，继续地握着手，并且许多工

“啊！您知道这些看上去好像琐细的赠品，给了一个无名无位的人，是怎样的有用呵！真的！我什么没有经历过呢！就像孤舟在惊涛骇浪中……什么迫害我没有熬过呢！什么苦头我没有吃过呢！……”

夫不说话，彼此看着泪光闪闪的眼睛。马尼洛夫简直不想把我们的主角的手放开，总是热心地紧握着，以至于使他几乎不知道要怎样才可以自由自在。后来他终于温顺地抽回了，他说，如果买卖合同能够赶紧写起来，那就好；如果马尼洛夫肯亲自送到市里来，就更好。于是拿起自己的帽子，就要告辞了。

“怎么？您就要走了？”马尼洛夫好像从梦里醒来似的，愕然地问。

这时马尼洛夫夫人刚好走进屋里来。

“丽莎！”马尼洛夫显些诉苦一般的脸相，说，“帕维尔·伊万诺维奇要走了哩！”

“帕维尔·伊万诺维奇一定是厌弃我们了。”马尼洛夫夫人回答道。

“仁善的夫人！”乞乞科夫说，“这里，您看这里。”他把手放在心窝：“是的，这里是记着和你们在一起的愉快的时光！还要请您相信我，和你们即使不在一所屋子里，至少是住在邻近来过活，在我也就是无上的福气了！”

“真是的，帕维尔·伊万诺维奇！”马尼洛夫说，他分明佩服了这意见了，“如果我们能够一起在一个屋顶下过活，在榆树荫下彼此谈论哲学，研究事情，那可真是好极了……”

“啊，那就像上了天！”乞乞科夫叹息着说，“再见，仁善的夫人！”他去吻马尼洛夫夫人的手，接着道，“再见，可敬的朋友！您不要忘记我拜托过您的事呀！”

“啊，您放心就是！”马尼洛夫回答说，“不必两天，我们一定又会见面的！”

他们跨进了食堂。

“那，再会再会，我的可爱的孩子！”乞乞科夫一看见费密斯托克留斯和亚勒吉特就说，他们正在玩着一个臂膊和鼻子全都没有了的木制骠骑兵。“再会呀，可爱的孩子们！对不起，我竟没有给你们带一点东西来，但我得声明，我先前简直没有知道你们已经出世了呢。但再来的时候，一定要带点来的。给你是一把指挥刀。你要指挥刀吗？怎么样？”

“要的！”费密斯托克留斯回答道。

“给你是带一个鼓来。对不对，你是喜欢一个鼓的吧？”乞乞科夫向亚勒吉特弯下身子去，接着说。

“嗯，一个鼓，”亚勒吉特小声说，低了头。

“很好，那么，我就给你买一个鼓来——你知道，那是一个很好的鼓呵——敲起来它就总是咚咚的，咚咚的，咚咚。再见，小宝贝！再会了呀！”他在他们头上接一个吻，转过来对马尼洛夫和他的夫人微微一笑，如果要表示孩子们的希望是多么天真烂漫，那么，对着那些父母是一定要用这种笑法的。

“唉唉，您还是停一会吧，帕维尔·伊万诺维奇！”当大家已经走到台阶下面的时候，马尼洛夫说，“您看呀，那边上了许多云！”

“那不过是些小云片。”乞乞科夫道。

“但是您知道到索巴克维奇那里去的路吗？”

“这正要请教您呢。”

“请您许可，我给您的马夫说去！”马尼洛夫于是很客气地把走法告诉了马夫，其间他还称了一回“您”。

马夫听了教他通过两条十字路，到第三条这才转弯的时候，就说：“找得到的了，老爷。”于是乞乞科夫也在踮着脚尖、摇着手巾的夫妇俩的送别里，走掉了。

马尼洛夫还在阶沿上站得很久，目送着渐渐远去的马车，直到这早已望不见了，他却依然衔着烟斗，站在那里。后来总算回进屋子里去了，在椅子上坐下，想着自己已经给了他的客人一点小小的满足，心里很高兴。他的思想又不知不觉地移到别的情事上面去，只有上帝才知道要拉到哪里为止。他想着幸福的友谊，倘在河滨上和朋友一起过活，可多么有趣呢，于是他在思想上就在河边造一座桥，又造一所房子，有一个高的眺望台的，从此可以看见莫斯科的全景；他又想到夜里在户外的空旷处喝茶，谈论些有味的事情，这才该是愉快得很；并且设想着和乞乞科夫一同坐了漂亮的篷车，去赴一个晚上的聚会，他们的应对态度之好，使赴会者都神迷意荡，终于连皇帝也知道了他们俩的友谊，赏给他们每人一个将军衔，他就这样地梦下去；后来呢，只有天晓得，连他自己也不十分清楚了。但乞乞科夫的奇怪的请求，忽然冲进了他的梦境，却还是猜不出那意思来：他翻来覆去地想，要知道多一些，然而到底不明白。他衔着烟斗，这样坐了很多的时光，一直到晚膳摆在桌子上。

# 第三章

这时候，乞乞科夫是很愉快地坐在他那皮篷马车里，已经在村路上走了许多工夫了。他的趣味和嗜好的主要对象是什么，我们是从第二章早就明白了的，所以他把肉体和心灵都化在这上面，也看得毫不觉得奇怪。从他那显在脸上的表情看起来，那推测，那估量，那计划，都好像很得意，因为他总是露出些满足的微笑来。他尽在想着那些事，而对于他那受了马尼洛夫家的仆役的款待、弄得飘飘然了的马夫，可曾注意右边的花马，却一点也没有留心。这花马很狡猾，当中间的青马和左边的那匹（因为从一个议员的手里买来，名字就叫“议员”）枣骝，都在使劲地前进的时候，它却只装作好像也在拉车模样。那两匹马却因为自己这样的卖力，人可以从眼睛里看出它们的满足来。“你尽量地刁吧！没有好处的！我还要使你刁些呢！”谢利凡说着，略略欠起身子来，给了懒马一鞭子。“要守本分，你这废料……！阿青……是好马，它肯尽职；我也要多给它些草料的，因为它是好马。议员呢——也是一匹好马……喂，你摇耳朵干什么？混蛋，人对你讲话，你要留心！我不会教你坏道的，你这驴子！好吧，随便你跑！”于是他又给了一鞭子，唠叨道：“哼！野蛮！拿破仑，该死的东西！”接着是向它们一起大声地叫道：“喂！心肝宝贝！”并且给三匹都吃了一鞭子，不过这并非责罚，乃是他中意它们的表示。他把这小高兴分给它们之后，又向着花马道：“你当作对我玩些花样，我会看不出你坏处来的吧。这不成的，我的宝贝，如果想人尊敬你，你得规规矩矩地做。你瞧！刚才的老爷府上的人们——那是好人！我只喜欢和好人谈天，好人——是我的朋友，也是好伙计；我喜欢和他同桌吃饭，或者喝一杯茶。好人是谁都尊敬的！比如我们的老爷——谁都尊敬他，你好好地听着吧，就因为他肯给我们的皇上尽力，又是个六等官呀……”

谢利凡这样的想开去，一直跑到最飘渺、最玄妙的事情上去了。假如乞乞科夫留心听一下，是可以明白关于他本身的许多想法的；但他的思想，都用在自己的计算上，待到一声霹雳，才使他从梦中惊醒，向周围看了一看：空中已经密布了云，大雨点打在烟尘陡乱的驿路上。接着一个又是一个更近的更响的霹雳，雨就倾盆似的倒了下来。大雨打在车篷上，开始是横打的，忽然从这边，忽然从那边，接着又改换了攻击法，打鼓似的向篷顶上直淋，弄到水点都溅到乞乞科夫的脸上。他只好放下皮帘，遮住了原是开着以便赏鉴风景的小圆窗，一面叫谢利凡赶快走。谢利凡被打断了讲演，也知道这不再是迁延的时候了，便从马夫台下，拉出一件青布的外套似的东西来，两手向袖子里一套，抓住缰绳，向着那听了他的讲演、觉得愉快的、正在踉踉跄跄的三匹牲口，发一声喊。不过已经走过了两条岔路还是三条呢，却连谢利凡自己也弄不明白了。他想了一通之后，就随随便便地定为确已走过了许多十字路。凡俄国人，一到紧要关头，是总归不肯深思远虑，只想寻一条出路的，他也这样，到了其次的岔路，便向右一弯，对马匹叫道：“喂，好朋友，走好啊！”一面赶着它们开快步，至于顺着这条路走到哪里去呢，他可是并没有怎么想过的。

雨好像并不想就住。盖在村路上的灰尘，一下子就化了泥浆，马匹拉车越来越艰难了。索巴克维奇的村庄还是望不见，乞乞科夫觉得很焦急。照他的计算，是早该走到了的。他从窗洞里向两面探望，然而漆黑一团，什么也看不见。

“谢利凡！”他终于从窗口伸出头去，叫了起来。

“什么事呀，老爷？”谢利凡回答说。

“你瞧，村子还看不见呢！”

“对了，老爷，还看不见呢！”于是谢利凡挥着鞭子，唱起歌似的东西来了。说这是歌，是不可以的，因为很散漫，而且长到无穷无尽。谢利凡把一切都放进那里面去，全俄国的马夫对马所用的称赞语和吆喝声，还有随手牵来、随口说出的一切种类的形容词。到后来，他竟拉得更远，以至于称他的牲口为“书记”了。

但乞乞科夫现在却发现了他的车在左右摇动，每一摇动，就给他很有力的一震；使他想到这好像已经离开这道路，拉到耕过的田里来了。谢利凡大约也觉得的，然而他一声不响。

“你究竟在怎样的路上走呀，你这流氓？”乞乞科夫喊道。

“有什么法子呢，我的老爷，已经晚上了。我是连我的鞭子也看不见呢，就这么漆黑！”正说着这话，马车就向一旁直歪过去了，以至于使乞乞科夫得用两只手使劲地攀住。他这才看出，谢利凡是喝得烂醉的。

“停下来！停下来！你要摔出我去了！”他向他叫喊。

“不会的，我的老爷，您怎么会想到我要摔出您去呢！”谢利凡说，“如果这样，可就坏了，那我自己也知道；唔，不会的，无论怎样，我不会摔出您去的！”他这时就把马车拉转来，车转得很缓，可是终于全部翻倒了。乞乞科夫趴在泥浆里。谢利凡是在拉住马；但马也好像自己站住了似的，因为正疲乏得要命。这意外的大事件使谢利凡没了办法。他爬下马夫台，两手叉腰，对马车站着，当他的主人在泥浆里打滚，挣扎着想要站起来的时候，就说道：“这东西可到底翻倒了！”

“你醉得像猪一样！”乞乞科夫说。

“没有的事，我的老爷！我怎么会喝醉呢！我知道的，喝醉，是坏事情。我不过和一个好朋友谈了些闲天。和一个好人，是可以谈谈的——这不算坏事情——后来我们就一起吃了饭。这也没有什么不对——和一个好人吃一点东西。”

“你上次喝醉了的时候，我怎么对你说的，唔？你又忘记了吗？”乞乞科夫说。

“一点也没有，您好老爷，我怎样能忘记呢？我知道我的本分！我知道喝醉是很不对的。我不过和体面人谈了些天，这可不算……”

“我要用鞭子狠抽你一顿，那你就明白了，什么叫做和体面人谈天……”

“我要用鞭子狠抽你一顿，那你就明白了，什么叫做和体面人谈天……”

“随您好老爷的高兴。”谢利凡完全满足了，回答道，“如果要给鞭子，那很好，我是没有二话的。如果做了该吃鞭子的事，怎么可以不给鞭子呢！这全都随您的便，您是主子呀！农奴是应该给点鞭子的，要不然，就不听话。规矩总得有。如果我闹出事来，那么，抽我一顿就是了，怎么可以不给鞭子呢？”

对于这样的一种深思熟虑，乞乞科夫竟想不出回答来。但在这时候，好像命运也发了慈悲了。忽然间，远远地听到了狗叫。乞乞科夫高兴极了，就命令谢利凡出发，并且叫他用了全速力的走。俄国的马夫是有一种微妙的本能的，可以用不着眼睛，所以他即使合了眼，飞快地跑，也会跑到一处什么目的地。谢利凡虽然看不见东西，却放马一直向着村子冲过去，待到车子碰着了篱垣，简直再没有可走的路，这才停下来。乞乞科夫只能在极密的烟雨中，看见了像是屋顶的一片。他便叫谢利凡去寻大门，假使俄国不用恶狗来代管门人，发出令人不禁用手掩住耳朵的大声，报告着大门的所在，那一定是寻得很费工夫的。窗户里漏着一点光，这微明也落到篱垣上，向我们的旅客通知了走向大门的路径。谢利凡过去一敲，不多久，角门开处，就现出一个披着睡衣的人影来。主仆两个，也听到对他们嚷叫的发沙的女人声音了：“谁敲门呀？谁在这里逛荡呀？”

“我们是旅客，老妈妈，我们在寻一个过夜的地方。”乞乞科夫说。

“是吗？真莽撞！”那老婆子唠叨着，“来得这么迟。这儿不是客店。这儿是住着一位地主太太的。”

“叫我怎么办呢，老妈妈？我们迷了路了。这样的天气，我们又不能在露天下过夜。”

“真的，天是又暗，又坏。”谢利凡提醒道。

“不要你说，驴子！”乞乞科夫说。

“您是什么人呀？”那老婆子问。

“是一个贵族，老妈妈。”

贵族这个字，好像把老婆子有些打动了。“等一等，我禀太太去。”她低声说着，进去了，两分钟之后，又走出来，手里提着一个风灯。大门开开了。这回是别的窗子里也有了亮光。马车拉进了大门，停在一所小小的屋子的前面。这屋子在黑暗里，很不容易看得明白，只有一边照着些从窗子里射出来的光；屋前还有一个水洼，灯光也映在这上面。大雨潺潺地注在木屋顶上，又像溪流似的落在下面的水桶中。狗儿们发着各色各样的叫声：一匹昂着头，发出拉长的幽婉的声音，它怀着一种热心，仿佛想得什么奖赏；另一匹却像教会里的唱歌队一样，立刻接下去了；夹在中间，恰如邮车的铃铛一般响亮的，大约还是小狗的最高音；最后压倒全部合奏的是具有坚定的、狗式的，大约乃是老狗的最低音，因为合奏一到顶点，它就像最低弦乐器似的拼命地叫起来了；中音歌手们都踮起脚趾，想更好地唱出高声来，大家也都伸长了颈子，放开了喉咙；独有它，最低弦乐演奏者，却把没有修剃的下巴藏在领子里，蹲着，膝髁几乎要着地，忽然从这里起了吓人的声音，使所有的窗玻璃都因此发了响，发了抖。只要听到这样音乐似的各种的狗叫，原是就可以知道这村子是很体面的。但我们的半冻而全湿的主角，却除了温暖的眠床之外，什么也不理会。马车刚要停下，他跳出来，一绊，几乎倒在阶沿上了。这时门口又出现了另一个女人，比先前的年轻些，然而模样很相像。她领乞乞科夫走进屋里去。经过这里，他就瞥了一眼屋子的内部：屋子是糊着旧的花条的壁纸的；壁上挂着几幅画，一律是花鸟；窗户之间挂有小小的古风的镜子，昏暗的镜框上都刻着卷叶。镜子后面塞着些信札，旧的纸牌，袜子，或者诸如此类；还有一口指针盘上描花的挂钟……这些之外，乞乞科夫就什么也没有看到了。他觉得他的眼睑要粘起来，仿佛有谁给涂上了蜂蜜一样。再过了几分钟，主妇出现了，是一位老太太，戴着睡帽，可见她是匆匆忙忙走出来的，颈子上还围着一条法兰绒的领巾。这位婆婆，是小地主太太们中的一个，如果没收成，受损失，是要悲叹、颓唐的，然而一面也悄悄地，即使是慢慢地，总把现钱一个一个地弄到藏在她柜子抽屉里的花麻布钱包里面去。一个钱包装卢布，另一个装五十戈比[①]，第三个装二十五戈比的现货，但看起来，却好像柜子里面，除了衬衣、睡衣、线团、拆开的罩衫之外，什么也没有似的。假使因为过节，烤着酪饼和姜饼的时候，旧的给烧破了，或者自然穿破了，这拆开的就要改作新的用。如果衣服没有烧破，也还很可以穿呢，我们的省俭的老太太大约还要使这罩衫拆开着躺在抽屉里，终于和许多别样的旧货，由她的遗嘱传授给那里的一位平辈亲戚或者外甥侄子的。

乞乞科夫首先告罪，说是为了他突然的登门，惊动了她了。“不要紧，不要紧！”那主妇说，“上帝竟叫您来得这么晚！又是这样的大风雨！走了这么远的路，本应该请您用点什么的，可是在这样的深夜里，我实在不能预备了！”

一种奇特的骚扰打断了主妇的话，乞乞科夫很吃了一吓。这骚扰，也像忽然之间，屋子里充满了蛇一样，但抬眼一看，也就完全安静了。他知道，这是挂钟快要敲打时候的声音。接着这骚扰，又发出一种沙声来，到底是敲起来了，聚了所有的力量，两点钟，那声音仿佛是谁拿了棍子，敲着一个开裂的壶，于是钟摆又平稳下去了，重新来来往往地摆着。

乞乞科夫向主妇致谢，并且声明自己一无所需，请她不要抱歉，除了一张眠床之外，他是什么也不希望了的。这时他想问明，他究竟错走到什么地方来了，到索巴克维奇先生的村庄去还有多远。但那老太太的回答，却道是她从来没有听到过这姓名，这姓的地主是哪里也没有的。

“那么，马尼洛夫，您许是知道的吧？”乞乞科夫问。

“那是怎样的人呀，马尼洛夫？”

“是一个地主，太太。”

“没有，我从来没有听到过他的姓名，没有这么一个地主的。”

“那么，这里的地主全是些什么人呢？”

“博勃罗夫、斯温恩、卡纳帕季耶夫、哈尔帕金、特列帕金、普列

---

① 戈比，俄罗斯的货币，100戈比等于1卢布。——编者注

沙科夫。”

“都有钱没有呢？”

“没有，先生，这里是没有什么有钱人的。不过这有二十个，那有三十个农奴罢了；有着百来个农奴的人，这里是没有的。”

乞乞科夫这才明白，他竟错走到这样的穷乡僻壤来了。

“那么，您可以告诉我，从这儿到市上去有多远吗？”

“总该有六十俄里吧。我真怠慢了客人，竟什么也不能请您吃！您高兴喝一杯茶吗，先生？”

“多谢得很，太太。我只要有一张床，就足够了。”

“是呀，真的呢，走了这么多的路，是要歇一歇的。请您躺在这张沙发上面吧，先生。喂！费季尼娅，拿一床垫被、一个枕头和一条手巾来！天哪，这样的天气！就像怪风雨呀！我这里是整夜地在圣像面前点着蜡烛哩。啊呀，我的上帝，您的背后和一边，都龌龊得像野猪一样了。这是在哪里弄得这么脏的呢？”

“谢谢上帝，我不过弄得这么脏；没有折断了脊梁，可还要算是运气的！”

“神圣的耶稣，您在说什么呀？您可愿意给您的背后刷一下吗？”

“不不，多谢您！请您不要费心！还是请您吩咐您的使女，拿我的衣服去烘一烘，刷一下吧！”

“听着呀，费季尼娅！”那使女已经拿了灯走上阶沿，搬进垫被来，并且用两手一抖，绒毛的云便飞得满屋，主妇于是转过脸去，对她说道，“拿上衣和外套去，在火上烘一烘，就像老爷在这的时候那样子做，以后就拍一拍，刷它一个干净。”

“明白了，太太！”费季尼娅在垫被上铺上布单，放好两个枕头，一面说。

“哦，床算是铺好了！”主妇说，“请休息吧，先生，好好地睡！您可还要什么不？也许惯常是要有人捏捏脚后跟的吧。先夫在着的时候不捏，可简直是睡不着的。”

“哦，床算是铺好了！”主妇说，“请休息吧，先生，好好地睡！您可还要什么么不？也许惯常是要有人捏捏脚后跟的吧。先夫在着的时候，不捏，可简直是睡不着的。”

然而客人又辞谢了这享乐。主妇一出去，他连忙脱下衣服来。把全副披挂，从上到下，都交给了费季尼娅，她说过晚安，带着湿淋淋的收获，走掉了。当他只剩了独自一个人的时候，就颇为满足地来看他那快要碰着天花板的眠床。他摆好一把椅子，踏着爬上眠床去，垫被也跟着他低下去，快要碰到地板，从绽缝里挤了出来的绒毛，又飞满了一屋子。他熄了灯，拉上羽纱被来蒙着头，蜷得像圆面包一样，一下子就睡着了。到第二天，他醒得不很早。太阳透过窗子，直射在他脸上，昨夜静静地睡在墙壁和天花板上的苍蝇，现在却向他集中了它们全部的注意：一只坐在下唇上，另一只站在耳朵上，第三只又想跑到眼睛这里来。还有糊里糊涂的一只，竟在鼻孔边占了地盘。他在半睡半醒中一吸，就吸进鼻子里去了，自然是惹他打一个大喷嚏——但也因此使他醒转了。他向屋子里一瞥，这才知道挂在壁上的原来也并非全是花鸟图，他又看见一张库图佐夫将军①的肖像和一幅油画，上面是一个老人，穿着像是保罗·彼得洛维奇②时代的红色袖口的制服。挂钟又骚扰起来了，打了九点钟。一个女人的头在门口一探，立刻又消失了，因为乞乞科夫想要睡得熟，是全脱了他的衣服。这一探的脸，他觉得有点认识，他努力想出这究竟是谁来，终于明白了可能是这家的主妇。他连忙穿起小衫来，衣服就放在他旁边，干了，还刷得很干净。于是他穿好外衣，走到镜子前面，大声地又打一个喷嚏，打得恰恰走近窗口来的火鸡——那窗门原也比地面高不了多少——也大声地咯咯地叫了起来，还用它那奇特的话，极快地向他说了些什么，那意思，总归好像说是“恭喜”似的，乞乞科夫就回答它一句“混蛋”。之后，他走向窗前，去观察一下四周。从窗口所见，仿佛都是养鸡场，因为在他眼前的，至少是凡有又小又窄的院子中，满是家禽和其他的家畜。无数的公鸡和火鸡在那里奔走，其间有一只公鸡跨开高傲的方步，摇着鸡冠，侧着脑袋，好像它正在倾听什么似的。猪的一家也混在这里面：老母猪在掘垃圾堆，

---

① Kutusov，1812年拿破仑进攻俄国时，打退他的名将军。——译者注

② Pavel Petrovich，即沙皇保罗一世（1754—1801），他是对于军队的服役和训练非常认真的人。——译者注

也似乎兼顾着小猪仔，但到底还是忘记了，自顾大嚼那散在地上的西瓜皮去了。这小院子或是养鸡场，是用板壁围起来的，外面是一大片菜园，种着卷心菜、葱、马铃薯、甜菜和别样的蔬菜。菜园里面，又处处看见苹果树和别的果子树，上面蒙起网来，防着喜鹊和麻雀。尤其是麻雀，成着大群，飞来飞去，简直像斜挂的云一样。因此还有许多吓鸟的草人，都擎在长竿上，伸开了臂膊，有一个还戴着这家主妇的旧头巾。菜园后面是农奴的小屋子，位置很凌乱，也不成为有空场和通路的排列，但由乞乞科夫看来，那居民们的生活是要算好的：屋顶板一旧，就都换上新的了，也看不见一扇倒坏的门，向这边开口的仓库里，有的是一辆预备的货车，有时还有两辆。“哼！这小村子可也并不怎么小哩！”他自言自语地说，并且立刻打定主意，要和主妇去攀谈，好打交道了。他从她先前探进头来的门缝里向外一望，看见她在喝茶，就装着高兴而且和气的模样走过去。

“您好，先生！您睡得怎么样？”那主妇说着，站了起来。她比昨夜穿得阔绰了，头上已不戴睡帽，换了黑色的头巾，颈子上却还是围着一些什么物件。

“很好的，好极了。”乞乞科夫一面说，一面坐在靠椅上，“您呢，太太？”

“不行呀，先生！”

“这是怎么的呢？”

“睡不着呀。腰痛，连脚跟都痛。”

“就会好的，太太，您不要愁。”

“但愿就会好呵。猪油呀，松节油呀，我都擦过了。您用什么对茶呢？这个瓶子里的是果子汁。”

“很好，太太。就是果子汁吧。”

大约读者也已经觉到，乞乞科夫虽然表示着殷勤的态度，但比起在马尼洛夫家来，却说话随便，没有拘束得多了。这里应该说明的是有许多节目，俄国固然赶不上外国，但善于交际，外国人却也远不及我们俄国。我们的交际样式上的许多精微和层次，是简直数也数不清的。一个法国人或德国人，一生一世也不会懂得我们的举动的奇特和差别。他们对一个富翁和一个香烟小贩说话，所用的几乎是一样的调子，一样的声音，纵使他们的心里，对于富翁也佩服之至。我们这里可是完全不同了：我们有这样的艺术家，对着蓄有二百个魂灵的地主说话，和对那蓄有三百个的全两样；但对他说话，又和蓄有五百个的全两样；而和他说起来，又和对于蓄有八百个魂灵的地主全两样；就是增到一百万也不要紧，各有各的说法。我们来举一个例子，这并非我们这里，乃是一个很远的王国的什么地方，这地方有一个衙门，又假如这衙门里有一位长官或是所长。当他坐在中间，围绕着他的属员们的时候，我要请读者仔细地看一看——我相信，你们就要吓得说不出话来了。威严、清高——有什么还不显在他顾盼之间呢？倘要拿了画笔画出他来，给他留下这相貌，那简直是普罗米修斯①！一点不差：一个普罗米修斯！他老雕似的看，他的步子是柔软、镇定而且稳当的。但你们看着这老雕，他一出大厅，走进他的上司的屋子去，可就不大能够认识了；他紧紧地挟着公文夹，逃跑的鹁鸪似的急急地走过去，几乎要失了魂。倘到一个俱乐部，或者赴一个聚会，如果都是职位较低的人们，那么，我们的普罗米修斯是仍不失为真正普罗米修斯的，但只要有一个人，比他大一点，我们的普罗米修斯可就要起一种连奥维德②也梦想不到的变化：比苍蝇还要小，他简直化为几乎没有，一粒微乎其微的尘沙了！“然而这岂不是伊凡·彼得洛维奇吗？”有人看见了他，就会说。“伊凡·彼得洛维奇还要高大些，这人却很小，又很瘦；他总用大声说话，也总不笑的，但这人，哼，却小鸟儿似的啾啾唧唧，而且总在赔笑哩。”然而走近去仔细一看——也还是伊凡·彼得洛维奇！“啊呀，这样。”人就对自己说……然而我们还是再讲这里的登场人物吧。我们知

---

① Prometheus，希腊神话上的天神和地祇所生的巨人之一，因把大神宙斯（Zeus）从人间取回之火，又送给人类，被罚，锁在高加索斯（Caucasus）山的岩石上，白昼有大鹫啄食其肝，夜又复生如故。后为赫拉克勒斯（Hercules）所释放。这里所用的意义，和原典有些不符。——译者注

② Publius Ovidius Naso（B.C.43—18A.D.），古罗马的著名诗人。著有《变形记》（*Metamorphoses*），今尚存。——译者注

道，乞乞科夫是已经决定不再客气了，他于是拿了一杯茶，加一点果子汁，谈起来道：

“您的村庄可真的出色呵，太太。魂灵有多少呢？”

“到不了八十。”那主妇说，“可惜我们光碰着这样的坏年头，去年又来了一个歉收，连上帝都要发慈悲的！”

“可是农奴却都显得活泼，屋子也像样。但我想请教您：您贵姓呀？昨天到得太晚，忙昏了……”

“科罗博奇卡[1]，十等官夫人。”

“多谢。还有您的本名和父称呢？”

“纳斯塔西娅·彼得洛夫娜。”

“纳斯塔西娅·彼得洛夫娜吗？高雅得很！纳斯塔西娅·彼得洛夫娜。我有一个嫡亲的姨母，是家母的姊妹，也叫纳斯塔西娅·彼得洛夫娜。”

“可是贵姓呢？”地主太太问，“您是税务官吧？”

“不是的，太太。”乞乞科夫微笑着回答道，“我不是税务官，我在外面走，只为着自己的事情。”

“那么，您是经手人？多么可惜！我把我的蜂蜜都贱卖了，您一定是要的，先生，可对？”

“不，我不大收买过蜂蜜。”

“那就是什么别样的东西。要麻吗？我现在可实在还不多——至多半普特[2]。”

“唉，不的，太太，我要的是别样的货色，请您告诉我，您这里可死了许多农奴没有呢？”

“唉唉！先生，十八个！”那老人叹息着，说，“还都是很出色、会做事的。自然也有些在长大起来，可是有什么用呢，毫没力气的家伙，税务官一到，却每个农奴的税都要收。他们已经死掉了，还得替他们付

---

① Korobochika，“小箱”或“小窝”之意。——译者注
② Pud，四十俄磅为一普特。——译者注

"我怎么能把他们让给您呢！"
"唔，那很容易。或者我问您买也可以。我付给您钱。"
"但是，怎么办呢？我实在还不懂您。您想把他们从土里刨出来吗？"

钱。上礼拜里，我这里烧死了一个铁匠，一个很有本领的铁匠！也知道做铜匠手艺的。”

“莫非这村子里失了火吗，太太？”

“谢上帝不给这样的灾殃！如果是火灾，那可就更坏了。并不是的，他全由自己烧死的。火是从他里面的什么地方烧出来的。他真也喝得太多了，人只看见好像一道青烟，他就这么的焦掉了，一直到乌黑的像一块炭；唉唉，是一个很有本领的铁匠呢。我现在简直全不能坐车出去了。这里就再没有人会钉马掌。”

“这是上帝的意志呵，太太。”乞乞科夫叹息着说，“违背上帝意思的事，人是唠叨不得的。您知道不？您肯把他们让给我吗，纳斯塔西娅·彼得洛夫娜？”

“让什么呀，先生？”

“唔，就是所有的那些人，那已经死掉了的。”

“我怎么能把他们让给您呢！”

“唔，那很容易。或者我问您买也可以。我付给您钱。”

“但是，怎么办呢？我实在还不懂您。您想把他们从土里刨出来吗？”

乞乞科夫知道这老婆子弄错了目标，必须将事情解释给她听。于是用简单的几句话，说明了这所谓让与或交易不过是纸面上的事，而且农奴还要算是活着的。

“但是，您拿他们做什么用呢？”老婆子说，诧异地凝视着他。

“这是我的事情了！”

“但他们是死了的呀！”

“当然，谁说他们是活的呢？正因为他们是死了的，所以使您吃亏，您仍旧要付人头税，我就想替您去掉这担子和麻烦呵；现在懂了没有？不但去掉，我并且还要付您五个卢布呢。您现在明白了吧？”

“我还是不明白。”那老婆子踌躇着，说，“我向来没有卖过死人。”

“这有什么稀奇！如果您卖过了，这才稀奇哩。您莫非以为这真的值钱的吗？”

“不不，我自然并不这么想。怎么会值钱呢？已经什么用处也没有了的！但使我担心的，却是他们已经死掉了的这一点。”

“这女人可真的是糊涂。”乞乞科夫想，“您听我说，太太，您再想一想吧！像他们还是活着一样，付出人头税去，这是您的很大的损失呀。”

“啊呀，先生，再也不要提了。”地主太太打断他的话，“三礼拜前，我就又缴了一百五十卢布，还要应酬税务官。”

“您瞧吧，太太，您再想想看，从此您就用不着应酬税务官了，因为纳税的是我，不是您了。全副担子我挑了去，连税契的经费也归我出。您明白了吧！”

主妇沉思了；她觉得这交易也并不坏；不过太新鲜、太古怪，也恐怕买主会给她上一个大当。他从哪里来的呢，只有上帝知道，况且又到得这么半夜三更。

“那么，您可以了吧，太太。”乞乞科夫说。

“老实说，先生，我可向来没有卖过死人。活人呢，那是有过的，还在三年前，我把两个娃儿让给了泼罗多波波夫，一百卢布一个；他高兴得很。那都是很能做事的。她们连餐巾也会织的。”

“现在说的可不是活人呀！上帝在上！我要的是死人！”

“老实说，我首先就怕会吃亏呢。你到底还是瞒着我。先生，也许他们是……，他们的价钱还要贵得多的。”

“您听我说，太太……您在想什么呀！他们怎么会值钱？您想想看！这是废料呀！您要知道，是毫没用处的废料呀！譬如您得了旧货，我们来说破布片吧：那自然还值些钱的，纸厂还会来买它。然而他们，却什么用也没有了！好，请您自己说，他们还有什么用？”

“那是一点不错的！自然什么用也没有。但使我担心的，也就是他们已经死掉了的这一点呵。”

“我的上帝，这真是一个糊涂虫。”乞乞科夫忍耐不住了，对着自己说,“总得说服她。真的，我弄得出汗了！这该死的老家伙！”于是他从衣袋里掏出手帕来，在额上拭着汗。但乞乞科夫的懊恼是没有道理的。即使是阔人，尤其是官员，如果和他们一接近就知道关于这些事，就和科罗博奇卡一式一样。一在脑袋里打定了什么主意之后，你就是用十匹马也拉它不转。无论怎样抗辩，都没有用。纵使说得大白天一样明明白白，也总像橡皮球碰着石墙壁似的弹回来了。乞乞科夫拭过汗，就又想，用了别样的方法来打动她试试看。

“太太。”他说，“您是不管我说什么，还是只顾自己说什么呢……我付您钱，十五卢布的钞票。您懂了没有？这是钱呀，路上是不会撒着的。比方您卖出蜂蜜去，什么价钱呢？请您说一句吧！”

“一普特十二个卢布。”

“您不要造孽，太太！您没有卖到十二个卢布的。”

“真的，先生！”

“现在您看，这是蜂蜜呀。到您能够采取它，恐怕要费一个年头，一整年的心计、辛苦和手脚的。马车载着到各处走，保护那可怜的蜂儿。一冬天还得藏在窖子里。您瞧就是！但死魂灵，却是不在这世界上的了。您并没有吃辛苦，费手脚。他们离开这世界，给您的府上有损失，都是上帝的意志。那一面，十二个卢布是您一切心计和辛苦的报酬，而这一面，您什么力气也不花，进益却不止十二个，倒是十五个卢布，而且并非银的，却是很好看的滴蓝的钞票哩。”乞乞科夫用这么强有力而且发人深省的道理上了战场之后，他以为这老婆子的终于降伏，大约是可以无疑的了。

“一点不错。”那地主太太说，“我是一个可怜的不懂世故的寡妇，还是再等一下，等有别的买主到这里来。我也可以比一比价钱。”

“不要闹笑话，太太！您自己想想看，您在说什么了。谁会来买这东西呢。他要这做什么用呢？”

“也许凑巧可以用在家务上的呵……”老婆子反对道——但她没有说完话，张开嘴巴，吃惊地看定他，紧张着在等候回答。

“死人用在家务上！——我的上帝，您真的不知道想到哪里去了！莫非在您的菜园里，到夜里好吓雀子吗？对不对？”

“神圣的耶稣，救救我们吧！你说着多么可怕的话呀。”那老婆子说，画了一个十字。

“另外还有什么用呢？坟和骨头，还是您的。这买卖不过是纸面上的事。究竟怎么样？您至少总得回答我一句。”

那老婆子又沉思起来了。

“您只在想些什么呀，纳斯塔西娅·彼得洛夫娜？”

“我可真不知道该怎么办才是哩。您还不如买点麻去吧！”

“什么，麻？谢谢您！我要的是别的东西，您却拿您的麻来啰唆。大麻先放着吧。如果我下一次来拜访，恐怕要买麻也难说的。那么，怎么样呢，纳斯塔西娅·彼得洛夫娜？”

“上帝知道，这真是古怪透顶的货色，我向来没有经手过的。”

这时候，乞乞科夫再也忍耐不住了，他愤愤地抓起一把椅子，在地板上一顿，并且诅咒她遭着恶鬼。

说到恶鬼，地主太太就怕得要命。

“啊呀呀，不要提它了！上帝也在的！”她脸色发青，叫喊说，“就在两三天前的夜里，我梦里总是看见它，看见这地狱坯子。祷告之后，我下了一回牌，可确是上帝差来罚我的呀。它的模样真可怕。它的角，比公牛的还长。”

“我希望您不至于看见一打！我还不及真正的基督教徒的博爱，我一看见一个可怜的寡妇没处安身，没法生活……那还是和你的田地都完结吧。”

“啊呀呀，你在这里说着多么怕人的话呀！”老婆子惴惴地看定他说。

“真的，没有别的话好说了，简直没有——您不要怪我说的直白——就像一只锁住的狗，躺在干草上，自己不吃草，却又不肯交给谁。您田地里所有的出产，我都要买，因为我也是在办差的……”这里他顺便撒了一点谎，并不希望有好处，然而却很有效。

这“办差”的话，给了纳斯塔西娅·彼得洛夫娜一个很深的印象。她说话，几乎用了恳求的声音：“为什么你就立刻生气呢？要是我早知道你这么暴躁，我倒不如不要回嘴的好了。”

“哪里哪里，我全没有生气呀！所有的事情比不上一个挤过汁的柠檬。我会气恼吗？”

“好咧，好咧。我拿十五卢布钞票把他们让给你就是。不过有一件事，先生，办差的时候不要忘记我，如果你要黑麦呀，荞麦粉呀，压碎麦子呀，或是肉类的话。”

“不会不会，太太，我再也不会忘记你了的。”他一面用手擦着三条小河似的、流下他脸孔来的汗，一面说。他还讯问，她在市里可有一个在法院里的密友、全权代理或相识者，可以办妥那订立合同和一切其余的必要的例规的人。“有的，那大牧师，基里尔神甫，他的儿子是在法院里的。”科罗博奇卡说。乞乞科夫就托她寄一封委托书去，还是由他自己来起草稿，省得老婆子写些无用的废话。

“如果他给上司买我一点面粉或是家畜，”科罗博奇卡想，“那就好了。我应该应酬他一下。昨晚上还剩着一点蛋面。我还是去吩咐费季尼娅烤蛋饼吧。用奶油来做鸡蛋饼，倒也不坏。这我做得好，也用不着多少时光。”于是主妇走了出去，实行蛋饼计划去了，并且好像还要添上家庭烹调法上的另外几样。但乞乞科夫却因为去取提箱里的纸，走进了他睡过一夜的客厅。屋子早已打扫好，胖胖的毛绒被和垫被，已经搬走了。沙发前面放着一张盖了罩布的桌子。他把提箱搁在桌子上，自己坐在沙发上，想休息一下，因为他觉得，自己满身是汗了，凡有他穿在身上的，从小衫到袜子，完全稀湿。“苦够我了，这该死的老太婆。”他说，休息了一会之后，就打开提箱来。

作者知道，许多读者们是爱新奇，很愿意明白提箱的构造和装着的东西的。这可以，我为什么不给满足一下这好奇心呢？总之，里面是这样子：中间是一个肥皂盒，肥皂盒旁边有狭狭的六七格，可以放剃刀。其次是两个放沙粉盒和墨水瓶的方格。两格之间有一条深沟，是装羽毛笔、封信蜡和长的物事的。还有一些有盖和没有盖的格子，为装短的物事，如拜客名片、邮票、戏园门票以及留作纪念的别的各种票子的。抽出上面的抽屉来，也有许多格子。其中的一个很宽大，藏着裁开了的许多纸。还有一个做在旁边的秘密的小抽屉，可以暗暗地抽出来，乞乞科夫的钱就总藏在这里面。这小抽屉，他总飞快地抽开，同时又飞快地关上的，所以他究竟有多少钱呢，无从明白。乞乞科夫马上动手，削好笔尖，写起来了。这时候，主妇也走进屋里来。

"你的箱子可真好哪，先生！"她说着，在旁边坐下了，"你一定是在莫斯科买的吧？"

"对了，在莫斯科。"乞乞科夫回答着，仍然写。

"我知道，在那边买来的都是好的。两年以前，我的姊妹从那边带了一双孩子穿的暖和的长靴来。真是好货色！不会破！她现在还穿着呢。啊呀，你有这许多印花。"她向提箱里看了一眼，就说。而实际上，也确有很多的印花在里面。"你送我一两张吧。我没有这东西。有时是得向法院去上呈文的。可总是没有印花。"

乞乞科夫向她解释，这并不是她所意料那样的印花。这是只用于买卖契约的，申请书上就不能用。但为了省得麻烦，他仍然送了她一张值一卢布的物事。写好信件之后，他就请她签名，并且要看农奴们的名单。但这位地主太太却好像全无她自己的农奴们的册子，倒是暗记在心里的。他催她说，自己来抄。有些姓，尤其是诨名，使他非常诧异，以至于正在抄录的时候，一听到就得暂时停下来。给他一个特别印象的是蔑视刷水槽的彼得·萨惠利耶夫，使他不禁叫了起来道："好长的名字！"有一个名叫"牛屎砖"，另一个却只简洁地叫科娄维·伊凡[①]。他抄完之后，用鼻子深深地吸了一口气，就嗅出奶油煎炒的食物的香味来。

"请您用一点吧。"主妇说。乞乞科夫回顾时，看见了摆满着美味食品的桌子。有香菇，有烙饼，有蛋糕，有蒸饼，有酪条，有脆饼和烘

---

① Kolovi Ivan，译出来是"轮子伊凡"的意思。——译者注

糕，以及各式各样的包子：大葱包子，芥末包子，凝乳包子，白鱼包子，还有莫名其妙的许许多多食物。

“请呀，这是奶油煎过的蛋糕，也许还可以吧？”那主妇说。

乞乞科夫抓过那奶油煎过的蛋糕来，没有吃到一半，就极口称赞起来了。在实际上，蛋糕本身固然并不坏，但当和老婆子使尽力气和转战沙场之后，更觉得格外可口了。

“您不用蒸饼吗？”那主妇说。作为这一个问题的答案，乞乞科夫即刻抓起三个蒸饼来，卷作一筒，蘸了熔化的奶油，抛进嘴巴里，于是用餐巾揩揩嘴唇和两只手。他大约这样的吃了三回之后，就请主妇吩咐去驾车。纳斯塔西娅·彼得洛夫娜立刻派费季尼娅到院子里去了，还教她回来的时候，再带几个热的蒸饼来。

“府上的蒸饼真是好极了，太太。”乞乞科夫一面去拿刚刚送来的蒸饼，一面说。

“对啦，家里的厨娘，倒是做得很好的。”主妇回答道，“可惜的是今年的收成坏得很，面粉也就并不怎么好了。但是您为什么这样的着急呢？”她一看见乞乞科夫已经拿起了帽子，就说，“车子还完全没有套好哩。”

“啊，马上套好的，太太。我的马夫是套得很快的。”

“您到办差的时候，不会忘记我的吧，是不是？”

“不会的，不会的。”乞乞科夫说着，跨出了大门。

“您不要买荤油吗？”主妇说，跟在他后面。

“为什么不要？我当然要买的。不过得缓一缓。”

“到耶稣复活节，我就有很好的荤油了。”

“您放心，我到您这里来买。您有什么，我就买什么，也要猪油。”

“恐怕您也要绒毛吧？一到复活节斋戒开始前，我就也有鸟儿的绒毛了。”

“好的，好的。”乞乞科夫说。

“你瞧吧，先生，你的车子还没有套好哩。”他们俩走到阶沿的时候，那主妇说。

“他马上套好的。只请您告诉我，我怎么走到大路上去呢？”

“这叫我怎么说呢？”主妇说，“拐弯很多，要给你说明白，是不容易的。或者不如叫一个娃儿同去，给你引路的好吧。可是你得在马夫台上有地方给她坐。”

“那自然。”

“那么，我叫一个娃儿同去就是，她认识路的，不过你不要把她带走，你听哪，新近就有一个给几个买卖人拐去了。”

乞乞科夫对她约定，决不拐带女孩儿，科罗博奇卡就又放了心，检阅她的院子了。她首先看到女管家，正从仓库里搬出一只装着蜂蜜的木桶。其次向一个农奴一瞥，他正在门道上出现，于是顺次地向她的家私什物看过去。为什么我们要把科罗博奇卡讲得这么长呢？科罗博奇卡，马尼洛夫，家务或非家务，和我们又有什么相干呢？我们不管这些吧！在这世界上，是没有整齐到异乎寻常的！刚刚看见欢喜，它就变成悲哀，如果留得它很长久，接着会迸出怎样的一个思想来呢，谁也不知道！人当然可以这么想：怎样么！？在无穷之长的人格完成的梯级上，科罗博奇卡岂不是的确站在最下面吗？将她和她的姊妹们隔开的深渊，岂不是的确深得很吗？她们住在贵族府邸的不可近的围墙里，邸里是有趣的香喷喷的铸铁的扶梯，那扶梯炫耀着铜光，红木，华贵的地毯。看了半本书，就打呵欠，焦躁地等着渊博精明的来客，在这里给她们的精神开拓一片地，以便发挥她们的见解，卖弄她们拾来的思想——这思想，是遵照着“趋时”的神圣的规则，一礼拜里就风靡了全市的，这思想，是并不会让他们的家庭和田地弄得不可收拾，却涉及法兰西的政治有怎样的变革，或者目前的天主教带来了怎样的倾向。算了吧，算了吧，为什么要讲这些事？然而又为什么在愉快无愁的无思无虑的瞬息中，却自然会透进一种奇特的光线到我们这里来的呢？脸上的微笑还未消尽，人却已经不是那一个，他变了另一个了，此刻显在他脸上的，已是另一种新的影子了。

“来了，我的车。”乞乞科夫一看见他的马车驶了过来，喊道，

“你怎么总是这么慢腾腾的，你这驴子！你那昨天的酒气一定还没有散尽吧！”

对于这，谢利凡没有回答一句话。

“那么，再见，太太！哦，您的那小姑娘呢？”

“喂！佩拉格娅！”老婆子向一个站在阶沿近旁的大约十二岁的娃儿叫道。这孩子身穿一件手织的有颜色的麻布衫。赤着脚，因为刚弄得满腿泥泞，一直到小腿上面，所以看起来好像穿着长统靴。“给这位先生引路去！”

谢利凡拉她登上马夫台。她上去的时候，先在踏脚上踏了一下，因此有点龌龊了，但即刻矫捷地爬上，坐在谢利凡的旁边。她之后，乞乞科夫也把脚踏在踏脚上，踏得车子向右边歪了过去，但也就坐好了。“呵，现在都好了。再会吧，太太！”他用这话向地主太太告别，马也开了步。

谢利凡一路上都很认真、正经，对于自己的职务也很注意，这是他在有了错处或者喝醉过酒之后向来如此的。马匹也都干净得出奇。有一匹的颈套，平常是破破烂烂，连麻屑都从破绽里露了出来的，现在也仔细缝过，修好了。他在路上，简直不大开口，不过有时响一声鞭子，也没有对他的马匹讲演，虽然连阿花也极愿意听一点训词。因为在这些时候，雄辩滔滔的御者是总归放宽缰绳，鞭子也不过Pro forma①地在马背上拂拂的。然而阴凄凄的嘴，这回却只有单调的不高兴的吆喝了，例如：“嘘！嘘！混蛋！慢些！”之类，另外再没有什么。阿青和议员也不满足，因为没有听到一句友爱的称赞它们的话。阿花在它那柔软肥胖的身上，吃了不少出格的受不住的鞭子。“瞧吧，这是怎么一回事？”它把耳朵略略一竖，自己想，“他竟知道应该打在哪里；他不打背脊，却直接打在怕痛的处所，不是耳朵上一鞭，就是肚子上一鞭。”

“右边？是不是？”谢利凡用了这枯燥的话，转脸去问那并排坐着的小姑娘，一面拿鞭子指着亮澄澄的新绿之间的，给雨湿得乌黑的道路。

① 形式般。——译者注

“那么，往哪儿走呢？”
“这边！”
“哎哟！你！这就是右边呀！连左右也分不清。”

“不，还不！我就要告诉你了！”小姑娘回答道。

“那么，往哪儿走呢？”当他们临近十字路的时候，谢利凡问。

“这边！”小姑娘用手一指，说。

“哎哟！你！”谢利凡说，“这就是右边呀！连左右也分不清。”

天气虽然好得很，道路却还是稀烂，烂泥粘着车轮，立刻好像包上了毛毡，车子不大好走了。而且泥土又很厚，很黏。因为这缘故，在午前，他们就走不到大路。如果没有这小姑娘，那是一定很难走到的，因为许多岔路，就像把捉住的螃蟹从网里放了出来一样，向四面八方地跑着。谢利凡的容易迷路，真也怪不得他。那小姑娘又指着远处的已经看得分明的房屋，说道：“那就是大路了。”

“那屋子是什么呢？”谢利凡问。

“客店呀。”小姑娘说。

“哦，那是我们自己找得到的了。你现在可以回家去了。”

他勒住车，帮她跳下去，一面自言自语道：“你这泥腿。”

乞乞科夫给她一枚两戈比的铜钱。她快活地跑回去了，高兴得很，因为她能够坐在马夫台上跑了一趟。

# 第四章

当临近客店的时候，乞乞科夫就叫停车，这为了两种原因，一是要给马匹休息了，二是自己也要吃些东西，添一点力气。作者应该声明，这一类人物的好胃口和食欲，可实在是令人羡慕的。对于那些住在彼得堡或是莫斯科，整天地想着早上吃什么，中午吃什么，后天早上又吃什么，待到要用午膳了，就先吞一两颗丸药，然后慢慢地吃下几个蛎黄和海蟹以及别的奇妙的海味去，终于就向卡尔斯巴德[1]，或是高加索跑去的上流先生们，倒并不觉得有什么大意思。不，这些先生们，是引不起作者的羡慕来的。然而中流的人们呢，第一个驿站上要火腿，第二个驿站上要乳猪，到第三站是一片鲟鱼或者有蒜的香肠烤一下，于是向餐桌面前坐下，无论什么时候，总仿佛不算一回事似的。大口鱼的汤，鲟鳇鱼和鱼膏在他的嘴里发响，发沸，还伴着鱼肉饼或一个鲇鱼饼，使不想吃的也看得嘴馋。——这些人物，是有一种很值得羡慕的天赋的。上流的先生们里面，情愿立刻牺牲他的农奴和他那用了本国式或外国式加以现代的改良，但已经抵押或并未抵押的田地的一半，来换取这好市民式的胃口的，目下也不只一两个了。然而对不起，即使用了钱以及改良了的或没有改良的田地，也还是弄不到一个中流先生那样的胃口来。

木造的破烂的客店，把乞乞科夫招进它那熏得乌黑的屋檐下去了，

---

① 德国的温泉场。先前俄国贵族是很喜欢到那里去的，但大抵只为了玩耍，并不是来养病的。——译者注

“您有乳猪吗？”
“有有！”
“用山葵腌的，还是用酸酪腌的？”

屋檐被车光的柱子所支持，很像旧式的教堂烛台模样。这客店是俄式农民小屋之一种，不过规模大一点。窗边和屋顶下，都有新木头雕镂的垂花，给暗昏的墙壁一比，更显得出色。外层的窗户上，画着插些花卉的酒壶。

乞乞科夫走上狭窄的木梯，跨进大门去。他在这里推开那嘎嘎发响的门，就遇见一个身穿花布衣、口说“请进来”的胖胖的老婆子。一到餐厅，他又遇到那些在村市的木造小客店里一定看得见的老相好了：生锈的大茶壶，刨光的松板壁，屋角上的装着茶壶茶碗的三角架，圣像面前的描金的瓷器，系着红绿带子，刚刚生过孩子的一只猫，还有一面镜，能把两只眼睛变作四只，脸孔照成好像一种蛋饼的东西。最后，是插在圣像后面的香草和石竹的花束，但早已干透，有谁高兴去嗅一下，就只好打起喷嚏来。

“您有乳猪吗？”乞乞科夫转过脸去，问那胖老婆子道。

“有有！”

“用山葵腌的，还是用酸酪腌的？”

“自然有山葵也有乳酪的。”

“拿来！”

老婆子就到柜子里去寻东西，先拿来一张碟子，其次是一块硬得像干树皮样的餐巾，后来一把刀，发了黄的骨柄，刀身薄得好像削笔刀，结末是一把只有两个刺的叉子和一个简直站不住的盐瓶。

我们的主角就照着他自己的习惯，立刻和她攀谈起来了。他讯问她，她自己就是这客店的主人呢，还是另外有东家；可以赚多少钱；她的儿子们是否和她同住；大儿子是什么职业，已经结了婚呢，还是单身；他娶了一个怎样的女人，有嫁资呢，还是没有；他的岳父是否满足；嫁妆太少了，那儿子可曾不高兴。总而言之，他什么琐碎都不忘记。至于他要讯问近地住着怎样的地主，那是不消说的，他明白了这布洛欣、波奇塔耶夫、米勒诺伊、切普拉科夫上校、索巴克维奇[1]。“哦！你知道索巴克维

[1] 这几个姓氏的俄文词根为：跳蚤、阅读、肥皂、鞍子、狗。——译者注

奇吗？”他问那老婆子，但接着又知道她不但认识索巴克维奇，也认识马尼洛夫，而且马尼洛夫要比索巴克维奇“规矩”点，“他立刻要一盘烧母鸡或是烧牛肉；如果有羊肝，那么，他就也要羊肝，什么都只吃一点点。索巴克维奇却总是只要一样，还吃得一个精光。是的，钱照旧，东西还要添好许多哩。”

当乞乞科夫在这样的谈天，一面享用着他的乳猪，盘里只剩了一片了的时候，忽然听到了跑来的马车的轮声。他从窗口一望，就看见一辆驾着三头骏马的轻快的篷车，停在客店前面了。从车子里出来了两位绅士。一个身材高大，黄头发的，另一个比较矮小些，黑头发。黄头发穿一件暗蓝的猎装，黑头发穿的是布哈拉[1]布的普通的花条短衫。还看见远远地来了一辆空的小篷车，拉车的是颈圈和麻绳络头都已破烂、毛鬣蓬松的四匹马。黄头发即刻走上扶梯来，黑头发却还在车子里寻东西，一面指着驶来的车，和仆役说话。乞乞科夫觉得这声音仿佛有些熟识似的。他正在凝视着他的时候，那黄头发已经摸着门口，把门开开了。是一个高大的汉子，长脸盘，或者如人们所惯说的失神的脸相，一撮发红的胡须。从他那苍白的脸色判断起来，他是常常卷在烟里的，如果不是硝磺烟，那就是烟草烟。他向乞乞科夫优雅地鞠躬，这边也给了一个照样的鞠躬作为回答。不到几分钟，他们就想攀谈起来，结识一下的模样，倘没有那黑头发旅客突然闯进屋里来，他们就已经做到第一步，几乎要同时说出大雨洗了尘埃，凉爽宜于旅行之类的问候来了。那人除下帽子，摔在桌子上，使劲地搔着头发。他是一个中等身材的汉子，通红的面颊，雪白铄亮的牙齿，漆黑的胡子。他有血乳交融一般的新鲜的颜色；他的脸上就跃动着健康。

“呦，呦，呦，”他一看见乞乞科夫，就突然张开臂膊，喊起来了“什么引你到这里来的？”

乞乞科夫知道，这是诺兹德廖夫，曾在检察长家里和这先生一同吃过饭，不到几分钟，他就已经显得非常亲密，叫起你我来了，虽然从乞乞

① Buchara，中亚的地名。——译者注

“呦，呦，呦，什么引你到这里来的？……我是从市集那里来的，好朋友，你给我道喜吧。我精光了，我连最后的一文也没有了。实实在在，一生一世，就没有弄得这么精光过。……”

科夫这一面，对他也并没有给予什么些微的沾惹。

“你哪里去呀？”诺兹德廖夫问，并不等候回答，又立刻接下去道：“我是从市集那里来的，好朋友，你给我道喜吧。我精光了，我连最后的一文也没有了。实实在在，一生一世，就没有弄得这么精光过。我只好雇一辆街车了。在窗口望一望吧，它还在这里！”于是他把乞乞科夫的头扭转去，几乎碰在窗框上。“看看这小马，这该死的畜生好容易把我拖到这里来了——我终于只好坐上他的车。”说这话同时，诺兹德廖夫就用指头指一指他的同伴。

“哦——你们还没有相识哩。我的姻兄米切耶夫！我们讲了你一早晨。我说，‘留心着，我们也许遇见乞乞科夫的。’但是，我精光到怎样，你怕不见得明白。不管你信不信，我不但失掉了我的四匹乏马，我真的什么都花光了。我也没有了表和链子。”乞乞科夫向他一看，他可真的没有戴着表和链子。而且看起来，好像他一边的胡子也比另一边少一点，薄一点似的。

“但是，如果我的袋子里还有二十卢布呢。”诺兹德廖夫说下去道，“只要二十个，不必多，我一定什么都赢回来，不但什么都赢回来，还要——那么，我就是一位阔绅士，我现在还有三千在袋子里面哩。”

“那是你在那边也说了的。”这时黄头发回答他说，“但到我给你五十卢布的时候，你立刻又都输掉了。”

“上帝在上，我没有输掉。真的没有。如果我那一回不发傻，那是至今还在的。如果我在那该死的七的加倍之后，不去打那角头，我可以把全场闹翻。”

“但是你没有把它闹翻呀。”黄头发说。

“自然没有，因为我在不合适的时候，打了角头了。你以为你的上校玩得很好吗？”

“不管好不好，总之他使你输掉了。”

“那算得什么。”诺兹德廖夫说，“我也会使他输得这么光。他该玩一回陀勃列忒[①]来试试，那我们就知道了，这家伙能什么。但这几天却逛得真有意思哩，朋友乞乞科夫。哦，真的，这集市可真像样。商人们自己就说，向来没有过这样的热闹。从我那领地里拿来的东西，无论什么，都得了大价钱卖掉了。唉唉，朋友，我们怎样的吃喝呵！就是现在想起来，畜生……可惜你没有在一起。你想想看，离市三里的地方扎着一队龙骑兵，你想，全体的兵官，总该有四十个，我相信全到市里来了，于是大喝了起来……骑兵大尉波采卢耶夫，是一个体面人——有这么多胡子。他把波尔多的葡萄酒单叫做烧酒儿。'快给我拿一瓶葡萄烧来。'他向堂倌大嚷着。中尉库夫申尼科夫……你知道，朋友，是一个很可爱的人！简直可以说，是一个真正的酒客。我们是常在一起的。还有波诺马略夫可给我们喝了怎样的酒呵！那是一个骗子，你要知道。他这里买不得东西。鬼知道他用什么混到酒里去。这家伙是用白檀、烧焦的软木、接骨木心在着色的；但如果要他从最里面的叫做'至圣无上'的屋子里悄悄地取出一瓶来，那可实在，朋友，立刻要相信是在七重天上了。还有香槟，我对你说……比起这来，那执政官家的简直就是水酒。告诉你吧，还不是单单的香槟哩，是一种极品香槟，双燕的香槟呀。我还喝了一瓶法国酒，'蓬蓬'牌，那，那香气——哼，就像蔷薇苞。另外呢，都有，你想什么就像什么……哎哟，我们大喝了呵！……我们之后还来了一个公爵。他要香槟。对不起，全市里一瓶也不剩了；兵官们把所有的酒喝光了。你可以相信我，中饭的时候，我一个就灌了十七瓶！”

“喂，喂！十七瓶，你可是还没有倒的。”黄头发点破道。

“我是一个很正直的人，我确是喝了的。”

“你怎么想，就怎么说吧。我对你说，你一下子是挡不住十瓶的。”

“打一个赌吧！”

“赌什么呢？”

“好，我们来赌你那市上买来的猎枪！”

---

① Doublet，纸牌比赛的一种。——译者注

"你怎么想，就怎么说吧。我对你说，你一下子是挡不住十瓶的。"
"打一个赌吧！"
"赌什么呢？"

“我不来。”

“唉，什么，来吧，试试看！”

“但是我一点也不想试。”

“你以为没有枪，就和没有帽子一样坏。听呀，朋友乞乞科夫，我可是真可惜你没有在那里。我知道，你一定会和库夫申尼科夫中尉分拆不开的。你们立刻会成为知己的。他不像检察长和那些我们市里的乡下阔佬一样，为了每一文钱发抖，他都来。盖勒毕克[①]呀，彭吉式加[②]呀，你爱什么就玩什么。唉唉，乞乞科夫，但和你玩什么，做什么呢？真的，你是一个大滑头，你这老狐狸！和我亲一个嘴！我爱得你要死了。米切耶夫你瞧，命运拉拢了我们；他来找我呢还是我在找他？一个很好的日子里，他来了，上帝才知道他从哪里来的！但是我恰恰也正住在这地方……那边车子有多少呀，好朋友！多得很哩。你要知道，很多呀！我也去抽了一回签，赢了两小盒香油，一只瓷杯，一张六弦琴。我再来看看我的运气的时候，又都输出去了，舞弊啊，还添上六个卢布。如果你知道库夫申尼科夫是怎样的一个花花公子那就好了。所有跳舞场，我总和他一同去。有一个，那真是好打扮，璎珞，花边，哼，什么都全有。我总在自己想：她妈的！但那库夫申尼科夫呢——就是一匹野兽，可对？——却坐近她去，用法国话去打招呼了。你可以相信我，他是连一个乡下女人也不肯放过的。他叫做‘摘野莓’。鱼也真好，尤其是鲟鱼。我带了一条来——还好，还在有钱的时候，我就想到要买它一条了。那么，你现在要到哪里去呀？”

“哦，我要去找一个人。”乞乞科夫说。

“找怎样的人？唉唉，算了吧！我们还是一同到我的家里去吧！”

“不，不，这不行。我有事情呢。”

“怎么，有事情！胡说八道！喂，你，阿波兑勒杜克·伊万诺维奇[③]！”

---

①② Galbik、Bankishka，均是打牌的一种。——译者注

③ 乞乞科夫的本名和父称是帕维尔·伊万诺维奇，诺兹德廖夫却乱叫作阿波兑勒杜克（Opodeldok）·伊万诺维奇，在那时的俄国算是很失礼的。——译者注

“不行，真的，我有事情，而且有点要紧的！”

“我来打一个赌，你撒谎！你说吧，到底找谁去？”

“唔，可以的。找索巴克维奇去。”

诺兹德廖夫立刻迸出一种洪大而且响亮的笑来，这种笑，是只有活泼而健康的人才有的，这时他大张了嘴巴，脸上的筋肉都在抖动，就露出一口完整的、糖一般又白又亮的牙齿来，连隔着两道门，在第三间屋子里的邻人，也会从梦中惊起，睁大了眼睛，喊起来道：“怎么这么高兴呀！”

“这有什么好笑呢？”乞乞科夫说，对于这在笑的人，他有一点懊恼了。

然而诺兹德廖夫放大了喉咙，仍然笑，一面嚷道：“不，请不要生气，我要笑炸了！”

“这丝毫没有什么可笑，我和他约过的。”乞乞科夫说。

“但到他那里去，你的生活不会有意思，他完全是一个吝啬鬼，刽子手！我明白你的脾气，如果你想在那里玩彭吉式加，喝好蓬蓬酒或者别的什么，那是一个天大的错。听着，好朋友！抛掉他妈的索巴克维奇吧！到我那里去！我请你吃鲟鱼，波诺马廖夫这畜生，是什么时候应酬得乱七八糟的，却担保说‘这是我特别办给你的！你就是跑遍全市集，也找不到这样的货色’。不过他是一个奸刁的流氓！我就当面对他说：‘您和我们的包做烧酒人，都是天下第一等大骗子。’我这么说了。这畜生就笑起来，摸摸自己的胡子。库夫申尼科夫和我，是每天到他店里去吃早饭的。哦，好朋友，我几乎忘记告诉你了：我知道你不会放开我，不过得声明在先，你就是出一万卢布也弄它不到手！”——“喂，波尔菲里！”他走向窗口，去叫他的仆人。那人却一只手拿把刀，一只手拿着面包皮和一片鲟鱼，那是趁了到车子里去取东西的机会捞来的。“喂，波尔菲里！”诺兹德廖夫喊道，“拿那小狗来！一条很好的狗！哼！”他转脸向了乞乞科夫，接下去道，“自然是偷来的！那主人不肯卖。我要用那匹枣骝马和他换，你知道，就是我从赫沃斯特列夫手里换来的那一匹呀。”但乞乞科夫却从他有生以来，一向就没有见过赫沃斯特列夫和枣骝马。

"老爷们不要用点什么吗？"这时那老婆子走近他们来，说。

"不！不要！我告诉你，朋友！我们逛了呀！不过你可以给我们一杯烧酒！你有什么酒？"

"有亚尼斯。"老婆子回答道。

"就是，也行，一杯亚尼斯。"诺兹德廖夫大声说。

"那就也给我一杯！"那黄头发道。

"戏园里一个歌女上台了，唱起来简直像夜莺一样，这样的一只金丝雀！库夫申尼科夫是坐在我旁边的，对我说：'朋友，你知道！这野莓我想摘一下了！'由我看来，就是玩乐的棚子的数目，也在五十以上。绥那尔提[①]风磨似的打着旋子，有四个钟头。"于是他从向他低低地弯着腰的老婆子的手里，接过杯子来。"拿这儿来！"一看见波尔菲里捧着小狗走进屋子里，他忽然大叫起来。波尔菲里的衣服，也像他的主人一样，是一件布哈拉布的短衫，不过更加脏一点。

"拿这儿来，放在这儿，地板上面！"

波尔菲里把狗儿放在地板上，它就张开了四条腿，嗅起地板来了。

"就是这条狗！"诺兹德廖夫说着，一面捏住它的领子，用一只手高高地举起。那狗就迸出一种真的叫苦的声音。

"我吩咐过你的，你又没有做。"诺兹德廖夫对波尔菲里说，一面留心地看着那狗的肚子。"篦篦它，你简直全不记得了。"

"没有，我篦了的。"

"那么，这些跳蚤从哪儿来的呀？"

"那我不知道。也许是，它从马车上弄来的吧！"

"胡说！混蛋！给它篦篦，你梦里也想不到。我看就是你这驴子把自己的传给了它的。瞧呀，乞乞科夫，瞧呀，怎样的耳朵！你来呀，碰一碰看！"

"何必呢！我看见的！这种子很好。"乞乞科夫说。

---

① Thenardi，那时的著名的马戏班子。——译者注

“碰一碰看，摸一下耳朵！”
“是的，会成为一只好狗的。”
“再摸摸它那冰冷的鼻头！拿手来呀！”

“不不，碰一碰看，摸一下耳朵！”

乞乞科夫要向诺兹德廖夫表示好意，便摸了一下那狗的耳朵。“是的，会成为一只好狗的。”他加添着说。

“再摸摸它那冰冷的鼻头！拿手来呀！”因为要不使他扫兴，乞乞科夫就又碰一碰那鼻子，于是说道：“不是平常的鼻子！”

“这是真正的猛狗呵！”诺兹德廖夫还要继续地说，“我得招认，我想找一只猛狗是已经很久的了。喂，波尔菲里，拿它去。”

波尔菲里捧着狗的肚子，搬回马车去了。

“听哪，乞乞科夫，你现在应该无条件地同我一道去。离这里不过五俄里。我们一下子就到。这之后，你可以再找索巴克维奇去的。”

“唔！”乞乞科夫想，“其实我竟不妨也去找诺兹德廖夫一趟。归根结蒂，他也不会比别人坏。同大家一样，是一个人！况且他又输了钱。这人什么都大意。我也许能够无须破费，从他那里抢点什么来的。”——“也好吧，可以的，不过有一点，你不能留住我，我的时间是宝贵的。”

“你瞧，心肝，你这么听话，乖乖。走过来，给你亲一个嘴吧！”于是诺兹德廖夫和乞乞科夫拥抱着，友好地接了吻。“很好，现在我们三个儿走吧！”

“不成，我是得请你原谅的。”黄头发说，“我该回家去了。”

“呀，糊涂，朋友！我不放你走。”

“不成，真的，我的太太也要不高兴的，况且你现在可以坐他的马车去了。”

“不行，不行，不行！你万不要想。”

那黄头发是这样的人们中的一个，起初，看他的性格是刚强的，别人刚刚张开嘴，他的话里已经带着争辩，如果和他的意见相反，他也决不赞成。他不肯称愚蠢为聪明，尤其是别人吹起笛子来，他决不跳舞。但到结末，却显出他的性子里有着一种柔弱、驯良，到底是对于他首先所反对的，变了赞成，称愚蠢为聪明，而且跟着别人的笛子，做起非常出色的跳舞来了。他们以激昂始，以丢脸终。

“呀，糊涂。”对于那黄头发的抗议，诺兹德廖夫回答着，把帽子捺在他的头上，于是，黄头发就跟着他们出去了。

“慈善的老爷，酒钱还没有付呢。”老婆子从他们后面叫喊道。

“不错，不错，老妈妈！对不起，好兄弟，你替我付一付！我的袋子里一文也没有。”

“要多少？”那亲戚问。

“有限得很，先生。不过八十戈比。”

“胡说！给她半卢布，已经太多了。”

“太少一点，慈善的老爷。”老婆子说。但也谢着收了钱，没命地跑去开门了。她并不折本，因为她把烧酒涨价了四倍。

旅客们走上马车，就了座。乞乞科夫的车，和坐着诺兹德廖夫和他亲戚的篷车并排走着，三个人在一路上都可以彼此自由地谈天。诺兹德廖夫的乡下牲口拉着的小篷车，缓缓地跟着，总是慢一点。那里面坐着波尔菲里和小狗。

我们的旅客们热心地谈天，在读者一定是没有什么大趣味的，我们还不如趁这时候，讲几句诺兹德廖夫本人吧，他在我们的诗篇里，所演的恐怕也并不是很小的角色。

诺兹德廖夫的相貌，读者一定已经很有些认识了。我们里面的无论谁，遇到这种典型的人物是决不只一次的。大家称这为活泼，当还是儿童和在学校的时候，就被看做好角色，但也因此得到往往很痛的鞭笞。他们的脸上，总表现着坦白、直爽和确实的英勇。他们一看见人，别人还不及四顾，就马上成了朋友。他们还立誓要做永久的朋友，而且好像也要守住他们的誓约似的；然而这新朋友大抵就在结交的欢宴的这一晚上，发生争论，又彼此打起来了。他们爱说话，会花钱，有胆量，不改口。诺兹德廖夫已经三十五岁了，却还像十八二十岁一样：爱逛荡，找玩乐。结婚也没有改变他一点，况且他的太太不久前赴了安乐的地府，只留给他两个孩子，那在他是毫无用处的。他把照管孩子们的事，都托付了一个非常好的保姆。在自己的家里，他停不了一整天。如果什么地方有市集，什么地方有集会，有跳舞或是庆典，即使距离有十五俄里之远，他的精灵的鼻子也嗅得出：一霎时他就在那里了，在赌桌上吵起来，大捣其乱，因为他也如这一流人一样，是一个狂热的赌客。我们在第一章上已经知道，他是玩得并不十分干净的，他会耍一套做记号和弄花样，所以到后来，这玩耍就常常变成别种的玩耍：他不是挨一顿痛打，遭几脚狠踢，就是被人拔掉他那出色的茂密的络腮胡子，以至于只剩了很有限的半部胡子回家。然而他那健康丰富的面颊，是用极好的质料造成的，又贯注着很强的繁殖力，胡子立刻又生出来了，而且比先前的更出色。而且最奇特的是，这大概是只有在俄国才会出现的——不久之后，他就又和痛打了他的朋友混在一起，大家攀谈，仿佛全没有过什么事，他这一面，也好像毫未受过侮辱似的了。

在若干关系上，诺兹德廖夫是一位“有故事”的人物。集会只要他有份，都要闹出一点“故事”来的。那“故事”常常是：被几个宪兵捏着臂膊，拉出客厅，或者给他自己的朋友硬推到门外去。如果不是这些，那么，就总要闹一点别人决不会闹出来的什么事，或者在餐厅里喝得烂醉，只是笑个不住，或者受了亲口所说的谎话的拖累，终于自己吃亏。他无缘无故地说谎，他会突然想到，讲了起来，说自己有过一匹马，是蓝条纹毛的，或淡红条纹毛的，或者是诸如此类的胡说，一直弄到在场的人们全都走开，并且说道：“喏，兄弟，我看你是诞妄起来了！”有一些人，是有毫无缘故对于身边的人说些坏话的热情的。例如有人，身居高位，仪表非凡，胸前挂星章，握了别一个的手，谈着令人沉思默想的极深刻的问题。但突然又当大家的眼前，说起对手的坏话来了，他就像一个平庸的十四等官，不再是胸前挂着星章，谈着令人沉思默想的极深刻的问题的人物，人们就只好痴立、吃惊，至多是耸一耸肩。诺兹德廖夫就也有这一种奇特的嗜好的。一有谁接近他，他就弄得他非常之窘：他散布一切出乎情理之外的，几乎不能更加诞妄的谣言，拆散婚姻，破坏交易，然而并不以为对人做了坏事；倒相反，待到再和他见面，却很亲热地走过来，说道：“你真是一个平凡得很的家伙！你为什么一向不来看看我呢？”在许多事情上，诺兹德廖夫确是一个多方面的人物，这就是说，他无所不能。他肯马上领你们到天涯海角去，他肯一同去冒险，他肯和你们换东西。枪，狗，马，都是他的交换目的物，然而想沾便宜的隐情，却是丝毫没有的，这不过是含在他那性格里面的一种活泼性和豪爽性的关系。他在市集上，幸而碰着一个傻瓜，赌赢了，那就把先前在店铺里看中了的东西，统统买拢来：马的颈圈，发香蜡烛，保姆的头巾，一匹母马，葡萄干，一只银盆，荷兰麻布，上等面粉，淡巴菇，手枪，青鱼，画，磨石，壶，长统靴，瓷器，到用完了钱为止。然而他把这些好东西带回家去的事情，是非常少有的。大抵就在这一日里，和另一个运道更好的赌客玩牌，弄得一干二净，有时还要添上自己的烟斗，烟袋，烟嘴，或者简直又是四驾马全班和一切附属品：篷车和马夫，弄得主人只好自己穿了一件短衣或者布哈拉布衫，跑去找寻可以许他搭车的朋友。这就是诺兹德廖夫！人也许以为这是过去的典型，并且说，现在可全没有诺兹德廖夫们了。啊，不然！说这话的人，是不对的。诺兹德廖夫在这世界上，是不至于消灭得这么快的。我们之间，到处都是，而且大约不过是偶然穿了一件别样的衣服，然而人们是粗心、皮相的，一个人只要换上别样的衣服，他们也就当做完全另一个人了。

这之间，三辆马车已经到了诺兹德廖夫家的阶沿前面。招待他们的设备，家里却一点也没有。餐厅中央，有两个做工的站在踏台上，刷着墙壁，一面唱着永不会完的单调的歌儿，石灰洒满了一地板。诺兹德廖夫立刻跑向他们去，他们就得和他们的踏台一同连忙滚出，于是跑向间壁的屋子，到那里续发其次的命令去了。客人们听到，他在叫厨子备午餐。已经又觉得有点肚饿的乞乞科夫，就知道总得快到五点钟，这才可以入座。诺兹德廖夫又即回来了，要带客人们到他那领地上去散步，还给他们看看可看的东西。他们为了目睹这一切，大约花了两个多钟头。直到无所不看，无可再看的时候，诺兹德廖夫这才安静。他们最先看马房，有两匹母马，一匹是带斑的灰色的，一匹是枣红色的，还有一匹栗色的雄马。雄马也并不见得出色，但诺兹德廖夫却宣誓而且极力说，这是他花了一万卢布买来的。

“一万是一定不到的。”那亲戚道，“这还值不到一千。”

“上帝在上！这值一万！”诺兹德廖夫说。

“你要起誓，随便起多少就是。”那亲戚回答着。

“那么，好吧，你肯打一个赌？”诺兹德廖夫说。

然而亲戚不要赌。

于是诺兹德廖夫把空的马房示给客人们，先前是有几匹好马在这里面的。也还有一只雄山羊，照迷信，马房里万不可少一只山羊，它和它的伙伴会立刻很要好，在肚子下往来散步，像在家里一样。之后，诺兹德廖夫又带了两位绅士走，要给他们看一匹锁着的小狼。“这是狼崽！”他说，“我是在用生肉喂它的！”之后又去看一个池，这池里，据诺兹德廖夫说，有着这么大的鱼，倘要拉它上来，至少也得用两条大汉。然而这时候，他的亲戚又怀疑了。“听哪，乞乞科夫，”诺兹德廖夫说，“我给你看几条出色的狗，那筋肉之强壮，是万想不到的！还有那鼻子！尖得像针！”他说着，领他们去到一间干净的小屋子，在四面围着的大院子的中央。他们一走进去，就看见一大群收罗着的狗，长毛的和浅毛的，所有毛色，所有种类，深灰色的，黑色的，黑斑的和灰斑的，浅色点的，虎斑的，灰色点的，黑耳朵的，白耳朵的，此外还不少……还有听起来简直像是无上命令似的各种狗名字，例如咬去、醒来、骂呀、发火、不要脸、上帝在此、暴徒、刺儿、箭儿、燕子、宝贝、女监督等。诺兹德廖夫在它们里，完全好像在他自己的家族之间的父亲：所有的狗，都高高兴兴地翘起了猎人口中之所谓“鞭”的尾巴，活泼地向客人们冲来，招呼了。至少有十条向诺兹德廖夫跳起来，把爪子搭在他的肩膀上。“骂呀”向乞乞科夫也表示了同样的亲爱，用后脚站起，给了一个诚恳的吻，致使他连忙吐一口唾沫。于是诺兹德廖夫用以自傲的狗的好筋肉，大家都已目睹了——诚然，狗也真的好。还去看克里米亚的母狗，已经瞎了眼，据诺兹德廖夫说，是就要倒毙的。两年以前，却还是一条很好的母狗。大家也来察看这母狗，看起来，它也确乎瞎了眼。从这里又走开去，因为要去看水磨，但使上面的磨石不动摇，并且转得很快的轴子，或者用俄国乡下人的怪话，为了它上上下下地跳着，就叫做“蚤子”的那轴子，却没有了。“现在就要到铁厂了。”诺兹德廖夫说。走了几步，大家也的确看见了铁厂，于是又察看了一下。

“在这田坂上，”诺兹德廖夫指着说，“兔子就有这么多，连地面都看不见了。新近我就亲自用手拉住了一只兔子的后脚。”

“啫，你要知道，用手是捉不住兔子的。”那亲戚插嘴说。

“我可是捉住了一只！真的！”诺兹德廖夫回答道，“哦，现在我要带你们看我的领地的边界去了。”他向乞乞科夫转过脸来，接着说。

诺兹德廖夫领客人们经过田坂，到处是生苔的小土冈。客人们都得从休耕的和耕过的田里取路。乞乞科夫觉得有些疲乏了。许多地方，他的脚竟陷在烂地里，而且陷得很深。起初，他们是在留心回避着走的，但到知道了这也不中用，就不管什么地方烂泥积得最厚，都信步地跑上去了。走过许多路之后，终于也看见了边界，是用一个木桩和一条小沟分划开来的。

“这是边界。”诺兹德廖夫说，“统统，所有在这边的，都是我的产业，连那个树林，那你们望去在那边蓝森森的，还有树林后面的地方，都是我的。”

“什么时候变成了树林的？”那亲戚问，“你新近买的吗？先前可还不是你的呢。”

“噢，就是新近买进来的。”诺兹德廖夫说。

“怎么能买这样快呢？”

“就是前天买好的，花了好多的钱，妈的！”

“那时你不在市集上吗？”

“唉唉，你这聪明的梭夫伦，人就不能一面逛市集，一面买田地吗？不错，我是在市集上，管家却当我不在的时候，把林子买下来了。”

“那总该是管家买的了。”那亲戚说，还是不相信，摇摇头。

客人们仍旧走着先前的不像样的路，回了家。诺兹德廖夫又引他们到自己的书斋里，但一间办事房里总归可以看到的东西，在这里却什么也不能发现的，这就是说没有书，也没有纸，壁上只挂着一把长刀和两支枪，一支三百卢布，另一支是八百卢布。那亲戚向屋子里看了一遍，尽是摇着头。诺兹德廖夫又给他的朋友们看了几柄土耳其的剑，其中的一柄上有铭文道："匠人萨惠黎·西比略科夫[①]"，大概只是误刻上去的。这之后，客人们又有摇琴赏鉴了，诺兹德廖夫立刻奏起一个曲子来。摇琴的声音并不坏，不过里面好像发生了一点什么，因为诺兹德廖夫奏着的马祖尔卡舞曲，忽然变成马尔博罗[②]的歌，而这又用那很旧的华尔兹曲来结了末。诺兹德廖夫早已不摇了，但这机器有一个极勇敢的管子，简直不肯沉默，独自还响了很久的时光。之后是大家要看烟斗了，诺兹德廖夫收集得很不少：木烟斗、瓷烟斗、海泡石烟斗，烟熏了的和没有烟熏的，麂皮包着的和没有包着的，等等；又看见一支琥珀嘴的长烟管，是诺兹德廖夫新近赢来的，还有一个刺绣的烟袋，是在什么驿站上，忘魂失魄地爱上了他的一位伯爵夫人的赠品，而且她的手儿，是"尽纤细之极致"的，这句话，大约算是把完美之至的意思竭力表示了出来的了。大家吃过几片鲟鱼之后，将近五点钟，这才就了餐桌。在诺兹德廖夫的生活上，中餐是没有排在大节目里面的，因为对于食品的烹调，好像并不十分看重：有的太熟，有的还生。厨子也似乎大抵只照着一种什么灵感，就用手头的一切好物事，做出肴馔来：近旁刚有胡椒瓶，他就把胡椒末撒在菜盘里；桌上有一株卷心菜，他就也加上卷心菜，还随手放进牛奶、火腿、豌豆去——一言以蔽之，他混起来，只要这菜热，也就已经有一种味道了！但诺兹德廖夫对于酒类，却看得很要紧：汤还没有上桌，他就先敬了客人一大杯葡萄酒，第二杯是上等白葡萄酒。因为府署和县署所在的市里，是没有平常的白葡萄酒的。此后诺兹德廖夫又叫取一瓶马德拉酒来，"就是大元帅，也没有喝过这么好的"。的确，这马德拉会烧人的喉咙，因为商人们是知道他们的买主——地主——的嗜好，喜欢强有力的马德拉的，他就尽量地掺进蔗酒去，有时也看准了俄国人的胃脏，什么都受得下，于是放一点王

① Saveli Sibiriakov，这是俄国人的名姓。——译者注
② John Churchill Marlborough（1650—1722），英国的大将，以常胜著名。——译者注

水[1]在里面。临了，诺兹德廖夫又叫取一瓶很特别的酒来，据他说，是一种香槟和蒲尔戈酒的综合。他极热心地斟满了左右两边的杯子，给他的亲戚和乞乞科夫。但乞乞科夫觉察到，他给自己却斟得很少，这使乞乞科夫有了一点戒心。当诺兹德廖夫正对着亲戚谈天或是斟酒之际，便乘机把自己的一杯倒在菜盘里了。接着又立刻拿出一瓶鸟莓烧酒来，据诺兹德廖夫说，是全像奶油味道的，但奇怪的是不过发着很强的浊酒气。后来又喝了一种香醪，有一个名目，然而很不容易记，连主人自己第二回说起来也完全是另一个了。中餐早已完毕，酒也都试过了，但客人们却还不离开桌面，乞乞科夫总不愿意当着那个亲戚的面，向诺兹德廖夫说出他藏在心里的事情来：那亲戚究竟是外人，这事情却只能密谈的。但那亲戚也未必是一个于他有害的人，因为他已经大醉，埋在椅子里，早就抬不起头的了。后来他自己也觉得情形有些不妙，就请诺兹德廖夫放他回家去，而且说得很低、很倦的声音，好像——用民族的俄国的表现方法说起来——用钳在马头上拔马嚼子。

“不行，不行，不行，我不放你走！”诺兹德廖夫说。

“不要难为我了，好朋友！真的，我要走！”那亲戚恳求道，“你不该这么虐待我的！”

“胡说！来，我们玩一下彭吉式加。”

“不行，好人，还是你自己玩吧！我实在不能玩了，我的太太要很不高兴我的；我也还得对她讲讲市集的情形去。真的，朋友！不给她一点小高兴，这是我的大罪过呀。求求你，不要留我了吧！”

“管她老婆干什么吗……！好像顶要紧的是你们两口子在一起！”

“不不，真的，朋友！她是很好的，我的太太，能干，诚实，一个模范的贤妻！她待我好。你可以相信我，我是常常感激得流下泪的。不不，不要想留住我了吧；我是一个正人君子——我得走了。我告诉你！老老实实！”

---

① 浓硝酸和浓盐酸的混合物。——译者注

“管她老婆干什么吗……！好像顶要紧的是你们两口子在一起！”

“不不，真的，朋友！她是很好的，我的太太，能干，诚实，一个模范的贤妻！她待我好。你可以相信我，我是常常感激得流下泪的。不不，不要想留住我了吧；我是一个正人君子——我得走了。我告诉你！老老实实！”

“放他走吧，我们要他做什么呢！”乞乞科夫悄悄地对诺兹德廖夫说。

“你说的对！”诺兹德廖夫道，“我最讨厌这样的孱头！”于是他大声地说下去道：“好吧，那就滚你的。去！尽找你的老婆去，你这吹牛皮的！”

“不是的，朋友！你不能骂我是吹牛皮的！”那亲戚回答说，“我仗她才有生活呢。真的！她是很可爱，很好，很温柔，娇小……我常常要流出眼泪来。她会问我，我在市集上看见了些什么——我得统统告诉她——她很可爱……”

“那么，去和她胡说八道去就是！”

“不，听哪，好朋友！你不能这样说她的，这也就是侮辱我呀，她是很好，很可爱的。”

“是了，快滚吧！找她去！”

“是的，的确，我要走了，原谅我不能奉陪。我是极高兴在这里的，但是我实在做不到。”那亲戚总在絮叨着一切赔罪的话，却没有留心到他已经坐上马车，拉出大门，在露天底下，田野上面了。由此知道，他的太太怕也未必会听到多少市集的情形吧。

“这么一个废物！”诺兹德廖夫走向窗口，目送着跑远去的马车，说，“这么跑！那旁边的马倒不坏，我早就看上了的。不过这家伙总不肯。只是一个孱头！”

大家走到隔壁的屋里去。波尔菲里拿进烛火来，乞乞科夫忽然见有一副纸牌在主人的手里了，却不知道他是从哪里取来的。

“来玩一把吧，朋友！”诺兹德廖夫说，一面把纸牌一挤，又一松，那十字封条就断掉，落在地上了。“消遣消遣呀，你知道。我想玩一下三百卢布的彭吉式加！”

然而乞乞科夫只装作全没有听到那些话的样子，却自己突然想到了什么似的，说道：“哦，几乎忘记了，我要和你商量一点事！”

“什么事呀？”

“但你得先答应我！”

“来玩一把吧，朋友！消遣消遣呀，你知道。我想玩一下三百卢布的彭吉式加！”

"那是什么事呢?"

"不，你得先答应我!"

"那么，好吧。可以的!"

"一言为定!"

"一言为定!"

"那么，你一定有一大批死掉的农奴，户口册上却还没有注销的吧!"

"自然!这又怎么样呢?"

"都让给我。把他们归到我的名下去!"

"你拿这有什么用呢?"

"我有用。"

"不，你说，什么用?"

"就是有用……这是我这边的事情了——一句话，我有用处。"

"里面一定还有缘故的。你一定在计划什么事。说出来吧!什么事?"

"唉唉，什么计划呀!这样的无聊东西，我能拿它计划什么呢?"

"那么，你要他们做什么呢?"

"我的上帝，你真是爱管闲事!无论什么垃圾，你也要用手去摸一下，而且简直还会嗅一下!"

"是的，但是你为什么不肯说呢?"

"就是我说了，你有什么用呢?这是很简单的，不过我想这么的干一下!"

"就是了，如果你不说，我就也不给!"

"听吧，这是你丢面子的。你说过一言为定的了，现在却不算了!"

"很好，随你说吧。在你没有告诉我之前，我不答应!"

"我怎么告诉他才是呢?"乞乞科夫想。他略一盘算，才说明他要找死魂灵，为的是想在交际社会里增加自己的名望，他没有大财产，所以原有的魂灵也不多。

“你胡说。”诺兹德廖夫说，打断了他的话，“你胡说，兄弟！”

乞乞科夫自己也感到，他的谎实在撒得不聪明，这虚构的口实也的确没有力量。“那么，好，我老实告诉你吧。”他正经地说道，“我请你只放在自己的心里，不要传开去。我准备结婚了，但可恨的是我那新妇的父母是极难说话的人，总想出人头地。一对该死的东西！和这样的人有了关系，我倒在懊悔了。他们一定要新郎至少也有三百个农奴，但我可一共几乎还缺一百五十个，那么……”

“不，兄弟，你胡说！”诺兹德廖夫又喊起来。

“不，真的，这回是连这样的一点谎也没有的。”乞乞科夫说着，用拇指头在小指尖上划出一块极小的地方来。

“如果不是胡说，拿我的脑袋去！”

“听呀，你侮辱我！我是何等样人呀？我为什么总要说谎呢？”

“可是我明白你了：你是一个大骗子——要知道我是看朋友交情上，这才说说的。如果我是你的上司，第一招就是在树上缢死你！”

听了这话，乞乞科夫觉得受侮了。凡有粗鲁的，有伤脸面的表现，是使他不舒服的。他不喜欢和不相干的人亲昵，但如果那是上等人物，就又作别论。因此他现在觉得心里不高兴。

“上帝在上，我要缢死你！”诺兹德廖夫重复说，“我很坦白说出来，而且说这也并不是为了侮辱你，倒是因为我自己相信，我是你的朋友。”

“一切事情都有一个界限。”乞乞科夫俨然地说，“倘若你爱用这样的语调，不如进兵营去。”于是他又接下去道：“你不肯送，那么，卖我也可以的。”

“卖！我明白你了。你是一个流氓。你不肯多出钱的。”

“喏，你也该知足了！想一想吧，你以为那是宝石似的东西吗？”

“你说的对，我明白你了。”

“不，听吧，朋友，多么小气呀。你其实是应该送给我的。”

“那就是了，我一个钱也不要，给你看看我并不是这么一个吝啬鬼。你买一匹种马去，农奴就算作添头。”

“请你想想，我要种马做什么用呢？”乞乞科夫说，对于这提议非常诧异了。

“你做什么用？买这捣乱家伙，我花了一万卢布，你只要出四千。”

“但是我拿它去做什么呀！我并没有牧场。”

“是的，再听我说，你还没有懂呢。现在我只要三千。其余的一千你可以后来再付的。”

“是的，但是，我简直完全用不着！实实在在！”

“那就是了，那么，买我的那匹枣红的母马去吧！”

“我也用不着母马。”

“我给你母马，还添上你已经见过的那匹灰色小马，只要两千卢布。”

“我用不着马！”乞乞科夫说。

“你可以再去卖掉的。无论在哪一个市集上，你都能赚三倍。”

“如果你相信可以赚这么多的钱，还是自己卖去吧。”

“这能赚钱，我是知道的，不过我愿意你也赚一点。”

乞乞科夫谢了他的友情，并且坚决地回绝了枣红的母马和灰色的小马。

“那么，在我这里买几条狗去吧！这一对会使你乐到脊梁都抽搐起来的。刺毫毛，硬胡子；那成堆的毫毛，就像刺猬的刺一样，而且那肋骨呵——简直是铁箍。还有那又小又胖的爪子——几乎不沾地……”

“唉唉！我用不着狗。我不是猎户。”

“但我很希望你也养几条狗。不过，你知道，如果你不要狗，那就买我的摇琴去。我告诉你，那是好东西。我自己呢，我是一个正人君子，不打谎，那时花了一千，给你却只要九百。”

“我要摇琴做什么用呀？我又不是德国人，要拿了这东西挨家地讨钱去！”

“但这并不是德国人所有的那样筒琴哩。这是一个风琴，你仔细地看去。真正玛霍戈尼树做的！来，我再给你看一下吧！”诺兹德廖夫就捏住乞乞科夫的手，拉到邻室去，他抵抗，两脚钉住了地板，想不动，他力

“如果你不愿意给我钱，那么，我们就这么办吧，你知道。我给你摇琴，再加上所有的死魂灵，你就留下你的篷车，还只要再付三百卢布。”

“又来了？我怎么回去呢？”

辩，自己很知道那摇琴，然而都没有用，他总得再听一回马尔博罗怎样的去出征。

“如果你不愿意给我钱，那么，我们就这么办吧，你知道。我给你摇琴，再加上所有的死魂灵，你就留下你的篷车，还只要再付三百卢布。”

“又来了？我怎么回去呢？”

“我另外给你一辆车。在库房里，我就给你看！你只要去漆一下。那就是一辆很体面的马车了！”

“这人给冒失鬼附了体吗？”乞乞科夫想，并且下了英勇的决心，凡是诺兹德廖夫的马车、摇琴，以及一切平常和异常的狗，即使那是前所未闻的，铁箍似的肋骨和又小又肥的爪子，都给他一个也不要。

“但是你全都到手了呀：马车，摇琴，死魂灵。”

“但是我不要。”乞乞科夫又说了一遍。

“为什么你不要？”

“很简单，因为我不要，这就是够了！”

“唉唉，你这家伙！和你打交道，是不能像和一个好朋友或是伙伴的。真是一个……现在看出来了，你是有两个舌头的人。”

“是的，我是驴子，对不对？毫无用处的东西，我为什么非买不可呢？”

“不不，不要提了！现在我明白你了。这样的一个无赖汉，的的确确。好吧，你听着，我们来玩一下彭吉式加。我押上所有的死魂灵，再加摇琴。”

“不，不，我的好人，用赌博来决输赢是靠不住的。”乞乞科夫向对手拿着的纸牌看了一眼说。他觉得对手很难相信，连纸牌也可疑。

“为什么靠不住？”诺兹德廖夫说，“这是没有什么靠不住的。如果你运气好，妈的，就什么都到手。瞧吧，你的运气多么好。”他说着摊开几张纸牌来，要引起乞乞科夫打牌的兴趣。“喏，这样的好运气，这样的好运气！总是这样上风。你瞧，这是该死的十，我会因此输得精光的。我知道会使我输得精光。但是我闭起眼睛，心里想，妈的！请便

“……好吧，你听着，我们来玩一下彭吉式加。我押上所有的死魂灵，再加摇琴。”
“不，不，我的好人，用赌博来决输赢，是靠不住的。”
“为什么靠不住？这是没有什么靠不住的。如果你运气好，妈的，就什么都到手。”

吧，这奸细！”

诺兹德廖夫正在讲说的时候，波尔菲里又拿进一瓶酒来了。但乞乞科夫都坚决地拒绝，不喝酒也不玩牌。

“你为什么不要玩？”诺兹德廖夫道。

“因为我不高兴。老实说，我根本就不是一个赌友。”

“为什么你不是一个赌友呢？”

“就因为我不是一个赌友呀。”乞乞科夫说，并且耸一耸肩。

“无聊家伙，你这！”

“上帝这样的造了我了，我也没法。”

“简直是一条懒虫。先前我至少还当你是一个有些体面的人。可是你全不明白怎样打交道。对你不能说知心话，你是连一点点的面子也不要的。全像索巴克维奇！废物一个！”

“你说出来，为什么骂我吧？不玩牌，就是我的错处吗？如果你是这么一个斤斤计较的家伙，那么，把魂灵卖给我就是了！”

“你拿恶鬼去！而且还是没有头毛的。我本要白送给你的，现在你可是拿不到手了，就是你献出一个王国来，我也不给。这样的一个扒手！这样的一个龌龊的坏货！我从此不和你来往了。波尔菲里，告诉管马房的去，不要给他的马匹吃燕麦了。给干草就足够。”

这样的结局，乞乞科夫是没有预先想到的。

“我还是不看见你的好！”诺兹德廖夫说。

这吵架并没有阻碍了主人和他的客人一同吃晚饭，虽然这回在桌上不再摆出各种佳名的酒来。不过孤零零地站着一小瓶，是契汶尔酒之一种，但其实是人们大抵叫做酸浊酒的。晚饭之后，诺兹德廖夫领乞乞科夫到一间旁边的屋子里，那里面铺着一张给他睡觉的床，并且说道：“你的床在这里。我不高兴对你说什么晚安。”

说完这话，他出去了，只剩下乞乞科夫一个人，心情恶劣之至。他在懊恨自己，自责他的同来这里，费了他许多要紧的时光；最难宽恕的是竟对他说出了自己的事情；真是粗心浮气，活像一个傻子；因为这一类事

……诺兹德廖夫是一个坏蛋，他会添造些谣言，不知道散布怎样的谎话，到底还弄出一个无聊的话柄来呢……晦气，真真大晦气！我真是一头驴子！……

情，是完全不能对诺兹德廖夫说的。诺兹德廖夫是一个坏蛋，他会添造些谣言，不知道散布怎样的谎话，到底还弄出一个无聊的话柄来呢……晦气，真真大晦气！“我真是一头驴子！”他对自己说。这一夜他睡得很坏。有一种很小却很勇敢的虫，不住地来咬他，痛得挡不住，使他用五个指头搔着痛处，一面唠叨道：“恶鬼抓了你去吧，连诺兹德廖夫！”当他醒来的时候，还早得很。头一件事，是披上睡衣，穿好长靴之后，就到院子边沿的马房去，吩咐谢利凡立刻套车子。归途中遇见了诺兹德廖夫，他也一样地穿着睡衣，嘴里咬着烟斗，在院子里从对面走过来。

诺兹德廖夫很亲昵地招呼他，还问他夜里睡得怎么样。

“总是这样！”乞乞科夫冷淡地答道。

“我也是的，朋友……”诺兹德廖夫说，“你可知道，我给该死的鬼东西闹了一整夜，我简直说不清。昨夜嘴里还有一种味儿，好像是一整队的骑兵在那里面过夜。你知道，我梦见挨了鞭子。真的！你猜是谁打的呢？我来打一个赌，你一定猜不着：是骑兵大尉波采卢耶夫和库夫申尼科夫打的。”

“好，好，”乞乞科夫想，“如果你真的挨一顿打，那倒实在不坏的。”

“上帝在上！这真的痛得要命！我就醒了，不错，周身都痒，该死的东西，这跳蚤！哦，回去穿起衣服，我就到你那里去。我只要再去骂一顿管家就行。”

乞乞科夫回到屋子里，洗过脸，换好了衣服。当他走进餐厅去的时候，桌子上已经摆着茶具和一瓶蔗酒了。屋里却还分明地留着昨天中餐和晚餐的遗迹，使女并没有用过扫帚。地板上散着面包屑，连桌布上也看见躺着成堆的烟灰。那主人，也就进来了，穿的还是睡衣，下面露着不穿小衫的、生着浓毛的胸脯。一只手拿了长烟管，一只手拿一个杯，喝着，这模样，对于极讨厌理发店招牌上面那样卷起、掠光，或者剪短的头的画家，实在是一个很好的图样。

“那么，你以为怎样？”略停一会之后，诺兹德廖夫说，“你不想

对于……画家，实在是一个很好的图样。

赌一下魂灵吗？”

“我已经告诉过你了，我不赌，却买——我愿意这样。”

“我不想卖，这不像朋友。莫名其妙的事，我是不干的。赌——那可是另外一回事了。玩牌吧！”

“我已经告诉过你了，我是不赌的。”

“你也不愿意交换吗？”

“我不愿意！

“哦，那么，听吧，我们来下象棋，好吗？你赢——就都是你的。该从户口册上注销的，我这里有一大批。喂，波尔菲里！拿象棋盘来！”

“请你不要费神，我可是不赌的！”

“但这并不是赌博呀。这不讲运气，也不能玩花样，什么都靠真本领的。而且我还得声明，我下得很不行，你应该饶我几招。”

“也许这倒很好的，试试看。”乞乞科夫想，“我先前象棋下得并不坏，况且他要在这里玩花样，也很难的。”

“也好！可以的。我还是和你下盘象棋吧。”

“魂灵——对一百卢布？好吗？”

“为什么？我想，五十卢布也足够了。”

“不行，你听哪，五十，这不像一注的！还不如我加上一条普通的猎狗，或者一个金的图章吧，你知道，那就像人们挂在表链上那样的东西。”

“那就是了！我可以来。”乞乞科夫说。

“可是你让我先几子呢？”诺兹德廖夫问。

“这怎么可以？自然不让先。”

“至少，开手要让我先两子的。”

“不行，我自己也下得很坏。”

“知道了，这下得很坏！”诺兹德廖夫说着，动了一子。

“我长久没有碰过棋子了。”乞乞科夫说着，也动了一子。

“知道了——这下得很坏。”诺兹德廖夫说着，又动了一子。

“我长久没有碰过棋子了。”乞乞科夫说着，又走下去。

“你胡说八道，朋友！”
“不，好人，恐怕正是你胡说八道，但可惜就是运气小。”
“你当我什么人？”

“知道了——这下得很坏。”诺兹德廖夫说着，又动了一下子，同时又用睡衣的袖口，把别的一子推向前去了。

“我长久没有碰过棋子了……喂，这是怎么的，好朋友？把这一子收回去！”乞乞科夫喊道。

“什么？”

“这一子是你得退回去的。”乞乞科夫说，但他忽然看见在他的鼻子跟前另外还有一子，像是想去吃帅似的。它是怎么来的呢，却只有上帝知道。“不行。”乞乞科夫说，“和你，是不能下的。人不能一下子就走三招！”

“怎么三招？这是弄错的。这一子是错带上来的。我退回去，如果你要这样。”

“还有这里的是怎么来的呢？”

“你说的是哪一子呀？”

“这里，这一子，想来吃帅的。”

“你怎么了呀！你好像不明白似的。”

“不，我的好人，棋子我都数过，什么都记得清清楚楚的，你刚刚把它推上来的。这里是它的原位！”

“什么——哪里？”诺兹德廖夫红着脸说。“你胡说八道，朋友！”

“不，好人，恐怕正是你胡说八道，但可惜就是运气小。”

“你当我什么人？”诺兹德廖夫说，“莫非你以为我在玩花样吗？”

“我并没有当你什么人，不过我自己警戒，不再和你下棋了。”

“不成，现在你早不能退走了。”诺兹德廖夫愤激了起来，“棋已经下开了头的！”

“可是我可以不下，因为你下得不像一个规矩人！”

“你说谎！你没有说出这样话来的权利！”

“不然，我的好人，那倒是你，你说谎的！”

“我没有玩花样，你也不能退开。你得下完这一盘！”

“你强迫我不来的。”乞乞科夫冷冷地说，走近棋局去，把棋子搅乱了。

诺兹德廖夫怒得满脸通红，奔向乞乞科夫，致使他倒退了两步。

“我却要强迫你，和我来下棋。你搅乱了棋局，也没有用的。我招招都记得！我们可以把这一局从新摆出来的！”

“不成，我的好人，我不和你下，这就够了！”

“你不下吗？是不？”

“你自己看就是，人是不能和你来下的！”

“不，要说明白：你下，还是不下？”诺兹德廖夫说着，更加走近乞乞科夫来，碰着了他的身体。

“不下。”乞乞科夫说，一面只得擎起双手，放在脸前，他看情形，已经料到要有一战了。这准备很得当，因为诺兹德廖夫模样是就要动手的，而且很容易打过来，会使我们的主角的漂亮丰满的脸上，蒙上洗不去的耻辱。然而他把那一击往斜下里架掉了，还紧紧地捏住了诺兹德廖夫的两只喜欢打架的手。

“波尔菲里，保甫路什卡！”诺兹德廖夫发疯似的叫喊起来，一面挣脱着。

这一叫喊，乞乞科夫就放掉了他的手，因为他不愿意给仆役目睹这有趣的场面，而且同时觉得，永远扭住诺兹德廖夫也是毫无意思的。这刹那间，波尔菲里走进屋子里来了，后面跟着保甫路什卡，是一个强壮的小子，和他是尝不到好味道的。

“你总不肯下完这一局吗？”诺兹德廖夫说，“说出来：是，还是不。”

“要下完它，我可做不到。”乞乞科夫说着，向窗外瞥了一眼。他看见自己的马车已经套好，旁边是谢利凡，好像只在等候叫他拉到门口来的命令。然而总逃不出这屋子去，因为门口站着两匹强有力的驴子——诺兹德廖夫的家奴。

“你总不肯下完这一局吗？”诺兹德廖夫再说一遍，脸上气得通红。

“如果你下得规规矩矩……但是……不下了！”

“不下？你这恶棍！你觉得自己要输了，你就会马上不下了！打

"打他!"

他！”他突然暴怒地喊起来，一面转向波尔菲里和保甫路什卡，自己也抓起了他那樱木的长烟管。乞乞科夫白得像一块麻布。他想说些什么，但他只觉得自己的嘴唇在动，却没有发出一点声音。

“打他！”诺兹德廖夫大叫着，拿了他那樱木的长烟管向他奔来，发红而且流汗，恰如喊着向一个难攻的要塞冲锋一样。“打他！”诺兹德廖夫好像一个狂暴的中尉，正当猛烈的总攻击之际，对他的中队喊道：“前进，儿郎们！”这中尉，是以蛮勇获得名望的，当战斗使他无法可想的时候，就只好发这命令。然而战云已经把他弄昏，他觉得周围一切都在打旋子了。大将斯服罗夫的影子，仿佛就在前面飘浮。重大的目标在那里，他就瞎七瞎八冲过去。他喊着：“前进呀，儿郎们！”但这事怎样地破坏了已经筹定的总攻击的计划却并不细想，而藏在云间一般的难攻的要塞的墙壁的枪洞里，有几百万枪口，和自己带着的无力的小队，会像轻微的羽毛似的在空中纷飞，以及敌人的枪弹会呼啸着飞来，使这边的叫喊沉默下去之类的事，也并不重视了。然而，就是把诺兹德廖夫当做一个没头没脑地向要塞冲锋、疯里疯气的中尉似的人物吧，而这被他猛攻的要塞本身，却和那种要塞毫不相像，倒相反，这要塞是感到一种恐怖，连心脏也掉到裤子里去了。他想拿着护身的椅子，已经被家奴们从手里抢去了，他已经闭上眼睛，凶多吉少，准备用脊梁来挨这家主人的长烟管，另外还要出什么事呢，那可只有上帝知道了。

然而福从天降，我们的主角的肋肋、肩膀，以及所有养得很好的各处的皮肉，幸而都没有事。完全出乎意外，突然响起来了，好像天使的声音，是一个铃铛声，驶来的马车的车轮声，连屋里也听得到的三匹跑热了的马的沉重的呼吸声。大家都不禁连忙跑到窗口去。一个留了胡子，穿着军人似的衣服的人，跨下车子来。他在门口问过主人之后，就走进屋子里，其时乞乞科夫还在吓得发昏，也还在凡是垂死的人总要尝到的可怜之至的状态里。

“我可以问，两位里面谁是诺兹德廖夫先生？”那客人问，于是用了诧异的眼光，向手里拿着长烟管站在那里的诺兹德廖夫看了一眼，也向

"我这来，为的是通知你一件我所收到的公文。在对于你的未决案件有了法律的判决之前，你是被告。"

"呀。胡闹！怎样的案件？"

"您牵涉在地主马克西莫夫的案件里了，您在酩酊状态之际，用杖子打他，给了他人格的侮辱。"

刚从他那可悲的状态里开始恢复转来的乞乞科夫看了一眼。

“我可以先问，光临的是谁吗？”诺兹德廖夫走近他去，说。

“我是地方法院院长！”

“您贵干呢？”

“我这来，为的是通知你一件我所收到的公文。在对于你的未决案件有了法律的判决之前，你是被告。”

“呀。胡闹！怎样的案件？”诺兹德廖夫说。

“您牵涉在地主马克西莫夫的案件里了，您在酩酊状态之际，用杖子打他，给了他人格的侮辱。”

“胡说，我根本就不认识这地主马克西莫夫。”

“可敬的先生！您要注意：我是官吏。您可以对您的仆役这么说，对我却不能。”

到这里，乞乞科夫便不再等候诺兹德廖夫对于这的回答，抓起自己的帽子，从地方法院院长的背后溜出门外，坐在他的马车里，并且命令谢利凡，用全速力赶马匹跑掉了。

# 第五章

我们的主角却还是担心得很。车子虽然用了撒野的速率在往前跑，诺兹德廖夫的庄子，已经隐在丘冈、田野、小山后面了，他总还在惴惴地四顾，好像以为就要跳出追兵来似的。他呼吸得很沉重，把手按在心上，就觉得跳得像是一只笼子里的鹌鹑。"我的上帝，真叫我出了一身大汗。这东西！"于是他从诺兹德廖夫本身咒起，一直到他的祖宗。其中确也有几句很不好听的话，但有什么用呢。一个俄国人，又是在生气呀！况且这事情完全不是开玩笑："无论怎么说，"他对自己道，"如果这局面上没有地方法院院长出现，恐怕我现在就不能够还在欣赏这美丽的上帝的世界了！恐怕我就要像水泡似的消灭，不留一点我在这世间的痕迹，没有后代，也没有钱财和田地以及好名望传给我的儿子和孙儿了！"我们的主角，实在替他的子孙愁烦得很。

"这么一个坏老爷。"谢利凡想，"这样的一个老爷，我一生一世里就还没有看见过。真的，应该对脸上唾他一口，不给人吃，那还可以，可是马却总得喂的呀。因为马是喜欢燕麦的，这就是它的养料；我们要粮食，那么，它就要燕麦。这正是它的养料呵。"

马匹也好像因为诺兹德廖夫而显着不高兴的态度。不但阿青和议员，连阿花也不快活。虽然它的一份燕麦，一向总比别的两匹少，而且谢利凡放进槽去的时候，一定说这一句话："吃吧，你这废料！"不过这总归是燕麦，并非平常的干草，它便愉快地嚼起来，还时时把它的长脖子伸到两位邻居的槽里去，估量一下它们得到的是怎样的养料。当谢利凡不在马房里的时候，它就更加这么干。但这回却都不外乎干草——这是不行的！它们都不满足了。

然而，这不满足却在它们的抑郁中，被突然的而且意外的事件打断了。当六匹马拉的车子向它们驰来，坐在车里的女人们的喊声和车夫的叫骂声已经到了耳边的时候，这边的一切连着马夫这才心魂归舍。“喂，你这流氓，该死的，我大声地告诉了你：向右让开，老混蛋！你喝昏了，还是怎的？”谢利凡知道自己不对了，但俄国人，是不喜欢在别人面前认错的，他就也威风凛凛地叫道：“你怎么瞎七瞎八地冲过来啊！你把你眼珠当在酒店里了吧？”同时他使劲地收紧缰绳，想使车子退后，从纠结中脱开。但是，啊呀，他的努力没有用，马匹由它们的马具叉住了。阿花很觉得新奇似的嗅着在它身边的新朋友。这时坐在车里的女客是忧容满面，看着一切的纠纷。一个已经有了年纪，另一个是十六七岁的姑娘，金色头发，光滑地贴在她小巧的脸上。她那漂亮的脸盘圆得像一个嫩鸡蛋，闪着雪白、透明的光，也正像嫩鸡蛋，刚从窠里取出，在管家女黑黑的手里，拿着映了太阳，查看一下时光。她那娇嫩的菲薄的耳朵，当被逼人的温热照得潮红时，也在微微地颤动。还有从那张着不动的嘴唇，闪在眼里的泪珠上的受惊的表情，也无不非常漂亮，致使我们的主角失神地看了几分钟之久，毫不留心车子、马匹和马夫的纠葛了。

“退后！老混蛋！”那边的马夫向谢利凡叫喊道。他勒一勒缰绳，那边的同行也这么办，马匹倒退了几步，但立刻仍旧回上来，那些皮条又重新缠绕起来了。在这样的情境里，那新相知却给了我们的阿花一个很深的印象，致使它不再想从那因为意外的命运、陷了进去的轮道中走出。它把嘴脸搁在新朋友的脖子上，还似乎在耳朵边悄悄地说些什么事：确是些可怕的无聊事，因为那对方总在摇耳朵。当这大混乱中，幸而住得并不很远的村子里，有农民们跑来帮忙了。一场这样的把戏，对于农民，实在是一种天惠，恰如他们的日报或聚会之对于德国人一样，车子周围即刻聚集了许多脑袋的堆，只有老婆子和吃奶孩子还剩在家里。人们卸下皮带

“现在行了，”农人们喊道，“打！打呀！给它一鞭！喂给这黄马！为什么要像小蜻蜓似的张了腿不听话。”

来，阿花在鼻子上挨了很重的几下，因为要使它退走。一句话，马儿们是拆散，拉开了。但那刚到的马匹，不知道是不愿意和新朋友分离，还是倔强呢，任凭马夫尽量地抽，也总像生了根似的站着。农人们的同情和兴味，大到不可限量了。大家争着挤上来，给些聪明的意见。“去，安德留什卡，把右边的马拉一下。米卡伊大叔骑在中间的一匹上，上去呀，米卡伊大叔！”那又长又瘦的米卡伊大叔，是一个红胡须的汉子，便爬在中间的马上了。他就像乡下教堂的钟楼，或者要更确切，就是一个汲井水的瓶子。马夫鞭着马，然而没有效，米卡伊大叔也做不出什么大事情。“慢来！慢来！”农人们喊着，“你还是骑到边马上去，米卡伊大叔；米念伊大叔骑在中间的马上吧！”米念伊大叔是一个广肩阔背的农夫，一部漆黑的络腮胡子，那肚子，就像足够给一切市场上受冻的人们来煮甘甜的蜜茶的大茶炊，他高高兴兴地骑在中间马上了，使它为了这重负，几乎要弯到地面。“现在行了，”农人们喊道，“打！打呀！给它一鞭！喂给这黄马！为什么要像小蜻蜓似的张了腿不听话。”但一看出做不到，打也无用，米卡伊大叔和米念伊大叔就都骑在中间这一匹马上，使安德留什卡爬到边马上去了。马夫到底也耐不下去了，便双双赶走，米卡伊大叔和米念伊大叔，都滚他的蛋。这正好，因为马匹好像一息不停地，跑了一站似的正在出大汗。他先给它们喘过气来，它们也就自己拉着车走了。

当闹着这事变的时候，乞乞科夫却浸在对于不相识的年轻小姐的考察中。他有好几回，想和她去攀谈，然而总是做不出。这之间，那小姐就走掉了，漂亮的头带着标致的脸相，和那苗条的姿态，都消失了，像一个幻景；乞乞科夫又看见了村路，他的马车和读者早已熟识的三匹马，还有谢利凡这一流人，以及四面的空无一物的田野。凡在人间，在粗笨的，冷酷的，穷苦的，在不干净的，发霉的下等人们里——也如在干净的，规矩的，单调的上流人们里一样——无论在哪里，我们总会遇到一回向来从未见过的现象，至少也总有一回会燃起向来无与相比的感情。这在我们，就是一道灿烂的光，穿过了用苦恼和不快所织成的我们的一生的黑暗，恰如黄金作饰、骏马如画、玻窗发闪的辉煌的箱车，在突然间，而且在不意中，驰过了向来只见有看熟的乡下车子经过的寒村一样；农人们就还是张开嘴巴，诧异地站着，不敢戴上帽，虽然那体面的箱车早已远得不见了。这年轻的金发小姐在我们的故事里，也就是这样的在突然间而且在不意中出现，又复这样的不见了的。倘使这时并非乞乞科夫，却是一个二十来岁的青年——一个骠骑兵，或是一个大学生，或是一个刚刚上了他那人生之路的平常的凡夫俗子——那么，我的上帝，他会怎样的激昂奋发，他会怎样的魂飞神往啊！他将要久久痴立在那地方，眼睛望着远处，忘记了道路和旅行的目的，忘记了因为他的迟延而来的一切呵斥和责难，是的，他并且忘记了自己、职务、世界，以及在世界上的一切东西了！

然而我们的主角是已经到了中年，且有一种冷静、镇定、切实的性格的。他也曾沉思了一番，还想到过许多事，但他的思想却是更加务实的东西：他的思想决不如此糊涂，倒是很清楚，很有根据。“一个出色的姑娘！”他说，其时就打开他的鼻烟壶，嗅了一下，“但在她那里，最好的是什么呢……她那最好的是，她好像刚刚从学堂或者女塾毕业，还没有特别的女形女势。她现在还是一个孩子，什么都朴实、单纯，想到了就说，高兴了就笑。要使她成为什么还都可以，她能成为一个佳人，却也一样的会变一个废物——会变的，如果请婶子或是妈妈来教育。只要一年，就满是女形女势，连她自己的父亲也会觉得她是另一个人。她会成一个骄傲的、装腔的人，只在外面学来的规矩上彷徨、佩服，心思都花在她和什么人讲什么事以及讲多少话，她怎样瞟她的情人这些事情上。于是害怕得很，连一句多余的话也不敢说，终于就该做什么也简直不明白了，一生就像是一个大谎言在那里逛荡着。呸！妈的！”到这里，他沉默了一会，这才接下去道：“我愿意知道她是什么人呢？她的父亲是做什么的？是有名望的地主，还不过是一位正人君子，只从办公上积了一点小钱的呢？如果那娃儿带着二十万卢布嫁妆——有一个规矩人，就可以和她享福了。”这二十万卢布对他发着很动人的光芒，使他心里怪起自己来，为什么不在叉车的时候，向马夫问一声她们的名姓呢，但这时索巴克维奇的村庄已经分明可见，他的思想就被赶走，转到他自己的事情上去了。

这庄子，在他看起来是很大的，两面围着白桦和黑松的树林，像是一对翅膀，这一只显得比那一只暗一点；中间站着一所木房子，红色的屋顶，暗灰色的——实在是粗糙的墙壁——恰如我们造给屯田兵和德国移民的房屋一样。一看就知道，关于建筑的设计，建筑家是很和主人的趣味斗争了一下的。建筑家是内行，喜欢两面相称，主人却第一要便利，所以一面的墙壁上，一切通气的窗户都堵塞了，只有一个该在昏暗的堆房上那样的小小的圆窟窿。还有一个破风（即“山花”，三角形，位于建筑正中央上方，常饰有华丽的雕刻。），虽然建筑家怎样费力，也总不能弄到屋子的中央去；主人一定要把一根柱子竖在旁边，于是原是四根的柱子，便见得只有三根了。前园是用很坚实、粗得出奇的木栅围起来的。到处都显得这家的主人，首先是要牢固和耐久。马房、堆房、厨房，也都用粗壮的木材造成，大约一定可以很经久。农奴的小屋，也造得非常坚牢。没有一处用着雕刻装饰的雕墙，以及别样的儿戏——所有一切，为主的只有一个坚实。就是井干，也用厚实的槲树做成，这种材料，普通是只用于造水磨和船只的。一句话：凡有乞乞科夫所看见的，无不坚固，而且屹然地站在地面上，排排节节，还似乎有着深沉的不可动摇的布置。

当马车停在阶沿前面时，乞乞科夫看见了两张脸，几乎同时从窗子里望出来：一张是女的，狭长到像一条黄瓜，裹着头帕；一张是圆圆的男人脸，很大，像那穆尔大比亚的南瓜，就是俄国却叫做“葫芦”，用它来做巴罗拉加琴，那二弦的轻快的乐器——这在不怕羞、爱玩笑的农家少年们是荣耀和慰藉，那些修饰齐整的青年，就由此向着那聚到周围来听妙音的粉头酥胸的姑娘们，使眼色，发欢声的。那两张脸在窗口一瞥之后就又消失了。一个灰色背心上带着蓝色高领子的家丁，便出到阶沿上，迎乞乞科夫进了大门，主人已经在那里等着。他一看见客人，只简短地道了一声“请”，就引他到里面去了。

当乞乞科夫横眼一瞥索巴克维奇的时候，他这回觉得他好像一头中等大小的熊。而且仿佛为了完全相像，连他身上的便服也是熊皮色：袖子和裤子都很长，脚上穿着毡靴，所以他的脚步很莽撞，常要踏着别人的脚。他的脸色是通红的，像一个五戈比铜钱。谁都知道，这样的脸在世界上是很多的，对于这特殊的工作，造化不必多费心机，也用不着精细的工具，如锉子、锯子之类，只要简单地劈几斧就成，一下——瞧这里吧，鼻子有了——两下——嘴唇已在适当之处了；再用大锥子在眼睛的地方钻两个洞，这家伙就完全成功，也无须再把他刨平、磨光，就说道“他活着哩”，送到世上去。索巴克维奇也正是这样的一个结实的，随手做成的形象：他的姿势，绝妙透顶，不过间或转一下他的头，为了这不动，他就当然不很来看和他谈天的人，却只看着炉角或房门了。当和他一同经过餐厅的时候，乞乞科夫再瞥了他一眼，就又心里想：“一只熊，实在完全是一只熊。”而且这是命运怎样奇特的玩笑啊：他的名字又正叫做米哈尔·谢米诺维奇[①]。乞乞科夫是知道索巴克维奇的老脾气，常要踏在别人的脚上的，便走得很小心，总让他走在自己的前面。但那主人似乎也明白他那坏脾气，所以不住地问道：“恐怕我对您有了疏忽之处了吧？”然而乞乞科夫称谢，并且很谦虚地声明，直到现在，他还没有觉得有什么疏忽之处。

他们进得客厅，索巴克维奇指着一把靠椅，又说了一声“请”。乞乞科夫坐下了，但又向挂在壁上的图画看了一眼。全是等身大的钢版像，真正的英勇人物，即古希腊的将军们，如米太亚得·客蒙·伯里克利等，末一个穿着军服，红裤子，鼻梁上戴眼镜。这些英雄们，都是非常壮大的腰身，非常浓厚的胡子，多看一会，就会令人吓得身上发生鸡皮疙瘩。奇怪的是，在这希腊群雄之间，也来了巴格拉基昂[②]公，一个瘦小的人，拿一张小旗儿，脚下是一两尊炮，还嵌在非常之狭的框子里。其次又是古希腊的女英雄：罗培里娜，单是一条腿，就比现在挂满在这客厅里的无论哪一位阔少的全身还要粗。这家的主人，自己是一个非常健康而且茁壮的人，所以好像也愿意把真正健康而且茁壮的人物挂在那家里的墙壁上。罗培里娜的旁边，紧靠窗户，还挂着一个鸟笼，有一只灰色白斑的画眉，在向外窥视，也很像索巴克维奇。主客两位，彼此都默默地坐着不到两分

---

① 俄国称呼熊为“米莎”，这是米哈尔的爱称。——译者注

② Bagration（1766—1812），是参加反拿破仑战争的俄国的著名将军。——译者注

"这是我的费奥杜利娅·伊万诺夫娜。"

钟，房门开处，这家的主妇，是一位高大的太太，头戴缀着自家染色的带子的头巾走进来了，她脚步稳重，头笔直，好像一株椰子树。

“这是我的费奥杜利娅·伊万诺夫娜。”索巴克维奇说。

乞乞科夫就在费奥杜利娅·伊万诺夫娜的手上亲吻，那手，是几乎好像她塞到他嘴里来的一般。由这机会，他知道了她的手是用黄瓜水洗的。

“心肝我可以介绍帕维尔·伊万诺维奇给你吗？”索巴克维奇接着说，“我们是在市长和邮政局长那里认识的。”

费奥杜利娅·伊万诺夫娜请乞乞科夫就座，她一样地说了一声“请”，把头一动，仿佛扮着女王的女戏子似的。于是她也坐在沙发上，蒙着她毛织的头巾，眼睛和眉毛，从此一动也不动了。

乞乞科夫又向上边一瞥，就又看见了粗腰身、大胡子的米太亚得，伯里克利以及装着画眉的鸟笼子。

大约有五分钟，大家都守着严肃的沉默，来打破的只有画眉去吃几粒面包屑，用嘴啄着鸟笼的木板底子的声音。乞乞科夫又在屋子里看了一转，这里的东西也无不做得笨重、坚牢，什么都和这家的主人非常相像。客厅角上有一张胖大的写字桌，四条特别稳重的腿——真是一头熊。凡有桌子、椅子、靠椅——全都带着一种沉重而又不安的性质，每种东西，每把椅子，仿佛都要说“我也是一个索巴克维奇”或者“我也像索巴克维奇”。

“我们在审判厅长伊万·格里戈里耶维奇那里，谈起了您呢。”乞乞科夫看见在场的人谁也没有开口模样，终于说，“那是一个礼拜四了。我在那里过了很愉快的一晚上。”

“是的！那一回我没有到审判厅长那里去。”索巴克维奇道。

“是一位很体面的人物，不是吗？”

“您说谁呀？”索巴克维奇说，看着暖炉角。

“说审判厅长！”

“在您，恐怕是会觉得这样的。他其实是共济会员，可又是世上无双的驴子。”

乞乞科夫一听到这过分的评论，颇有点仓皇失措了，但他即刻又有了把握，于是马上接下去道：“自然，人总是各有他的弱点的。可那执政官，却是一位很出色的人吧？”

“怎么？那知事？一位出色的人？”

“是的！我说得不对吗？”

“是强盗，像他的找不出第二个。”

“怎么？执政官是一个强盗？”乞乞科夫说，怎么执政官会入了强盗伙，他简直不能懂。“我老实说，这可实在是没有想到的。”他接着道，“但请您许我提几句：他的行为，却全不是这一类。可以说，他有很温和的性格。”作为证据，他还拉出执政官亲手绣成的钱袋来，并且竭力赞扬了他那可亲的脸相。

“然而这可就是强盗脸呀！”索巴克维奇说，“您给他一把刀拿在手里，送他到街上去，他就杀掉您，毫无情面，只为一文小钱！他和那副执政官，是真真正正的阎王”“哦，他和他们大约有些矛盾的。”乞乞科夫想，“我还是和他谈谈警察局长吧，那人，我看起来是他的朋友。”

“但是，照我看来，”他说道，“老实说，我觉得警察局长是最惬人意了。多么直爽坦白的性格，他很有点质朴，诚实。”

“是一个骗子！”索巴克维奇很冷静地说，“他有本领，会先来骗了您，卖了您，又立刻和您一同吃中饭。我知道他们，真正的骗贼。全市镇就是这模样：这一个骗贼骑住了另一个，追捕着他们的还有第三个，全都是犹大，卑鄙的奸细，还有点什么用处的只有一个审判员——不过到底也还是一只猪。”

在这些虽然略短，却是好意的传记的评论之后，乞乞科夫觉得其余的官员们的叙述，也不大记得起来了，而且他悟到，索巴克维奇是不喜欢说人们一点好处的。

“你看怎么样，心肝，我们去坐起来？”索巴克维奇夫人对她的男人说。

"……我知道他们，真正的骗贼。全市镇就是这模样：这一个骗贼骑住了另一个，追捕着他们的还有第三个，全都是犹大，卑鄙的奸细……"

“请。”索巴克维奇说着，就走向餐桌那里去，照着古来的好习惯，主客各先喝过一杯烧酒，并且吃起来，这是广大的俄罗斯全国上下，无论城乡，在中饭之前总是预备的先是各种咸渍和开胃食品的小吃。然后大家都到餐厅去。主妇走在最前面，好像一只浮水的天鹅。小小的桌子上，摆着四个人的刀叉。那第四位上，立刻有一个人坐下去了，要说这人是颇不容易的，她究竟是什么呢？太太还是姑娘？是亲戚，是管家妇，还不过是住在这家里的女人呢？她大约三十岁，没有头巾，用一条花布围巾披在肩膀上。在这世界上，是有这样的创造物的，她并非独立地存在，倒仅仅是别个上面的一个斑，一个点。她总是坐在同一的地方，头总是保持同一的姿势；人们拿她当家私什物看，也想不到她在一生中，会张开嘴来说句话；倘要相信她会笑，倒是得到使女屋或是堆房里去观察的。

“今天的菜汤很出色，我的宝贝。”索巴克维奇喝着汤，一面说，一面又拿过一大块包肚来，这有名的食品，普通是和菜汤同吃，用荞麦粥、脑子、蹄子肉，灌在羊胃里做成的。“这样的包肚，”他又转向着乞乞科夫，接续说，“您走遍全市也找不出，在那里，鬼知道卖给您的是什么呢！”

“但在执政官那里，倒也吃得很不坏。”乞乞科夫道。

“是的，那么，您可知道，那东西是怎么做的呢？您一知道，可就不要吃了！”

“那东西是怎么做的，我自然不能明白，但那猪排和鱼，却出色的。”

“在您，恐怕是会觉得这样的。我很知道他们在市场上买东西的事情。厨子这坏蛋，受了一个法国人的指教，就只买一只老雄猫，剥掉皮，当做兔子用。”

“呸！你说的是多么讨厌的事情呀！”索巴克维奇的太太说。

“叫我有什么法子呢，宝贝？他们那里，就是这么干的呀。他们惯于这么干，可不是我不好呀。所有末屑，我们的亚库拉是要抛到垃圾桶里去的，他们却拿它来做汤。总是做汤，统统做汤。”

“在食桌上，你总说些这样的事！”索巴克维奇太太抗议道。

“这有什么要紧呢，宝贝？”索巴克维奇说，“如果我自己也是这样子呢，然而我爽爽快快地告诉你：这样的脏东西，我可是不吃的。青蛙，即使是糖煮的，我不吃。蛎黄也一样。蛎黄看起来好像什么，我明白得很。请您再用一块烧羊肉。”他向着乞乞科夫，接续说，“这是羊肋骨，不是斯文的绅士们喜欢吃的，用市场上躺了四天的羊肉做出来的肉饼子。那都是德国呀、法国呀的医生先生们想出来的计策。因此我真想统统绞死他们。节食法——也是他们的发明。好法子——用饿肚子来治病。因为他们自己是又乏又躁的体质，就以为俄国人的肚子，也只要这么办一下就成。哪里，这统统是不对的，这是真正的胡闹，这统统是……”于是索巴克维奇气愤地摇摇头。“他们总在说什么文明，但他们的文明却不过是一个……哼！我几乎要说出口来了，但这样的话，吃饭时候是不该说的。我这里却完全不一样。我这里呢，如果是烧猪或烧鹅，那就拿出一只全猪或全鹅来。我宁可只有两样菜，不过要给我吃一个饱，直到心满意足。”索巴克维奇就用着实行，鲜明地支持了他的言论：他拿半爿羊脊肋放在盘子里，吃了下去，连骨头也嚼一通，直到一点也不剩。

“哦，哦。”乞乞科夫想，“他也知道什么是上算的。”

“我这里却完全不一样。”索巴克维奇用饭单擦着手，说：“我不是那什么普柳什金，他有八百个魂灵，那过活和吃喝，却比我们的看牛人还要坏。”

“这普柳什金是什么人呢？”乞乞科夫问。

“是一个贱种。”索巴克维奇说，“这样的吝啬鬼，人是想也想不到的。囚犯的生活也还要比他好：他把他所有的家伙都饿死了。”

“真的？”乞乞科夫显着同情的样子，插嘴说，“这是真的吗？像您说过，他那里饿死了很多的农奴？”

“像蝇子一样。”

“不，真的？像蝇子一样？我可以问一下，他家离这里有多远？”

“大约五里地吧。”

“五里地！”乞乞科夫叫了出来，还觉得他的心有点跳了，“如果

“这普柳什金是什么人呢？”
“是一个贱种。这样的吝啬鬼，人是想也想不到的。囚犯的生活，也还要比他好：他把他所有的家伙都饿死了。”
“真的？这是真的吗？像您说过，他那里饿死了很多的农奴？”

从这里的大门出去，他的庄子在右边，还是在左边呢？”

“去找这狗的道儿，您还是全不知道好！我通知您，您倒不如不要关心他吧。”索巴克维奇说，“如果有谁到不成体统的地方去，比去找他倒还情有可原哩。”

“不，我也并不是有什么目的，在这里打听的。我单是问问，因为对于风土人情，我是有很大的兴趣的。”

羊肋之后，来了干酪饼，每个都比盘子还要大，于是又来一只小牛般大的火鸡，塞满着各种好东西：白米，鸡蛋，肝，以及只有上帝知道的别的什么，都夹着装在肚子里，好像一个核。中饭这算是收场了。但当站了起来时，乞乞科夫觉得自己加重了整整一普特。大家又走进客厅去，却已经有一盘果酱摆在桌子上了——然而不是梨子，不是李子，也不是什么莓子的——但主客两面，谁也没有去碰一碰。主妇走出去了，要再取几样果酱来。趁这机会，乞乞科夫就转脸向了索巴克维奇，他却埋在一把靠椅里，只是哼；他饱透了，嘴巴一开一闭的，吐出几声不清楚的声音来；用手画过十字，就又去掩住了嘴巴。但乞乞科夫转向了他，说道：“有一点事情，我很愿意和您谈一谈！”

“您不再用一点蜜饯吗？”主妇又拿了一个果碟来，说，“这是萝卜片，蜜煮的！”

“慢慢的！”索巴克维奇说，“现在进去吧，帕维尔·伊万诺维奇和我，我们要脱了外套，休息一下子了！”

那主妇又立刻要叫人去拿垫子和枕头，但索巴克维奇却道：“不必，我们已经坐在靠椅上。”于是他的太太就走掉了。

索巴克维奇略略伸长着脖子，准备来听是怎样的事情。

乞乞科夫绕得很远，首先是通论俄国的广大，他竟无法称赞，恐怕古代的罗马帝国，也未必有这么大，外国人觉得诧异，是一点都不错的……（索巴克维奇仍然伸着脖子，倾听着。）而且看这光荣无比的国度里的现行的法律，还有登在人口册上，即使他已经不在这世上生活了，但在下次新的人口调查之前，却还当做活着一样看待的农奴；这自然为的是不给衙门去多担任无聊的无益的调查，也就是省掉事务上的烦杂，因为虽是没有这么办，国家机关也已经足够烦杂了……（索巴克维奇仍然伸着脖子，倾听着。）但要知道，这方法固然好，不过总不免使多蓄农奴的人，有了很重的负担，因为他们还得缴已经不在了的农奴的人头税，和活着的相同。但是他自己，乞乞科夫，对于他索巴克维奇是怀着万分敬仰之意的，所以很愿意来分担一点这沉重的义务。关于主要之点，乞乞科夫是说得非常留心的，而且也不说死掉的，却只说“不在的”农奴。

索巴克维奇仍然略略伸长了脖子，坐着，听是听的，但脸上竟毫不露出一点什么的表情。几乎令人疑心对着一个不活的，或是没有魂灵的人，否则虽有魂灵，也不在身子里，恰如那不死的柯希牵[1]似的，远在什么地方的山阴谷后，还带着一个厚壳，里面即使怎么震动，外面也绝无影响了。

“那么？”乞乞科夫问道，有些藏不住心里的焦急，等着回答。

“您要死掉了的魂灵吗？”索巴克维奇很平静地说，绝无惊疑之色，好像说着萝卜白菜似的。

“对啦。”他又想把话说得含糊一点，便添上一句道，“那些已经不在的。”

“那是有的，有的是！怎么会没有呢？”索巴克维奇说。

“哦，是吧？您既然有，那么，您一定是很愿意脱手的吧？”

“可以！我是很愿意卖给您的。”索巴克维奇说，还把头一抬。他分明已经看穿这买主是要去赚一笔大钱的了。

“畜生！”乞乞科夫心里想，“这家伙倒要卖给我了，我还一句也没有提呢！”于是提高声音道：“那么，可否问一下，您要卖多少呢？虽然……这样的货色……也很难定出价钱来……”

“那么，克己一点，每只一百卢布吧。”索巴克维奇说。

“一百卢布！”乞乞科夫叫起来了，他张开了嘴巴，吃惊地看着索

① Kosichai，是俄国传说中的人物，充当着“无常”的角色，也就是“死”。——译者注

“您要死掉了的魂灵吗？”
“对啦。那些已经不在的。”
“那是有的，有的是！怎么会没有呢？”
“哦，是吧？您既然有，那么，您一定是很愿意脱手的吧？”

巴克维奇的脸。他已经摸不清，是自己听错了呢，还是索巴克维奇的舌头向来不方便，原是想说别一句的，却说了这样的一句了。

“哦，您以为太贵吗？”索巴克维奇说，又立刻接下去道，“那么，您出什么价钱呢？”

“我的价钱？我看我们是有点搞错的，或者彼此都还没有懂，而且，忘记了说的是什么货色。干干脆脆，我说，八十戈比。这是最高价了。”

“天哪！这成什么话！八十戈比？”

“可不是吗！我看是只能出到八十戈比的。”

“我不是在卖草鞋呀！”

“但您也得明白，这也并不是人。”

“哦，您以为您能找到谁，会二十戈比一个，把注册的魂灵卖给您的吗？”

“不然，请您原谅，您为什么还说‘注册’呢？魂灵是早已死掉了的。剩着的不过是想像上的抓不住的一句话。但是，为了省得多费口舌，我就给您一个半卢布，一文不添。”

“您可真是不顾面子，竟会说出这样的数目来！请您老老实实，还一个实价！”

“这不能，米哈尔·谢米诺维奇，实在不能了！做不到的事，总归做不到的。”乞乞科夫说，但因了策略立刻又添了五十戈比。

“为什么您要这样俭省的呢？”索巴克维奇说，“这可真的不贵呀。您如果遇到了别人，他会狠狠地敲您一下，给您的并不是魂灵，倒是什么废物。您从我这里拿去的，却是真正的挑选过的茁实的好角色，都是手艺人和有力气的种田人。您要知道，例如米锡耶夫吧，他是造车子的，专造带弹簧的车子，而且决不是只能用一个钟头的莫斯科那里做的那样，决不是的，凡是他做出来的，都结结实实。他做车子，还自己装，自己漆哩。”

乞乞科夫提出抗议来，说这米锡耶夫可是早已不在这世界上了，然而索巴克维奇讲开了兴头，总是瀑布似的滔滔不绝。

“还有那木匠斯台班·泼罗勃加呢？我拿我的脑袋来赌，您一定找不出更好的工人来。如果他去当禁卫军，是再好也没有的！身长七尺一。”

乞乞科夫又想提出抗议，说这泼罗勃加也是不在这世界上的了。然而索巴克维奇讲得出了神。他的雄辩仿佛潺潺的溪流一般奔下来，以至于令人不能不倾听。

“还有米卢什金，那泥水匠，会给您装火炉，只要您愿意装在什么地方，哪一家都可以；或者马克西姆·捷利亚特尼科夫，靴匠，锥子一钻，一双长靴就成功了。而且是怎样的长靴呀！他并且滴酒不喝；还有耶来美·索罗科普廖欣哩！他一个，就比所有的人们有价值。他是在莫斯科做工的，单是人头税，每年就得付五百个卢布，这都是些好工匠呀！和什么普柳什金卖出来的废物是不同的。”

“但请您原谅。”给这好像不肯收梢的言语的洪水冲昏了的乞乞科夫终于说，“您给我讲他们的本领干什么呢？现在是什么意思也没有了。他们是死了的人呀！俗谚里说的有：死人只好吓鸟儿。”

“他们自然是死了的。”索巴克维奇说。好像他这才醒悟，明白了他们确是死人一样，但即刻说下去道：“但所谓活人，是些什么东西呢？那是苍蝇，不是人。”

“不过那至少是活的！您说的那些，却究竟单单是一个幻影。”

“啊，不然，决不是幻影。我告诉您，这样的一个家伙，像米锡耶夫的，您就很不容易找到第二个。这样的一个工匠，是不到您这屋子里来的。不然，决不是幻影。这家伙肩膀上有力量，连马也比不上。您在别处还见过这样的一个幻影吗，我倒愿意知道知道。”说到末一句，他已经不再向着乞乞科夫，却向了挂在墙上的伯里克利和巴格拉基昂的画像了，这在彼此谈论之际，是常有的，不知道为了什么缘故，一个忽然不再看着对手，就是批评他的议论的人，却转向了偶然走来、也许他全不相识的第三者，虽然他明知道不会得到赞同的回答，或者意见，或者表示的。然而他

“您说的那些，究竟单单是一个幻影。”

“啊，不然，决不是幻影。我告诉您，这样的一个家伙，像米锡耶夫的，您就很不容易找到第二个。这样的一个工匠，是不到您这屋子里来的。不然，决不是幻影。……”

把眼光注在他上面，好像招他来做判断人模样，于是这第三者就有点惶恐，他竟来回答这并未听到的问题好，还是宁可守着礼节，先站一下，然后走掉的好呢，连自己也难以决定了。

“不成，两卢布以上，我是不出的。”乞乞科夫说。

“好吧，因为免得您说我讨得太多，您可简直还得太少，那就是了，就七十五个卢布一只——但是要钞票的——卖给您吧。看朋友面上。”

“这家伙在要什么呀？”乞乞科夫想，“他在把我当驴子看待哩！”于是他说出来道：“这可真真奇特，看起来，几乎好像我们是在这里玩把戏，演喜剧似的。我是说不出别的什么来了，您显得是一位聪明人，一切教养都有。但商量的是什么事呢？这不过是……嘘……一个真正的空虚！这有什么价值，这有谁要！”

“但是您在想买，那么，您一定是要的了！”

这时乞乞科夫只好咬咬嘴唇，找不出回答。他喃喃地讲了一点家里的情形，索巴克维奇却不过声明道：“我全不想知道您府上的情形，我不来参与家务——这是您个人的事，您要魂灵，我就来卖给您。在我这里不买，您是要后悔的。”

“两卢布。”乞乞科夫说。

“唉唉，您竟是这样的一个人！像俗谚里说的：黄莺儿总唱着这一曲。咬住了两卢布，简直再也放不掉了。您给一个确实价钱吧。”

“吓，这该死的东西！”乞乞科夫想，“不要紧，我就再添上半个卢布吧，给这猪狗，使他可以好一些。”“那就是了，我给您两个半卢布。”

“很好，那么，我也给您一个最后的价钱：五十卢布！这还是我吃亏，这样出色的家伙，您想便宜是弄不到手的！”

“这可真是一个吝啬鬼！”乞乞科夫想，于是不高兴地说下去，“那不行，您听一下吧！您的模样，好像真在这里商量什么紧要事似的！这东西，别人是会送给我的。我到处可以弄到，用不着花钱，因为如果能够脱手，谁都高兴。只有真正老牌的驴子，这才愿意留着，还给他们去纳税的。”

“不过您可也知道，这样的买卖——这是只有我们俩，并且为了交情，这才说说的——是并不准许的呢！假如我，或者别的谁讲了出去的话，这买客的信用就要扫地，谁也不肯再来和他订约，他想要恢复他的地位，也就非常困难了。”

“瞧吧，瞧吧，他就在想这样，这地痞！”乞乞科夫想，但他的主意并没有乱，一面用了最大的冷静，声明道：“您料的全不错，我到您这里来买这废物，倒并不是拿去做什么用，不过为了一种兴趣，由于我自己生成的脾气的。如果两卢布半您还觉得太少，那么，我们不谈吧。再见！”

“放他不得！他不大肯添了。”索巴克维奇想，“好吧，上帝保佑您，您每个给三十卢布，就统统归您了。”

“不成，我看起来，您是并不想卖的，再见再见。”

“对不起，对不起。”索巴克维奇说着，不放开他的手，并且踏着他的脚。我们的主角忘记留心了，那报应，便是发一声喊，一只脚跳了起来。

“对不起得很。我看我对您有些疏忽了。您请坐呀，那边，请请。”他领乞乞科夫到一把躺椅那里去，叫他坐下了。他的举动，有几手竟是很老练的，恰如一匹已经和人们混熟，会翻几个筋斗，倘对它说：“米莎，学一下呀，娘儿们洗澡和小孩子偷胡桃是怎样的？”它也就会做几种把戏的熊一样。

“不行，真的，我把时光白糟蹋了。我得走了，我忙哩！”

“请您再稍稍等一下。我就要和您讲几句您喜欢听的话了。”索巴克维奇于是挨近他来，靠耳朵边悄悄地说，好像在通知一种秘密，“四开，怎样呢？”

“您是说二十五卢布吗？不行，不行，不行！再四开也不行。一文不添的。”

索巴克维奇不回答，乞乞科夫也不开口。这静默大约继续了两分钟。巴格拉基昂公用了最大的注意，从墙壁上自己的位置上，凝视着这交易。

“那么，您到底肯出多少呢？”索巴克维奇说。

“两卢布半！”

“一到您这里，一个人的魂灵就同熟萝卜差不多了。至少您出三卢

“那么，您到底肯出多少呢？”
“两卢布半！”
“一到您这里，一个人的魂灵就同熟萝卜差不多了。至少您出三卢布吧！”
“我看办不到。”

布吧！”

“我看办不到。”

“我卖掉吧，自己吃点亏！但这有什么法子呢？我是有狗似的好性情的。我不会别的，是总想给我的邻舍一点小欢喜。我们还得立一个合同，事情那就妥当了。”

“自然！”

“您瞧，我们还得上市镇去哩！”

于是交易成功了。决定明天就到市里去，给这交易一个结束。

乞乞科夫要农奴们的名册。索巴克维奇是赞成的。他走到写字桌前面，去写出魂灵来，不但姓名，还历举着他们的特色。这时乞乞科夫没有事情做，便考察着这家主人的大块的背影。当看见阔到活像短小精悍的维亚特卡马背的他的脊梁，很近乎一对路旁铁柱的他的两脚的时候，他就禁不住要叫起来道：

“敬爱的上帝做起你来，可是太浪费了，真可以引了俗谚来说：裁得坏，缝得好。你生下来就是这样的熊，还是草莽生活，田园事务，以及和农奴们的麻烦，使你变成现在似的杀人凶手的呢？并不是的，我相信，即使你在彼得堡受了簇新的、时兴的教育刚刚放下，或者你一生都住在彼得堡，不到田野里来过活，你也总还是一个这样的人。所有的区别，不过你现在是嚼完羊肋粥之后，再来一个盘子般大的干酪饼，而在那地方呢，却在中饭时候，吃些牛排加香菇。你现在稳稳当当地管理着你的农奴，对他们很和气，自然也不使他们有病痛，挨穷苦。他们都是你的私产，倘用了别样的办法，倒是你自己受损的。但在都会里，你所管理的却是你竭力欺压的公务人员了，你知道他们并不是你的家奴，于是你就从金元抢到纸票。如果谁有一个鬼拳头，你不能把它摊成毛爪子，你也能挖开他一两个指头来的。但这，就更加坏，他先从什么艺术或科学上去喝过一两滴，于是飘到出众的社会地位上来了，那么，真懂一点这艺术或科学的人，就要倒运。后来他还要对你说哩：我要来给你们看看，我是什么人。于是他忽然给你们一个大踏步走的聪明透顶的规则，消灭了许多耳闻目见。唉唉，

“这一张旧一点，也破一点，用烂了。但看朋友交情上，这就不必计较吧。”

如果统统是这杀人凶手……”

“册子写好了。”索巴克维奇转过头来说。

“写好了？那就请您给我吧！”他大略一看，惊奇了起来，这造得真是很完备，很仔细：不但那职务、手艺、年龄和家景都写得很周到，册边上还有备考，记着经历、品行之类。总而言之，看看册子，就是一种大快乐。

“那么，请您付一点定钱。”索巴克维奇说。

“为什么要定钱？到市里，就全部付给您了？”

“喏，您要知道，这是老例。”索巴克维奇反驳道。

“这怎么好呢？偏偏我没有带钱。但这里，请您收这十卢布！”

“唉唉，什么？十个，您至少先付五十！”

乞乞科夫怏怏地推诿，说他身边并没有这许多钱。但索巴克维奇坚决地申说，以为他其实是有的，终于使他只好从衣袋里掏出一张钞票来，说道：“喏，可以！这里再给您十五卢布，一总是二十五卢布。请您写一张收条。”

“为什么要收条？”

“您知道，这就稳当些！好事多磨！会有种种变化的。”

“好的，那么您拿钱来呀！”

“怎的？钱在我手里呢。您先写好收条，立刻都是您的了。”

“唔，请您原谅，这可叫我怎么能写呢？我总得先看一看钱。”

乞乞科夫交出钞票去，索巴克维奇连忙接住。他走到桌子前面，左手的两个指头按住钞票，用别一只手在纸条上写了他收到卖出魂灵的帝国银行钞票二十五卢布整。写好收条之后，他又把钞票检查了一番。

“这一张旧一点，”当他拿一张钞票向阳光照着的时候，自己喃喃地说，“也破一点，用烂了。但看朋友交情上，这就不必计较吧。”

“一个吝啬鬼！我敢说。”乞乞科夫想，“而且是畜生！”

“您不要女性的魂灵吗？”

“谢谢您，我不要。”

“价钱便宜。看和您的朋友交情上，一个只要一卢布。”

“不，我没有想要女性的意思。”

“当然，如果这样，那就怎么说也没有用。嗜好是没法争执的，谚语里也说：有的喜欢神甫，有的喜欢神甫的老婆。”

“我还要拜托您一件事，这回的事情，只好我们两个人知道。”当告别之际，乞乞科夫说。

“那还用说吗！两个好朋友相信得过，彼此所做的事，自然只该以他们自己为限，一个第三者是全不必管的。再见！我谢谢您的光临，还请您此后也不要忘记我！如果有工夫，您再来吧，再吃一回中饭，我们还谈谈闲天。也许还会有什么事，要大家商量商量的。”

“谢谢你，不来了，我的好家伙！”乞乞科夫坐上车，心里想，“一个死魂灵骗了我两个半卢布，这该死的恶霸！”

乞乞科夫很气愤索巴克维奇的态度。他总要算是自己的熟人了，在执政官和警察局长那里，他们早已经会过面，但他却像完全陌生人一样地来对付他，还用那样的废物弄他的钱去。当车子拉出大门口时，他再回顾了一下：索巴克维奇却还站在阶沿上，像在侦察客人走向哪一方面去似的。

“他还站着，这流氓！”乞乞科夫在嘴里喃喃地说，就吩咐谢利凡向着农村那面转弯，使地主府上再也不能望见这车子。他的主意，是去找普柳什金的，据索巴克维奇说，那里的人是死得像苍蝇一样。然而他不愿意索巴克维奇知道这件事。车子一到村口，他就把最先遇到的农夫叫到自己这边来。这人刚在路上拾了一棵很粗的木材，扛在肩上，像不会疲倦的蚂蚁似的，想拖到自己的小屋子里去。

“喂，长胡子！从这里到普柳什金家去是怎么走的？还得不要走过主人家的住宅。”

这问题，对于他好像有点难。

“喏，你不知道吗？”

“是的，老爷，我不知道。”

“唉！你！可是这家伙头发倒已经花白了！连给他的人们挨饿的吝

“喂，长胡子！从这里到普柳什金家去是怎么走的？还得不要走过主人家的住宅。……喏，你不知道吗？””

“是的，老爷，我不知道。”

“唉！你！可是这家伙头发倒已经花白了！连给他的人们挨饿的吝啬鬼普柳什金都不知道。”

“哦，原来，那打补钉的！”

啬鬼普柳什金都不知道。”

“哦，原来，那打补钉的！”那农人叫了起来。在这“打补钉的”形容词之下，他还接着一个很恰当的名词，但我们从略，因为在较上流的人们的话里，这是用得很少的。然而这表现得非常精确，却并不难于推察，因为车子已经走了一大段路，坐客也早已看不见那农夫了，乞乞科夫还是笑个不住。俄罗斯国民的表现方式是有一种很强的力量的。对谁一想出一句这样的话，就立刻一传十，十传百。他无论在办事，在退休，到彼得堡，到世界的尽头，总得背在身上走。即使造许多口实，用任何方法，想抬高自己的名望，花许多钱，请那塞饱了的秘书从古代的公侯世家里找了出来，也完全无济于事。你的诨名却无须你帮忙，就会放开了乌鸦喉咙，清清楚楚地报告了这鸟儿是出于哪一族的。一句恰当的说出的言语，和黑字印在白纸上相同，用斧头也劈不掉。凡从并不夹杂德国人，芬兰人，以及别的民族，只住着纯粹、活泼、勇敢的俄罗斯人的俄国的最深的深处所发生的言语，都精确得出奇，他并不长久地找寻着适宜的字句，像母鸡抱蛋，却只要一下子，就如一张长期的旅行护照一样，通行全世界了。在这里，你再也用不着加上什么去，说你的鼻子怎么样，嘴唇怎么样，只一笔，就勾勒了你，从头顶一直到脚跟。

恰如虔诚的神圣的俄国，散满着数不清的带着尖顶、圆顶、十字架的修道院和教堂一样，在地球上，也碰撞、拥挤、闪烁、汹涌着无数群的国民、种族和民族。而这些民族，又各保有其相当的力量，得着创造的精力，有着分明的特征以及别样的天惠，由此显出它固有的特色来，在一句表现事物的话里，就反映着他那特有性格的一部分。我们在不列颠人的话里，听到切实的认识和深邃的世故；法兰西人的话，是轻飘飘地飞扬，豪华地发闪，短命地迸散的；德意志人则聪明而狡猾地造出了他那不易捉摸的干燥的谜语；但没有一种言语，能这么远扬，这么大胆地从心的最深处流出，这么从最内面的生活沸腾、赤热、跃动，像精确的原来的俄罗斯那样的。

# 第六章

在很久、很久的时候以前，在我的儿时，在我的不可再得的消逝了的儿时，如果经过陌生的处所，无论是小村、是贫瘠的村镇、是城邑、是很大的市街，总一样地使我很高兴。孩子的好奇的眼光，在这里会发现出许多有趣的东西来！所有建筑，凡是带着显著的特色的，都使孩子留心，在精神上给以深刻的印象。高出于居民的木造楼房堆里的，名建筑家所造的装着许多饰窗的一所石叠房屋或公署，高出于雪白的新的教堂之上的，一个圆整的，包着白马口铁的圆屋顶，一个小菜场，一个在市上逛荡的乡下阔少——都逃不出非常注意的儿童的嗅觉——我把鼻子伸到我的篷车外面去，新奇地看着那剪裁法为我剪裁从未见过的外衣，看着开口的木箱装些硫磺钉子、肥皂和葡萄干，在小菜铺门口的满盛着干了的莫斯科点心的瓶盒间远远发闪；或者凝视着一个走过的，由一种稀奇的宿命，送他到这乡下的寂寞中来的步兵官长；或是凝视着坐在竞赛马车里，赶上了我的一个身穿长袍子的商人——并且使我想得很远，一直到他们的可怜的生活。一个小市上的官员从身旁走过，我就梦想，推究了起来：他究竟到哪里去呢？他去赴他兄弟家里的夜会，还不过是回家，在自家门口闲坐半个钟头，到了昏暗，才和夫人、母亲、小姨，以及所有家眷去吃那迟了的晚膳呢？吃过汤之后，戴着珠圈的娃儿或是身穿宽大的家常背心的孩子，拿了传世已久的烛台来，点上油脂烛火的时候，他们会谈些什么呢？临近什么地方的地主的村庄时，我就新奇地看着狭长的木造的钟楼，或者陈旧的木造的教堂。一望见地主家的红色的屋顶和白色的烟囱在树木的密叶间闪烁，那么，我只焦急地等着它从园林的遮蔽中出现，在我眼前显露了全不荒凉或全然无趣的面貌的一瞬息了。于是我又加以推测，这地主是怎样的人，胖的还是瘦的，有儿子还是半打的女儿，全家就和她们那响亮的处女的笑声，她们那处女的游戏和玩乐过活，一群快活的处女，有着永驻的美丽和青春；她们是否黑眼珠，而主人自己，又是否会玩笑，或者正像写在他簿子上和历本上的九月之末一样，仅是阴郁地、偏执地看人，而且，唉唉！除了青年听得很是无聊的燕麦或小麦之外，再也不谈别事的呢？

现在我却淡然地经过陌生的村庄，漠然地看着它困穷的外貌，我的冷掉了的眼光里不再有所眷恋，也没有东西使我欢乐，像先前的过去的时光，使我的脸有一动弹，一微笑，使我的嘴迸出不竭的言论了。它现在在我面前瞥然而过，而冷淡的沉默，却封锁了我的嘴唇。唉唉，我的儿时，唉唉，我的蓬勃的朝气！

当乞乞科夫正在沉思，暗笑着农夫们赠给普柳什金的出色的诨名的时候，他竟全未想到，那车子已经驶进一个有着许多道路和房屋的、又大又长的村子中央了。但铺着树干的木路给他很有力的一震，立刻使他醒悟过来，和这一比，市上的铺道就成了真的儿戏。这里的树干，是能一高一低，好像钢琴的键盘的，旅客倘不小心，随时可在头后部得一个疙瘩，前额上来一块青斑，或者简直由自己的牙齿咬了舌尖，也不是我们这人世间的最大快意事。农奴小屋都显着衰朽的景象。木材是虫蛀而且旧到灰色的。许多屋顶好像一面筛子。有些是除了椽子之外，看不见屋盖，其间有几条横梁，仿佛骨架上的肋骨一样。显然是屋子的主人经了精确的思索，自己把屋顶板和天花板都抽去了，因为如果下雨，小屋的屋顶也不济，如果天气好，那就一滴也不会漏下来的，况且和老婆睡在床上，也毫无道理，可睡的地方另外多得很：酒店里，街路上——一言以蔽之，唯汝心之所如。到处没有玻璃窗，间或用布片或破衣塞着窗洞，檐下的带着栏杆的小晒台，不知道为什么缘故，俄国的许多农家是常有的，却都已倾斜、陈旧了，连油漆也剥落得干干净净。小屋后面，看见好些地方躺着麦束堆的长排，分明长久没有动：那颜色，就像一块陈年的烧得不好的砖头，堆上生出各种的野草，旁边盘着蔓草根。麦大约是属于地主的。

由于车子变换方向，在麦束堆和烂屋顶后面，看见两个乡下教堂的尖塔，忽左忽右地指着晴空中。这两塔彼此很接近，一个木造，另一个是石造的，刷黄的墙壁，显着大块的斑痕和开口的裂缝。时时望见了地主的住宅，到得小屋串子已经完结，换了围着又低又破的篱垣，好像蔬圃或是菜园的处所，这才分明地站在眼前了。这长到无穷的城堡，看去好像一个跌倒的老弱的残兵。有些是一层楼，也有两层的。在没有周到的保护它的年纪的昏沉的屋顶上，见有两个恰恰相对的望台，都已经歪斜、褪色，曾经刷过的颜色，早已无踪无影了。屋子的墙上，处处露出落了石灰的格子来。这分明是久经了暴雨、旋风、坏天气和秋老虎的侵袭。窗户只有两个是开的，其余的都关着罩窗，或者竟钉上了木板。但连这两个开着的窗也还有一点瞎，一个窗上贴着三角形的蓝色纸。

住宅后面，有一个广大而古老的园子，由宅后穿过村子，通到野地里，虽然也荒凉、芜秽了，但独独有些生气，在这广大的村庄和它那如画的野趣里，显着美妙的风姿。在大自然中，树木的交错的枝梢，繁盛地伸展开来的好像颤动的叶子织成的不整的穹门和碧绿的云，停在晴朗的蔚蓝的天下。一株极大的白桦，被暴风或霹雳折去了树顶，那粗壮的白色的干子，从这万绿丛中挺然而出，在空中圆得恰如修长美丽的大理石柱一般。但并无柱头，却是很斜的断疤，在雪白的底子上，看去像是一顶帽或者一只黑色的禽鸟。绿闪闪的蛇麻的丛蔓，要从接骨木、山薇、榛树的紧密的拥抱中钻出，延上树干去，终于绕住了一株半裂的白桦。到得一半，它又挂下来了，想抓着别株的树梢，或者将长长的卷须悬在空中，那小钩卷成圆圈，在软风中摇动。受着明朗的阳光的碧林，有几处彼此分离开来，显出黑沉沉的深洞，仿佛一个打着呵欠的怕人的虎口。这是全藏在黑荫中的，在这昏暗的深处依稀可见的东西，人只能猜出是：一条狭窄的小路，一些倒坏了的栏杆，一个快要倒掉的亭子，一株烂空的柳树干，紧靠柳树背后，露着银灰色的树丛，纵横交错地散乱在荒芜中的枯枝和枯叶，还有一株幼小的枫树，把它那碧绿的纷披的叶子伸得远远的，不知道取的是什么路，一枝上竟有一道目光，化为透明的金光灿烂的星，在浓密的昏黑中煌然发闪。园子的尽头，有几株比别的树木长得更高的白杨树，抖动着的树顶上架着几个很大的乌鸦窠。白杨之中，一株有折断的枝条，却还没有全断，带了枯叶凄凉地挂着。总而言之，一切都很美，但这美，单由造化或人力是都不能成就的，大抵只在造化在人类的往往并非故意，也无旨趣的创作上，再用它的凿子加以最后的琢磨，使笨重的东西更生生过来，给它一些轻妙和灵动，洗净那粗浅的整齐和相称，更除去恶劣的缺点和错误，将赤条条的主旨，赫然显在目前，对于生在精练的洁白和苦痛的严寒之中的一切，灌入神奇的温暖去的时候，这才能够达成。

车子又转了几个弯，它终于停在房屋前面了，现在看起来，这房屋就更显得寒碜。墙壁和门上，满生着青苔。前园里造着各样的屋子：堆房、仓屋、下房等，彼此挤得很紧——而且无不分明地带着陈旧倒败的情形；左右各有一道门，通到别的园子里。所有一切，都在证明这里先前是曾有很大的家业的，但现在却统统见得落寞凄凉了。能给这悲哀景象一点快活的东西，什么也没有：没有开放的门户，没有往来的人，没有活泼的家景！只有园门却开着，因为有一个人拉了一辆盖着席子的重载的大车，要进前园去，好像意在使这荒芜寂灭的地方有一点活气；别的时候，却连这门也锁得紧紧的，铁闩上就挂着一把坚强的大锁。在一间屋子前面，乞乞科夫立刻发现了一个人，样子正在和车夫吵嘴。许多工夫，他还决不定这人是男是女来。看看穿着的衣服，简直不能了然，也很像一件女人的家常衫子，头上戴一顶帽子，却正如村妇所常戴的。“确是一个女人！”他想，然而立刻接下去道：“不，并不是的！”他熟视了一番之后，终于说：“自然是一个女人！”那边也一样地十分留心地在观察，好像这来人是一种世界奇迹似的，因为不但看他，连对谢利凡和马匹也在从头到尾地注视。从挂在她带上的一串钥匙和过分的给予农人的痛骂，乞乞科夫便断定了她该是一个女管家。

“请问，老妈妈，”他一面跨下车子来，一面说，“主人在做什么呀？”

“没有在家！”那女管家不等他说完话，就说，但又立刻接着道：“您找他什么事？”

“有一件买卖上的事情。”

“那么，请您到里面去。”女管家说，一面去开门，向他转过那沾满面粉的背脊来，还给他看了衫子上的一个大窟窿。

他走进宽阔的昏暗的门，就向他吹来了一股好像从地窖中来的冷气。由这门走到一间昏暗的屋子，只从门下面的阔缝里，透出一点很少的光亮。他开开房门，这才总算看了明亮的阳光。但四面的凌乱，却使他大吃一惊。好像全家正在洗地板，因此，把所有的家具，都搬到这屋子里来了。桌子上面，竟搁着破了的椅子，旁边是一口停摆的钟，蜘蛛已经在这里结了网。也有靠着墙壁的架子，摆着旧银器和种种中国的瓷瓶。写字桌原是嵌镶螺钿的，但螺钿处处脱落了，只剩下填着干胶的空洞。桌上乱放着各样斑驳陆离的什物：一堆写过字的纸片，上面压一个卵形把手的已经发绿的大理石的镇纸，一本红边的猪皮书面的旧书，一个不过胡桃大小的挤过汁的干柠檬，一段椅子的破靠手，一个装些红色液体、内浮三个苍蝇、上盖一张信纸的酒杯，一小块封信蜡，一片不知道从哪里拾来的破布，两支鹅毛笔，沾过墨水，却已经干透了，好像生着痨病，一把发黄的牙刷，大约还在法国人攻入莫斯科之前，它的主人曾经刷过牙齿的，诸如此类。

墙壁上是贴近的，乱到毫无意思地挂着许多画：一条狭长的钢版画，是什么地方的战争，在这里看见很大的战鼓，头戴三角帽的呐喊的兵丁和淹死的马匹。这版画装在马霍戈尼树做的框子里，框条上嵌有青铜的细线，四角饰着青铜的蔷薇，只是玻璃没有。旁边挂一幅很大的发黑的油画，占去了半墙壁，上面画些花卉，水果，一个切碎的西瓜，野猪的口鼻，和倒挂的野鸭头。天花板中央挂一个烛台，套着麻布袋，灰尘蒙得很厚，以至于仿佛是蚕茧。屋子的一角上，躺着一堆旧东西：这都是粗货，不配放在桌上的。但究竟是些什么东西呢，却很不容易辨别；因为那上面

“主人在做什么呀？他在家吗？”
“主人在这里！”
“那么，在哪里呢？”
“您是瞎的吗，先生？怎的？先生！我就是这家的主人！”

积着极厚的尘埃，只要谁出手去一碰，就会很像戴上一只手套。从这垃圾堆中，极分明地显露出来的唯一的物件是，一个破掉的木铲，一块旧的鞋后跟。如果没有桌上的一顶破旧的睡帽在那里作证，是谁也不相信这房子里住着活人的。

当我们的主角还在潜心研究这奇特的屋中陈设的时候，边门一开，那女管家，那他在前园里遇见过的，就走了进来了。但这回他觉得，将这人看做女管家，倒不如看做男管家合适：因为一个女管家，至少是大抵不刮胡子的，然而这管家刮胡子，而且真也稀奇得很，他的下巴和脸的下半部，就像人们往往在马房里刷马的铁丝刷。乞乞科夫的脸上显出要问的表情来，他焦急地等着这男管家来说什么话。但那人也在等候着乞乞科夫开口。到底，苦于这两面的窘急的乞乞科夫，就决计发问了：

"啊，主人在做什么呀？他在家吗？"

"主人在这里！"男管家回答说。

"那么，在哪里呢？"乞乞科夫回问道。

"您是瞎的吗，先生？怎的？"男管家说，"先生！我就是这家的主人！"

这时我们的主角就不自觉地倒退了一点，向着这人凝视。自有生以来，他遇见过各色各样的人，自然，敬爱的读者，连我们没有见过的也在内，但一向并未会到过一个这样的人物。从他的脸上，看不出一点特色来。和普通的瘦削的老头子是不大有什么两样的。不过下巴凸出些，并且常常掩着手帕，免得被唾沫所沾湿。那小小的眼睛还没有呆滞，在浓眉底下转来转去，恰如两只小鼠子，把它的尖嘴钻出暗洞来，立起耳朵，动着胡须，看看是否藏着猫儿或者顽皮孩子，猜疑的嗅着空气。那衣服可更加有意思。要知道他的睡衣究竟是什么底子，只好白费力，袖子和领头都非常龌龊，发着光，好像做长靴的油性革；背后并非拖着两片的衣裾，倒是有四片，上面还露着一些棉花团。颈子上也围着一种莫名其妙的东西，是旧袜子，是腰带，还是绷带呢，不能断定，但决不是围巾。一句话，如果在那里的教堂前面，乞乞科夫遇见了这么模样的他，他一定会布施他两戈比。因为，为我们的主角的名誉起见，应该提一提，他有一个富于同情的心，遇见穷人，是没有一回能不给两戈比的。但对他站着的人，却不是乞丐，而是上流的地主，而且这地主还蓄有一千以上的魂灵，要寻出第二个在他的仓库里有这么多的麦子、麦粉和农产物，在堆房、干燥屋和栈房里也充塞着呢绒和麻布、生熟羊皮、干鱼以及各种菜蔬和果子的人来，就不大容易。只要看一眼他那堆着没有动用的各种木材和一切家具的院子，人就会以为自己是进了莫斯科的木器市场里，是那些勤俭的丈母和姑母之流，由家里的厨娘带领着，在买她的东西之处。他这里，照眼的是雕刻的、车光的、拼成的、编出的木器的山：桶子、盆子、柏油桶，有嘴和无嘴的提桶，浴盆、匣子，女人们用它来理亚麻和别的东西的梳麻板，细柳枝编成的小箱子，白桦皮拼成的小匣子，还有无论贫富、俄国人都要使用的别的什物许许多。人也许想，普柳什金要这无数的各种东西做什么用呢？就是田地再大两倍，时候再过几代，也是使用不完的。然而他却实在还没有够，每天每天，他很不满足地在自己的庄子的路上走，看着桥下，跳板下，凡有在路上看见的：一块旧鞋底，一片破衣裳，一个铁钉，一角碎瓦，他都拾了去，抛在那乞乞科夫在屋角上所看见的堆子里。“我们的渔翁又在那里捞鱼了。”一看见他在四下里寻东西，农人们常常说。而且的确，经他走过之后，道路就用不着打扫；一个过路的兵官落掉了他的一个马刺——刚刚觉到，这却已经躺在那堆子里面了；一个女人一疏忽，把水桶忘记在井边——他也飞快地提了这水桶去。如果有农人当场捉住了他，他就不说什么，和气地放下那偷得的物件；然而一躺在堆子里，可就什么都完结了，他起誓，呼上帝作证，说这东西原是他怎样怎样，如何如何买得，或者简直还是他的祖父传下来的。就是在自己的家里，他也拾起地上的一切东西来：一小段封信蜡，一张纸片，一支鹅毛笔，都放在写字桌或者窗台上。

然而他也曾经有过是一个勤俭的一家之主的时候的！他也曾为体面的夫，体面的父，他的邻人来访问他，到他这里午餐，学习些聪明的节省和持家的方法。那时的生活还都很活泼，很整齐：水磨和辘轳快活地转动着；呢绒厂，旋盘厂，机织厂，都在不倦地工作；主人的锋利的眼睛，看到广大的领地的角角落落，操劳得像一个勤快的蜘蛛，从这一角到那一角，都结上家政的网；在他的脸上，自然也一向没有显过剧烈的热意和感情，但他的眼闪着明白的决断，他的话说出经验和智识，客人们都愿意来听他；和蔼而能谈的主妇，在她的相识的人们中也有好名望；两个可爱的女儿常来招呼那宾客，都是金色发，鲜活如初开的蔷薇；儿子是活泼的、壮健的少年，跳出来迎接客人，不大问对方愿不愿，就和客人亲吻。全家里的窗户是统统开着的。中层楼上住着个家庭教师，法国人，脸总刮得极光，又是放枪的好手：他每天总打一两只雉鸡或是野鸭来帮午膳，但间或只有麻雀蛋，这时他就叫煎一个蛋饼自己吃，因为除他之外，合家是谁也不吃的。这楼上，还住着一个强壮的村妇，是两位女儿的教师。主人自己，也总是同桌来吃饭，身穿一件黑色的燕尾服，旧是确有些旧的，但很干净，整齐，肘弯并没有破，也还并没有补。然而这好主妇亡故了，钥匙的一部分和琐碎的烦虑，从此落在他身上。普柳什金就像一切鳏夫一样，急躁，吝啬，猜疑了起来。他不放心他的大女儿亚历山德拉·斯捷潘诺夫娜了，但他并不错，因为她不久就和一个不知什么骑兵联队里的骑兵大尉跑掉，她知道父亲有一种奇怪的成见，以为军官都是赌客和挥霍者，所以不喜欢的，便赶紧在一个乡下教堂里和他结了婚。那父亲只送给他们诅咒，却并没有想去寻觅、追回。家里就更加空虚、破落了。家主的吝啬，也日见其分明。在他头上的发亮的最初的白发，更帮助着吝啬的增加，因为白发正是贪婪的忠实同伴。法国的家庭教师被辞退了，因为儿子到了该去服务的时候；那位女士也被驱逐了，因为亚历山德拉·斯捷潘诺夫娜的逃走，她也非全不相干；那儿子，父亲是要他切切实实地学做文官——这是父亲告诉了他的——送到省会里去的，他却进了联队，还寄一封信给父亲——这是做了官兵之后了——来讨钱给他做衣服，但他由此得到的事物，自然不过是所谓碰了一鼻子灰；终于是，连和普柳什金住在一起的小女儿也死掉了，只有这老头子孤零零地剩在这世界上，算是他的一切财产的保护者，看守者，以及唯一的所有者。孤独地生活，又给贪婪新添了许多油，大家知道，吝啬是真的狼贪，越吃，就越不够。人类的情感，在他这里原也没有深根的，于是更日见其浅薄、微弱，而且还要天天从这废墟似的身上再碎落一小块。有些时候，他根据自己对于军官的偏见，觉得他的儿子将要输光了财产，普柳什金便送给他一些清清楚楚的父亲的诅咒，想从此不再相关，而且连他的死活也毫不注意了。每年总要关上或者钉起一个窗户来，直到终于只剩了两个，而其中之一，读者也已经知道，还要贴上了纸张。每年总从他眼睛里失去一大片重要的家什，他那狭窄的眼光，便越是只向着那些在他房里、从地板上拾了起来的纸片和鹅毛笔；对于跑来想从他的农产物里买些什么的买主，他更难商量，更加固执了，他们来和他磋商、论价，到底也只好放手，明白了他乃是一个鬼，不是人；他的干草和谷子腐烂了，粮堆和草堆都变成真正的肥堆，只差还没有人在这上面种白菜；地窖里的面粉硬得像石头一样，只好用斧头去劈下来；麻布、呢绒，以及手织的布匹，如果要它不化成飞灰，便千万不要去碰一下。普柳什金已经不大明白自己有些什么了，他所记得的，只有架子上有一样好东西——瓶子里装着甜酒，他曾做一个记号在上面，给谁也不能偷喝它——以及一段封信蜡或一支鹅毛笔的所在。但征收却还照先前一样。农奴须纳照旧的地租，女人须缴旧额的胡桃，女织匠还是要照机数织出一定的布匹，来付给她的主人。这些便都收进仓库去，在那里面霉烂、变灰，而且连他自己也竟变成人的灰堆了。亚历山德拉·斯捷潘诺夫娜带着她的小儿子回来看了他两回，希望从他这里弄点什么去，她和骑兵大尉的放浪生活，分明也并没有结婚前所预想那样的快活。普柳什金宽恕了她，甚至于取了一个躺在桌上的扣子，送给小外孙做玩具，然而不肯给一点钱。另一回是亚历山德拉·斯捷潘诺夫娜和两个儿子同来的，还带给他一个奶油面包做茶点，并一件崭新的睡衣，因为父亲穿着这样的睡衣，看起来不但难受，倒简直是羞惭。普柳什金很爱抚那两个外孙儿，给分坐在自己的左右两腿上，低昂起来，使他们好像在骑马。奶油面包和睡衣，他感激地收下了，对于女儿，却没有一点回送的物事，亚历山德拉·斯捷潘诺夫娜就只好这么空空地回家。

现在站在乞乞科夫面前的，就是这样的人！但还应该补正，这一种样式，在爱扩张和发展，更胜于退守和集中的俄国是不常遇见的。更可诧异的情景，倒是随时随地可以遇见一个地主，靠着特殊的门第来享乐他的生活，为了阔绰的大排场，将他的财产花到一文不剩，由此显出俄国式。一个还未多见世面的旅客，一看到这样的府邸，就要站住，并且问着自己的：如此华贵的王侯，怎么会跑到这渺小卑微的农民中间来呢？像宫殿一样，屹立着他的白石的房屋，和无数的烟囱、望台和占风，为一大群侧屋以及造给宾客的住房所围绕。这里还缺什么呢！有演剧，有跳舞，有化装舞会，辉煌的花园，整夜妖艳地陈在斑斓的灯光下，响亮的音乐充满了空间。半省的人们，都盛装着在树下愉快地散步，在这硬造的光彩里，谁也没有留意，没有觉得粗野下人的不调和，这时候，有一条小枝映着人造地光，做戏似的突然从树丛中伸出，那失了叶的光泽的臂膊，愈高愈严正，愈昏暗，愈可怕，高举在夜的天空中，萧瑟的树梢，深深地避进永久的黑暗里，像在抱怨那照着它根上的光辉。

普柳什金默默地站着，已经好几分钟了。乞乞科夫也不想先开口，看了他的主人和奇特的周围的情景，他失去预定的把握了。他想对他这样说：因为他听到过普柳什金的道德和特殊的品格，所以前来表示敬意是自己的义务。然而又以为这未免太离奇。他又偷偷地一瞥屋里的东西，觉得“道德”和“特殊品格”这两个字，是可以用“节俭”和“管理”来代换的。于是照这意思，改好了他的话：因为听到过普柳什金治家的节俭和非凡的管理，所以他觉得有趋前奉访，将他的敬仰的表示陈在足下的义务。自然，先前已经说过，也还有别样更好的理由的，但他不想说，这很不漂亮。

普柳什金低声地说了些话，仅仅动着嘴唇——因为他已经没有牙齿了。他究竟说了些什么呢，听不分明，但他的话里大约是这样的意思：你还是带了你的敬仰到魔鬼那里去吧！然而我们这里，是有对客的义务和道德的，就是吝啬鬼，也不能随便跨过这规则，于是他接着说得清楚一点道：“请请，您请坐呀！”

“我没有招待客人已经很长久了。”他说，“老实说起来，这是没有什么好处的。人们学着最没用、最没意思的时髦，彼此拜访，家里的事情倒什么也不管……况且马匹还总得喂草呀！我早已吃过中饭了，家里的厨房又小又脏，烟囱也坏着。我简直不敢在灶里生火，怕惹出火灾来。”

“竟是这样的吗？”乞乞科夫想，“幸而我在索巴克维奇那里吃过一点干酪饼和一口羊腿了！”

“您只要想一想就是，这多么不容易！如果我要家里有一把干草的话！”普柳什金接下去道，“真的，从哪里来呢？我只有一点点田地，农奴又懒，不喜欢做工，总只记挂着小酒店……人是应该小心些，不要到了老年，却还去讨饭的！”

“但人家告诉我，”到这里，乞乞科夫谦和地回口道，“您有着上千的魂灵哩！”

“谁告诉您的？您该在这家伙的脸上唾一口的，他造这样的谣言，先生！那一定是一个促狭鬼在和您开玩笑呀。人们总是说：一千个魂灵，但如果算一算，剩下的就不多！这三年来，为了那该死的热病，我的农奴整批整批地死掉了。”

“真的？真有这么多吗？”乞乞科夫同情地大声说。

“哦，是的，很多！”

“我可以问，那有多少吗？”

“要有八十个！”

“的确？”

“我不说谎，先生。”

“我还可以问一下吗？这数目，可是上一次人口调查之后的总数呢？”

“要是这样，就还算好的了！”普柳什金说，“照您说的一算，可还要多，至少有一百二十个魂灵！”

“真的？竟有一百二十个？”乞乞科夫叫了起来，因为吃惊，张开了嘴巴。

“要说谎，我的年纪可是太大了，先生，我已经上了六十哩！”普柳什金说，好像他因为乞乞科夫近乎高兴的叫喊，觉得不快活。乞乞科夫也悟到了用一副这样的冷淡和无情来对别人的苦恼，实在是不大漂亮的，就赶紧长叹一声，并且表示了他的悼惜。

“可惜您的悼惜，对我并没有用处！我不能把这藏进钱袋里去呀！”普柳什金说，“您瞧，近地住着一个大尉，鬼知道他是怎么掉进这里来的。因为是我的一个亲戚，就时常来伯伯长、伯伯短的，在我的手上亲吻。如果他一表示他的同情，就发出一种吼叫地声音，叫人要塞住耳朵才好。这人有一张通红的脸，顶喜欢烧酒瓶。他的钱大约都在军营里花光，或者给一个什么坤伶从衣袋里捞完了。他为什么这样的表示同情呢，恐怕就为了这缘故吧！”

乞乞科夫竭力向他声明，自己的同情和那大尉的完全不是同类，再转到他并非只用言语，还要用行动来表示。于是毫不迟延，直截表明了他的用意，说自己情愿来尽这重大的义务，负担一切死于这样不幸的灾难的农奴的人头税。这提议，显然是出于普柳什金的意料之外了。他瞪着眼睛，看定了对方，许多工夫没有动，到底却道：“您恐怕是在军营里的吧？”

“不是。”乞乞科夫狡猾地躲闪着，回答说，“我其实不过是做文职的。”

“做文职的！”普柳什金复述了一句，于是咬着嘴唇，仿佛他的嘴里含着食物一样，“可，这又为什么呢？这不单使您自己吃亏吗？”

“只要您乐意，我就来吃这亏。”

“唉唉，先生！唉唉，您这我的恩人！”普柳什金喊了起来，因为高兴，就不再觉得有一块鼻烟，像浓咖啡的底渣一样，从他鼻孔里涌出，实在不能入画，而且他睡衣的豁开的下半截，将衬裤给人看见，也是见不得人的。“您对一个苦老头子做着好事哩！唉唉，你这我的上帝，你这我的救主！”普柳什金再也说不出别的话来了。然而不过一瞬间，那高兴，恰如在呆板的脸上突然出现一样，也突然地消失，并不剩一丝痕迹，他的脸又变成照旧的懊丧模样了。他是在用手巾拭脸的，就捏作一团，来擦上

“您真的要——请您不要见怪——说明一下，每年来付这税吗？收钱的该是我，还是皇家呢？”

“您看这怎样？我们要做得简便：我们彼此立一个买卖合同，像他们还是活着似的，您把他们卖给了我。”

嘴唇。

“您真的要——请您不要见怪——说明一下，每年来付这税吗？收钱的该是我，还是皇家呢？”

“您看这怎样？我们要做得简便：我们彼此立一个买卖合同，像他们还是活着似的，您把他们卖给了我。”

“是的，一个买卖合同……”普柳什金说着，有些迟疑，又咬起嘴唇来了，“您说，一个买卖合同——这就又要花钱了！法院里的官儿是很不要脸的！先前只要半卢布铜钱加上一袋面粉就够，现在却得满满的一车压碎麦子，还要红钞票[1]做添头。他们现在就是这样的要钱。我真不懂，为什么竟没有人发表出来的。至少，也得给他们一点道德的教训。用一句良言，到底是谁都会被收服的。无论怎么说，决没有人反对道德的教训的呀！”

“啊，啫，你就是反对的哩。”乞乞科夫想，但他立刻大声地接着说，因为对于他的尊敬，连买卖合同的费用，也全归自己负担。

普柳什金一听到他的客人连买卖合同的费用也想自己付，就断定他是一个十足的呆子，不过装作文官模样，其实是在什么军营里做事，和坤伶们鬼混的。但无论如何，他总掩不住自己的高兴，将各种祝福出格地送给这客人，对于他自己和他的孩子，虽然并没有问过他孩子的有无。于是他走到窗口，用手指敲着玻璃，叫道：“喂！普罗什卡！”立刻听到好像有人拼命地跑进大门来，四处响动了一阵，就有长靴的咯噔声。终于是房门一开，普罗什卡走进来了，是一个十二三岁的孩子。他穿着几乎每步都要脱出的很大的雨靴。究竟普罗什卡为什么要穿这么大的长靴呢，读者就会明白的。普柳什金给他所有的仆役穿的，就只有一双长靴，总是放在前厅里。有谁受主人的屋子里叫唤，就得先在整个前园里跳舞一番，到得大门，穿上长靴，以这体裁走进屋子去。一走出屋子，又须在大门口脱下他的长靴，踮起脚后跟走回原路去。假使有人在秋天，尤其是在早晨，如果初霜已降，从窗子里向外一望，他就能欣赏这美景，看普柳什金家的仆役

---

① 十卢布钞票。——译者注

“烧茶炊呀！听见吗？钥匙在这里！送给玛芙拉去，再对她说，叫她到食物库里去。那里的架子上还有一个复活节的饼干，是亚历山德拉·斯捷潘诺夫娜送给我的。就拿这来喝茶……”

演着怎样出色的跳舞的。

“您看这嘴脸，先生。”普柳什金指着普罗什卡，向乞乞科夫说，“这家伙笨得像一段木头。但是您只要放下一点什么吧，呀，他已经捞去了。喂，你来干什么的，你这驴子？唔，有什么事？”这时他停了一停，普罗什卡也一声不响。“烧茶炊呀！听见吗？钥匙在这里！送给玛芙拉去，再对她说，叫她到食物库里去。那里的架子上还有一个复活节的饼干，是亚历山德拉·斯捷潘诺夫娜送给我的。就拿这来喝茶……等着，你要到哪里去了，混蛋？这糊涂虫！你脚跟上有鬼的吗？先要听我的话！那饼干的上面是不太新鲜了的。她得用小刀稍微刮一下。但那末屑不要给我抛掉！得留给鸡吃的。也不许你同到食物库里去，要不，就给你吃桦树棍，知道吗，那味道！你现在就有好胃口呢。我们就好好地多添些。给我到食物库里去试试看！我在窗口看着你的鬼花样。这些东西是不能相信的。”当普罗什卡拖着他的七里靴，已经从门口不见了的时候，他转过来对着乞乞科夫接着说。然后向他射了一道猜疑的眼光。这样的未曾听到过的豪爽和大度，使他觉得难恃和可疑了，他自己想：“鬼知道呢，恐怕像所有游手一样，也不过是一个吹牛皮的！先撒一通谎，好谈些闲天和喝几杯茶，之后呢，是走他的路！”一半为了小心，一半要探一探这客人，他就说，赶快写好买卖合同倒不坏，因为人是一种极不稳当、非常脆弱的东西：今朝不知明朝事。

乞乞科夫声明，契约是照他的希望立刻可以写的，只还要一张所有农奴的名单。

这使普柳什金放了心。他好像决定了一个计划，而且真的掏出钥匙串子来，走近柜子去，开开了它，在瓶子和碟子之间找寻了好久，终于叫了起来：“现在找不到了，我还有一瓶很好的果子酒在这里的，如果那一伙没有喝掉的话！那些东西实在是强盗。哦，在这里了！”乞乞科夫看见他两手捧着一个小瓶，满是灰尘，好像穿了一件小衫。“这还是我的亡妻做的呢。”普柳什金接着说，“那女管家，那坏东西，就把它放在这里，再也不管，总不肯塞起来，那坏货！上帝知道，多少蛆虫和苍蝇和别的灰尘都掉进去了，但我已经统统捞出，现在可又很干净了，我想敬您一杯。”

然而乞乞科夫却热烈地拒绝了这心愿，并且声明，他早已吃过喝过了。

“早已吃过喝过了！”普柳什金说，“自然，自然，上流社会的人，是一看就知道的。他不饿，总是吃得饱饱的，但是闲荡流氓呢，你喂他多少就多少……例如那大尉吧，一到我这里来，立刻说：‘阿伯，您没有什么吃的吗？’我哪里还像他伯父呀，他倒是我的祖父哩。在自己的家里他也实在没有东西吃，所以只好逛来荡去！您要一张所有那些懒虫的名单吗？自然，那不错！这很容易，我早写在另外的一张纸上了，原想待到这回的人口调查的时候，就把他们取消的。”普柳什金戴起眼镜来，开手去翻搅他的那些纸。他解开许多纸包的绳，又把它们抛来抛去，弄得灰尘飞进客人的鼻孔中，使他要打喷嚏。他终于抽出一张两面写着字的纸片来，满是农奴的姓名，密得好像苍蝇屎。那上面各式各样都有，其中有派拉莫诺夫和皮美诺夫，有潘捷列伊莫诺夫，而且简直还有一个绰号叫做“老是走不到”的格里戈里。一共大约有一百二十人。乞乞科夫一看见这总数，微笑了。他把纸片藏在衣袋里，还对普柳什金说，他应该到市上去，把这件买卖办妥。

“到市上去？我怎么能……？我不能不管我的房子呀！我的当差的都是贼骨头、坏家伙，有一天，竟偷得我连挂我的外套的钉子也没有了。”

“您在那里总该有一个熟人吧？”

“谁是呢？我的熟人都已经死掉，或者早不和我来往了。唉唉，有的，先生！怎么会没有！我自然有一个的！”他突然叫了起来，“那审判厅厅长，他是我好朋友！他先前常常来看我的。我怎么会不认识他呢！他是我年轻时候的朋友。我们常常一同去爬篱垣的！没有熟人？我告诉您，这就是熟人！我可以写信给他吗？”

“那当然。”

“是很要好的熟人，是老同窗呀！”

“那审判厅厅长，他是我的好朋友！他先前常常来看我的。我怎么会不认识他呢！他是我年轻时候的朋友。我们常常一同去爬篱垣的！没有熟人？我告诉您，这就是熟人！我可以写信给他吗？”

“那当然。”

呆板的脸上，忽然闪过一种好像温暖的光，一种人情的稀薄的发露，或至少是一点影子，使那死相有了活气，恰如坠水的人，在忽然间，而且在不意中，竟在水面上出现，使聚在岸上的人们都高兴地欢呼起来。然而怀着欣幸的姊妹和兄弟们投下施救的绳，焦急地等着他一只肩膀，或是一只痉挛得无力了的臂膊再露到水上来，却不过一个泡影——那浮出，已经是最末的一次了，周围全都沉默，平静的水面，这时就显得更加可怕和空虚。普柳什金的脸也就是这样的，感情的微光在这上面一闪之后，几乎越发冰冷、庸俗，而且没有表情了。

“桌上原有一张白纸的呀。”他说，“可是我不知道，这弄到哪里去了。那些不要好的底下人！”他望过桌子的上面和下面，到处乱翻了一通，终于喊起来道：“玛芙拉，喂！玛芙拉！”在他的叫唤声中，一个女人出现了，手里拿一个碟子，放在那里面的，就是读者已经熟识的那饼干。这时候，他们俩就开始了这样的对话：

“你把纸弄哪里去了，你这女贼？”

“苍天在上，老爷！我没有看见什么纸呀，除了您盖着酒杯的那一片。”

“看你的眼睛就知道，你捞了去了。”

“我捞它做什么呢？我不知道拿它来做什么用。我不会看书，也不会写字！”

“胡说八道，你搬到教堂的教士那里去了，他是会划几笔的，你就给了他了。”

“如果他要纸，什么时候都会自己去买的。他就从没有见过您的纸！”

“等着就是，看到末日裁判的时候，魔鬼用了他们的铁枷来着着实实地惩治你。要知道你会吃怎样的苦头！”

“我怕什么呢，我没有拿过那张纸。您可以责备我别样的做女人的错处，但却还没有人说过我会偷东西哩。”

“哼，看魔鬼来怎样地惩治你吧！他们说，就因为你骗了你的主人，还用了他们烧得通红的钳，把你夹住！”

“那么我就回答说：我是没有罪的，上帝知道，我没有罪的……但

“等着就是，看到末日裁判的时候，魔鬼用了他们的铁枷来着着实实地惩治你。要知道你会吃怎样的苦头！”

“我怕什么呢，我没有拿过那张纸。您可以责备我别样的做女人的错处，但我会偷东西却还没有人说过哩。”

这纸就在桌子上呀。您总是闹些无用的唠唠叨叨！”

普柳什金果然看见纸片就在桌子上，就停了一下，咬着自己的嘴唇，于是说道：“为什么你就这么嚷嚷的？这样的一个执拗货。人说你一句，你就立刻回一打。去吧，给我拿个火来，我可以封信。且慢！你大约还要带了油脂烛来的。油脂很容易化，走掉了，那就白费！你倒不如给我拿些点火的松香火柴来吧。”

玛芙拉出去了，普柳什金却坐在靠椅上，拿起笔来，把那纸片还在手指之间翻来复去地转了好一会，他在研究，是否还可以从这里裁下一点来。然而终于知道做不到了，他这才把笔浸到墨水里去，那里面装着一种起了白花的液体，浮着许多苍蝇，于是写了起来。他把字母连得很密，极像曲谱的音符，还得制住那在纸上随便挥洒开去的笔势。他小心地一行一行写下去，一面后悔着每行之间，总还是剩出一点空白来。

一个人，能够堕落到这样的无聊、猥琐、卑微里去的吗？他会变化得这么厉害的吗？这还是真实的模样吗？是的！这是真实的。人们确可以变成这一切！倘向一个现在热烈如火的青年，给他看一看他自己的老年的小照，恐怕他会吃惊得往后跳的。唉唉，要小心谨慎地管好你们生活的路，如果已经从你们那柔和娇嫩的青年，跨到严正固定的成人时代去，唉唉，要小心谨慎地管好各种人类的感动，它会不知不觉地在中途消亡、失掉，你们再找不到它！可怕而残酷的是在远地里吓人的老年，它什么也不归还，什么也不交付。坟墓倒是比它还慈悲的，墓碑上也许写着文字“有人葬此”。但在老人的冰冷的、没有表情的脸上，却看不出一点文字记号来。

“您没有一个朋友，”普柳什金折着信纸，一面说，“用得着逃掉的农奴吗？”

“您也有逃掉的？”乞乞科夫连忙问，像从梦中醒来一样。

“那自然，我有。我的女婿已经去找寻过了，他说，连他们的踪影也看不见。不过他是一个兵，只会响响马刺的，如果要他在法律的事情上出力，那就……”

“但是究竟有多少呢？”

“该有七十个吧，至少。”

“真的？”

“上帝知道！没有一年会不逃走一两个的。现在的人，都吃不饱了，整天不做事，只想吃东西，我可是连自己也没得吃……真的，我情愿把他们几乎白送。不是吗，您告诉您的朋友去：只要找回一打来，你就会弄到一笔出息的。一个出色的魂灵，要值到五百卢布。”

“连气息也给朋友嗅到不得！”乞乞科夫想，他并且说明，可惜他并没有这样的朋友，况且单是办理这件事，就得花许多钱，请教法律，倒不如保保自己，因为那是连自己的衣服也会送掉半截的。然而如果普柳什金真觉得境遇很为难，那么他，乞乞科夫，为了同情心，可以付他一点小款子……但是这，已经说过，真是有限得很，不值得说的。

“但您想给多少呢？”普柳什金问。他简直变了犹太人，两只手像白杨树叶似的发抖了。

“每一个我给二十五戈比。”

“您现付吗？”

“是的，您可以马上收到钱。”

“听着，先生，我有多么穷苦，您是知道的，您还是给我四十戈比吧。”

“最可佩服的先生，不但四十戈比，我还肯给您五百卢布哩！非常情愿，因为我看见一位最可敬、最高尚的人，却为了他的正直，正在吃苦呀。”

“是的，可不是吗！上帝知道的！”普柳什金垂了头，使劲地摇起来，说，“就是因为正直啊。”

“您瞧，您的品格，我立刻就明白了。我为什么不给五百卢布一个呢？不过我也是并不富裕的，再加五戈比倒不要紧，那就是每个魂灵卖到三十戈比了。”

“您再添上两戈比吧，先生。”

“那就是了，可以的，再添两戈比！魂灵有多少呢，您不是说七十个吗？”

“不，一总七十八个。”

“七十八，七十八乘三十二戈比，那就得……”这时我们的主角想了一秒钟，并没有更长久，便说道：“那就得二十四卢布九十六戈比！”对于算学，他是很能干的。于是使普柳什金写一张收条，付给他款子，他用两只手抓住，极小心地搬到写字桌前去，仿佛手里捧着一种液体，每一瞬间都在怕它流出一样。到得站在桌子的前面，也还要仔仔细细地看一通钞票，然后仍然很小心地放在一个抽屉里，大约钱是埋在这地方的了，一直到村子里的两个牧师，凯普长老和波黎凯普长老，来埋葬了他自己：给他的女儿和女婿一个难以言语形容的高兴——也许还有大尉，那要和他攀亲戚的。普柳什金藏好了钱之后，就坐在靠椅上，好像再也找不出什么新的谈话资料来了。

“怎么，您要走了吗？”当他看见乞乞科夫微微一动，想从衣袋里去取手巾的时候，就说。这一问，使乞乞科夫悟到久在这里实在没有意思了。“对啦，这是时候了！”他说着，就去取帽子。

“您不喝茶？”

“不，多谢您！还是别的时候再喝吧。”

“哦，为什么呢？我已经叫生茶炊去了！但老实说，我是也不喜欢茶的：这是一种很贵的物事，而且糖价钱也尽在涨起来。普罗什卡！我们不要茶炊了。把那饼干交给玛芙拉去！听见吗？她得放回原地方。不不，还是放在这里吧，我自己会送去的。再见，先生，上帝保佑您！那封信请您交给审判厅厅长吧，是不是？他该会看的！他是我的一个老朋友。哦哦，从小就在一起玩的朋友呀。”

于是这奇特的形象，这打皱的老人领他到了前园，乞乞科夫一走，普柳什金即刻叫把园门锁上了。接着是走到所有堆房和食物库去，查考那些看守夫是否都在他们的岗位上，他们是站在屋角，用木勺敲着空桶，以代马口铁鼓的；他也到厨房里去瞥了一眼，看看可曾给仆役们备妥了合适的、可口的食物，然而这不过是一句话，其实倒是自己喝了粥和白菜汤；其次是他终于把大家训一通他们的做坏事，骂一顿他们的偷东西，然后回到自己的屋子里。待到他只有自己一个时，却忽然起了一种心思，要对于

普柳什金写一张收条，付给他款子，他用两只手抓住，极小心地搬到写字桌前去，仿佛手里捧着一种液体，每一瞬间都在怕它流出一样。

客人报答一下他那无比的义侠了："我要当做礼物，把表去送给他。"他想，"还是一只漂亮的银表，并不是黄铜或白铜做的，自然破了一点，但他可以去修。他还是一个年轻人，倘要引新娘子看得上眼，是得有一只表的。但是，且慢！"他再想过一会之后，接下去道，"还不如写在遗嘱里吧，等我死后，他才得到表，那么，他到后来也还记得我了。"

然而我们的主角却即使没有表，也还是极愉快极满足的心情。这样的出乎意外的收获，才是真正的上天之赐。这实在是毫无抗议之处的：不但是几十个死魂灵，还加上几打逃走的，一共竟有二百枚！当他临近普柳什金的村庄时，自然已经有一种预感，觉得这地方可以赚一点东西，但这样的好买卖，他却没有计算到。一路上他都出奇地快活，吹口笛，唱歌，还把拳头靠着嘴巴，吹了起来，像是吹喇叭。后来他竟出声地唱着曲子了，很特别，很稀奇，连谢利凡也诧异地侧着耳朵听，摇摇头，说道："瞧吧，我的老爷多么会唱呀！"

当他们驶近市街的时候，天已经全黑了。光和暗完全交错起来，连一切物事也好像融成一片。画有条纹的市门，显着很不定、很不分明的颜色；市上的警兵，仿佛那胡子生得比眉毛还要高，他的鼻子却简直不大见有了。车轮的响声，车身的震动，报告着已经又到了铺石的街路上。街灯还没有点，只从几处人家的窗户里闪出一些光，在街角和横街里，闹着照例的场面。人们听着密谈和私语，这是小市的晚间常常要有的，这地方，有许多兵丁、车夫、工人和特别的人物，是闺秀的一种，肩披红围巾，没有袜，在十字街头穿来穿去，像蝙蝠一般。然而乞乞科夫并不留心她们，一样地也不留心那拿着手杖，大概是从市外散步回来的瘦长的官吏。时时有些叫喊冲到他的耳朵里，好像是女人的声音，"胡说，你喝醉了。我不许你这么随便！"或者是"又想吵架，你这野人，同到警察署去吧，那我就叫你知道。"一言以蔽之，这些话的功效，就像对于一个从戏院回来，头里印着西班牙的街道，昏黄的月夜，挟琴的美人的富于幻想的二十左右的青年，给洗一个蒸汽浴。极神奇的梦，极古怪的幻想，是纵横交织地在

“您可是真旅行得长久了。”
“是呀。你们怎么样呢？”
“托福！昨天来了一位兵官。他住在十六号。”
“中尉吗？”
“我不知道。他是从略山来的，有匹栗色马。”
“很好，很好！但愿你以后也很好！”

他的脑子里回旋的。他觉得会飞上七重天，也会马上到诗人席勒[1]那里去做客。现在这晦气的话，像霹雳一样，突然落在他的身边，他觉得自己又回到地上来了，而且竟还在一家小酒店附近的“干草市场”[2]上，于是苍老荒凉的忙日月，就重新把他吞去了。

篷车再猛烈地一震，像进地洞似的，终于钻进了大门。乞乞科夫由彼得鲁什卡来迎接，他一只手捏住了衣裾——因为他是不喜欢衣裾分散开来的——用别一只手帮他的主人下了车子。伙计也跑出来了，拿着一支烛，抹布搭在肩膀上，对于他主人的回来，彼得鲁什卡是否很高兴呢，这可很难说，但当他向着谢利凡大有意义似的眨着眼睛的时候，在他那平时非常严正的脸上，却好像开朗了一点似的。

“您可是真旅行得长久了。”伙计在前面给他照着扶梯，说。

“是呀。”乞乞科夫说着，走上扶梯去，“你们怎么样呢？”

“托福！”伙计鞠一个躬，回答道，“昨天来了一位兵官。他住在十六号。”

“中尉吗？”

“我不知道。他是从略山来的，有匹栗色马。”

“很好，很好！但愿你以后也很好！”乞乞科夫说着，跨进屋里去。当他走过前房的时候，就耸着鼻子，向彼得鲁什卡道：“窗户是你也可以开它一开的。”

“我是开了的。”彼得鲁什卡回答说。但是他说谎，他的主人也知道这是一句谎话。然而他不想反驳了。在长途旅行之后，他所有的骨节都很疲乏。他吃了一点很清淡的晚膳，不过一片乳猪，就赶紧脱了衣服，钻进被窝里，立刻睡得很熟，很熟了。这是一种神奇的睡眠，只有不想到痔疮，不想到跳蚤，也不想到精神兴奋的幸运儿才知道。

---

① Friedrich Schiller（1759—1805），德国有名的诗人和戏曲家。——译者注

② 帝俄时代彼得堡的一处市场，很热闹，也充作公开行刑之地。——编者注

# 第七章

旅人的幸福，是在伴随着那些寒冷，泥泞，尘埃，渴睡的站长，铃铛声，修马车，吵架，马夫，铁匠，经过了远路的、无聊的旅行之后，却终于望见了总在闪着明灯的挚爱的屋顶——他眼前已经浮出那有着熟识的房子的可爱的老家来，已经听到出迎的家眷的欢呼，孩子们的高兴和吵闹，之后是幽婉的言谈，时时被热烈的爱抚所间断，这就令人振起精神，将一切过去的辛苦从记忆中一扫而光了。幸福的是有着这样一个老家的一家之主；但苦痛的是鳏夫！

作家的幸福，是在慌忙避开那无聊的、惹厌的、以可怕的弱点惊人的实在的人物，却去创出具有高洁之德的性格来，从变化无穷的情状的大旋风中，只选取一点例外，他的七弦琴的神妙的声调，也决不变更一回，也不从自己的高处下降，到他那不幸的、无力的弟兄们这里来，也不触及尘世，却只站在高超的形象的出世的合唱里。他的出色的运道，是加倍值得羡慕的，他沉浸于这些之间，如在家眷的挚爱的圈子中；而所到各处，也远远地响遍了他的名望。他用檀香的烟云来蒙蔽人们的眼目，用妖媚的文字来驯服他们的精神，隐瞒了人生的真实，却只将美丽的人物给他们看。大家都拍着手追随他的踪迹，欢呼着围住他的戎车。人们称他为伟大的世界的诗人，翱翔于世间一切别的天才们之上的太空中，恰如大鹫的凌驾一切高飞的禽鸟一样。他的姓名已足以震动青年的热烈的心，同情的泪在各人的眼睛里发闪……在力量上，没有人能够和他比拼——他是一个神明！但和这相反，敢将随时可见却被漠视的一切，络住人生的无谓的可怕的污泥，以及布满在艰难的，而且常是荒凉的世路上的严冷灭裂的平凡性格的深处，全都显现出来，用了不倦的雕刀，加以有力的刻画，使它分明地、凸出地放在人们眼前的作者，那运道可是完全两样了！他得不到民众的高声喝彩；没有感谢在眼泪中闪出；没有被他的文字所感动的精魂的飞扬；没有热情的十六岁的姑娘满怀着英雄的惆怅来迎接他；他不会从自己的箜篌[1]上编出甜美的声音来，令人沉醉；他还逃不脱当时的审判，那伪善的麻木的判决，是将涵养在他自己温暖的胸中的创作，称为猥琐、庸俗、和空虚，置之于侮辱人性的作者们的劣等之列，说他所写的主角正是他自己的性格，从他那里抢去了心和精魂和才能的神火；因为当时的审判，是不知道照见星光的玻璃和可以看清微生物的蠕动的玻璃，同是值得惊奇的，因为当时的审判，是不知道高尚的欢喜的笑等于高尚的抒情的感动，和市场小丑的搔痒，是有天壤之别的。当时的审判并不知道这些，对于被侮蔑的诗人，一切就都变了谩骂和谴责：他不同意，不回答，不附和，像一个无家的游子，孤零零地站在空街上。他的事业是艰难的，他觉得他的孤独是苦楚的。

凭着神秘的命运之力，我还要和我的主角携着手，长久地向前走，在全世界，由分明的笑，和谁也不知道的不分明的泪，来历览一切壮大活动的人生。至于崇高的灵感的另一道喷泉，恰如暴风雨一般，从闪烁的、神圣的恐怖中抬起奋迅的头来，使大家失色地倾听着别的叙述的庄严的雷声，却还在较远的时候……

向前走！向前走！去掉你的阴郁的脸相，去掉你的刻在额上的愤激的皱纹，使我们和一切你的无声的喧嚷和铃铛声，再浸在人生里：我们来看看乞乞科夫在做什么吧。

乞乞科夫是刚刚醒来的，伸了下懒腰，觉得睡得很舒畅。他再静静地仰卧了两三分钟，就使他的指头作响，一想到自己快要有了将近四百个

---

① 箜篌，十分古老的弹弦乐器，在古代宫廷使用，十四世纪后不再流行。——编者注

他只穿一件短短的苏格兰样小衫，颇为老练地用脚后跟点着地板，勇敢地跳了两跳……

魂灵，他的脸便也开朗起来了。他于是跳下眠床来，不照镜子，也不向自己的脸去看一眼，他原是很爱自己的脸的，尤其是下巴，因为他每有机会，总对着他的朋友们称扬，特别是在刮脸的时候。"瞧一下吧。"他常常说，"我有多么出色的圆下巴呀。"于是就用手去摸一摸。但今天，对于下巴，对于脸孔，却连一眼也不看了，倒赶紧穿起绣花的摩洛哥长皮靴来。这在皮革制品市场卖得很多，因为合于我们俄国的嗜好，是一笔大生意。其次是他只穿一件短短的苏格兰样小衫，颇为老练地用脚后跟点着地板，勇敢地跳了两跳。这之后就立刻去做事：他走到箱子前面，恰如廉洁的地方法官在下了判决之后要去用膳似的，做了一个满足的手势，于是弯向箱子上面去，取出一小包纸片来。他想要毫不拖延，把这事情办妥。于是决计亲自来写注册的呈文，以省付给代书的费用。公文的格式，他是很熟悉的，首先就用笔势飞动的大字，写好一千八百多少年；随后再用小字写下：地主某某，以及别样必要的种种。两个钟头，一切就都功行圆满了。当他接着拿起名单来，一看那些确是活着过，操劳过，耕作过，喝过酒，拉过车，骗过他的主人，或者也许是简单的老实人的农奴们的名字的时候，就起了一种奇特的不舒服的感觉。每条仿佛都有它特殊的性格，农奴们都在自己发挥着一种固有的特征。属于科罗博奇卡的农奴，是谁都带着一个什么诨名的。普柳什金的名单，却显出文体之简洁，往往只写着本名和父称的第一个字母，底下是点两点。索巴克维奇的目录，则以他的出格的详细和完备，令人惊奇；连极细微的特性，也无不很注意地加以记载：对于其中之一，写的是："优秀的木匠"，别一个是："他懂事，不喝酒。"而且连各人的父母以及品行如何，也写得详详细细。只在菲陀妥夫名下，注有备考道："父亲不明，母亲是我的一个使女，名凯必妥里娜，但品行方正，不偷盗。"所有一切细目，都给全体以新鲜之气。令人觉得这些农奴们，仿佛昨天还是活着似的。

乞乞科夫再细心地熟读了一回那名字。一种奇特的感动抓住了他了，他叹息一声，低低地自言自语道："我的上帝，这里紧挤着多少人呀！你们在一生中，做了些什么事呢，可爱的家伙？你们过的是怎样的生活呢？”于是他的眼睛，不知不觉地看在一个名字上面了。那就是曾经属于女地主科罗博奇卡的，已经说过的蔑视刷水槽的彼得·萨惠利耶夫。他就禁不住又喊了一声：“我的上帝，这可真长，得占满一整行哩！你先前是怎样的人呀？是你的手艺的好手，还是个平常的农夫，而且是怎么送命的呢？在酒店里，或者是在大路上，给发昏的车子碾死的？

你这废物！

——斯捷潘·波罗勃加，木匠，驯良，寡欲。哦，你在这里，我的斯捷潘·波罗勃加，好个大英雄，天生的禁卫军哩！你一定是皮带上插着斧头，肩膀上挂着长靴，走遍了许多远路，只吃一戈比面包，两戈比干鱼，但在你的袋子里，却总带着百来个卢布，或者简直整千的缝在你的麻布裤子里，或是藏在长统靴子里的吧。你死在什么地方的呢？你不过为着赚钱，爬上教堂的圆天井去，还是一直爬到十字架，在荫架上一失脚，就掉了下来，有一个那里的米哈伊伯伯，只好自己搔搔头皮，同情地唠叨道：‘唉唉，瓦尼亚，你这是怎么的呀？’于是亲自用绳子缚了你的身子，悄悄地拖你回家的呢？

——马克西姆·捷利亚特尼科夫，靴匠。靴匠吗？唔？‘靴匠似的喝得烂醉’，谚语里有着的。我知道你，我知道你，我的好乖乖。如果你愿意，我就来讲你一生的历史给你听。你是在一个德国人那里学手艺的，他供你食宿，用皮条罚你的偷懒，还不准出街，省得你去闹事。你是一个真正的古怪脾气人，却不是鞋匠，那德国人和他的太太或者同业谈起你的时候，实在也难以大声地说出你的好处来。到得学习期满，你就心里想：‘现在我要买一所自己的小房子了，但我不高兴像德国人那样，一文一文地来积，我要一下子就成一个有钱人！’于是你将许多贡款付给了主人，自己开了一个店，收下一大批预约，做起生意来了。你只花了三分之一的价钱，不知道从哪里买了半烂的皮来，每逢卖掉一双长靴，却总要赚两倍，然而你的靴子不到两礼拜就开裂了，这回赚来的是对于你的手段的恶骂。你的店因此没有生意了，你就开始喝酒，在街上游来荡去，并且说道：‘这世界坏透了！我们俄国人只好饿肚子，害事的第一就是德国人呀！’——唔，这是什么人呢：麻雀伊利沙贝图斯·沃罗佩伊？又见鬼，这是一个女人呀！她怎么跑进这里来的呢？索巴克维奇这流氓，是他偷偷地混在里面的！”乞乞科夫一点也不错，这确是一个女人。她怎么入了这一伙的呢，只有上帝知道。但她的名字却实在写得又聪明又巧妙，能够令人粗粗一看，觉得也确是一个男子，她的本名，是用男性式结末的：伊利沙贝图斯，却不是伊利沙贝多。然而乞乞科夫不管这一点，只在名簿上把它划掉了。“还有你，‘老是走不到’的格里戈里，你究竟是怎样的一个人呢？你是车夫，永是离开了你的老家，你的乡土，用一辆三匹马拉的席篷车子，载了商人们在市集里跑来跑去的吗？是你自己的朋友为了一个胖胖的红面庞的兵太太，在路上要了你的性命，还是你的皮手套和你的三匹虽然小、却很强悍的马所拉的车子，中了拦路强盗的意，还是躺在你床上，想来想去，忽然无缘无故地跑到酒店去，就在那里的路上，人不知鬼不觉地掉在冰洞[①]里的呢？唉唉，你这我的俄罗斯人啊！你是不喜欢寿终正寝的！

还有你们，我的乖乖。”他向那写着普柳什金的逃走的农奴的名单上看了一眼，接着说，“你们大约都还活着的，然而又有什么意思呢？你们就像死掉了的一样。你们的飞快的腿，现在把你们运到哪里去了啊？你们在普柳什金家里就真的过得这样坏，还是到树林里彷徨，向旅人劫掠，也不过开开玩笑的呢？你们也许坐在监牢里，还是找到了别的主人，现在正给他在种地呢？耶里米·卡里亚金、飞脚尼基塔和他的儿子快腿安敦。只要看你们的名字，人就知道你们是飞跑的好手了；皮皮夫，仆役……一定是一个学者，知道读书写字的！他无须手里拿短刀，就会捞到一大批物事。试试看！没有护照，你又落在警察局长的手里了。你勇敢地对面站立着：‘你的主人是谁呀？’那局长讯问说，还看着适宜的机会，在他的话里插下一句厉害的咒骂。‘是地主某人。’你大胆地回答道。‘你怎么跑到这里来的？’局长问。‘我缴过赎身钱，得了释放的了。’你答

---

① 在河面凿开冰，以便汲水或洗濯东西的洞穴。——译者注

得很顺口。‘你的护照在哪里呢？’‘在我的主人家，市民皮美诺夫那里。’皮美诺夫被传来了。‘你是皮美诺夫吗？’‘是的。’‘他把护照给你了吗？’‘不，他没有给我护照。’‘你说谎吗？’局长说，于是又来一句厉害的话。‘是的！’你绝不羞愧地回答道：‘我没有把护照放在他那里，因为我回家太晚了，我是交给了打钟人安替卜·普罗霍罗夫，托他收管着的。’‘那么，传打钟人来！他把护照交给了你吗？’‘不，我没有收到他的护照。’‘你为什么又来说谎的？’局长重新问，而且再来一句厉害的话儿，以见其确凿。‘你的护照到底在哪里呢？’‘我相信我是确有护照的。’你切实地回答道，‘大约我把它掉在路上的什么地方了。’‘但是你为什么偷了士兵的外套和神甫的钱箱呢？’局长道，于是又添上一句挺硬的话儿，以见其确凿。‘并没有。’你说，连睫毛也不动一下，‘我还没有偷过东西。’‘但是人怎么会从你那里搜出外套来的呢？’‘我不知道，大约是别人把它放在我这里的！’‘啊，你这贱胎，你这畜生！’局长摇着头说，把两手叉在腰上。‘加上脚镣，带他到牢监里去。’‘就是啦，我遵命！’你回答道。于是你从袋子里摸出鼻烟壶来，很和气地请那正在给你上镣的两个伤兵嗅，还问他们退伍有多久了，在什么战争上成了残废的。之后是你游进牢监，静静地坐在那里面，直到法庭来开审你的案件。终于下了判决，把你从察廖沃·科克沙伊斯克监狱解到其他什么监狱去了。那边的法庭，却又远远地送你到韦谢冈斯克或是别的什么地方去。你每从这一个监狱游历到另一个监狱，一看你的新住宅，总是说：‘哼，还是韦谢冈斯克监狱好，那地方大，够玩一下抛骨儿①，而且伙伴也多呀。’

——亚伐库·菲罗夫吗？啊，我的好人，还有你呢？你在什么地方逛荡？也许因为你爱自由生活，活在伏尔加河的什么处所，做着拉纤的夫子吧？……”到这里，乞乞科夫住了口，有些沉思起来了。他到底在想什么呢？他想着亚伐库·菲罗夫的命运，还是恰如一切俄国人一样，无论他

① 这是一种游戏，先排小骨成列，再从一定的地方，把一块小骨抛过去，将列中的小骨打倒，打倒得最多者胜。—译者注

什么年纪，什么身份和品级，只要一想到自由的无拘无束的人生之乐，就自然而然，几乎是无须说明的那种沉思呢？“但现在非罗夫究竟在哪里呀？他一定快活地夹在商人一伙里，高兴地嚷嚷在码头上到处闲逛。整一队的拉纤夫，帽子上饰着花朵和丝绦，正和颈挂珠圈，发戴花条的他们的瘦长的女人和情人作着别，大声地在吵闹。轮舞回旋着，清歌嘹亮着，快把整个码头闹翻，搬运夫们却在喧嚷、吵闹、勇猛的叫喊中，用钩子起了九普特重的包裹，装在脊梁上，把豌豆和小麦倒进空船里面去，还连袋滚下了燕麦和压碎麦。远处是闪烁着袋子和包裹积叠起来的大堆，好像一座炮弹的金字塔，塞满着空地，这谷麦库巍然高耸，一直要到帆船和船舶装载起来，那走不完的舰队，和春冰一同顺流而去。船夫们啊，你们的工作是很多的，像先前的团结、热心、协力一样，你们到今也还在这么做，汗流浃背地拉着船纤，唱着恰如俄罗斯本国一般无穷尽的歌！”

“我的上帝！已经十二点钟了！”乞乞科夫一看表，忽然喊了起来，“我这许多工夫，尽在耽延些什么呀？我还有些正经事要做，却先在说傻话，还在做傻梦！我真是一个傻子！实在的！”他说着这话，就用一件欧罗巴样的换了他那苏格兰样的衣服，把裤子的带扣收紧一点，使他丰满的肚子不至于十分凸出，洒了古龙水[①]，将温暖的帽子拿在手里，挟着文件，到民事法厅办理买卖合同去了。他的匆促，并非因为怕太迟——这一点是用不着担心的，厅长是他的好朋友，可以由他的意愿，把办公时间延长或者缩短，恰如《荷马史诗》一样，倘要停止他所爱惜的英雄们的斗争，或者给予一种方法，将他们救出，就使白大延长，或者一早成为黑夜。然而乞乞科夫是自有其急切的希望的，事情要赶紧结束，越快越好。在还未办妥之前，他总觉得不稳当、不舒服：因为他究竟不能完全忘记这买卖的并不是真正的农奴，所以这样地一副担子，还是从速卸下的好。他怀着这样的思想，披着熊皮里子的赭色呢的温暖的外套，刚要走出大街去，却就在横街的转角，和一个也是肩披熊皮里子的外套，头戴连着耳遮

---

① Eau de Cologne，一种含有2-3%精油的清淡香水。——译者注

"您？"
"我的内人！"
"啊呀，我的上帝！这真叫我抱歉得很，我竟累您们费了这么多的力！"
"为了帕维尔·伊万诺维奇，我们效点力是不算什么的！"

的皮帽的绅士冲撞了。绅士发出一声欢呼来——那是马尼洛夫。两个人就互相拥抱，在这地方大约这样的过了五分钟。于是互相亲吻，很有劲，很热烈，至于后来门牙都痛了一整天。因为欢喜，马尼洛夫的脸上就只剩了鼻子和嘴唇，他的眼睛是简直不见了。他用两只手捏住了乞乞科夫的手，约有十五分钟之久，一直到乞乞科夫的手热得很。他用了最优美、最亲热的态度，述说了自己怎样为了拥抱帕维尔·伊万诺维奇所以飞到这里来，并且用一种恭维话收尾，这一种话，平常是大概请年轻女郎一同跳舞才说的。当马尼洛夫从他那皮外套里，取出一卷粉红带子束着的纸来的时候，乞乞科夫可真不知道应该怎样道谢了，他只不过张着嘴巴。

“这是什么？”

“这是农奴们。”

“哦！”他连忙打开纸卷，很快地看了一遍，那笔迹的美丽和匀净，真使他吃了惊了。“这可写得真好！”他说，“简直无须誊清了。而且还画着边线！画了这出色的边线的是谁呢？”

“唉，您还不如不问吧。”马尼洛夫说。

“您？”

“我的内人！”

“啊呀，我的上帝！这真叫我抱歉得很，我竟累您们费了这么多的力！”

“为了帕维尔·伊万诺维奇，我们效点力是不算什么的！”

乞乞科夫激动地一鞠躬。当马尼洛夫听到他要到民事法厅去办妥买卖合同的时候，就自己声明可以做向导。两个朋友就手挽着手，一同走下去。遇见每一个小高处，每一个土冈或者每一个高低，马尼洛夫总用手搀着乞乞科夫，几乎要擎起来，并且愉快地微笑着说，他是不肯使帕维尔·伊万诺维奇吃苦的。乞乞科夫颇为惶窘，不知道自己应该怎样感谢，因为他觉得，他实在也并不轻。他们俩这样地互相提携着，一直到那法院所在的广场上——是一所三层楼的大屋子，白得像一块石灰，这大概是象征着在这里办公的人员们的纯洁的。广场上的另外的房屋，以大小而论，都卑陋得不能和石造的官厅相比。这里是：一间守卫室，前面站着一个拿枪的兵，两三处待雇马车的停留场，临了是处处还有些上面照例画着木炭或粉笔书画的长板壁。除此以外，在这冷静的，或者如我们俄国人的说法，是好看的广场上，再也看不到什么东西了。从二楼或三楼的窗里，露出几个忒弥斯[①]法师的廉洁的头来，但即刻又缩了回去，一定是长官走进这屋子里来了吧。两位朋友同上楼梯去，不是走，却是急急忙忙地跑，因为乞乞科夫不愿意马尼洛夫用手来扶他，便放快了脚步，但这一面因为不愿意乞乞科夫疲乏，便也跑上前去了，于是到得走上昏暗的长廊时，两个人就都弄得上气接不着下气。长廊和大厅的干净，他们都没有特别诧异。那时是还不很管这些的，龌龊了，就听它龌龊，决不装出很适意、很好看的外观来。忒弥斯完全以她的本相见客，穿着常服和睡衣。我们的主角们所走过的办公室，我们原也应该记载一下的，但在凡是衙门之前，作者却怀着一种大大的敬畏。即使有了机会，在最煊赫的时期，去见识和历览那很华贵的景况，就是上蜡的地板和新漆的桌椅，他也是恭谨地顺下眼睛，急忙走过，所以那地方的一切如何出色，如何繁华之类，也还是不会觉得的。我们的主角们，是看见了一大批纸张，空白的和写满的，俯在桌上的脑袋，宽阔的颈子，小地方做的燕尾服和常礼服，或者只是一件普通的淡灰色的小衫，这和别的衣服一对照，就显得非常惹眼。那人却侧着头，几乎躺在纸上，用了很流走的笔致，在写一件报告。这大约是关于一宗田产的案件，那平和的所有者是什么地方的地主，他为此涉了一世讼，也在他产业的安静的享用里，生育了儿孙，但现在却要失掉，或者是他的什么地方要被抄没了。有时也听到一点很短的句子，那是用沙声说出来的："菲多舍·菲多舍维奇，请您递给我三六八号文件！您怎么总捞了公家的墨水瓶塞子去！它是在政府里的呀！"间或有一种尊严的声音，分明是长官所发，命令式地叱咤道："喂，再去抄过，要不然，我就把你脱掉靴子，关你六整天没有东西吃！"

① Themis，希腊神话里的法律之神。——译者注

“菲多舍·菲多舍维奇，请您递给我三六八号的文件！您怎么总捞了公家的墨水瓶塞子去！它是在政府里的呀！”
“喂，再去抄过，要不然，我就把你脱掉靴子，关你六整天没有东西吃！”

笔尖刮纸的声音非常之响，那喧闹，好像几辆装着枯枝的车子走过一个树林，在道路上，又积着二尺之厚的枯叶一样。

乞乞科夫和马尼洛夫走向坐着两个年轻官员的第一顶桌子去，探问他们道："请教！您可以告诉我，这里的契据科在哪里吗？"

"您有什么事呀？"两个官都转过身来，一齐地说。

"我要递一个请求书。"

"您买了什么了？"

"我先要知道的是契据科在哪里？这里呢，还是别地方？"

"请您先告诉我们您买了什么东西，什么价钱，那么我们就告诉您应该到哪里去。这样可是不行的！"

乞乞科夫立刻觉到，这两个也如一切年轻的官员们一样，不过是好奇，也想借此把自己和自己的地位弄得紧要一点，显赫一点。

"请您听一下，我的可敬的先生们。"他说，"我知道得很清楚，凡有关于买卖契约的一切事务，是统归一个科里管理的，我在请求您的就是告诉我这地方，我应该往哪里走；如果您不知道这地方在哪里，那么，我们还是去问别人吧！"这时那两个官就一句话也没有答，有一个只用一个指头指着一间房子，里面坐着一位正在编排文件的老人。乞乞科夫和马尼洛夫便从桌子之间一直走过去。那老人一心不乱地在办公。

"我要请教，"乞乞科夫行一个礼，说，"这里是契据科吗？"

那老人抬起眼来，慢吞吞地说道："不，这里不是契据科。"

"那么，在哪里呢？"

"这是契约科管的。"

"但是契约科在哪里呢？"

"伊凡·安东诺维奇那里。"

"但伊凡·安东诺维奇在哪里呢？"

那老人用指头向别的一个屋角上一指，于是乞乞科夫和马尼洛夫便到伊凡·安东诺维奇那里去了。伊凡·安东诺维奇本已用一只眼睛从旁在瞥着他们了的，但又立刻向着他的纸张，拼命地写起来了。

“我想请教，契约科在哪里呢？”
“这里。”
“我来办理的是这样的事情：为了移住的目的，我从这省的几个地主买了一些农奴。合同已经带来了，只要注一注册。”

“我想请教，这里可是契约科呢？”乞乞科夫行着礼，一面说。

伊凡·安东诺维奇似乎没有听到，因为他只在拼命地办公，并不回答。人立刻可以看出，他已是中年了，不再像那些年轻的话匣子和轻骨头。大约伊凡·安东诺维奇是已经上了四十岁的，有一头浓密的黑发，那脸面的中间部，凸得很高，大有集中于鼻子之势。一句话，这样的相貌，我们这里是通常叫做“壶瓶脸”的。

“我想请教，契约科在哪里呢？”乞乞科夫再说一遍。

“这里。”伊凡·安东诺维奇说，这时他把高鼻子略略一抬，但即刻又写下去了。

“我来办理的是这样的事情：为了移住的目的，我从这省的几个地主手里买了一些农奴。合同已经带来了，只要注一注册。”

“卖主同来了吗？”

“有几个在这里了，别的几个我有委托信。”

“您也带了请求书来了？”

“是的，带在这里！我想……我非常之忙……这事情今天就可以办了吗？”

“哼！今天！不，今天是不行的。”伊凡·安东诺维奇说，“也还得调查一下，看看可有已经抵押出去的。”

“不过伊凡·格里戈里耶维奇，这里的厅长，是我的一个好朋友。他该肯把这事情赶办一下的吧。”

“但这里可也不只伊凡·格里戈里耶维奇在办事，还有别的人们呀。”伊凡·安东诺维奇不大高兴地说。

这时乞乞科夫明白其中的底细了，于是说道：“别人大概也肯照应的。我自己就在办公，知道这程序。”

“您还是找伊凡·格里戈里耶维奇去。”伊凡·安东诺维奇说，和气了一点，“他会派定谁办的，和我们没有关系。”

乞乞科夫从衣袋里掏出一张钞票来，放在伊凡·安东诺维奇的面前。那人却毫不在意，立刻用一本书遮上了。乞乞科夫还想通知他，但伊凡·安东诺维奇又把头一摇，告诉他不必如此。

“他领你们到办公室去！”伊凡·安东诺维奇说，还点点头。于是在场的一位大法师，他为了拼命地为女神忒弥斯效劳，弄到两袖的肘弯都开了裂，从洞里吐出后面的里子来，但也得了十四等官的品级，就毕恭毕敬地走到我们两位朋友跟前，像先前维吉尔引导但丁似的，引他们往办公室去了，这里摆着一些宽阔的靠椅，在其中的一把上，在法鉴[①]和两本厚书之前，巍然地坐着厅长，好像太阳神。一到这里，新维吉尔便敬畏得连他的脚也重到跨不开了。于是他向后转，把破得像一片席子上粘着鸡毛的背后，示给了两位朋友。当他们走进屋里时，才看见厅长并不是独自一个人，旁边还坐着索巴克维奇，完全被法鉴所遮掩。客人的到来，使在场的人发了几声欢呼，厅长的椅子格格地响着，被推到一边去。索巴克维奇也起来了，拖着他的长袖子，整个清清楚楚站在那里。厅长来和乞乞科夫拥抱，办公室里又起了一通朋友的亲吻声。他们彼此问过好，由此知道了两个人都腰痛，算是因为生平大抵安坐不动而得的。厅长好像已经从索巴克维奇听到了置产的事情，因为他很诚恳地向乞乞科夫道贺，这使我们的主角有一点窘急，尤其是现在，那两位卖主，索巴克维奇和马尼洛夫，他原是分头秘密说定的，现在却面对面地站着了。但他还是谢了厅长，于是向着索巴克维奇道：

“您好吗？”

“谢谢上帝，我不能说坏。”索巴克维奇说，而且实在他也真的没有说坏的理由，比起这生得奇特的地主来，倒是一块铁先会受寒，咳嗽的。

“是的，您的健康，可真是出色。”厅长说，“您那故去的令尊，也和您一样结实的。”

“是的，他还独自去打熊哩！”索巴克维奇回答道。

“我想，如果您独自和一只熊交手，您也足够摔倒它的。”厅长说。

“哪里，我可不成。”索巴克维奇答道，“我那先父可比我还要

---

① 帝制时代俄国的官厅里一定摆设着的东西是一个三角的尖锥体，每面都贴有彼得一世的谕旨。——译者注

厅长来和乞乞科夫拥抱，办公室里又起了一通朋友的亲吻声。他们彼此问过好，由此知道了两个人都腰痛，算是因为生平大抵安坐不动而得的。

强。”于是他叹息着接下去道：“哪里，现在可是没有这样的人了。您就拿我的生活来做例吧。这是什么生活，不过如此，哼哼……”

“为什么您的生活没有意思呢？”厅长问。

“没有，实在不能说是有意思。”索巴克维奇说，摇着头，“您自己想想就是，伊凡·格里戈里耶维奇，我已经五十岁了，没有遭过一回喉痛，没有生过一个疮……这可不会有好结果的！这总有一回要算账的……”说到这里，索巴克维奇就非常忧郁了。

“这家伙……”乞乞科夫和厅长几乎同时想，“亏他想的出”

“我还带了一封给您的信来呢。”乞乞科夫从袋子里取出普柳什金的信来，一面说。

“谁给的？”厅长问道。他接过信去，开了封，惊奇地叫了起来道：“普柳什金的！他也还生存在这世界上吗？这也是一种生活呀！先前是一个多么聪明、多么富裕的人呀！但现在……”

“是一只猪狗了！”索巴克维奇说，“是这样的一个恶棍，使他那所有的人们都饿肚子！”

“可以，很愿意！”厅长看过信札之后，大声说，“我很高兴给他代理的！这宗交易，您希望怎么办理呢？现在就办，还是等一下？”

“就办！”乞乞科夫说，“我正想拜托您，费神在今天就办一办。因为我明天就要走了，买卖合同和请求书都带来在这里！”

“好得很，但您明天要走，我们可不能这么早早就放你的。注册师马上就办，您却还得在这里和我们过几天。我就发命令。”他说着，开开了通到办公室的门。那里面满是官员，像一群蜜蜂围着蜂房一样，如果可以把文件比作蜂房的话。“伊凡·安东诺维奇在这里吗？”

“有！在这里！”屋子中间，有一个声音回答道。

“来一下！”

读者已经熟识的壶瓶脸伊凡·安东诺维奇，在官厅里出现了，行一个恭敬的礼。

“伊凡·安东诺维奇，请您拿了这些契约去，并且……”

“伊凡·格里戈里耶维奇，”索巴克维奇插嘴道，“请您不要忘记，我们还得要见证呢，至少每一面有两个。请您马上去邀检察长来吧，他没有什么事，一定坐在家里的，稽查官佐洛图哈[1]，什么事情都替他办掉了。像佐洛图哈那样的大强盗，在这世界上是不会再有的！卫生监督也不大办事，大约总在家里的，如果他不去找熟人打牌的话；哦哦，还有住在近地的一大批人们呢：德鲁哈切夫斯基，培古希金——都是用他们的幽闲，使可爱的大地受不住的人物！”

“不错！一点不错！”厅长说着，立刻派一个办事员去邀请他们去了。

“我还要拜托您一件事。”乞乞科夫说，“请您再邀一个女地主的代理人来，我和她也成了一点小交易的——那是大牧师基里尔神甫的儿子。他就在您这里做事。”

“可以可以，我马上派人去叫他！”厅长说，“这算是一切都办好了，我只还要拜托您一件事，请您不要给官们什么。我的朋友是用不着破费的。”于是他又向伊凡·安东诺维奇下了一道看来好像实在不大称心的命令。这合同，仿佛对于厅长给了一种很好的印象似的，尤其是当他看见买价将近十万卢布的时候。他凝视着乞乞科夫的眼睛，有几分钟之久，终于说道：“您看，帕维尔·伊万诺维奇。您可真的收了一大批了！”

“哦哦，是的！”乞乞科夫回答说。

“这是好事情呀。真的！这是好事情！”

“对啦，现在我自己想，我也不能做什么更好的事了。无论如何，人生的目的，并不是什么自由思想家所追寻的荒诞的年轻时候的空想，倘不脚踏实地，是决不定终局的方法的。”他趁这机会，不但用几句责备的句子攻击了青年们和他们的自由主义，并且也是法律上的话。然而，很该留心的是他的话里总还含着一点不妥之处，仿佛他又就要接着说出来道：“哼，什么？乖乖，你说谎，而且不轻哩！”真的，他竟不敢向索巴克维奇和马尼洛夫看一眼，因为怕在他们的脸上，遇见一种不舒服的表情。但

---

① Solotucha，瘰疬病的意思。——译者注

他的忧愁并没有用：索巴克维奇的脸上毫无变化，马尼洛夫却完全被这名言所感动，赏识得只在颠头簸脑，并且那精神的贯注，恰如一个知音者遇到歌女压倒了弦索，发出她那赛过莺歌妙音的时候一样了。

“您怎么不告诉伊凡·格里戈里耶维奇的呢，您究竟买了些什么？”索巴克维奇指点道，“还有您呢，伊凡·格里戈里耶维奇。您竟全没有问，他买的是些什么吗？您要知道，那是多么出色的家伙呀！钱算什么！我连做车子的米锡耶夫也卖给他了。”

“真的？没有吧？”厅长拦着说，“我知道这米锡耶夫，这人在他那一行是一个好手，他给我修过一回车子的。但请您原谅一下……这是怎么的呢？……您不是对我说过的吗，他死了……”

“谁？米锡耶夫死了？”索巴克维奇一点也不惶窘，回问道，“您说的是他的兄弟，那确是死了，这一个却是好好的，像水里的鱼一样，比先前还要好。不久以前，还给我做了一辆这样的马车，您就是到莫斯科去也买不出。这人是可以称为皇家御匠的。”

“不错，米锡耶夫是一个好手。”厅长接着说，“但我很奇怪，您竟肯这么轻易地把他放掉。”

“是呀，如果单单一个米锡耶夫呢！还有斯捷潘·波罗勃加，那个木匠，烧砖头的米卢什金，靴匠马克西姆·捷利亚特尼科夫——他们都去了，我把他们一起卖掉了。”但当厅长问他这些都是家务上有用的工人，为什么竟肯放走的时候，索巴克维奇却做了一个毫不在意的手势，回答道：“我不知道，不过我起了糊涂念头就是！我自己想，唉，什么，我卖掉他们吧，那就糊里糊涂地真的把他们卖掉了！”于是他垂下头去，好像现在倒后悔起来模样，还接着说道：“年纪大了，头发白了，还是不聪明！”

“但请您允许我问一声：帕维尔·伊万诺维奇。”厅长问，“您买了不带田地的农奴，竟是做什么的呢？莫非目的是在使他们移住吗？”

“自然是移住！”

“哦，那自然又作别论了。但移到哪里去呀？”

每个见证人，都连自己的一切品级和勋等，在文件上签了名，这一个用圆体字，那一个用斜体字，第三个用的是所谓翻筋斗字，或者洒出俄国字母里从未见过的文字来。

“移到……到赫尔松省去。”

“啊，那是很出色的地方！”厅长说，又称赞了一番那地方的草之好和长。

“您的田地够用吗？”

“很够。给农奴移住的这一点是绰绰有余的。”

“那地方也有一条河吗，还不过一个池子？”

“有一条河。另外也还有一个池子。”说到这里，乞乞科夫不觉看了索巴克维奇一眼，那人虽然照旧地毫无动静，但乞乞科夫却觉得仿佛在他的脸上看出了这样的句子来：你撒谎，我的宝贝！我就不很相信真的有池子，有河和一切田地哩。

在他们继续着谈天之间，见证人渐渐地出现了：首先是检察长，就是读者已经认识，总在眨着左眼的那一位，卫生局监督，还有德鲁哈切夫斯基先生，培古希金先生以及别的，即索巴克维奇之所谓用他们的幽闲，使大地受不住的人物。其中的好些位，是连乞乞科夫也还是全不相识的。缺少的证人，就请一两个官员充了数。不但大牧师基里尔神甫的儿子，连住持法师自己也被邀到了。每个见证人，都连自己的一切品级和勋等，在文件上签了名，这一个用圆体字，那一个用斜体字，第三个用的是所谓翻筋斗字，或者洒出俄国字母里从未见过的文字来。那令人佩服的伊凡·安东诺维奇，又敏捷又切实地办妥了一切，契约登记了，日子填上了，册里存根了，而且又送到该去的地方去了，此外只要付半成的注册费，以及官报上的揭示费就够，乞乞科夫只花了很少的钱。哦，厅长就下命令，注册费只要他付给一半，那别的一半，却算在别个请求人的身上了。这是怎么办的呢，老天爷知道！

“那么，”到诸事全都恭喜停当了之后，厅长说，“这事情，我们就只差喝一杯庆贺一下了。”

“非常愿意。”乞乞科夫说，“时候请您定。如果在这样愉快的聚会里，我这边不肯开一两瓶香槟，那可是一宗罪过哩。”

“不，您弄错了，香槟我们自己办。”厅长说，“这是我们的义务和责任，您是我们的客人，要我们招待的。您知道吗，我的绅士诸君？我们姑且跑到警察局长那里去吧，他是一个真正的魔术师，如果他到鱼市场或者酒铺子里去走一转，只要眼睛一眨，就会变出一桌出色的午餐来，可以用这来贺喜。趁这机会，我们还可以打一回牌。”

一个这样有道理的提议是没有人能反对的。单是提出鱼市场这一句话，就使见证人们的嘴里流满了唾沫。大家立刻抓起了有边帽和无边帽，公事就这样的收场。当人们走过办公室时，伊凡·安东诺维奇——就是那壶瓶脸——向乞乞科夫谦虚地鞠一个躬，说道：“您买了十万卢布的农奴，我效了力，却只有一张白钞票[①]。”

“是的，但那是怎样的农奴呀。”乞乞科夫低声地回答道，“全是些不行的、没用的人儿，还值不到那价钱的一半哩。”伊凡·安东诺维奇就明白了他是一个性格坚定的人，从他那里，自己是再也捞不到什么的了。

“普柳什金卖给您魂灵，是什么一个价钱呀？”索巴克维奇在他的另一只耳朵边悄悄地说。

“但是您为什么把沃罗佩伊混了进去的？”乞乞科夫回答道。

“哪个沃罗佩伊？”索巴克维奇问。

“就是那个女人，伊利沙贝多呀。您还把语尾改了‘图斯’了。”

“我可不知道这沃罗佩伊。”索巴克维奇说着，混进别的客人里去了。

大家排成大队，进了警察局长的家。这警察局长可真是一位魔术师：他刚听到该做的事情，就已经叫了警务员来，是一位穿着闪亮漆长靴的精干的家伙，好像在耳朵边不过悄悄地说了两句话，于是又简单地问他道：“你懂了吗？”而当客人们还在摸牌的时候，另一间屋里的桌子上，可早摆出顶出色的东西来了：鲟鱼，蝶鲛，熏鲑鱼，新的腌鱼子，陈的腌鱼子，青鱼，鲇鱼，各种干酪，熏的舌头——这都是从鱼市场搬来的食单。此外还添了自家厨房里做出来的几样：鱼肉包子，馅是九普特重的鲟

---

① 二十五卢布的钞票。——译者注

鱼的软骨和颊肉做的，蘑菇饼，油炸饼，松脆糕饼之类。

讲老实话，警察局长可确是这市镇的父母和恩人。他在市民之间，就和在他自己的家族之间一样，他很会替店铺或布行来安排，也像在自己的仓库里一样。简而言之，如大家所常说，他总是在他的地位上适应自如。是他为了他的官而设，还是他的官为了他而设的呢，这可实在很难决定。他极善于做官，所以他的收入虽然比前任几乎要多一倍，却仍被全市镇所爱戴。先是商人们尤其特别地珍重他，因为他毫不骄傲，而且也实在，他给他们的孩子行洗礼，自己去做教父，虽然也很挤些他们的血，但连这也做得非常之聪明：或者亲热地拍拍肩膀，向他们微微一笑，或者邀他们去喝茶，招他们去打牌，于是问起生意怎样，万事如何，如果知道谁的孩子生着病，他就会立刻给予忠告，开出适当的药方来。一言以蔽之，他实在是一个好角色。就是坐着马车到各处巡视秩序的时候，也总在找人讲话：“喂，米哈伊奇，我们总该玩一下我们的小玩意吧？”“自然，亚历克谢·伊万诺维奇，”那人回答着，脱了帽，“我们自然得玩一下的！”“听哪，伊里亚·万拉莫诺维奇，什么时候到我这里来，看看我的快马吧。它跑得比你那匹还要快。之后就驾在赛跑马车上，我们来看一下究竟怎样！”那酷爱赛马的商人，便万分满足地微笑起来，摸着胡子，说道：“好的，我们来看一下，亚历克谢·伊万诺维奇！”这时连店员们也都除下了帽子，愉快地凝视着，似乎想要说：“亚历克谢·伊万诺维奇真是一个出色的人！”一言以蔽之，他很随和，商人们对他倒有很佩服的意思，说道，“亚历克谢·伊万诺维奇确也拿得多一点，但他的话却也靠得住的。”

警察局长看午餐已经齐备，便向他的客人们提议，还是用膳之后再来打牌，于是大家就都走进餐厅去，从这处所，是早有一股可爱的香味，一直透进邻室来的。这种香味，久已很愉快地引得我们的客人的鼻孔发痒，索巴克维奇也已经从门口望过篷席，把旁边一点的躺在一张大盘子里的鲟鱼看在眼里的了。客人们喝过黑绿的阿列布色的烧酒，这种颜色，是只能在俄国用它雕刻图章的透明的西伯利亚的石头上才会看见的，于是

这时候，真如谚语所说，谁都现出真的性格和嗜好来了，这个吃鱼子，那个拿鲑鱼，第三个弄干酪。对于这些小东西，索巴克维奇却一眼也不看，一径就跑向邻近的鲟鱼那里去，在别人都在吃、喝、谈天之间，只消短短的一刻钟，就吃得干干净净。

用叉子武装起来，从各方面走向餐桌去。这时候，真如谚语所说，谁都现出真的性格和嗜好来了，这个吃鱼子，那个拿鲑鱼，第三个弄干酪。对于这些小东西，索巴克维奇却一眼也不看，一径就跑向邻近的鲟鱼那里去，在别人都在吃、喝、谈天之间，只消短短的一刻钟，就吃得干干净净，待到警察局长记起了这鱼，说道："您尝尝这天然产物吧，看怎样，我的绅士诸君！"一面带领大家，手里都捏着叉子，一同走近鲟鱼去的时候，却看见这天然产物只还剩下一个尾巴了；但索巴克维奇却显得和这件事全不相干，走向旁边的一个盘子去，用叉戳着一尾很小的干鱼。吃完了鲟鱼之后，索巴克维奇就埋在一把靠椅里，什么也不再吃喝，不过还在眨着眼睛了。看模样，警察局长是不喜欢省酒的。第一回的干杯，恐怕读者自己也猜得到，是为了赫尔松省的新地主的健康。第二回，是为了他那农奴们的平安和他的幸福的移住。于是再为他未来的体面漂亮的夫人的健康痛饮，我们的主角就露出快活的微笑来。于是大家都拥到他面前来，劝他在这市里，至少也得再留两礼拜。"不行的，帕维尔·伊万诺维奇！刚跨进门，立刻又走，这就是停也不停！不行的，在我们这里再过几时吧！您在这里，我们还要给您做媒哩。伊凡·格里戈里耶维奇，我们来给他找一个太太，可好？"

"好的，好的，找一个太太，"厅长附和着说，"就是您用两手两脚来反抗，您也得结亲。我的好人，没法办！跟着做，跟着走！您也无须多话，我们是不喜欢开玩笑的！"

"怎么，我为什么要用两手两脚来反抗呢？结亲并不是这么一回事，立刻就……首先得有一个新娘子。"

"有的是新娘子呀！怎么会没有呢？您要怎么的，就有怎么的。"

"那么，如果这样子……"

"好极，他停下了！"大家都叫喊起来。"万岁！帕维尔·伊万诺维奇！"于是手里拿着杯子，跑过来要和乞乞科夫碰杯。乞乞科夫对大家都一一地碰过。

"再来一回！"热昏了的人们说，就只好再碰了一回，而且他们还

“我的亲爱的心肝，我的亲爱的妈妈！”

要碰第三回，于是就又碰了第三回。在这暂时之间，大家都非常高兴。厅长在快活的时候，是一个极其可爱的人，屡次抱着乞乞科夫，感动之余，痴痴地说道："我的亲爱的心肝，我的亲爱的妈妈！"真的，他还响着指头，绕了乞乞科夫跳起舞来了，一面唱着有名的民歌道："你这卡玛林斯克种地的乡巴佬呀！"香槟之后，又喝匈牙利葡萄酒，使景况更加活跃，聚会更加愉快了起来。打牌是忘记得一干二净了，大家嚷叫着，争辩着，谈论着一切可谈和不可谈的事情——政治，甚至于军事问题，都发表着自由的意见，倘在平常时候，是即使他自己的孩子，也要因此吃一顿痛打的。一大批非常烦难的问题，都在这时机得了解决。乞乞科夫却还不到这么高兴，他觉得自己已经真是赫尔松省的地主，在讲各种经济上的革新和改良，三圃制度的耕种法，两个精神的幸福与和合，还对索巴克维奇朗诵了一封维特写给夏绿蒂[①]的押韵的信，但索巴克维奇却不过眨巴眼睛，因为他埋在靠椅里，吃了鲟鱼之后，实在想要睡觉了。

乞乞科夫也立刻悟到自己不免过分了，就托找一辆车，到底是借了检察长的马车，回到自己的旅馆去。那车夫，从途中就可以看出是一个老练的能手，因为他只用一只手拉着缰绳，另一只却反过来紧紧地抓住了沉思着摇来晃去的乞乞科夫。他坐着检察长的马车，这样地回到旅馆来，还讲了许多工夫种种的呆话：讲黄头发，红面庞，右颊有一个酒窝的新娘，讲赫尔松省的田产，讲资本金以及这一类的许多事。谢利凡也奉到各种关于管理田产的命令：例如他应该把新的移住的农奴全体召集，一个一个来点名。谢利凡默默地听了好久，终于走出屋子去了，只先向彼得鲁什卡说了一声"喂，给老爷去脱掉衣服！"彼得鲁什卡首先是去替乞乞科夫脱长靴，几乎连他的人也要从眠床上拉下。到底脱掉了，主人就像平常一样，自己脱衣服，再在床上翻滚了几分钟，翻得眠床都格格地发响，于是平真的算是赫尔松省的地主而睡去了。其时彼得鲁什卡便把裤子和发闪的绛红色的燕尾服搬到前房来，挂在木制的钩子上，用毛刷和衣拍拼命地刷

① 出于歌德（Goethe）所著的《少年维特之烦恼》。——译者注

彼得鲁什卡和谢利凡还是臂膊挽着臂膊，也不肯暂时分离一下，足有一刻钟之久，这才走完扶梯，好容易到得楼上……

呀拍呀，弄得一条廊下都好像灰尘滚滚。他刚要取下衣服来的时候，却望见谢利凡从弄堂走出，那是刚由马房里回来的。他们的眼睛相会了，也就仿佛出于本能似的，彼此立刻懂得：老爷睡着了，为什么不到那个酒馆子里去跑一趟呢？彼得鲁什卡赶紧又把燕尾服和裤子搬进屋里去，走下扶梯来，关于旅行的目的，一字不提，两个人只谈着平常的闲天，走到外面去了。他们的散步是不必许多时光的，无非穿过街道，向着一所正和旅馆对面的房屋，走进低矮的、熏得乌黑的玻璃门，到了地窖一般的酒馆里，在这里，早有一大群各色各样的人在等候他们了：刮过胡子和不刮的，穿着皮袍和没穿的，只穿一件短衫的，也间有穿了外套的。在这里怎样消遣他们的时光的呢——只有敬爱的上帝知道。够了，一个钟头之后，他们就臂膊挽着臂膊，默默地走了出来，好像彼此都非常小心，而且大家注意着每一条街的转角。之后彼得鲁什卡和谢利凡还是臂膊挽着臂膊，也不肯暂时分离一下，足有一刻钟之久，这才走完扶梯，好容易到得楼上。彼得鲁什卡对着他的矮床站了一会，静静地想着，像在想他怎么才可以睡得最好，于是横着躺下了，两脚都碰在地板上。谢利凡也爬到这床上去，他的头就枕了彼得鲁什卡的肚皮。他已经全然忘记，这并非他自己的卧处，而他的铺位，是在什么地方的下房里，或是马房里的马匹旁边的了。两人立刻睡去，起了极有力、极壮大的打鼾，那主人却由鼻子里发出一种轻软的声息，和他们的共鸣。

这之后，全旅馆也都寂静了，所有客人都入了酣睡。只在一个小窗里，还闪烁着微弱的灯光，这地方就住着那从略山到来的中尉，好像对于长靴，是有很大的嗜好的，因为已经定做了四双，现在又在试穿第五双了。他屡次走到床前去，想脱下长靴来睡觉，然而还是决不定：长靴做得真好，他总是跷起了一只脚，极惬意地看着那又结实又俏皮的靴后跟。

两人立刻睡去，起了极有力、极壮大的打鼾，那主人却由鼻子里发出一种轻软的声息，和他们的共鸣。

# 第八章

乞乞科夫的农奴购买，已经成为市镇上谈话的对象了。人们争辩、交谈，还研究那为了移住的目的，来购买农奴，到底是否有利。其中的许多讨论，是以确切和客观出色的："自然有益。"一个说，"南省的土地，又好又肥，那是不消说的，但没有水，可叫乞乞科夫的农奴怎么办呢？那地方是没有河的呀。"

"那倒还不要紧，就是没有河，也还不算什么的，斯捷潘·德米特里耶维奇，不过移民是一件很没把握的事情。谁都知道，农奴是怎么的：他搬到新地方去种地——那地方可是什么也没有，没有房屋，也没有庄园——我对你们说，他是要跑掉的，准得像二二如四一样，系好他的靴子，他走了，到找着他，您得费许多日子！"

"不不，请您原谅，亚历克谢·伊万诺维奇，我可全不是您那样的见解。如果您说，农奴们是要从乞乞科夫那里逃走的。一个真的俄罗斯人是什么事情都做得来、什么气候都住得惯的。您只要给他一双温暖的手套，那么，您要送他到哪里去，就到哪里去，就是一直到堪察加也不要紧。他会跑一下，取点暖，拿起斧头，造一间新屋子的。"

"然而亲爱的伊凡·格里戈里耶维奇，你可把一件事情完全忘掉了。你竟全没想到，乞乞科夫买了去的是怎样的农奴。你全忘了一个地主是决不肯这么轻易地放走一个好家伙的，如果不是酒鬼、醉汉，以及撒野、偷懒的东西，你拿我的脑袋去。"

“是了，这我也同意，没有人肯卖掉一个好家伙，乞乞科夫的人们大概多半是酒鬼，那自然是对的，但还应该想一想历来的道德：刚才也许确是一条懒虫，然而如果把他一迁移，就能突然变成一个诚实的奴仆。这在世界上，在历史上，也不是初见的例子了。”

“不——不然，”国立工厂的监督说，“您要相信我，这是决不然的，因为对于乞乞科夫的农奴，现在两个大敌在那里。第一敌，是和小俄罗斯的各省相近，那地方，谁都知道，卖酒是自由的。我敢对你们断定，只要两礼拜，他们便浸在酒里，成为游惰汉和偷懒的了。第二敌，是放浪生活的习惯和嗜好，这是他们从移住学来的。乞乞科夫必须看定，管住，他应该把他们管得严，每一件小事情，都要罚得重，什么也不托别人做，都是自己来，必要的时候，就给鞭子，打嘴巴。”

“为什么乞乞科夫要亲自去给鞭子呢？他可以用一个监督的。”

“好，您找得到很合适的监督吗？那简直就是骗子和流氓！”

“这是因为主人自己不内行，他们这才成为骗子的。”

“对啦。”许多人插嘴说。

“如果地主自己懂一点田产上的事务，明白他的人们，那么，他总能找到好监督。”然而国立工厂的监督抗议了，以为五千卢布以下，是找不到好监督的。审判厅长却指摘说，只用三千卢布，也就能够找一个，于是监督质问道：“您预备从哪里去找他呢？您能够从您的鼻子里挖出他来吗？”审判厅长的回答是：“鼻子里当然挖不出来的，那不成。不过这里，就在这区里，却是有一个，就是彼得·彼得洛维奇·萨莫伊罗夫，如果乞乞科夫要他来监督他的农奴，却正是合适的人物！”许多人试着把自己置身在乞乞科夫的地位上，和这一大群农奴移住到陌生地方去，就觉得忧愁，真是一件大难事；大家尤其害怕的是像乞乞科夫的农奴那样不稳当的材料，还会造起反来。这时警察局长注意说，造反倒是不足虑的；要阻止它，谢上帝幸而正有一个权力：就是审判厅长。审判厅长也全不必亲自出马，只要送了帽子去，这帽子，就足够使农奴们复归于理性，回心转意，静静地回到家里去了。对于乞乞科夫的农奴们所怀抱的造反性，许多人也发表了意见和重要的提议。那想头可实在非常两样。有主张过度的军营似的严厉和出格的苛酷的，但也有别的表示着所谓温和。警察局长便加以注意，乞乞科夫现在是看见当面有着神圣义务的；他可以作为自己的农奴们的父亲，而且照他爱用的口气说，则是在他们之间，广施慈善的教化。趁这机会，他还把现代教育的兰卡斯特教育法[①]，大大地称赞了一通。

市镇里在这样的谈论、商量，有些人还因为个人的趣向，把他们的意见传给了乞乞科夫，供给他妥善的忠告，也有愿作护卫，把农奴稳稳当当地送到目的地去的。对于忠告，乞乞科夫很谦恭地致了谢，声明他当随时施用。然而谢绝了护卫，说这完全是多余的事情，由他购买下来的农奴，全是特别驯良的性格。他们自愿一同迁移，心里非常高兴。造反，是无论如何不会有的。

凡有这些议论和谈天，都给乞乞科夫招致了他正在切望的极好的结果。传说散布开来了，说他是一个百万财产的富翁，不会多，可也不会少。在第一章上我们已经见过，对于乞乞科夫，本市的居民是即使没有这回的事，原也很是喜欢了他的。况且老实说，他们真的都是好人，彼此和善地往来，亲密地生活，他们的谈话上，也都打着极其诚实和温和的印记的；“敬爱的朋友，伊里亚·伊里奇！”“听哪，安季帕托·扎哈里耶维奇，我的好人！”“你撒谎，我的小妈，伊凡·格里戈里耶维奇！”向着叫做伊凡·安德列耶维奇的邮政局长，人往往说：“司泼列辛·齐·德意支[②]，伊凡·安德列耶维奇？”

总而言之，那地方是过得很像家族一样的。许多人很有教养，审判厅长还暗记着当时还算十分时髦的茹科夫斯基[③]的《柳德米拉》，很有些读得非常巧妙，例如那诗句：“森林入睡，山谷就眠”就是，最出色的是从他嘴里读出“眠”字来，令人觉得好像真的看见山谷睡了觉；为了要

---

① 英国人Lancaster（1778—1838）所提倡，以学生间彼此互习为重的教育法，在19世纪初的俄国，被看做是教育界的一种革命，因此而起的议论非常之多。——译者注

② Sprechen sie deutsch，德国话，意云“您会说德国话吗？”因为发音和邮政局长的名字相像，所以用作玩笑。——译者注

③ Zhukovski（1783—1852），俄国的浪漫派诗人。——译者注

更加神似起见，到这时候，他还连自己也闭上了眼睛。邮政局长较倾向于哲学，整夜很用功地读着杨格[①]的《夜》和埃卡特豪森[②]的《自然界启秘》，还做了很长的摘录；摘的是些什么呢，当然没有人能够分明决定。除此之外，他还是一个大滑稽家，他有华丽的言语，据他自己说，也喜欢把他的话"装饰"起来。而且他实在是用了一大批繁文把他的话装饰起来的，例如"亲爱的先生，那是这样的，您可知道，您可明白，您可以想象出来的，大概，所谓"以及别的许多，他都大有心得；另外他又很适当地用一种意味深长的眨眼来装饰他的话，或者简直闭上一只眼睛，给人从他那讽刺的比喻里，觉出很凶的表现来。别的绅士们也大抵是很有教养，非常开通的人物；这一个看卡拉姆津[③]，那一个看《莫斯科新报》[④]，第三个索性什么也不看。有一个，是大家叫做"睡帽"的，如果要他去做事，首先总得使劲地在他胁肋上推一下，另一个却简直完全是懒骨头，一生都躺在熊皮上，想要推他起来吧，什么力气都白费，于是他也就总不起来了。看他们的外观，自然都是漂亮、体面、殷勤足以感人的人物——生肺病的，其中一个也没有。他们是全属于这一人种里面的，在只有四只眼睛的温柔的互相爱抚的时候，往往用这样的话来称女人：我的胖儿，我的亲爱的大肚子，我的羔羊，我的葫芦儿，我的脖儿之类。然而大抵是良善的种族，可爱的、大度的人物。一个人，如果做过他们的客，或者同桌打过一夜牌，就很快和他们亲密起来，十之九变成他们之一了——擅长妙法的乞乞科夫，就更加如此，因为他确是知道着令人喜爱的秘密的。他们热爱着他，致使他决不定怎样离开这里的方法，他总只听见："唉唉，只要再一礼拜，请您在我们这里再停一个礼拜吧，帕维尔·伊万诺维奇。"一言以蔽之，如谚语所说，他成为掌上明珠了。然而非常之惊人，非常之奇特的，是乞乞科夫对于闺秀们的印象。要说明这一点，我们是应该讲讲闺秀们本身，以及她们的社会之类，应该用生动的辉煌的彩色，画出所谓她

① Young（1826—1884），德国的感伤派诗人。——译者注
② Eckartshausen（1752—1803），德国的作家。——译者注
③ Karamzin（1766—1826），俄国有名的历史家，也是感伤派的作家。——译者注
④ 当时政府的御用报纸。——译者注

们的精神的特色来的。然而这在作者却很难。一方面，是他在高官显贵的太太之前，怀着无限量的尊崇和敬畏的，而另一方面……是的，另方面呢……就不过是难得很。却说N市的闺秀们……不，这不能，实在的，我怕。在N市的闺秀们，什么是最值得注意的呢……不，奇怪得很，笔不肯动，它好像是一块铅块了。那么，也好。只好把描写她们性格的事，让给在他的调色板上，比我更有鲜明灿烂的色彩的别人去写；我们却单说一两句她们的外观，大体的表面就够。

N市的闺秀们是原有阔绰之称的，这一点，所有的妇女们可称为模范。关于什么正当的举动，什么美善的调子、礼节，以及态度上的最微妙最幽婉的训诫，尤其是关于研究时尚，连细微末节也不漏，她们实在比彼得堡和莫斯科的闺秀们要有过之而无不及。她们穿着富于趣味的衣饰，坐着漂亮的马车，在大街上经过。还依时尚带一个家丁，身缀金色丝绦，在踏台上飘来飘去。一张名片，即使那名字是写在梅花二或是方块A上面的，那也是神圣的事物。有两位大家闺秀，以前本是很要好的朋友，也是堂姊妹，就为了这样的一张名片彼此完全闹开——其中之一，没有去回看另一个。她们的丈夫和亲戚后来用尽心力，想她们重新和睦，却枉然。世界上的无论什么事，都该可以做成了，只有这一件可不成：使因为一面怠于回访，变成仇敌的两位闺秀重新和睦。于是这两位，用这市里的绅士淑女们的口气来说，就僵在“互加白眼”里了。关于这问题，有谁得了胜，就也会有许多非常动人的场面，那男人们往往为了他们的保护职务，演出极壮大、极勇侠的表现来。他们之间，决斗自然是没有的，因为大家都是文官；然而他们却彼此竭力来揭发别人的缺点，谁都知道，无论如何，这是比决斗厉害得远的。N市的闺秀们的风气，非常严紧，以高尚的愤怒来对付一切过失和诱惑，如果给她们知道一种弱点，就判决得极严。如果她们一伙里，自己有了什么所谓这个那个的事呢，却玩得非常之秘密，谁也觉不出究竟有了什么事。体面总不会损。就是那男人，即使自己觉得了，或者听到了这个那个的事，也早有把握，会引了谚语，简而得要地回答道：“我所不知，我就不管。”这里还该叙述的是N市的闺秀们也如她们那彼得堡的同行一样，在言语和表白上，总是十分留心，而且努力于正当的语调的。没有人听到过她们说："我擤鼻涕！""我出汗""我吐口水"，她们却换上了这样的话："我清了一下鼻子"或者"我用了我的手巾"。无论如何，也总不能说"这杯子或盘子臭"，不能的，连觉得有些这意思的影子的话也不能说，要挑选一句，这样地表现来替代它，"这杯子不成样子呵"，或者别的这一类话。因为要使俄国话更加高尚，就把所有言语的几乎一半，都从会话里逐出了，人就只好常常到法国话里去找逃路。这就成了完全两样的事情。用起法国话来，则即使比上面所述的还要厉害的词句，也全不算什么事。关于N市的闺秀们，就表面上说起来，大略如此。自然，倘使再看得深一点，那就又有完全不同的东西出现的。然而深察妇人的心，危险得很。我还是只以表面为度，再往前去吧。这以前，闺秀们是不大提起乞乞科夫的，虽然对于他那愉快的、体面的交际态度，也自然十分觉得。然而自从他的百万富翁的风传散布了以来，注意可也移到他另外的性质上去了。这并不是我们的闺秀们利己或是贪财，罪恶只在百万富翁那一句话——不是百万富翁本身，只是那句话：因为这句话的发音中，除暗示着钱袋之外，也还含有一点东西，对于坏人，对于好人，对于非坏非好人，都给以强有力的印象；一言以蔽之，就是没有一个人不受它的影响的。百万富翁有一种便当之处，他能够特别观察那并非出于打算和谋划的非利己的卑屈。纯粹的卑屈：许多人知道得很清楚，他们不会从他这里有所得，也全不是向他有所求，然而偏要跑到他面前去，欣然微笑，摘下帽子，或者遇有百万富翁在场的午餐会，便去设法运动也来招待他自己。说这一种对于卑屈的倾向也染上了闺秀们，那是不可以的。然而在许多客厅里，却确在开始议论起来，说乞乞科夫固不是美男子的标本，但总不失为一个体面人，假使他再胖上一点点，可就没有这么好看了。当这时候，对于瘦长男子，还来了几句近于侮辱的话：那不过是剔牙杖，不是人。闺秀们的打扮，也留心到各种装饰了。布匹市场非常热闹，挤也挤不开。简直是赛会。许多马车穿梭似的在跑。有几匹布，是从市集贩来，因为价钱贵，至今不能卖掉，这回却变成畅销了，飞一般地脱手，使商人们也看得莫名其妙。当弥撒之际，看见闺秀们中有一位在衣服下面曳着拖裙，那裙圈胖得很大，以至于把整个教堂占领，在场的警察便只好命令人民让出地方，都退到大门口去，以免损害太太的衣服。连乞乞科夫，终于也不得不被对他的异常的注意，引起一点惊异了。大好天气的一天，他回到旅馆里来，看见写字桌上有一封信。发信的是哪里，送来的是谁，全都无从明白，侍者说，送信人不许他说出发信人是谁。信的开头非常直截爽快，就是这样的句子："不行，我非写信给你不可了！"以下说的是灵魂之间，实有神秘的交感，因为要使这真理格外显得有力，就用上许多点和横线，快要占到半行。再下去接续着几句金言，那真是很精彩，我们几乎有引在这里的义务的："什么是人生？——是流寓忧愁的山谷；什么是世界？——是无所感觉的人堆。"发信人于是说到为了去世已经二十五年的弱母，她眼泪滴湿了花笺；并且劝乞乞科夫从此离开拘束精神、闭塞呼吸的都会，跟她到荒野去；一到信的末尾，竟涌出确实的绝望来，用这几行做了结束：

两只斑鸠儿，

引君到坟头，

彼辈鸣且歌，

示君吾深忧。

末一行其实不很顺当，然而不要紧，信是完全合于当时的精神的。下面不署名，没有本名和姓，自然也没有月日和年份。只在附启里，写着乞乞科夫自己的心，会猜出发信的人来，而明天执政官家里的舞会，这古怪人物是也要到会的。

一切都很有意思。匿名里面，含有很多的刺激和诱惑，很多，以至于引起了好奇心，使乞乞科夫再拿这信来看了两三遍。终于叫了起来道："这可是很有意思，如果查出了究竟谁是发信的人！"总而言之，事情确是分明地起了转变了，他把一个钟头以上的工夫，用在奇特的揣摩推测里，于是做一个放开不问的姿势，低下头去，喃喃自语道："但这信有点非常之故意做作！"以后是不说也知道，很小心地叠好信纸，放在提箱

“唉，唉，你这好家伙！”

里，和一张戏园广告，以及在那地方已经躺了七年没有动过的一张婚礼请帖，做了邻居了。这时可真的送进一张执政官家里的舞会的请帖来。在省会里，这是有点很普通的：什么地方有执政官，就也得有舞会，要不然，阔人们是很容易欠缺相当的爱戴和尊敬的。

他立刻放下一切，不再看做一回事，抽出身子，专门去做舞会的准备去了。因为这件事实在有许多挑逗和刺激。即使创造世界，恐怕也用不着花在装饰上那么多的心力和工夫。单是对着镜子检阅和修练自己的脸，就要一个钟头。他使自己的脸上显出一大串各种不同的表现：忽而正经和威严，忽而含着微笑的恭敬，忽而又是不含那种微笑的恭敬；于是对镜鞠几个躬，一面吐含含糊糊的，颇像法国话的声音，虽然乞乞科夫也并不懂得法国话；之后他又装了一通极其讨人欢喜的惊愕，扬眉毛，牵嘴唇，连舌头也活动了一两次；你敬爱的上帝呵，如果人独自在那里，又觉得自己是一个美丈夫，并且确信没有人在钥匙洞里张望的时候，有什么还会做不出来呢。临末他还轻轻地自己摸一摸下巴，说道："唉，唉，你这好家伙！"于是动手穿起衣服来。他始终觉得很高兴，一面套裤带，打领结，一面却在装着胡乱的行礼，优雅的鞠躬，并且跳了一下，虽然他从来没有学过跳舞。但这一跳，可出了无伤大雅的结果：柜子发抖，刷子从桌上掉了下来了。

他在会上的出现，引起了非常特别的情形。所有在场的人，都连忙来迎接他，一个还捏着纸牌在手里，另一个是正在谈天到了紧要之处，刚说出"您想，地方法官就回答道……"地方法官究竟怎么回答呢，他却不再讲下去，直奔我们的主角，去和他打招呼了："帕维尔·伊万诺维奇！""啊，我的天，帕维尔·伊万诺维奇！""亲爱的帕维尔·伊万诺维奇！""可敬的帕维尔·伊万诺维奇！""帕维尔·伊万诺维奇，心肝！""您来啦，帕维尔·伊万诺维奇！""他来了哩，我们的帕维尔·伊万诺维奇！""您给拥抱一下吧，帕维尔·伊万诺维奇！""这里来，给我诚心地吻一下，我的宝贵的帕维尔·伊万诺维奇！"乞乞科夫觉得，他几乎同时被许多人所拥抱了。他还没有从审判厅长的拥抱里脱出，

“亲爱的帕维尔·伊万诺维奇！”
“可敬的帕维尔·伊万诺维奇！”
“帕维尔·伊万诺维奇，心肝！”
“您来啦，帕维尔·伊万诺维奇！”
“他来了哩，我们的帕维尔·伊万诺维奇！”

警察局长就已经把他围在他的臂膊里，警察局长又交给卫生监督，监督交给烧酒专卖局长，烧酒专卖局长交给建筑技师……那执政官，这时正和一对闺秀站在一起，一只手拿一张糖果的包纸，另一只手抱一匹波罗革那的小狗，一看见乞乞科夫就把两样——包纸和小狗——都抛在地板上，致使小狗大声地嗥起来……总而言之，来客们无一不是喜气洋洋。官们的脸，在他们的上司前来检阅下属的政绩之际，就这样地发光：这时最初的恐怖消散了，还觉得很得些上司的赞许，竟至于和气地露出一点小小的玩笑来，那就是说几句话，带着愉快的微笑——于是围着他的，跟着他的官们，就高兴地加倍地笑起来了，连话也不大听到，不大明白的官们，也一样地高兴地笑起来了，是的，连远远的一直站在门口，一生从来没有笑过，只给百姓看他拳头的警察，也遵照了反射和模拟的永久不变的定律，在他脸上现出微笑来，不过那微笑，却很有些像他嗅了一种强烈的鼻烟，现在刚刚要打喷嚏。我们的主角和大家招呼，又给各人回答，自己觉得非常纯熟：他向右边弯腰，又向左边弯腰，虽然因为习惯，不免略有一点歪，然而不碍事，还是倾倒了所有在场的人物。闺秀们立刻像绚烂的花环似的来围住他，把他罩在各种香气的云雾里：这一个发着玫瑰味，那一个带来紫罗兰和春天的气息，第三个是涌出强烈的木犀草的芳香。乞乞科夫只是昂起鼻子，吸进香气去。她们的装饰上，也展布着无穷的趣味：所有羽纱、缎子和网绸的颜色，全是最时髦的轻淡和褪光的，那细微的差别，单是说说名目，也就不容易——这地方的文化和趣味，是已经达到这样的高超和精细了。飘带、结了和花束，以如画的纷乱，在衣服上飞动，虽然这纷乱，是由许多不纷乱的头脑，费过不少的时光。头上的轻装只搁在耳朵上，仿佛想要说："且住！我要飞去了！只可惜不能带了我的美人一同去！"她们都穿着很紧窄的衫子，看起来就显出挺拔和合适的丰姿。（我应该趁这机会声明，N市的闺秀们是都见得有点儿胖胖的，但她们知道很巧妙地收束起来，于是成了很适宜的姿态，人也不觉得她们的肥大了。）一切都经过深思熟虑：颈子和肩膀露出得刚刚合适，不太少，可也不太多；谁都照了自己的感觉和确信，显示着她的东西，来要一个男人的命；

闺秀们立刻像绚烂的花环似的来围住他，把他罩在各种香气的云雾里：这一个发着玫瑰味，那一个带来紫罗兰和春天的气息，第三个是涌出强烈的木犀草的芳香。

其余的部分，就用了很大的鉴识和意趣，遮盖起来：或者用一种飘带做成的，比叫做“接吻”的点心还要轻飘飘的围巾，淡烟似的绕在颈子上，或者在背后的衣服下面，衬一条我们乡下大抵称为“卫道”的细麻所做的小小的花纱。这花纱，是前前后后，遮到决不使男子再会送命的程度的，然而这正是害事之处的嫌疑，却也就在这里。长手套并不紧接着袖口，显出肘弯以上的臂膊的动人的一段来，有许多还丰满得令人羡慕；有一些人，因为拉得太高，竟把羔皮手套撕破了——总而言之，好像一切东西，都想要说：“不不，这不是乡下，这是巴黎！”不过有时也突然现出一顶谁也一向没有见过的包帽，或者跳出一支孔雀毛，或者反对时髦的别的什么和一种只顾自己的趣味的表示来。然而没有这些是不行的，这就是省会的特征：总要露一点这样的破绽。乞乞科夫站在闺秀们的面前，心里想：“但究竟谁是发信人呢？”他试在一霎时中，伸出他的鼻子去，却碰了肘弯、翻领、袖口、飘带、香喷喷的小衫和衣服的一大阵。粗野的加诺普[①]发狂似的在他眼前奔了过去：邮政局长夫人，地方审判厅长，插蓝羽毛的太太，插白羽毛的太太，格鲁吉亚的公爵奇普海希利杰夫，彼得堡来的一个官，莫斯科来的一个官，法国人库库，沛尔洪诺夫斯基先生和别列边道夫斯基先生……都忽然当面在地球上出现，在那里飞舞起来了。

“我们这里是——全省都在活动了哩！”乞乞科夫后退着，一面自己说。但当闺秀们散开的时候，他却又重新察看，看他可能从颜面和眼睛的表示上，辨出寄信的人来。然而，颜面和眼睛都不告诉他，寄信人是哪一个。所到各处，每张脸上都漂泛着一点依稀的可疑，无限的微妙。唉，多么微妙……！“不成，”乞乞科夫心里说，“女人……就是这样的物事”——这时他做了一个示意的手势——“那简直是无话可说的！如果谁想把她们脸上闪过的一切这曲折和层叠再来叙述一下，或者模拟一下……也简直办不到！单是她们的眼睛就是一个无边无际的国土，倘有人错走了进去，那就完了！钩也钩不回，风也刮不出。谁试来描写一下她们的眼

① Calop，本义为“飞奔，急驰”，是起源于德国的一种二拍子快速轮舞。——编者注

“我们这里是——全省都在活动了哩！”

神：这温润，绵软，蜜甜的眼神……谁知道这样的眼神有多少种呢。刚的和柔的，朦朦胧胧的，或者如几个人所说的‘酣畅的’眼神，而且还有并不酣，然而更加危险的——那就是简直抓住人心，好像用箭穿通了灵魂的一种。不成，找不出话来形容的！这是人类社会的‘寻开心的’一半，再没有别的了！”

唉唉，不对！我不料我们的主角竟滑出一句街上的话来。但叫我怎么办呢？这是在俄国的作家的命运！不过倘有一句街头话混进这书里来，可不是作者之罪，倒是读者，尤其是上流的读者之罪：从他们那里，先就听不到合适的俄国话，他们用德国话、法国话、英国话和你应酬。多到令人情愿退避，连说话的样子也拼命地带着各种腔调。说法国话要用鼻音，或者发吼，说英国话呢，像一只鸟儿还不算到家，再得装出一副真像鸟儿的脸相，而且还要嗤笑那不会学这模样的人。他们所唯一竭力避忌的，是一切俄国话——至多，也不过在乡下造一座俄国式的别墅。这样的是上流的读者，以及一切自以为上流的读者！然而别一面却又有那么的严厉，那么的要求！他们简直要最规矩、纯粹、高尚的文体来做文章。一句话，是要俄国话自己圆熟完备，从云端里掉了下来，正落在他们的舌头上，只要一张口，就跑出外面去好了。人类社会的女性的一半，自然是很难猜测的。但我得声明，我觉得可敬的读者先生，却往往更其难于猜测。

这之间，乞乞科夫越加惶惑，不知道怎么从所有在场的闺秀里，认出发信人来了。他再来一种试验，用了研究的眼光，去观察她们中的每一个，觉得那些多情的女性的眼睛里，都闪烁着一点东西，是使可怜的凡骨的心中收得希望和甘甜的痛楚，这使他终于喊起来道：“不行，还是枉然的，我看不出！”但这对于他始终如一的大高兴，却并无丝毫影响，还是用他那快活的、无拘无束的态度，和一两位闺秀谈几句趣话，迈着又快又小的脚步，忽而走向这个，忽而走向那个，轻飘飘地绕着女人，转来转去，好像穿高底靴的老花花公子，即俄国一般叫作“耗子公马”的一样。如果他要迅速稳当地穿过一群人，就鞠一个躬，同时把脚儿伸出一点去，就是所谓螺旋势子或是花花公子画花押。闺秀们都很愉快而且满足，不但是从他这里发现了一大堆可取和有趣的特色了，还在他脸孔的表情上，看出了一点凡女人们一定非常喜欢的、尊严的、勇敢的、威武的东西来。真的，为了他，人几乎要吵架了。许多人立刻觉到，乞乞科夫是大抵站在门口近旁的，大家就都要来坐靠近门口的椅子，有一位闺秀比另一位占了先，这时就几乎现出不舒服的局面，有许多自己也想去坐的人，对于这无耻和胡闹，都气愤得很。

乞乞科夫和闺秀们施展着活泼的谈天，其实倒是她们向他来施展着活泼的谈天，给了他许多非常微妙和优秀的比喻的话头，全都得加以想象和猜测，弄得他满头流汗，以至于忘记了去尽礼节的义务：就是向这家的主妇问安。直到听见已经对他站了两三分钟的执政官太太的声音，这才记得起来了。执政官太太亲密地摇着头，用了柔和的又有些狡猾的音调，向他说话道："啊，您来啦，帕维尔·伊万诺维奇！……"我在这里，不能把执政官太太的话完全再现，我只知道她说了几句非常友爱和亲热的句子，就是我们的最高雅的作家们常常写在小说和故事里的，名媛和侠士所说的那一类，他们是特别偏爱描写我们客厅里的生活，而且趁这机会，显出他们是精微的情景的大知识家来的。她说的大约是："人已经这么厉害地占领了您的心，里面竟没有一块小地方，没有一点小角落，剩给您这么忍心忘却了的别人了吗？"我们的主角立刻转向执政官太太去，而且已经想好了回答，那回答，比起我们从时兴小说里的斯风斯基、林斯基、利舍、格来明，以及从别的出场人物之类的军人们那里所听到的来，自然只会好，不会坏。但当他在无意中一抬眼的时候，却忽然遭了打击似的停止了。

执政官太太站在他面前，然而并不止她自己：她还挽着一个十六七岁的年轻姑娘，鲜明的金色发，精致整齐的相貌，尖锐的下巴和卵圆的脸盘，实在可以给美术家去做画圣母的模范，在无论什么东西：山和树林、平野、脸、嘴唇和脚，都喜欢大的俄国，是很不容易找出来的。当他走出诺兹德廖夫家的时候，当他的车子，因为车夫发昏或是马匹的碰巧的冲突，和她的马具缠绕起来的时候，当米卡伊大叔和米念伊大叔想来解开这

有一位闺秀比另一位占了先，这时就几乎现出不舒服的局面……

“您还没认识我的女儿吧？她是刚从女塾里毕业出来的。”

纠纷的结子的时候，他在路上遇见的，就是这金色发。乞乞科夫非常狼狈了，以至于嘴里再也说不出有条理的句子来，只痴痴地讲了一句痴呆的含糊话，无论是斯风斯基或林斯基，利金或格来明，都决不肯使它滑出口来的。

“您还没认识我的女儿吧？”执政官太太说，“她是刚从女塾里毕业出来的。”

他回答说，他曾经出乎意外地和她有过相见的光荣。之后还想添上几句去，然而完全失败了。执政官太太又说了一两句话，就和她的女儿走向大厅的那一头，去招呼另外的客人，乞乞科夫却还生根一般地站着。他在这地方还站了很久的工夫，恰如一个高高兴兴到街上去散步的人，周围景象，无不浏览，却突然立住了，因为他想了起来，自己还忘记了什么。恐怕再没有比这样的人更加不中用的了：只一击就从他脸上失去了无忧无愁的样子。他竭力地回想，自己究竟忘记了什么呢，手巾吗？手巾就塞在衣袋里！他的钱？钱可是也在的！好像什么也没有缺，然而总有一个莫名其妙的妖魔，在耳朵边悄悄地告诉他忘记了什么。他只是糊糊涂涂地看着潮涌的人群，尾追的马车，兵们的枪和帽，店家的招牌之类，心里却并不明白。乞乞科夫也就是这模样，和周围的事情全不相关了。

这之间，从女人发香的口唇里，向他飞过许多柔腻的质问和暗示来。“我们这些可怜的地上居民可以斗胆地问您，您在沉思着什么吗？”“您的思想所寄托的幸福的旷野，是在什么地方呢？”“引您进这快活的冥想之谷的那人的名字，我们可以知道吗？”然而他不再看重这些问题了，闺秀们的亲爱的言语，恰如说给了空气一样，是的，他竟这样地疏忽，以至于放闺秀们静静地站着，自己却跑到大厅的那一边，去探执政官太太和她女儿的踪迹去了。但闺秀们却并不肯这么轻易就放手——各人都暗自下定决心，要用尽她们极顶强烈的撩人之力。我在这里应该夹叙一下，有几个闺秀——我说，有几个，决不是全体——是被一个小小的弱点所累的：如果她觉得自己有一点动人之处，无论前额也好，嘴也好，手也好，就以为这种特色，别人也应该立刻佩服，大家异口同声地喊道：“瞧

“我们这些可怜的地上居民可以斗胆地问您，您在沉思着什么吗？”
“您的思想所寄托的幸福的旷野，是在什么地方呢？”
“引您进这快活的冥想之谷的那人的名字，我们可以知道吗？”

呀，瞧呀，她有多么出色的希腊式的鼻子呀！”或者是“多么整齐的动人的前额啊！”如果有很美的肩膀呢，她首先就相信一切青年男子都要给这肩膀所迷，她一走过，就无条件地叫起来道：“啊呀，她有多么出色的肩膀呀！”而对于脸孔、头发、眼睛和前额，却看也不看，即使看，也不过当做不关紧要的东西。闺秀们中有几个，是在这样地想的。但这一晚上，却谁都立下誓愿，在跳舞之际，要竭力表现得动人，还把自己的最大美艳的特色，显得非常明白。邮政局长夫人在应着音响，跳着华尔兹舞之间，把她俊俏的头，非常疲乏地侧了起来，令人觉得真的到了上界。一个非常可爱的闺秀，到会的目的是完全不在跳舞的，用她自己的话来说，是在右脚的大趾上，有了鸡眼的模样，豌豆儿大小的不舒服或是不便当，所以她只得穿了绒鞋，但竟也坐不住了，就穿着她的绒鞋跳了几回华尔兹，为的是不过使邮政局长夫人不要太自鸣得意。

然而这些一切，对于乞乞科夫并无预期的效验。他几乎不看闺秀们的脚步和身段，只是踮起脚尖，从大家的头上张望着可爱的金头发的所在；忽而又弯低一点，由肩膀和臂膊之间去找寻她；他到底找到她了，他看见她和母亲坐在一起，头上俨然地摇动着插在一种东方式包帽上的羽毛。他好像就要向这堡垒冲锋了。不知是春色恼杀了他，还是有谁在背后推他呢？总之，他就不管一切阻碍，决然地冲过去。烧酒专卖局长被他在肋下一推，好容易才能用一条腿站住，总算幸而还没有因此撞倒一排人；邮政局长也向后一跳，吃惊地看定他，带着一点微妙的嘲笑。但乞乞科夫却一看也不看，他只为那戴着长手套的远地里的金头发生着眼睛，满心全是飞过场上，直到那边的希望了。这时在另一角落上，已经有四对跳着马祖卡舞：靴后跟敲着地板，一个陆军里的大尉，用了肉体和精神，两手和两脚，显出他们梦里也没有做过的奇想的姿势来。乞乞科夫几乎踏着了跳舞者的脚，一直跑向执政官太太和她的女儿所坐的地方去。然而，待到和她们一接近，他却非常胆怯，也不再迈开勇往直前的小步，竟简直有些窘急，在一切举动上，都显出仓皇失措来了。

在我们的主角那里，真的发生了一点所谓恋爱吗？不能断定。像他那样的人，或者是并不很胖，却也并不太瘦的人，竟会有恋爱的本领吗，也可疑得很。然而这里却演出了一出连他自己也讲不明白的奇特的情景：据他后来自己说，他觉得，仿佛整个舞会以及喧嚣和杂沓，在一霎时中，都退到很远的远方，提琴和喇叭，好像在山背后作响，一切全如被烟雾所笼罩，似乎草率地涂在一幅画布上面的平原。而在这朦胧地、草率地涂在画布上面的平原里，却独独锋利而分明地显着动人的年轻的金头发的优美丰姿：她那出色的卵形脸盘，她那苗条又充实的体态，这是只在刚出女塾的女孩儿身上才得看见的，还有她那近乎质朴的洁白的衣服，轻松地裹着娇柔的肢节，到处显出堂皇的精粹的曲线来。她好像一件象牙雕成的奇特美丽的小玩意，在朦胧昏暗的群集里，唯独她灿然地显得雪白和分明。

这世界上，也会有这等事，乞乞科夫在他的一生中，虽然不过很短的一瞬息，但也成了一下子诗人了——不过诗人的名目，也还过分一点——至少，在这瞬间，他觉得自己像是一个少年人，或者一个时髦的骠骑兵了。那美人儿旁边恰有一把椅子是空的，他连忙坐下去。谈话开首有些不流畅，不久也就滔滔不绝，而且他得意了起来，然而……我应该在这里声明我的很大的惋惜，凡是身负重要的职务，上了年纪，有了品位的人，和闺秀们谈天，是有一点不大顺口的。说得很流畅的只有中尉，大尉以上的高级军官就全不行。他们在说什么呢，只有上帝知道，可总不是怎么高明的事物，但年轻的姑娘们却笑得抖着肩膀。一个枢密顾问官倒也会对你们讲极顶神妙的东西：说俄罗斯是一个强国，或者说句应酬话，自然并非没有精神的，不过全都很带着抄书的味道，倘若他说一点笑话，自己先就笑个不停，比听着的闺秀们还厉害。我在这地方加了这样的声明，为的是要使读者明白，为什么在我们的主角谈话中间，我们的金头发竟打起呵欠来了。但我们的主角好像全没有觉得，仍旧不住地搬出他在各处已经用过许多回的所有出色的事物来，例如：在辛比尔斯克省别斯佩奇内府上讲过，那时在坐的有主人的女儿阿杰莱伊达连同她的三个小姑子——玛丽娅、亚历山德拉和阿杰利盖达，在梁赞省佩列克罗耶夫府上说过，在奔萨省波别多诺斯内及他的弟兄彼得·瓦西里耶维奇府上说过，当时在坐的有

谈话开首有些不流畅，不久也就滔滔不绝，而且他得意了起来……

主人的小姨子卡捷琳娜和她的叔伯姊妹萝扎和埃米利娅；在维亚特卡省彼得·瓦尔索诺菲耶维奇府上讲过，当时在坐的还有主人的儿媳妇的妹妹佩拉格娅和侄女索菲娅和两个隔山姊妹索菲娅跟玛克拉图拉。

乞乞科夫的态度惹起了一切闺秀们的不平。其中的一个故意在他旁边经过，要他悟出这一点来，并且用她展开的裙裾，稍稍鲁莽地扫着金头发，一面又整理着在她肩头飘动的围巾，那巾角就正拂在这年轻闺秀的脸孔上；也在这时候，另一位闺秀便在乞乞科夫的背后，和从她那里洋溢出来的紫罗兰香一起，嘴里飞出了一句颇为恶毒的辛辣的言辞。然而无论他实在没有听见，或者不过装作没听见，他的举动在这地方却真的有些不合，因为闺秀们的意见是总该给点尊重的。他也后悔自己的过失，可惜是在后来，已经到了太晚的时候了。

许多脸上都画出了应有的愤怒。纵使乞乞科夫的名声在交际场里有这么大，纵使谁都确信他拥有百万的家财，纵使他脸上带着威严的、英勇的神气，但有一件事，是闺秀们决不饶恕男人的，无论怎样，无论是谁，他一定完结。女人和男人比较起来，性格上原也较为没有力，但到有些时候，她却不但坚强不屈于男人，还胜于世界上的一切。乞乞科夫在无意中显了出来的藐视，使那因为椅子事件，几乎破裂的闺秀们复归于平和与一致了。在她们随便说说的无关紧要的言语中，就会突然发现恶毒尖利的嘲讽。完成了这不幸的，是又有一个少年人，做了一两节关于跳舞者的讥刺诗，在外省的舞会里，没有这事是几乎不收场的。这诗又立刻说是乞乞科夫之作了。愤怒越来越大，闺秀们聚集在大厅的各处角落上，彼此窃窃私语，还给他几句非常不好的指斥。可怜的金头发也被奚落得半文不值，宣告了她的死刑。

这之间，却有一个极顶恼人的袭击等候着我们的主角。当他的年轻的对手打着呵欠，他向她讲述古代各种故事，说到古希腊哲学家第欧根尼的时候，诺兹德廖夫却突然上台，就从客厅的一间后房里走出来了。他从休息室里来，还是从那打着大牌的绿色小屋里跳出来的呢，他的出现，是由于自愿，还是被人赶出来的呢，总之，他高兴地、非常快活地走进客厅

“哎哟！赫尔松的地主！赫尔松的地主！怎么样？你买了许多死人了吗？”

里来了，还挽着检察长，他确是已经被拖了好久了的，因为这可怜的检察长皱着眉头，看来看去，大约是在设法来摆脱他那亲密的旅行的向导。而且他的境遇，实在也很难忍受的。诺兹德廖夫拖过两杯红茶——自然加了蔗酒的——一饮而尽，于是又是讲大话。乞乞科夫一在远处望见他，就决计牺牲了目前的佳遇，赶紧飞速地走开，因为这会面，是决不会有好事情。但不幸的是身边竟忽然现出市长来，自说找到了帕维尔·伊万诺维奇，非常高兴，并且将他坚留，请他判断和两位闺秀之间的小小辩论；因为关于妇女的爱之是否永久，大家的意见还不能相同。但这时候，诺兹德廖夫却已经看见，一径向他跑来了。

“哎哟！赫尔松的地主！赫尔松的地主！”他叫喊着跑近来，一面哈哈大笑，笑得他那红如春日蔷薇的鲜活的面庞，只是抖个不住。“怎么样？你买了许多死人了吗？您要知道，大人！”于是转向执政官那边，放开喉咙，喊道：“他在做死魂灵的买卖哩！真的，听吧，乞乞科夫！听哪，我是看交情才对你说的，在这里的我们，都是你的好朋友，大人也在这里，我要绞死你，真的，我要绞死你！”

乞乞科夫一点办法也没有了。

“您不相信我吧，大人！”诺兹德廖夫接着说，“他对我说的是：‘听哪，把您的死掉的魂灵卖给我吧。’我几乎要笑死了。待到我上了市镇，人们却告诉我说他因为要移住，买了三百万卢布的魂灵，了不得的移住呀！他到我这里就来买过死人的。听啊，乞乞科夫，你是一只猪，苍天在上，你是一只猪！大人也在这里，对不对，检察长先生？”

然而检察长和乞乞科夫都非常失措，简直找不出答话来。诺兹德廖夫却有些快活起来了，不管别人，尽说着他的话：“哦，哦，我的乖乖……如果你不告诉我为什么要买死魂灵，我是不放开你的。听哪，乞乞科夫，你应该羞。你一定自己也明白，你没有比我再好的好朋友了。瞧吧，大人也在这里……对不对，检察长先生？您不相信吧，大人，我们彼此有怎样的交情，实在的，如果您问我——我站在这里，如果您问我：‘诺兹德廖夫，从实招来，你的亲爹和乞乞科夫两个人，你爱谁呀？’那我就回答说：乞乞科夫！苍天在上！……心肝，来呀，让我给你一个吻，亲一个嘴。您也许可我给他一个吻吧，大人。请你不要推却，乞乞科夫，让我在你那雪白的面庞上，亲一个嘴儿吧！”然而诺兹德廖夫和他的亲嘴来得很不像样，几乎是直奔过去的。大家都从他身边退开，也不再去听他了。不过他那买死魂灵的话，却是放开喉咙，喊了出来的，又带着响亮的笑声，所以连停在大厅的较远之处的客人们，也无不加以注意。这报告来得太突兀，使大家的脸上带着一半疑惑，一半糊涂的表情，一声不响地呆立起来。乞乞科夫并且看见许多闺秀们都在使着眼色，恶意又可憎地微笑着，在有几个人的脸上，还看出一点非常古怪的东西和另有意思的东西来，于是更加狼狈了。诺兹德廖夫是一个说谎大家，那是谁都知道的，从他那里听些胡说八道，也是谁都不以为意的。然而尘世的凡人——唉唉，怎么这凡人竟会这样的呢，可实在很难解——有极其昏妄、极其无聊的新闻，只要是新闻，他就无条件地散布到另一个凡人那里去，虽然也说：“又起了多么大的谣言了呵！”那另一个凡人就尖起耳朵，听得很高兴，后来固然也说道：“然而这是一个大谎，完全不必相信的！”于是连忙出外，去找第三个凡人，告诉他这故事之后又因了义愤，同声叫喊道：“多么下贱的谎话呀！”而消息就这样地传遍了全市镇，所有在此的凡人们，多日谈论着这件事，一直到大家弄得厌倦，这才说，这故事是没有谈论的价值的。

这无聊之至的偶然的事故，使我们的主角很是心神不定了。一个呆子的很糊涂、很荒谬的话，也往往会使一个聪明人手足无措。他忽然觉得很不舒服，而且苦恼了，好像穿着擦得光亮的长靴，踏在龌龊的、发臭的水洼里。总而言之，这不漂亮，很不漂亮！他要竭力地不想它，忘掉它，疏散它。他还坐下去打牌，然而什么都不顺手，像一个弯曲的轮子：他错抓了两回别人的牌，有一回还甚至于忘记了并不该他打，却擎起手，打出自己的牌去了。这帕维尔·伊万诺维奇是一个好手，并且还可以称为精细的赌客。怎么会犯这样的错误，而且连他都说，他指望的有如上帝的王牌也打掉了的呢，审判厅长简直想不出缘故来。邮政局长、审判厅长，还有警察局长，自然也照例地和我们的主角打趣，说他一定在恋爱，而且他们知道，帕维尔·伊万诺维奇是怀着一颗发火的心的。谁使他的心受伤的呢，他们也很明白。然而这并不能给他慰安，虽然他也竭力地装出笑容，用玩笑来回答他们的玩笑。晚餐也没有使他快活起来。纵使席上非常适意，而且诺兹德廖夫也因为连闺秀们也说他胡闹，早已被人赶走了。当跳着珂蒂伦[①]时，他竟忽然坐在地板上，去抓跳舞者的衣裾，照闺秀们的口气说，这实在是大失体统的。晚餐吃得很愉快，在闪耀着三臂烛台、花朵、瓶子和装满点心的碟子之间的一切脸孔，都为了虚荣的欢喜和满足在发光。军官们、闺秀们和穿燕尾服的绅士们，谁都献着格外的殷勤。有一个上校，竟用出鞘的刀尖，把汤碟子挑到他的闺秀的前面。上了年纪的绅士们，连乞乞科夫也在内，则在热心地讨论，一面嚼着撒上胡椒末的鱼或肉，一面吐出确切的言语来。人们所争论的，正是乞乞科夫向来很感兴趣的对象，但这一晚上，他却像一个从远道归来、疲乏困顿的人，脑子并不听他的指挥，他也没有参加的兴致。他竟等不及晚餐散席，大反了往常的习惯，一早就回去了。

在读者已经很熟悉的门口摆着柜子，角落上窥探着蟑螂的屋子里，他的精神和思想，也如他所坐的靠椅一样，不大平静。他的心很沉闷。一种沉重的空虚在苦恼他，“鬼捉了玩出这舞会的那些东西去！”他愤愤地叫道，“他们为什么要这样地高兴？全省粮食歉收，物价飞涨和饥荒，他们却玩舞会！有什么好处：一大批娘儿们的旧货。奇怪的是她身上穿着一千卢布以上的东西，归根结蒂，还是农奴们拿他的租钱来付，结果也终于还是我们的。谁都知道，男人们为什么要这么敛钱纳贿的呢？就是为了给他的女人买很贵的围巾、衣服，以及别的鬼知道叫做什么！这为的是什么呀？为的不过是使放荡的娘儿们可以说，邮政局长太太有一身好衣服哩，因此就抛掉一千卢布。于是嚷道：舞会，舞会，多么愉快呀！妈的这样的舞会，我看和俄罗斯精神是一点也不合的，这完全是一种非俄罗斯制

① Cotillon，大抵是两人一班，四班同起的跳舞，曾经风靡全俄，尤其是外省的。——译者注

“鬼捉了玩出这舞会的那些东西去！”

度。呸，还有哩，像精赤条条地拔光了毛的魔鬼似的，忽然跳出一个上了年纪的黑燕尾服的汉子来，把腿摇来摇去。一个又和另一个弄在一起，和他谈着正经事，一面却又在地板上左左右右，玩出古怪花样来……这都不过是猴子学样，猴子学样罢了。因为法国人是到了四十岁，还像十五六岁的孩子一样的，所以，我们也得这么的来一下！哼，真的，我觉得每一个舞会之后，就总要弄出一件什么坏事情，连想也想不得！脑袋的空虚，就恰如和一个场面上的名人谈了天，他说的全是浮面，讲的都靠书本。听起来原也很漂亮，有味的，然而听着的人的脑袋，还是先前似的一无所得；其实倒不如和一个简单的商人去谈天，他只知道自己的本行，然而知道得透彻、切实，比起所有这些小摆设来，更要有价值。究竟从这样的舞会里能弄出什么来呢？不知道可有一个作家，想照式照样，写出一切情形来的没有？即使做了书，那舞会本身，却还是荒谬糊涂之至的，不知道这究竟有什么影响，道德的，还是不道德的呢？究竟怎样，鬼才知道。人就只要吐一口唾沫，抛掉书！”对于舞会，乞乞科夫大概说得这么不合意，但我相信，他的不满，是另外还有一个原因的。招他憎恨的，其实全不是舞会，倒是那情状，当大众之前，忽然来了一道莫名其妙的光，于是他就扮演了很奇特、很暧昧的角色了。自然，如果他用了明白人的眼睛来看这事故，他是会觉得一切都是小事情，一句呆话也毫无关系的，尤其是在要事已经幸而办妥了的现在。但是——人却有一点稀奇：使他很恼怒的正是失掉了这人的寄托，虽然对于这寄托，他自己并不看重，评得极苛，还为了他们的尚浮华和爱装饰下过很锋利的攻击。待到经过充足的历练，知道自己也该负一点罪，那就更加恼怒了。纵使他毫不气愤自己，而且当然还是不错的。可惜我们谁都有这一个小小的弱点，就是总要爱护自己，却去找一个邻近的东西，来泄自己的恼怒，或者用人，或者恰巧碰到的下属，或者自己的女人，或者简直是一把椅子，我们就把它摔到门口或者鬼知道的什么地方去，碰断它的一条腿，或是一个靠手来，来看看我们绅士之流的恼怒。

乞乞科夫也立刻找到一个邻近，应该将自己的恼怒，全都归他负担的来了。这亲爱的邻近就是诺兹德廖夫，不消说，他就上上下下，四面八方地拼命地痛骂了一通，恰如骗人的村长或车夫被远行的大尉，有时是将军痛骂一顿，在许多古典的咒骂上，另外再加上一大批新鲜的、由他自己的发明精神而来的东西。诺兹德廖夫的整部家谱被拉出来了，他家族里的许多列祖列宗都遭罪。

但乞乞科夫为阴郁的思想所苦恼，夜不能寐，坐在他那坚硬的靠椅里，痛责着诺兹德廖夫和他的全家的时候；当烛光渐渐低微，烛心焦了一大段，脂烛随时怕会熄灭的时候；当窗外的漆黑的暗夜，已由熹微的晨光，转成莽苍苍的曙色的时候；当远处已有一二鸡鸣，在睡着的市镇的街道上，一个穿着简单的呢外套的莫辨地位和出身的不幸人的时候；悄悄地走着一条（可惜他只知道一条）被不顾一切的俄罗斯人踩烂的路，在市镇的那一头，使我们主角的苦恼的地位更加为难的戏剧，却已经在开幕了。这时候，在远处的大街和小巷里，呀呀地走着一件非常奇特的东西，一下子很难叫出名目，既不像客车，也不像篷车，可又不像半篷车，倒仿佛一个胖面颊、大肚子的西瓜，搁在一对轮子上。这西瓜的面颊，就是车门，还剩有黄颜色的痕迹，但是很不容易关，因为闩和锁都不行了，只用几条绳勉强地缚住。西瓜里面，塞满着纱枕头，有像烟袋的，有圆的，也有和普通枕头一样的，还有袋子，装着谷物，白面包，小麦面包，捏粉的咸饼干。上面还露着一只填了黄瓜的鸡和黄瓜馅的包子。马夫台上站着一个人，家丁模样，身穿杂色的手织麻布的背心。他不刮脸，头发是已经花白起来了。这是常见的人物，在我们那里的乡下，普通都叫做“小子”的。这铁轮皮和锈螺钉的喧闹，惊醒了街的那一头的巡丁，抓起钺斧，在睡眼惺忪中放声大叫道：谁呀？待到他觉得并没有人，不过是猛烈的车轮声在远处作响，便伸手在领子上捉住一个小动物，走近街灯去，就在那地方亲手用指甲执行了死刑。于是又放下钺斧，遵照着他的武士品级的规矩，仍旧熟睡了。马匹的前蹄时时打着失，因为没有钉着马掌，而且也分明因为它们还没有熟悉这幽静的市镇的街道。这辆车又转过几个弯，从一条街弯进另一条去，终于通过圣尼古拉区教堂旁边的昏暗的小巷，停在大

车子拉到堆着柴木，搭着许多鸡棚和别的堆房的狭小的前园里，才从车子里又走出一位太太来，这就是女地主十等官夫人科罗博奇卡。

牧师太太的门口了。从车子里爬出一个姑娘来，头戴包帕，身穿背心，捏起两个拳头，像男人似的使劲地捶门。（那杂色麻布背心的小子，是因为他睡得像死尸一样，后来被拉着脚，从他的位置上拖开了。）狗儿嗥了起来，接着也开了门。好容易，总算吞进了这不像样的车辆。车子拉到堆着柴火，搭着许多鸡棚和别的堆房的狭小的前园里，才从车子里又走出一位太太来，这就是女地主十等官夫人科罗博奇卡。我们的主角一走，这位老太太就非常着急，怕自己遭了他的诓骗，在三夜不能睡觉之后，终于决了心，虽然马匹还未钉好马掌，也一定亲赴市镇，去探听一下死魂灵是什么时价，而且她这么便宜地卖掉了，是否归结是上了一个大当。她的到来，会发生什么结果呢，读者从两位闺秀们的谈天里，立刻可以知道了。这谈天……但这谈天，还不如记在下一章里吧。

# 第九章

有一天早晨，还在N市通常的拜客时间之前，从一家蓝柱子、黄楼房的大门里，飘出一位穿着豪华的花条衣服的闺秀来了，前面是一个家丁，身穿缀有许多领子的外套，头戴围着金色锦绦的亮晃晃的圆帽。那闺秀急急忙忙地跳下了台阶，立刻坐进那停在门口的马车里。家丁就赶紧关好车门，跳上踏台，向车夫喝了一声“走”。这位闺秀是刚刚知道了一件新闻，正要去告诉别人，急得打熬不住。她时时向外探望，看到路不过走了一半，就非常之懊恼。她觉得所有房屋，都比平时长了一些，那小窗门的白石造成的救济所，也简直显得无穷无尽，终于使她不禁叫了起来道：“这该死的屋子，就总是不会完结的！”车夫也已经受了两回的命令，要他赶快：“再快些，再快些，安德留什卡，你今天真是赶得慢得要命！”到底是到了目的地了，车子停在一家深灰色的木造平房的前面，窗上是白色的雕花，外罩高高的木格子。一道狭窄的板墙围住了全家，里面是几株细瘦的树木，蒙着道路上的尘埃，因此就见得雪白。窗里面有一两个花瓶，一只鹦鹉，用嘴咬着铁环，在向笼外窥探，还有两只巴儿狗，正在晒太阳。在这屋子里，就住着刚才到来的那位闺秀的好朋友。对于这两位闺秀，作者该怎样地称呼，又不受人们的照例的斥责，却委实是一件大难事。找一个随便什么姓——危险得很。纵使他选用了怎样的姓，但在我们这偌大的国度里的哪个角落上，总一定会有姓着这姓的人，他就要真的生气，把作者看成死对头，说他曾经为了探访，暗暗地来旅行，他究竟是何等样人，他穿着怎样的皮外套散步，他和什么亚格拉菲娜·伊万诺夫娜太太有往来，以及他爱吃的东西是什么。如果说出他的官位和头衔来，那你就更加危险了。上帝保佑保佑！现在的时候，在我们这里，对于官阶和出身，都很神经过敏了，一看见印在书上，就立刻当做人身攻击。现在就成了这样的风气。你只要一说：在什么市镇上，有一个傻家伙——那就是人身攻击，一转眼间，便会跳出一位仪表非凡的绅士来，向人叫喊道："我也是一个人，可是我也是傻的吗？"总而言之，他总立刻以为说着他自己。为预防一切这种不愉快的未然之患起见，我们就用N市全部几乎都在这么称呼她的名目来叫这招待来客的闺秀吧，那就是：通体漂亮的太太。她得到这名目是正当的，因为她只要能够显得极漂亮、极可爱，就什么东西都不可惜，虽然从她那可爱里，自然也时时露出一点女性的狡猾和聪明，在她的许多愉快的言语中，有时也藏着极可怕的芒刺！对于用了什么方法，想挤进上流来的人物，先不要用话去伤她的心。但这一切，是穿着一套外省所特有的细心大度的形式的衣裳的。她的一举一动都很有意思，喜欢抒情诗，而且也懂得，还把头做梦似的歪在肩膀上。一言以蔽之，谁都觉得她确是一位通体漂亮的太太。至于刚才来访的那一位闺秀，性格就没有那么复杂和能干了，所以我们就只叫她也还漂亮的太太吧。她的到来，惊醒了在窗台上晒太阳的巴儿狗：简直埋在自己的毛里面了的，狮毛的阿黛莉和四条腿特别细长的雄狗波普里。两只都卷起尾巴，活泼地嗥着冲到前厅里，那刚到的闺秀正在这里脱掉她的外套，显出最新式样、摩登颜色的衣服和一条绕着颈子的长蛇[①]。一种浓重的素馨花香散满了一屋子。

通体漂亮的太太一知道也还漂亮的太太的来到，就也跑进前厅里来了。两位女朋友握手，亲吻，叫喊，恰如两个刚在女塾毕业的年轻女孩儿，当她们的母亲还没有告诉她这一个的父亲比另一个的父亲穷，也不是那么的大官之前，重新遇见了的一样。她们的亲吻就有这么响，以至于使

---

① Boa，指女人用的做成蛇形的皮围巾。——译者注

两匹巴儿狗又嗥起来，因此遭了手帕的很重的一下。那两位闺秀当然是走进淡蓝的客厅里，其中有一张沙发，一顶卵圆形的桌子，以及几张窗幔，边上绣着藤萝；狮毛的阿黛莉和长脚的波普里，也就哼着跟她们跑进屋子里。“这里来，这里来，到这角落上来呀！”主妇说，一面请客人坐在沙发的一角上。“这才是了，这才对了！您还有一个靠枕在这里呢！”和这句话同时，又在她背后塞进一个绣得很好的垫子去：绣的是一向绣在十字布上的照例的骑士，他的鼻子很像一道楼梯，嘴唇是方的。“我多么高兴呀，一知道您……我听到有谁来了，就自己想，谁会来得这么早呢？帕拉莎说恐怕是副市长的太太吧，我还告诉她哩：这蠢才又要来使我讨厌了吗？我已经想回复了……”

那一位闺秀正要说起事情，摊出她的新闻来，然而一声喊，就把谈话完全改变了。

“多么出色的鲜明的细布料子啊！”通体漂亮的太太喊道，她一面注意地检查着也还漂亮的太太的衣服。

“是呀，很鲜明，灵动的料子！但是普拉斯科维亚·贯奥多罗夫娜说，如果那斜方格子再小些，点子不是肉桂色的，倒是亮蓝色的，就见得更加出色了。我给我的妹子买去了一件料子，可真好！我简直说不上来！您想想就是，全是顶细顶细的条纹，在亮蓝的底子上，细到不过才可以看得出，条纹之间可都是圈儿和点儿，圈儿和点儿……一句话，真好！几乎不妨说，在这世界上是还没有什么更好看的。”

“您知道，亲爱的，这可显得太花了。”

“啊呀，不的，并不花！”

“唉唉，真是！太花得厉害！”

我应该在这里声明，这位通体漂亮的太太，是有些近乎唯物论者的，很倾于否认和怀疑，把这人生的很多事物都否定了。

但这时也还漂亮的太太却解说着这并不算太花色，而且大声地说道：“啊呀，真的，幸而人们没有再用折叠衣边的了！”

“为什么不用的？”

“现在不用那个，改了花边了！”

“哎呦哟，花边可不好看！”

“哪里，人们都只用花边了，什么也赶不上花边，披肩用花边，袖口用花边，头上用花边，下面用花边，一句话，到处花边。”

“这可不行，索菲娅·伊万诺夫娜，花边是不好看的！”

“但是，安娜·格里戈里耶夫娜，好看呀，真是出色得很，人们是这么裁缝的：先叠两叠，叠出一条阔缝来，上面……可是您等一等，我就要说给您听了，您会听得吃惊，并且说……真的，您看奇不奇。衫子现在是长得多了，正面尖一点，前面的鲸须撑得很开；裙子的周围是收紧的，像古时候的圆裙一样，后面还塞上一点东西，就简直belle femme[①]了。”

“不行，您知道，这撑得太开了！这可是我要说的！”通体漂亮的太太喊了起来，还昂着头一摇，傲然地觉得自己很严正。

“一点不错，这撑得太开了，我也要这么说！”也还漂亮的太太回答道。

“那倒不，敬爱的，您爱怎么着就怎么着吧，我可不跟着办！”

“我也不……如果知道什么都不过是时兴……什么也都要完的！我向我的妹子讨了一个纸样，只是开开玩笑的，您知道。家里的梅拉尼娅可已经在做起来了。”

“什么，您有纸样吗？”通体漂亮的太太又喊了起来，显出她心里分明很活动。

“自然。我的妹子送了来的！”

“心肝，您给我吧，谢谢您！”

“可惜，我已经答应了普拉斯科维亚·伊万诺夫娜的了。等她用过之后？”

“什么普拉斯科维亚·伊万诺夫娜穿过之后，谁还要穿呀？如果您不给自己最亲近的朋友，倒先去给了一个外人，我看您实在特别得里外不分！”

---

① 法国话，可解作“成为美妇人”的意思。——译者注

“人家都说他好看，可是一点也不好看，一点也不——他的鼻子——他就生着个讨厌的鼻子。”

“但是您让我，您让我告诉您，心肝，安娜·格里戈里耶夫娜，您让我来说呀。这真是一个好故事，我告诉您……”

“但她是我的叔婆呀！”

“哎呦，那是怎样的叔婆？不过从您的男人那边排起来，她才是您的亲戚……不，索菲娅·伊万诺夫娜，我不要听这宗话——您存心要给我下不去，您已经讨厌我，您想不再和我打交道了……”

可怜的索菲娅·伊万诺夫娜，竟弄得完全手足无措。她很知道，自己是在猛火里面烧。这只为了夸口！她想用针来刺自己糊涂的舌头。

“可是，我们的花花公子怎么了呢？”这时通体漂亮的太太又接着说。

“啊呀，真的，真的呀。我和您坐了这么一大会工夫。一个出色的故事！您知道吗，安娜·格里戈里耶夫娜，我给您带了怎样的新闻来了？”这时她才透过气来，言语的奔流从舌头上涌出，好像鹰群被疾风所驱，要赶快飞上前去的一样。在这地位上说话，是她的极要好的女朋友也属于人情之外的强硬和苛酷的了。

“您称赞他，捧得他上天就是，随您的便。”她非常活泼地说。“可是我告诉您——就是当他的面，我也要说的，他是一个没有价值的人。没有价值的，没有价值的人！”

“对啦，但是您听着吧，我有事情通知您！”

“人家都说他好看，可是一点也不好看，一点也不——他的鼻子——他就生着个讨厌的鼻子。”

“但是您让我，您让我告诉您，心肝，安娜·格里戈里耶夫娜，您让我来说呀。这真是一个好故事，我告诉您，一个‘Ss’kon apellistoar’①的故事，”那女朋友显着完全绝望的神情，并且用了恳求的声音说——当这时候，写出两位闺秀用了许多外国字，并且在她们的会话里夹进长长的法国话，大约也并非过分的。然而作者对于为了我们祖国的利益，爱护着法国话的事，虽然怀着非常的敬畏，对于我们的上等人为了祖国之爱和它的统一，整天用着这种话的美俗，虽然非常之尊敬，却总不能自勉，把一句外国话里的句子，运进这纯粹的俄罗斯诗篇里面去，所以我们也还是用

① 夹着俄国语法的错误的法语，意思是“所谓历史的事件”。——译者注

俄国话写下去吧。

"怎样的一个故事呢?"

"唉唉,我的亲爱的安娜·格里戈里耶夫娜,您可知道我现在是怎样的一个心情呀?您想想看,今天,牧师夫人,那牧师的太太,那基里尔神甫的太太,到我这里来了。喏,您想是怎么样?我们这文弱的白面书生!您早知道的,那新来的客人,您看他怎么样?"

"怎的?他已经爱上了牧师太太了吗?"

"哪里哪里!安娜·格里戈里耶夫娜!要是这样,还不算很坏哩!不是的,您听着就是,那牧师太太对我怎么说?'您想想看,'她说,'女地主科罗博奇卡忽然闯到我这里来了,青得像一个死人,还对我说,哦,她对我说什么,您简直不会相信。您听着就是,她对我说的是什么!这简直是小说呀!在半夜里,全家都睡觉了,她忽然听到一个怪声音,这可怕是说也没有法子说,使尽劲道地在敲门,她还听到人声音在叫喊:'开门!开门!要不,我就捣毁了……'噢,您以为怎么样?您看我们的花花公子竟怎么样?"

"哦,那么,那科罗博奇卡年轻,漂亮吗?"

"唉唉,哪里!一个老家伙!"

"这倒是一个出色的故事!那么他是爱弄老的?喏,我们的太太们的运气也真好,人可以说。一定能找个意中人。"

"这倒并不是的,安娜·格里戈里耶夫娜!和您所想象的完全是另一回事。您想想看,他忽然站在她面前了,连牙齿也武装着,就是一个里纳尔多·里纳尔提尼[①],并且对她吆喝道:'把灵魂卖给我,那些死掉了的。'科罗博奇卡自然是回答得很有理:'我不能卖给您,他们是已经死掉的了。''不,'他喊道,'他们没有死。知道他们死没有死,这是我的事。'他说,'他们是没有死的,没有死的!'他叫喊着,'他们是没有死的!'总而言之,他闹了一个大乱子,全村都逃了,孩子哭喊起来,

① Rinaldo Rinaldini,有名的强盗故事中的主角。——译者注

大家嚷叫着，谁也不明白谁，一句话，不得了，不得了，不得了！您简直不能知道，安娜·格里戈里耶夫娜，当我听了这一切的时候，我有多么害怕。‘亲爱的太太，’我的玛什卡对我说，‘您去照一照镜子吧！您发了青了！’‘唉唉，现在照什么镜，’我说，‘我得赶快上安娜·格里戈里耶夫娜那里去，去告诉她哩。’我立刻叫套车。我的车夫安德留什卡问我要到什么地去。我却说不出一句话儿来，只是白痴似的看着他的脸。我相信，他一定以为我发了疯了。唉唉，安娜·格里戈里耶夫娜，如果您能够知道一点，我多么兴奋呵！”

“哼！真是奇怪得很！”通体漂亮的太太说，“死魂灵，究竟是什么意思呢？我老实说，这故事我可是一点也不懂，简直一点也不懂。我听说死魂灵现在已经是第二回了。我的男人说，这是诺兹德廖夫撒谎！但一定还有什么藏在里面的！”

“不不，您就单替我设身处地地来想一想吧，安娜·格里戈里耶夫娜，当我听了的时候，我是怎样的心情呵！‘现在呢，’科罗博奇卡说，‘我全不知道应该怎么着了！他硬逼我在什么假契据上署名，’她说，‘并且把一张十五卢布的钞票抛在桌子上。’她说，‘我是一个不通世故的，无依无靠的寡妇，这事情怎么也不明白。’就是这样的一个故事呀！哎呦，如果您能够知道一点，我多么的兴奋呵。”

“不不，您要说什么，说您的就是！这并不是为了死魂灵呀！有一点完全别样的东西藏在这里面的。”

“老实说，我也早就这么想的。”也还漂亮的太太说，有一点吃惊。她又立刻非常焦急，要知道究竟藏着什么了，于是茫然地问道：“但从您看来，那里面藏些什么呢？”

“但是，您怎么想呀？”

“我怎么想？……老实说，我好像在猜谜。”

“但我要知道，您究竟是什么意见呢？”

然而，也还漂亮的太太却什么也想不出，所以就不开口。对于事物，她只会兴奋，至于仔细地想象和综合，却并不是她的事，因此她比别

“死魂灵是……”
“怎样？什么？”
“死魂灵是……！”
“哎哟，您说呀，看上帝面上！”
“不过一种虚构，也无非是一个假托。其实是为了这件事：他想诱拐市长的女儿。”

人更极需要细腻的朋友给她忠告和帮忙。

“那就是了，我来告诉您，这死魂灵是有什么意思的。”通体漂亮的太太说，她的女朋友就倾听，而且还尖着耳朵。她的耳朵好像自己尖起来了。她抬起身，几乎要离开了沙发，她虽然有点茁实的，但好像忽然瘦下，轻如羽毛，看来只要有一阵微风，便可以把她吹去似的了。

一样情形的是俄国的贵公子，他是一个爱养狗，爱打猎，也爱游荡的人，当他跑近森林时，从中正跳出一只被追得半死的兔子，于是策马扬鞭，赶紧换上弹药，接着就要开火。他的眼睛看穿了昏沉的空气，决不再放松一点这可怜的小动物。纵使面前是雪花旋舞的旷野，用了成束的银星射着嘴巴、眼睛、胡须、眉毛和值钱的獭皮帽，他也还是不住地只管追。

“死魂灵是……”通体漂亮的太太说。

“怎样？什么？”那女朋友很兴奋地追问道。

“死魂灵是……！”

“哎哟，您说呀，看上帝面上！”

“不过一种虚构，也无非是一个假托。其实是为了这件事：他想诱拐市长的女儿。”

这结论实在很出意料之外，而且无论从哪一点来看，也都觉得离奇。也还漂亮的太太一听到，就化石似的坐在她的位置上。她失了色，青得像一个死人，这回可真的兴奋了。“啊呀，我的上帝！”她叫起来，还把两手一拍，“这是我做梦也没有想到的！”

“我还得说，您刚刚开口，我就已经知道那为的是什么了。”通体漂亮的太太回答道。

“这一来，那么，对于女塾的教育，人们会怎么说呢？这可爱的天真烂漫的！”

“好个天真烂漫！我听过她讲话了！我就没有这勇气，敢说出这样的话来。”

“您知道，安娜·格里戈里耶夫娜，现在的风俗坏到这地步，可真的叫人伤心呀。”

“然而先生们还都迷着她哩，我可以说，我是看不出她一点好处来。她做作得可怕，简直做作得叫人受不住。”

“唉唉，亲爱的安娜·格里戈里耶夫娜，她冷得像一座石像，脸上什么表情也没有。”

“不不，她多么做作，多么做作得可怕，我的上帝，多么做作啊！她从谁学来的呢？不过我从来没有见过一个女孩子有这么装腔作势的脾气的。”

“亲爱的，她是一个石像，苍白得像死尸。”

“唉唉，请您不要这么说吧，索菲娅·伊万诺夫娜，她是搽胭脂的，红到不要脸。”

“不的，您说什么呀，安娜·格里戈里耶夫娜，她白得像石灰一样，简直像石灰。”

“我的亲爱的，我可是就坐在她旁边的呢，她面庞上搽着胭脂，真有一个指头那么厚，像墙上的石灰似的一片一片地掉下来。这是她的母亲教她的。母亲原就是一个精制过的骚货，但女儿可是赛过母亲了。”

“不不，请您原谅，不不，您只说您自己的，我可以打赌，只要她用着一点点、一星星，或者不过一丝一毫的红颜色，我就什么都输出来，我的男人，我的孩子，所有我的田产和家财！”

“啊呀，您竟在说些什么呀，索菲娅·伊万诺夫娜。”通体漂亮的太太把两手一拍，说。

“哪里，您多么奇特呵！真的，叫我看着奇怪。”也还漂亮的太太也把两手一拍，说。

两位闺秀对于几乎同时看见的，意见都不能一致，读者是不必诧异的。在这世界上，实在有很多东西，带着这种稀奇的性质。一位闺秀看做雪白，另一位闺秀却看做通红，红到像越橘一样。

“那么，再给您一个证据吧，她是苍白的。”也还漂亮的太太接着说，“我还记得非常清楚，好像就在今天一样，我坐在马尼洛夫的旁边，对他说道：‘您看哪，她多么苍白呵！’真的，倘要受她的迷，我们的先生们还得再糊涂一点呢。还有我们的花花公子先生……我的上帝，这时候，他多么使我讨厌呵！您是简直想象不来的，他多么使我讨厌呀！”

“但有几位太太，对于他可也并非毫无意思的。”

“您说我吗，安娜·格里戈里耶夫娜？这您可不能这么说。没有的事，没有的事！”

“我可并不是说您，世界上也还有别的女人的呀！”

“没有的事，没有的事，安娜·格里戈里耶夫娜。请您允许我通知一句，我是很明白我自己的，这和我不相干。但别的太太们，那些装作难以亲近的样子的，却很难说。”

“哪里的话，对不起，请您给我说一句，我可一向没有闹过这样的丑事。别人会这样也说不定，然而不是我，这是您应该许可我能通知您的。”

“您为什么这么发恼呢？您之外，也还有别的太太们在那里的，她们争先恐后地去占靠门的椅子，为的是好坐得和他近一点。”

人也许想，也还漂亮的太太一说这些话，接着一定要有一阵大雷雨了。但奇怪的是两位闺秀都突然不说话，预期的风暴并没有来。通体漂亮的太太恰巧记得了新衣服的纸样还没有在她的手中，也还漂亮的太太也知道还没有从她最好的朋友那里听过新发现的底细，因此这么快的就又恢复了和平。况且这两位闺秀们，不能说她天性上就有散布不快的欲望，性情原也并不坏，不过当彼此谈天的时候，总是自然而然地，不知不觉地愿意给对方轻轻地刺一刀。那两人中的一人，间或因此得点小高兴，而这女朋友，有时是会说很亲昵的话语的：“这是你的！拿了吃去吧！”男性和女性，心里的欲望就如此的各式各样。

“我只还有一件事想不通，”也还漂亮的太太说，“那乞乞科夫，他不过是经过这里，怎么能决定一件这样骇人的举动来呢。他总该有一个什么帮手的。”

“您以为他是没有的吗？”

“您看怎么样，谁能够帮他呀？”

“是啰，譬如——诺兹德廖夫！”

“您真的相信——诺兹德廖夫？”

“怎么不？他什么都会做的。您莫非不知道，他还想卖掉他的亲爹，或者说的正确一点，是拿来做赌本哩。”

“我的上帝，我从您这里得了多么有趣的新闻呀！诺兹德廖夫也夹在这故事里，我真的想也想不到。”

“我可是马上就想到了！”

“这真叫人觉得世界上无所不有！您说吧，当乞乞科夫初到我们这市镇里来的时候，谁料得到他会闹这样的大乱子呢？唉唉，安娜·格里戈里耶夫娜，您知道我怎样的兴奋呀！倘使我没有您，没有您的友情和您的好意……我真要像站在深坑边上一样……我得向哪里去呢？我的玛什卡凝视着我，觉得我白得像死人，对我说道：‘亲爱的太太，您白得像一个死人了！’我还告诉她说：‘唉唉，玛什卡，我现在想的却完全是别的事情呢！’真的，就是这样！而且诺兹德廖夫也伏在那里面！好一个出色的故事！”

也还漂亮的太太很焦急，要知道关于诱拐的详情，就是日期、时间，以及别的种种。然而她渴望的太多了，通体漂亮的太太不过极简单地声明她一点都不知道。况且她是从来不撒谎的：一种大胆的推测——那是另外一件事，但那推测也只以内心的确信为限；真的一有这内心的确信，这闺秀可也就挺身而出，那么，即使有最伟大的律师，且是著名的辩才和异论的征服者，去和她论争一下试试吧。这时候，他这才明白，内心的确信是怎样的东西了。

这两位闺秀们把先前仅是推测的事情，后来都成为确信，那是毫不足怪的。我们这些人，简洁地说，就是我们，我们称之为聪明的人们，那办法就完全一样，我们的学者的讨论，就是最好的证据。一位学者，对于事物，首先是像真的扒手一样，非常小心，而且近乎胆怯地来着手的，他提出一个极谦和稳健的问题：“此国之得名，是否自地球上之某处而来？”或是“此种记载，能或传于后世将来否？”或是“吾等不应解此民

两位闺秀便马上报告他一切的新闻，讲述购买死魂灵，讲述乞乞科夫诱拐执政官小姐的目的，而且讲得这么长，一直弄到他莫名其妙。

众为如何如何之民众乎？”于是他立刻引据了古代的作家，只要发现一点什么暗示，或者只是他算作暗示的暗示，他就开起快步来了，勇气也有了，随便和古代的作家谈起天来，向他们提出质问去，接着又自己来回答，把他那由谦虚稳健地推测来着手的事，一下子完全忘记了。这时他已经好像一切都在目前，非常明白，以这样的话来结束他的观察道：“而是乃如此。此民众应作如此解。此乃根据，应借以判别此对象者也！”于是俨然地在讲座上宣扬，给大家都听得见——而新的真理就到世界上去游行，以赢得新的附和者和赞叹者。

当我们的两位闺秀用了许多锐利的感觉，把这么错杂纠缠的事件顺顺当当地解释清楚了的时候，那检察长，却和他的永久不动的脸孔，浓密的眉毛和眨着的眼睛，走进客厅里来了。两位闺秀便马上报告他一切的新闻，讲述购买死魂灵，讲述乞乞科夫诱拐执政官小姐的目的，而且讲得这么长，一直弄到他莫名其妙。他迷惑似的永是站在老地方，眨着左眼睛，用一块手帕揩掉胡子上面的鼻烟，听到的话却还是一句也不懂。当这时机，闺秀们便放下他不管，跑了出去，各奔自己的前程，到市里去骚扰去了。

这计划，不过半点多钟就给她们做到。市镇由最内部开始，一片骚动，虽然未必有人能明白什么。闺秀们是善于制造这种烟雾的，使所有的人，尤其是官员，都几乎茫然自失。她们的地位，开初就像一个中学生，用纸片卷了鼻烟，就是我们这里叫做“骠骑兵”的，探进睡着的同窗的鼻孔里面去。那睡着的人呼吸有些不通畅了，一面却以打鼾的全力，吸进鼻烟去，醒了，跳了起来，瞪着眼睛，看来看去，像一个傻子，却不明白他在什么地方，出了什么事；但接着又觉到了射在墙上的太阳的微光，躲在屋角里的同窗的笑声，穿窗而入的曙色，已经清醒的森林，数千鸟声的和鸣，在朝阳下发闪，在芦苇间曲折流行的小河，那明晃晃的波中，有无数稀湿的儿童在嬉游，叫人去洗澡——这时他才觉得，他鼻子里原来藏着骠骑兵。

我们市镇里的居民和官员的景况，起初就完全是这样的。谁都小羊似的呆站着，而且瞪着眼睛。死魂灵、执政官的女儿和乞乞科夫，这一切都纠缠起来，在他们的脑袋里稀奇古怪地起伏和旋转。待到最先的迷惘收了场，他们这才来区别种种的事物，将这一个和那一个分开，要求着清账，但到他们觉得关于这事件简直不能明白的时候，他们就发恼了。“这算是什么比喻，哼，真的，死魂灵是什么昏话呢？这故事和死魂灵有什么逻辑关系呢？那么，人怎么会买死魂灵？哪里会有这样的驴子来做这等事？他用什么呆钱来买死魂灵？他拿这死魂灵究竟有什么用？况且，执政官的女儿和这事件又有什么相干？如果他真要诱拐她，为什么他就得要死魂灵？如果他要买死魂灵，又何必去诱拐执政官的女儿？莫非他要把死魂灵来送执政官的女儿吗？市里流传着怎样的一种胡说八道呀！多么不像样！人还来不及回头看一看，这糊涂话就已经说给别人了……如果这事件还有一点什么意义呢！……但另一面也许有什么藏在那里面，否则也不会生出这种流言来。总该有什么缘故的。但死魂灵能是缘故的吗？什么混账缘故也不是，这实在就像‘一个木雕的马掌’、‘一双煮软的长靴’或是‘一只玻璃的假肢’一样！”

总而言之，凡是说话、闲谈、私语以及全市里所讲述的，都不外乎死魂灵和执政官的女儿，乞乞科夫和死魂灵，执政官的女儿和乞乞科夫，一切东西，全都动弹起来了。好像一阵旋风，吹过了沉睡至今的市镇。所有的懒人和隐士，向来是终年穿着睡衣，伏在火炉背后，忽而归罪于靴匠，说把他的长靴做得太小了，忽而归罪于成衣匠或者他的喝醉的车夫的，却也都从他们的巢穴里爬了出来，连那些久已和他的朋友断绝关系，只还和两位地主熊皮氏先生和负炉氏先生相往来的人们（两个很出名的姓氏，是从“躺在熊皮上”和“背靠着炉后面”的话制成，在我们这里很爱说，恰如成语里的“去访打鼾氏先生和黑甜氏先生”一样，那两人是无论侧卧、仰卧，以及什么位置的卧法，都能死一般地熟睡，从鼻子里发出大鼾、小鼾，以及一切附属的声音来的）。连那些请吃五百卢布的鱼羹和三四尺长的鲟鳇鱼，还有只能想象的入口即化的馒头也一向不能诱他离家的人们，也统统出现了。一言以蔽之，好像是这市镇显得人口增多，幅员加广，到处是令人心满意足的活泼的交际模样。居然冒出一位希索伊·帕夫努季耶维奇先生，和一位麦克唐纳·卡尔活维奇先生来了，这是先前丝毫没有听到过的；忽然在客厅里现出一个一臂受过弹伤的瘦高个的人，一个真的巨人来了，这大块头是一向没有看见过的。街上是只见些有盖的马车，大洪水以前的板车，嘎嘎地叫的箱车，轰轰地响的四轮车——乱七八糟。

在别的时候和别的景况之下，这流言恐怕绝不会被注意，但N市久已没有了新闻。从最近的三个月以来，在都会里几乎等于没有所谓谈资，而这在都市里，是谁都知道，那重要性不亚于按时输送粮食的。忽然间，这市镇的居民分为代表两种完全不同的意见的，两个完全相反的党派了：男的和女的。男人们的意见糊涂之至，他们只着重于死魂灵。女党则专管执政官女儿的诱拐。这一党里——为闺秀们的名誉起见，说在这里——用心、秩序和思虑，都好得很。这分明是因为女人的定命，原在成为贤妻，到处总在给好秩序操心的。在她们那里，一切就立刻获得一种确凿而生动的外观，显著而切实的形状，无不明明白白，透彻而且清楚，好像一幅完工的勾勒分明的图画。现在这事情了然了，说是乞乞科夫原是早已爱上了那人的，说是她也到花园里在月下去相会，说是倘使没有乞乞科夫的前妻夹在这中间（怎么知道他已经结过婚的呢，谁也说不出），执政官也早把他的女儿给乞乞科夫做老婆了，因为他有钱，像犹太人一样；说是那女人的心里还怀着绝望的爱，便写了一封很动人的信给执政官；又说是乞乞科夫遭了她父母的坚决的拒绝，便决计来诱拐了。在许多人家里，这故事却又说得有点不同：乞乞科夫并没有老婆，而是一个精细切实的汉子，他要得那女儿，就先从母亲入手，和她有了一点秘密的事，这才说要娶她的女儿，母亲可是怕了起来，这是很容易犯罪，违背宗教的神圣的禁令的，便为后悔所苛责，一下子拒绝了，那时乞乞科夫才决了心，要把女儿诱拐。也还有一大批说明和修正，那流言传得愈广，一直侵入市边和小巷里，这些说明和修正也发生得愈多。在我们俄国，社会的下层是也极喜欢上等人家的故事的，所以便是那样的小人家，也立刻来谈这丑闻，虽然毫不知道乞乞科夫，却还是马上造成新的流言和解释。

这故事不断地加上兴味去，逐日具备些新鲜的和一定的形态，终于

可怜的金头发，是挨了一场十六七岁的女孩儿很难忍受的极不愉快的面谕。

成为完全确切的事实，传到执政官太太自己的耳朵里去了。执政官太太是一家的母亲，是全市的第一个名媛，为了这故事，非常苦恼，况且她真的想也想不到，于是就大大地，也极正当地愤激了起来。可怜的金头发，是挨了一场十六七岁的女孩儿很难忍受的极不愉快的面谕。质问、指示、谴责、训诫和威吓的洪流，向这可怜的娃儿直注下来，弄得她流泪、呜咽，一句话也不懂；门丁是受了严厉的命令，无论怎样，也决不许再放进乞乞科夫来。

闺秀们彻底地折腾了一通这位执政官太太，完成了她们的使命之后，便去拉男党，要他们站到自己这面来。她们说明，死魂灵的事情不过是一种手段，因为要避去嫌疑，容易诱拐闺女，所以特地造出来的。男人们里的许多便转了向，加进闺秀们的党里去，虽然蒙了他们同志的指摘和非难，称之为罗袜英雄和娘儿衫子——这两个表号，谁都知道，对于男性是有着实在给他苦痛的意义的。

然而，男人们纵使这样武装起来，想顽强地来抵抗，他们这党里却总是缺少那些女党所特有的秩序和纪律。他们全都不中用、不切实、不合适、不调和、不正当；脑袋里满是混杂和纷乱，思想上是缠夹和糊涂——一言以蔽之，就是把男人的倒霉的本性，粗鲁、拙笨、迟钝的本性，既不会齐家，又没有确信，不虔诚，又懒惰，被永是怀疑和顾忌恐怖所搅坏的本性，很确切地暴露出来了。据男人们说，诱拐一个执政官的女儿，骠骑兵比文人还要擅长，乞乞科夫未必来做这种事，不要相信女人，她们统统是胡说八道的。女人就像一只有洞的袋子，装进什么去，也漏出什么来。那应该着眼的要点是死魂灵，虽然只有鬼知道那是怎么一回事，但也确有什么很不好、很讨厌的东西藏在那里面的。为什么男人们会觉得藏着什么很不好、很讨厌的东西呢——我们不久就知道。这时，恰恰放出一个新的总督到省里来了——这分明就是使官员们陷于不安和激昂情绪的事件：于是永远要有各种查考和叱责了，于是头要洗得干净，摆得规矩了，于是上司照例办给他的下属的一切的羹汤，大家就总得喝尽了。“上帝呀！”官员们想，“只要他一知道，市镇上传播着这样的流言，他就不会当做笑话，可真的要发怒的啊。”卫生监督忽然完全发了青，他把这解释得很可怕了，怕“死魂灵”这句话，也许暗示着近来生了时疫，却因为办理不得法，死在病院里和其他地方的许多人，怕乞乞科夫到底是从总督衙门里派出来的一个官，先来这里暗暗地探访一下的。他把自己的忧虑告诉了审判厅长。审判厅长说不会有这等事，但自己也立刻发了青，因为起了这思想：然而，如果乞乞科夫所买的魂灵确是死的呢？他不但许可了买卖契约，还做了普柳什金的证人。万一传到总督的耳朵里去了呢，那可怎么办？他把自己的忧虑去通知另几个，另几个也都忽然发青了。这忧愁霎时散布开去，比黑死病传染得还快。谁都在自己身上找出了并未犯过的罪案。

“死魂灵”这句话显然具有了很广泛的意义，以至于令人疑心到它也许指新近埋掉两个人的那两件事了。那两件案子都了结得还不怎么久。第一件，是几个索里维切戈茨克的商人们闹出来的，他们在市镇的定期市集上做过生意之后，就和几个从乌斯其塞索耳斯克来的熟识的商人们来一桌小吃。俄国式的小吃，但用德国式的手段：掺水烧酒，柠檬香糖热酒，药酒以及别的种种。这小吃，自然照例以勇敢的混战收场。索里维切戈茨克的先生们，把乌斯其塞索耳斯克的先生们痛打了一顿，虽然这一方在肋肋上也挨着很厉害的几下，肚子上又受了伤，证明着阵亡的战士的拳头有多么非常之大。胜利者中的一个，就像我们的拳斗家照例的说法，张扬了起来，这就是说，鼻子给打扁了，只剩着一节指头的那么一点点。商人们都认了罪，并且声明，他们的小玩笑开过了头。不久，大家就都说，为了这命案，他们每人出了四张一百卢布的钞票，此外，就全都不了了之。但据审讯的结果，乌斯其塞索耳斯克的商人们却都是被煤气熏死的了。于是他们也就算是这样的落了葬。

另一件，出得还不久，那是这样子的：弗希瓦亚-斯佩西村的官家农奴联络了波罗夫村的，以及打手村的官家农奴，好像把一位宪兵，原是陪审官资格，叫做特罗巴希金的干掉了。这位宪兵，就是陪审官特罗巴希金，非常随便，时常跑到他们的村里去，那情形几乎有疫病一般的可怕。

但那原因，大约是在他有一点心肠软，对于村里的女人实在太热心。这案子也没有十分明白，虽然农夫们直截了当地说，这宪兵爱闹得像一只雄猫，他们逐了他不只一两回，有一回还只好精赤条条地从一家小屋子里赶出。为了他的心肠软，宪兵是当然要受严罚的，但另一方面，如果，弗希瓦亚-斯佩西村和打手村的农奴真的和谋害有关，其专横却也不合道理，难以推诿。事情总是莫名其妙，人们看见那宪兵倒在路上，他的制服或是他的长衫，像一堆破衣，相貌也几乎分辨不清了。案件弄到衙门里，终于移在刑事法庭，经私下的预先商量之后，就发出这样意思来：人们聚集，即成惊人之数，故农奴中之何人应负杀害宪兵之罪，殊不可知，况在特罗巴希金一方面，已系死人，纵使胜诉，亦属无聊，但农奴们是还在活着的，所以从宽发落，当有大益，于是下了判决，陪审官特罗巴希金应自负其死亡之责，因为他对于弗希瓦亚-斯佩西村和打手村之农户加以法外之压迫，而且是在夜间乘橇归家之际，突然中风身故的。

这案子好像已经了结得很圆稳，但官员们却又忽而觉得，这所谓死魂灵者，又即和这事件有关。正值这时候，可又来了一些事，即使没有这些事，官员们已经深陷困苦之中了，然而执政官又收到了两封信。一封是通知，说据最近的密报，省中有人在造假钞票，用的是各种不同的姓名。所以应该立即施行严厉的查缉。另一封是邻省执政官的关于漏网的强盗的通知，谓在贵省的绅士群中，倘忽见有可疑之人，既无旅行护照，又无别种正当之证明书，则应请即将此人逮捕。两封信惹起了全体的惶恐，所有先前的预料和推测，忽然都毫无用处了。这里面，关于乞乞科夫模样的话，自然是一句也没有的。但大家各自回想起来，却谁也不很明白乞乞科夫究竟是什么人，他自己也不过很含混、很游移地发表过他的身世，他单是说，他生平经历过大难，因为他想给真理服役，所以只得惹起目前的猜疑。然而这些话还是太朦胧、太含混。而且他又说，他有许多要他性命的敌人，那就更得想一想了：莫非他正有生命的危险，莫非他正在被穷追，莫非他正要着手做什么……那么，他究竟是何等样人呢？当他制造假钞票的人，或者竟是一个强盗，那自然是不能的——他有一副那么堂堂的相貌。但首先是：他实在是何等样呢？

到这时候，官员诸公这才起了开初就该发生的疑问，就是在这诗篇的第一章里就该发生的疑问了。大家又决定到卖给他死魂灵的人们那里去研究几件事，至少，是想知道那交易是怎样的情形，死魂灵究竟该做怎样的解释，以及乞乞科夫是否在偶然间，或者滑了口，走漏过一点他的计划和目的，或者对他们讲过他是什么人。

最先是到科罗博奇卡那里去，但所得并不多：他用十五卢布买了死魂灵，也还要买了她的鸟毛，哦，他还和她约定，竭力来买她另外的一切。他也把脂肪供给国家，所以他的确是骗子：因为先已有人买了她的鸟毛，而且把脂肪供给过国家。他什么利益都垄断，大牧师太太就给骗去足足一百卢布了。此外也探不出什么来。她说来说去，总只是这几句，于是官员们即刻明白，科罗博奇卡简直不过是一个痴呆的老虔婆。

马尼洛夫声明：他敢担保帕维尔·伊万诺维奇，犹如担保自己一样。只要他能有帕维尔·伊万诺维奇那样出众的人格百分之一，他就极情愿放弃全部财产；一说到他，他大抵就细起了眼睛，还吐露了一点关于友情的思想。这思想，自然是尽够证明他温良的心术的。但对于这事件本身，他却并没有说明白。

索巴克维奇回答道：由他看来，乞乞科夫是一个体面的人，他，索巴克维奇，只卖给了他最好的农奴，无论哪一点看，都是壮健活泼的人物。然而他自然不能担保将来就不会出什么事。倘使他们吃不起移住的辛苦，在路上死掉了，那就不是他的罪，这全在上帝的手中，世界上时疫和别的死症多得很，已经有过全村死尽的事实了。

官员诸公又用了别一种方法来救自己的急，这实在不能说是高明的，然而也常常使用。他们曲曲折折，使相识的奴仆，去打听乞乞科夫的随从，看他们是否知道自己主人的过往经历和生活关系中的一点什么事情。然而打听出来的也很少。从彼得鲁什卡，除了那一些住房的霉臭之外，他们毫无所得，谢利凡也不过短短地说明道：“他先前是官，在税关上办事的。”这就是一切。这一流人，是有一种稀奇古怪的脾气的：如果直截地问他们什么事，他们就什么也说不出。他们不能在自己的脑袋里把这事联结起来，或者只是简单地说，他们不知道。但倘若问他们别的事，可就什么都搬出来了，只要你愿意，而且还讲得很详细，连你从来并不想听的。

官员们所做的一切调查，只使他们明白了一件事：乞乞科夫到底是什么人呢，他们实在不知道，但他一定总该是什么人。他们终于决定，关于这对象，要有一致的意见，至少是弄出一个切实的判断来，他们怎么办，他们取什么标准，他们该怎样调查，他是什么人，是不可放过的不良分子，应该逮捕监禁的人，还是一个能把他们自己当做不可放过的不良分子，加以逮捕监禁的人呢。为了这目的，大家就彼此约定，都到警察局长的家里去，读者也早已熟识，那全市的父母和恩人的家里去了。

# 第十章

大家都聚在读者已经知道他是全市的父母和恩人的警察局长的家里。在这地方，官员们这才得了一个机会，彼此看出他们的面颊，为了不断的愁苦和兴奋，都这么地瘦损了下来。实在，新总督的任命，还有极重要的公文，末后是可怕的愁苦。这一切，都在他们的脸上留着分明的痕迹，连大家的燕尾服也宽大起来了。谁都显得可怜和困顿。审判厅长、卫生监督、检察长，看去都瘦削而且发青，连一个叫作什么谢苗·伊万诺维奇的，谁也不知道他姓什么，食指上戴一个金戒指，特别爱给太太们看的人，也居然瘦损了一点。自然，其中也有几个大胆无敌的勇士，没有恐怖，没有缺点，不失其心地镇定的，然而那数目少得很；唉，可以算数的其实也只有一个，就是邮政局长。只有他总是平静如常，毫无变化，当这样的时候也仍然说：“明白你的，你总督大人。你还得换许多地方，我在我的邮局里，却就要二十年了。”对于这话，别的官员们往往这样地回报他道：“你好运气，先生！”“司泼列辛·齐·德意支[1]，伊凡·安德列耶维奇。”“你的差使是送信，你只要把送到的信收下来，发出去；你至多也只能把你的邮局早关一个钟头，于是向一个迟到的商人，为了过时的收信，讨一点东西，或者也许把一个不该寄送的小包寄送了出去。在这样的情形之下，自然是能唱高调的。但是你到我们的位置上来试试看，这

① 见第八章。——译者注

地方是天天有妖魔变了人样子出现，不断地要你在手里玩点把戏的。你自己完全不想要，他却塞到你手里来。你的晦气并不怎么大，你只有一个小儿子。我这里呢，上帝却实在很保佑着我的普拉斯科维亚·费奥里多罗夫娜，使她每年总送给我一个女孩子或男孩子。如果这样，你也就要唱另一种曲子了。”那些官员们这么说。至于不断地抗拒着妖魔，实际上是否办得到呢，这判断却不是作者的事了。

在大家聚集起来的我们的宗务会议上，分明有一种欠缺，就是民众的嘴里之所谓没有毛病的常识。要而言之，对于代议的集会，我们好像是生得不大惬当的。凡有我们的会议，从乡下的农人团体直到一切学术的和非学术的委员会，只要没有一个指挥者站在上面，就乱得一塌糊涂。怎么会这样呢？很不容易说，好像我们的国民，是只在午膳或者小酌的聚会上，例如德国式的大客厅和俱乐部的聚会上，才会很有才能的。无论什么时候，对于任何东西都很高兴。仿佛一帆风顺似的，我们会忽然设起慈善会、救济会，以及上帝知道是什么的别样的会来。目的是好的，但此后却一定什么事也没有。大约我们在开初，就是一早，已经觉得满足，相信这些事是全都做过的了。假如我们举一个要设立什么会、以慈善为目的而且已经筹了许多款子的来做例子，为表扬我们的善举起见，我们就得摆设午宴，招待市里所有的阔人，至少用去现款的一半。那一半呢，是给委员们租一所装汽炉、带门房的阔宅子，于是全部款子，就只剩下五个半卢布来。而对于这一点款子的分配，会里的各委员也还不能一致，谁都要送给穷苦的伯母或婶娘。

但这一次聚集起来的会议却完全是另一种：逼人的必要，召集了在场人的。所议的也和穷人或第三者不相干，商量的事情，都关于各位官员自己。这是一样的威吓各人的危局，所以如果大家同心协力，确也毫不足怪。然而话虽如此，这会议也还是得了一个昏庸之极的收场。意见的不同和争论，是这样的会议上在所难免的，姑且不管它吧，但从各人的意见和议论中，却又表现了显著的优柔寡断：一个说，乞乞科夫是制造假钞票的，但又立刻接下去道：“然而也许并不是。”另一个又说，他许是总督府里的属员，接着却又来改正，说道："不过，魔鬼才知道，他是什么，人的脸上是不写着他是什么的呀。"说他是化装的强盗，却谁也不以为然，大家都倾服他诚实镇定的风姿，而在谈吐上，也没有会做这样的凶手的样子。

许多工夫都在深思熟虑的邮政局长，却忽然间——因为他发生了灵感，或是为了其他原因——完全出人意外地叫起来了："你们知道吗，我的先生们，他是什么人呀？"

他的这话，是用一种带着震动的声音说出来的，使所有在场的人们也都异口同声地叫起来道："那么，什么人呢？"

"他不是别人，我的先生们，他，最可尊敬的先生，不会不是戈贝金[①]大尉！"

大家立刻就问他："那么，这戈贝金又是什么人呢？"

邮政局长却诧异地回答道："怎么，你们不知道，戈贝金大尉是什么人吗？"

大家都告诉他说，他们一向没有听到过一点关于这戈贝金大尉的事。

"这戈贝金大尉，"邮政局长说，于是开开鼻烟壶，但只开了一点点，因为他怕近旁的人竟会伸下指头去，而那指头，他以为是未必干净的，他倒总是常常说："知道了的，知道了的，我的好人，您要把您的指头伸到那里去！鼻烟——这东西，可是要小心，要干净的呀。""这戈贝金大尉，"他重复说，于是嗅一点鼻烟，"噢——总之，如果我对你们讲起他来……这是一个非常有意思的故事。对于一个作者，简直就是一篇完整的诗。"

所有在场的人们都表示了希望要知道这故事，或者如邮政局长所说的这对于一个作者非常有意思的"诗"，于是他开始了下面那样的讲述：

"在1812年的出兵[②]之后，可敬的先生，"邮政局长说，虽然并不是只有一个先生，坐在房里的倒一共有六个，"在1812年的出兵之后和别

① Kopeikin即从戈比（Kopeika）化成，倘译意，可云"铜子氏"。——译者注
② 指俄法之战。——译者注

“在1812年的出兵之后和别的伤兵一起，有一个大尉，名叫戈贝金的……”

的伤兵一起，有一个大尉，名叫戈贝金的，也送到卫戍病院里来了。是一个粗心浮气的朋友，恶魔似的强横，凡世界上所有的事，他都做过，在守卫本部时受过许多点钟的禁锢。在克拉斯诺耶[①]附近，或是在莱比锡[②]之战吧，那不关紧要，总之是他在战场上失去了一只臂膊和一条腿。您也知道，那时对于伤兵还没有什么设备；那废兵的年金，您也想得到，说起来，是一直到后来这才制定的。戈贝金大尉一看，他应该做事，可是您瞧，他只有一条臂膊，就是左边的那一条。他就到他父亲的家里去，但那父亲给他的回答是：'我也还是不能养活你。我，'您想想就是，'我自己就得十分辛苦，这才能够维持。'于是我的戈贝金大尉决定，您明白，可敬的先生，于是戈贝金决定，上彼得堡去，到该管机关那里，看他们可能给他一点小小的补助。他呢，说起来，是所谓牺牲了他的一生，而且流过血的……他坐着一辆货车或是公家的驿车上首都去了，您瞧，可敬的先生，不消说，他吃尽辛苦，这才到了彼得堡。您自己想想看：现在是这人，就是戈贝金大尉，在彼得堡，就是在所谓世上无双的地方了！他的周围忽然光辉灿烂，所谓一片人生的旷野，童话样的山鲁佐德[③]的一种，您听明白了没有？您自己想想就是，他面前忽然地躺着这么一条涅瓦大街，或者这么一条豌豆大街，或者，妈的，这么一条铸铁大街，这里的空中耸着这么的一座塔，那里又挂着几道桥，您知道，一点架子和柱子也没有，一句话，真正的塞米勒米斯[④]。实在的，可敬的先生！他先在街上走了一转，为的是要租一间房子。然而对于他，什么都令人疑疑惑惑：所有这些窗幔、卷帘和所有鬼物事，您知道，就是地毯呵，真正波斯的，可敬的先生……一句话，说起来，就是所谓用脚踏着钱。人走过街上，鼻子远远就觉得，千元钞票发着气味。您知道，我那戈贝金大尉在整个国立银行里，却只有五张蓝钞票和一两枚银角子……那么，您很知道，这是买不成一块田地的，也就是说，倘使再加上四万去，却也许买得到。然而有

---

① Krasnoye，俄国的市名。1812年，俄军和法军曾在这附近大战。——译者注
② Leipzig，德国的市名，1813年，俄德联军曾在这附近和拿破仑军大战。——译者注
③ Sheherazade，《一千零一夜》女主人公之名，这里意为：奇妙仙境。——译者注
④ Semiramis,见于童话中的古代阿希利亚的首都。——译者注

通道前面呢，您瞧，站着一个手里拿着大刀的门卫，一副伯爵相，麻布领子，干干净净的像一只养得很好的哈巴狗……

四万，人就先去租法国的王位了。好，他终于住在一个客店‘列韦尔’里，每天一卢布，您知道，午餐两样，一碟菜汤加一片汤料肉……他看起来，他的钱是用不多久的。他就打听，他应该往哪里去。‘你能到哪里去呢？’人们对他说，‘长官，都不在市里呀。您明白的，都在巴黎。军队还没有回来。但这里有一个叫做临时委员会的。您去试试看。’人们对他说：‘在那里您也许会得点什么结果的吧。’‘那么，好，我就到委员会去。’戈贝金说，‘我要去告诉他们了，事情是如此这般的。我呢，说起来，是流了我的血，而且牺牲了我的一生的。’于是他，有一天的早晨，起来得早一点，用左手理一理胡子。于是，您瞧，他到理发店里去了，这是因为要显得新开张的意思，穿好他的制服，用木脚一拐一拐地走到委员会的长官那里去。您只要自己想想就是！他问，长官住在哪里呢。人们告诉他说，海边上的那房子就是他的。真是一所茅棚，您懂吗？玻璃窗，大镜子，大理石，瓷器，您只要自己想想就是，可敬的先生！一句话，令人头昏眼花。金属的门上的把手，是精致的好东西，好到人得先跑到店里去买两戈比肥皂，于是，就这么说吧，来洗一两个钟头手，这才敢于去碰它。通道前面呢，您瞧，站着一个手里拿着大刀的门卫，一副伯爵相，麻布领子，干干净净的像一只养得很好的哈巴狗……我这戈贝金总算拖着他的木脚走进前厅去，坐在一个角落里，只因为恐怕那臂膊在产自美洲或是印度的镀金的瓷瓶上，您很知道的，碰一下。您瞧，他自然应该等候许多工夫，因为他到这里的时候，那长官呢，说起来，还刚刚起床，当差的正给他搬进一个什么银的盆子去，您很知道，是洗脸用的。我的戈贝金一直等了四个钟头之久。当班的官员总算出来了，说道：‘长官就来！’这时屋子里早已充满了肩章和肩绶。一句话，人们拥挤得好像盘子里的豆子一样。到底，可敬的先生，长官进来了。喏，您自然自己想得到的：是长官本人啊。噢，自然，他的相貌就正和他的品级和官衔相称，这样的一副样子，您懂了没有？全是京派的谦虚。他先问这个，然后再问那个：‘您到这里贵干呀？’‘那么，您呢？’‘您有什么见教呢？’‘您光临是为了什么事情呢？’临末也轮到了我们戈贝金：‘如此如此，这般这般，’他

长官本人啊，全是京派的谦虚。他先问这个，然后再问那个：“您到这里贵干呀？”“那么，您呢？”“您有什么见教呢？”“您光临是为了什么事情呢？”临末也轮到了我们戈贝金：“如此如此，这般这般，”他说，“我流了我的血，一条腿和一只臂膊失掉了，说起来，我已经不能做事，请允许我问一声，我可不可以得一点小小的补助，什么一种安排，算是教养之用的小奖金或者恩饷呢，您是很知道的。”

说，‘我流了我的血，一条腿和一只臂膊失掉了，说起来，我已经不能做事，请允许我问一声，我可不可以得一点小小的补助，什么一种安排，算是教养之用的小奖金或者恩饷呢，您是很知道的。’长官看见这人装着义肢，右边的袖子也空空地挂着。‘就是了。’他说，‘请您过几天再来听信吧！’我的戈贝金真是高兴非凡。‘喏，’他想，‘事情成功了。’他很得意，您想想就知道的，简直在铺道上直跳。他到巴勒庚酒店去，喝烧酒，在‘伦敦’[1]吃中饭，叫了一碟炸排骨加胡椒花苞，再是一碟嫩鸡带各样的作料，还有一瓶葡萄酒——一句话，这是一场阔绰的筵宴，说起来。他在铺道上忽然看见来了一个英国女人。您知道，长长的，像天鹅一样。我的戈贝金，狂喜到血都发沸了，就下死劲地要用他的木脚跟着她跑，下死劲，下死劲，下死劲。‘噢，不行！’他想，‘且莫忙他妈的什么娘儿们，慢慢地来，等我有了恩饷。我实在太荒唐了。’就在这一天，请注意呀，他几乎花掉了他的一半积蓄。三四天之后，您瞧，他就又到委员会里去见长官：‘我来了，’他说，‘为的是等信，如此如此，这般这般，旧病和负伤的结果……说起来，我是流了我的血，您知道的。’说的都是官场话，那自然！‘是呀，是呀，’那长官说，‘但我先得通知您，您的事情，没有上司的决定，我可是没法办理的。您自己看就是，是怎么一个时候。战事是差不多，说起来，还没有完结。请您再熬一会儿，等到大臣们回来吧。您可以相信，不会忘记您的。如果您没法过活，就请您拿了这个去……这是已经尽了我所有的力量的……’喏，您知道，他给的自然并不多，不过用得省一点，也还可以将就到决定的日子。然而我的戈贝金不愿意这样子。他想，他是到明天就会有一两千的。‘这是你的，我的亲爱的，喝一下高兴高兴吧！’他现在却只好等候，而且等到不知什么时候为止了。他的脑袋里，您知道，是接二连三地出现着英国女人、肉汤和炸排骨。他就像一头猫头鹰或者一只茸毛狗，给厨子泼了一身水，从长官那里跑出来，夹着尾巴，挂下了耳朵。在彼得堡的生活，他有些厌倦了，

---

① 那时在彼得堡的第一流的大饭店。——译者注

在"伦敦"吃中饭，叫了一碟炸排骨加胡椒花苞，再是一碟嫩鸡带各样的作料，还有一瓶葡萄酒。

也已经这样那样地尝了一下。现在是：瞧着吧，你以后怎么办，一切好东西都没有路道，您瞧。况且他还是一个活泼的年轻人，胃口好，说起来，真像狼肚子。他不怎么常常走过一个什么饭店前面，现在您自己想想看，厨子是外国人，一个法兰西人，您知道，那么一副坦白的脸，总是只穿着很精致的荷兰小衫，还有一块围身，说起来，雪似的白。这家伙现在站在他的灶跟前，在给你们做什么调味汁或是炸排骨加香菇，一句话，是很好的大菜，使我们的大尉馋得恨不得自己去吃一通。或者他走过柳金[①]的店门口，笑嘻嘻地迎着他的是一条熏鲑鱼，或者一篮子樱桃——每件五卢布，或者一大堆西瓜，简直是一辆公共汽车，您知道，都在窗子里，向外面找寻着衣袋里有些多余的百来块钱的呆子。您想想吧，一句话，步步都是诱惑，真叫人所谓嘴里流涎，然而对于他呢，请等一等。现在，请您设身处地地来想一想：一面呢，您瞧，熏鱼和西瓜，另一面呢，是这么的一种苦小菜，那名目就叫做'明天再来。''哼，什么，'他想，'不管他们要怎么样，我到委员会去，和所有的长官闹一场，我告诉他们：不行，多谢，这是不成的！'真的，他是强横的，不要面子的人——他一出阁楼，胆子就越大——于是，他到委员会去了。'噢，您要怎样呢？'人问他，'您还要什么呢？您可是已经得了回信的了。''我告诉您，'他说，'我可是不能这么苦熬苦省。我得有我的炸排骨和一瓶法国的红酒吃中饭，还去看一回戏，高兴一下子，您知道。'他说。'那可不成，这是只好请您原谅我们的了。'这时长官就说，'要这样子，您是应该忍耐的。您已经得了一点，可以敷衍到得到上头的决定，而且您也可以相信，您总会获得报酬，因为在我们这里，在俄国，如果有一个人，给他的祖国，说起来，是所谓尽了义务，对这样的人，置之不理是还未有过先例的。但是，如果您现在就要随意地吃炸排骨，上戏园，您知道，那可只好请您原谅。只好请您自己去想法。只好请您自己办。'然而，您只要自己想一想就是，我的戈贝金屹然不动。这些话，像豌豆从墙上一样，都从

① 柳金是帝俄时代彼得堡涅瓦街上最有名的食品店。——译者注

他在铺道上忽然看见来了一个英国女人。您知道，长长的，像天鹅一样。我的戈贝金，狂喜到血都发沸了，就下死劲地要用他的木脚跟着她跑，下死劲，下死劲，下死劲。“噢，不行！”他想，“且莫忙他妈的什么娘儿们，慢慢地来，等我有了恩饷。我实在太荒唐了。”

他那里滚下去了。他大叫一声，给全体起了一个大乱子。他给所有的科长和秘书一阵真正的弹雨……‘好，你们这么说，那么说就是，’他说，‘好，你们可真不知道你们的义务和责任的，你们这些违法者！’一句话，他责骂了他们一通。别的衙门里的一个将军也几乎遭殃。连这人也拉上了，您懂了没有？总之，他闹得乱七八糟。这么一个捣乱家伙，怎么办才好呢？长官看起来，除了用所谓严厉的办法来下场，也再没有别的路。‘好吧，’他说，‘如果您对于给您的东西还不满足，又不愿意在京里静候您的事情的决定，那么，我把您送回原籍去就是。叫野战猎兵来，送他回家去吧！’然而那野战猎兵，您很知道，却已经站着，等在门外面了。这么一个高大的家伙，您知道，简直好像天造他来跑腿的一样。一句话，是一个很好的拔牙钳。于是我们这上帝的忠仆就被装在马车里，由野战猎兵带走了。‘噢，’戈贝金想，‘我至少也省了盘缠钱。这一点，我倒要谢谢大人老爷们的。’他这么走着，可敬的先生，和那野战猎兵，当他这样坐在野战猎兵的旁边的时候，说起来，他在所谓对自己说：‘好，’他说，‘你告诉我，我只好自己办，自己想法子！好，可以，’他说，‘我就来想法子吧！’他怎样被送到他一定要去的地方，就是他到底被弄到哪里去了呢，什么也不知道。所以关于戈贝金大尉的消息，就沉在忘却的河流里面了，您知道，诗人之所谓忘川[1]。但这地方，您瞧，我的先生们，在这地方可以说，却打着我们的奇闻的结子的。戈贝金究竟哪里去了呢，谁也不知道。然而您自己想想吧，不到两个月，略山的林子里就现出一群强盗来，而这群强盗的头领，您瞧，却并非别的……"

"可是对不起，伊凡·安德列耶维奇，"警察局长忽然打断他的话，"你自己说过，戈贝金大尉是失了一条腿和一只臂膊的。但乞乞科夫……"

于是邮政局长失声大叫起来，下死劲地在前额上捶了一下，还在一切听众之前，自称为笨牛。他全不明白，为什么当这故事的开始，竟没有

① Lethe，希腊神话中的河名，由人间通到地府。——译者注

戈贝金究竟哪里去了呢，谁也不知道。

立刻想到这事情，而且承认了俗谚之所谓“俄罗斯人事后才聪明”，也实在是真话。但他又马上在搜索措辞，想要自圆其说，他于是说，那些英国人，看报章就可以知道，机器是很完全的，有一个竟还发明了装着这么一种机关的木脚，只要在秘密的发条上一碰，那脚便会把人运到不知道什么地方去，再也寻不着了。

然而，大家虽然不相信乞乞科夫就是戈贝金大尉，也发现了邮政局长已经离题太远，但他们那一面却也不肯示弱，被邮政局长的玄妙的推测所刺激，越迷越远了。在他们一流的许多优秀的臆想中，有一种尤其值得注意：这想法很奇特，以为乞乞科夫恐怕就是拿破仑化了装藏在他们的市里的。英国人久已嫉妒着俄国的力量和广大，早已经常常表现于漫画上：画的是一个俄国人和一个英国人谈话，英国人站着，用麻绳牵着一只狗，这只狗可就是拿破仑的意思。“小心些，”那英国人说，“如果给我一点什么不合意，我就叫这狗来咬你。”谁知道呢，现在他们也许已经把这狗从圣赫勒拿岛①放出，装作乞乞科夫模样，到俄国各处来徘徊了，他其实却决不是乞乞科夫。

对于这臆测，官员们自然并不相信，但他们想来想去，各人都静静地研究着这事情，却觉得乞乞科夫的侧脸，显然和拿破仑的似乎有些相像。警察局长曾经参加1812年的战事，见过拿破仑本人，也承认他的确并不比乞乞科夫高大，脸盘也不见得更瘦，可是另一面，又并不见得更肥。许多读者，也许以为这一切是非常不确的——哦，作者也极愿意跟着说，这故事非常难以置信。但没奈何的是确曾闹过我们在这里所说的事情，而这市镇并非荒僻之处，乃是邻近两大首都的地方，却也尤为奇特。这事即起于法国人的光荣的战胜之后，是大家还应该记得的。当这时候，所有我们的地主、官僚、商人、掌柜，以及一切有教育的和无教育的人物，在最初的八年间，是都成了俗化的政治家的了。《莫斯科新报》和《祖国之子》被抢夺着看，以至于到得末一个读者的手里，已经变成一团糟，不大

① St. Helena，拿破仑败后被流放的地方。——译者注

看得出。没有这些问题了：您买这批燕麦是什么价钱呀，先生？昨天的下雪，您以为怎样呢？只听到问的是：喏，报上怎么说？拿破仑没有跑掉吗？而商人们尤其害怕，因为他们很相信一个三年前就下了监狱的前知者的预言。这新的预言者，忽然之间——没有人知道他是从哪里来的——脚蹬草鞋，身披非常腥臭的光皮，在市上出现了，并且宣告说，拿破仑是反基督，现在系着石头的锁链，困在七重墙和七个海后面，但他马上就要粉碎他的锁链，来征服全世界了。这预言者就为了他的预言下了监狱，也为了法律。但却完成了他的传道，商人们因此失掉了一些理性。许久之后，即使有着赌钱的交易的时候，商人们也还跑到客店里去，在那里聚起来喝茶，谈着反基督。许多商人们和高尚的贵族，也不自禁地想着这件事，而且在那时支配了一切人心的神秘情调的潮流之下，相信从构成拿破仑这字的每个字母上，会发现一种特别的、大有道理的意义。有许多人竟还想从这里看出《启示录》的数目字来了①。所以即使官员们研究着这一点，实在也不足为奇。然而，他们也就立刻省悟过来，觉得他们的幻想太发达了，事情却全不是这么一回事。他们这么想，那么想，讨论来，讨论去，终于决定了去问一问诺兹德廖夫，倒也许并不坏。他是发表了死魂灵的故事的第一个人，而且据人们说，和乞乞科夫有很密切的关系，应该知道一点他的生活情形的。于是大家决定，先去听一听诺兹德廖夫怎么说。

这些官大人，真是古怪非常的人物，他们七颠八倒了。他们很知道诺兹德廖夫是一个撒谎家，说一句话，做一点事，都相信不得。但他们却到他那里去找自己的活路了！这里就知道人是怎样的！他不相信上帝，却相信把他的鼻子一抓，他就一定会死掉；对于由内心的调和和崇高的智慧所贯注，朗如日光的诗人的创作，他毫不放在心中，却很喜欢一个无耻之徒的产物，向他胡说一些乱七八糟、破坏自然的事物。这时他就张开嘴巴，高声大叫道："瞧吧！这是纯粹的心声呀！"他一向轻蔑医生，后来

---

① 据约翰《启示录》说，世界末日，基督便将再临，而这之前，则必有反基督出现。这反基督，《启示录》称之为六六六，即"野兽的数目"。1812年拿破仑进攻俄国时，俄国人便把"拿破仑"这字改写为含有数量意义的斯拉夫字，再拉到六六六去，说他就是反基督。——译者注

诺兹德廖夫正在办一件极重要的事情……是从六十副花样相同的纸牌里，选出一副纸牌来。但那花样必须极其分明，要像好朋友似的可以相信。

却会跑到一个用祝赞和唾沫给人治病的老婆子那里去，或者简直自己用什么东西煎起汤药来，因为他忽然起了糊涂思想，以为这是可以治他毛病的了。官大人和他那困难的处境，大家自然是能够原谅的。人常常说，一个淹在水里的人会抓一条草梗，他已经来不及想，一条草梗至多也不过能站一只苍蝇，却禁不起重有四五普特的他，然而如人所常说的那样，当这时候，他简直想不到这一点，就去抓那草梗了。

我们的大人们，也就是这样子，终于向诺兹德廖夫身上去找活路。警察局长立刻写了一封信，请他到自己家里来吃夜饭，一个高长统靴、通红面庞的警官就匆匆地登程，用手按住了他的指挥刀，跑到诺兹德廖夫那里去送信。诺兹德廖夫正在办一件极重要的事情，他已经四天不出屋子了，不见人，连中饭也从窗口递进去——一句话，他瘦得很，脸上也几乎发了青。这事情必须极大地注意和小心：是从六十副花样相同的纸牌里选出一副纸牌来。但那花样必须极其分明，要像好朋友似的可以相信。这样的工作，至少要用两礼拜时间。在这期间，波尔菲里就得用一种特别的刷子给小猛狗刷肚脐，还用肥皂一天洗三次。他的独居受了搅扰，诺兹德廖夫很气恼。他先骂警官一声鬼，但到明白了警察局长当晚有一个小集会，席上还有什么一个新角色的时候，他却立刻软下来了。他赶紧锁了门，很匆忙地穿好衣服，就到警察局长家里去。

诺兹德廖夫的陈述、证明和推测，却和官大人的恰恰相反，把他们那些极其大胆的猜想完全推翻了。他实在就是这样的一个人，简直没有含糊，也没有疑问。他们的推测愈游移，愈慎重，他的就愈坚固，愈确实。他毫不吞吞吐吐，立刻来回答一切的问题。他说，乞乞科夫买了一两千卢布的死魂灵，而他，诺兹德廖夫自己，也卖给他的，因为他毫不见有不该出卖的道理。对于他是否是一个侦探，到此嗅来嗅去的问题，诺兹德廖夫答道，他自然是一个侦探。大家同在学校里的时候，他就得了奸细的诨名，所有同学，自己也在内，还因此痛打了他一顿，以至于后来单在太阳

独有警察局长，还注意地听了他许多工夫，想得到一点什么，然而他也终于做一个没有希望的姿势，只说道："呸，见鬼！"

穴上，就得摆上二百四十条水蛭去[1]——他原想只说四十条的，但二百条却自己滑出来了。对于乞乞科夫是否制造假钞票的问题，诺兹德廖夫答道，他自然制造。趁这机会，诺兹德廖夫还讲了一个乞乞科夫的出人意外的干练和敏捷的故事：他的家里藏着二万假钞票，给人知道了。于是封闭了屋子，路上站一个哨兵，门口站两个兵士；但乞乞科夫却在夜里把所有钞票调换了一下，到第二天启封的时候，都是真的钞票了。关于这问题：乞乞科夫是否真有诱拐执政官女儿的目的，而他，诺兹德廖夫，是否也真在帮他的忙呢，那回答是：他的确在帮他，如果他不在内，事情是要全盘失败的。这时他却有些吞吞吐吐。他明知道这谎说不得，而且很容易因此惹出麻烦来，但也禁不住自己的嘴。况且这也不是小事情，因为他的幻想，逼出了很有趣的详细事，想要完全消掉，实在也是一件难事了。他还说出拟去结婚的教堂所在的村子来，那就是德庐赫玛曲夫加村，牧师名叫西多尔，结婚费是二十五卢布，如果乞乞科夫不加以恐吓，说要告发他给面粉商人米哈伊尔和一个亲戚结了婚，教士是不肯答应的；而他，诺兹德廖夫，还借给他们自己的马车，准备着每一站就换马。他已经讲进很细微的节目去了，竟至于说出马夫的名字来。这时有人提起了拿破仑，然而只落得自己没趣，因为诺兹德廖夫所说的全是胡说八道，不但和真实全不相像，而且连连接也连接不起来的，于是官员们到底只好站起身，叹着气走散。独有警察局长，还注意地听了他许多工夫，想得到一点什么，然而他也终于做一个没有希望的姿势，只说道：“呸，见鬼！”所有在场的人全都明白，再来费力，实在也只等于是在公牛身上挤奶了。

我们的官员的景况，于是比先前就更坏，决定了毫不能查出乞乞科夫是什么人。这里又分明地显出了人是怎样的事物：他处置别人的事情是聪明、清楚、智慧的，但对于他自己却不行。只在你们陷于困难的境地时，他才有很切实、很周到的忠告！“多么精明的人物呀！”大家叫喊道，“多么不屈的性格呀！”但只要使什么不幸来找一下这“精明的人

---

① 这是放在打扑伤上，使它吸血，借以去瘀消肿的。——译者注

物”，使他自己进一回困难的境地吧，他的性格就立刻不会动！这不屈的人物毫无希望地站着，他变了可怜的乏人，柔弱的、啼哭的孩子，或者如诺兹德廖夫所爱说的说法，简直变成一个窝囊废了。

所有这些讲说、风闻和推测，不知为什么缘故，竟给了可怜的检察长一个很大的印象。这印象很有力，以至于使他回到家里就深思起来，而且就此深思下去，在一个好天气的日子，竟忽然间，也说不出为什么，躺倒，死掉了。得了中风，还是因为什么别的呢？总之，他从椅子上跌下来，就长长地躺在地板上。一有这样的事，大家便照例吓得失声，两手一拍，叫喊道：“哎呀上帝，哎呀上帝！”去邀医生来，给他放血，而终于决定了检察长已经不过是一个没有魂灵的死尸。这时候，大家才来怜惜死者实在有过一个魂灵，虽然因为他的谦虚，没有使人觉得。然而死的出现在这里的可怕，是虽在一个渺小的人物，也正如伟大的名人的：他，不久以前还是活着，活动，玩牌，竭力在种种文件上签字，常常和他那浓眉毛和鬼眨巴眼在官员们里逗留，他现在躺在台子上，左眼也不再眨巴了，唯独一只眉毛吊起了一点，使脸上显出一种奇特的、疑问的表情。浮在他嘴唇上面的，究竟是怎么一个问题呢？莫非他要知道他为什么而生，或者为什么而死——这只有上帝知道罢了。

“然而，这可是不会有的，这是简直不近情理的！这怎么能呢，官员们竟会这么恐怖，这么糊涂，离真实这么远，就是小孩子，也知道应该怎么办的呀！”许多读者会这样说，并且责备作者，说他做了荒唐无稽之谈，或者称那可怜的官员们为傻子，因为人是很爱用“傻子”这个字，每天总有二十来次，把这尊号抛在邻近的人们的头上的。人即使有十件聪明的性质，只要其中有一件糊涂，便要被称为傻子。读者坐在幽静的角落里，从自己的高处，俯视着广远的下方，就很容易断定人只知道近在鼻子跟前的事物。在世界史的编年录里，就有许多世纪，是简直可以抹杀，并且定为多余的。世界上的错误也真多，而且竟是现在连小孩子也许就知道可以免掉的错误。和天府的华贵相通的大道分明就在目前，但人类向往永久的真理的努力，却选了多么奇特的、蜿蜒的曲径，多么狭窄的、不毛的、难走的岔路呵。大道比一切路径更广阔、更堂皇，白昼为日光所照临，夜间有火焰的晃耀，常有天降聪明，指示着正路，而人类却从旁岔出，迷入阴惨的黑暗里面去。但他们这时也吓得倒退了，他们重新再一块与正路背离，当做光明，而跑进幽隐荒凉的处所，眼前又笼罩了别一种昏暗的浓雾，并且跟着骗人的磷火，直到奔向深渊中，于是吃惊地问道："桥梁在哪里，出路在哪里呢？"这些一切，使我们分明地知道了古往今来的人性。诧异那错误，嗤笑古人的糊涂，却没有看出这编年录乃是上天的火焰文字所书写，每个字母都宣示着真理，说所有书页上的警告的指头就指着自己，指着我们现存的人性；然而现在的人性却在嗤笑着、骄傲着，他自己又在开始造出一批给后人一样的傲然微笑的错误来。

所有事情，乞乞科夫都不知道。仿佛故意似的，他这时恰巧受了一点寒，引起了腮帮子肿和轻微的喉痛，这样的毛病，许多我们的省会的气候，在居民之间是很适于蔓延的。要靠上帝保佑，他的生活并不就完，还有工夫愁他的子孙，他就决计躲在旅馆里三四日。在这时候，他用牛乳漱口，里面浸一个无花果，漱过就喝掉，又把一个装着加密列草和樟脑的小袋子，贴在面颊上。因为散闷，他造起一个新买的农奴的详细的表册，还看看从箱子里找出来的一本讲拉瓦列尔公爵夫人的什么书，又把提箱里的小纸片、小物事都检查了一番，有许多还再读了一遍，一直到连这些也觉得无聊之至。没有一个这市的官员来问候他的健康，他简直不明白是什么道理，想想先前，是总有一辆车子停在他的门外的——忽而检察长的，忽而邮政局长的，忽而审判厅长的。他不断地耸着肩膀，一面在屋子里走来走去。终于觉得好一点了，一到更加恢复，能去呼吸新鲜空气的时候，他非常高兴。他毫不迁延地就化装，打开箱子，玻璃杯里倒上一点温水，取了肥皂和刷子去刮脸，日子真也隔得长久了，因为手一摸着他的下巴，向镜子一照，他就叫起来道："这简直是树林子呀！"而且实在的，即使并非树林子，也不失为种子在下巴和面颊上密密地抽了芽。他刮过脸，赶紧穿衣服，真的，他几乎是从裤子里跳出来的，到底穿好了。洒一点古龙水，温暖地裹好了外套，走到街上去，还先用一条围巾小心地包住了面

“我受过命令，不放您进去！”
“怎的？你说什么？你不认得我吗？看清楚些！”

颊。他最初的出行——正如所有恢复了的病人一样——真有些像喜庆事。凡有他所看见的一切，都仿佛在向他欣然微笑，连街上的房屋和农奴，但他们的态度，其实是显得很严紧的，其中的许多人，还已经打过他的兄弟一个耳刮子。他最初的访问，总该是执政官。他在路上，起了各式各样的想头：忽而想到年轻的金头发了，真的，他的空想实在有一点过度，他还自己笑起自己，自己戏弄起自己来了。他以这样的心情，忽然在执政官的门前出现。他已经跨进了门口，刚要脱下外套来，门卫却突然走了过来，用这样的话吓了他一跳："我受过命令，不放您进去！"

"怎的？你说什么？你不认得我吗？看清楚些！"乞乞科夫诧异着说。

"我是认得您的！我看见您也不止一两回了。"那门卫道，"只有您一个我不能放进去，别人都行，只有您不！"

"怎么？为什么只有我不，为什么不？"

"是命令这么说，它总有它的缘故的。"门卫道，还添上一声"喳"，就摆出放肆模样，把他拦住，不再有先前巴结地给他脱外套时候那样殷勤的微笑了。他好像自己在想着："哼！如果大人先生们不准你进门，那么你一定是个下等人！"

"奇怪！"乞乞科夫想，立刻去访审判厅长去。但厅长一见他的面，就非常狼狈，以至于痴痴地讲不出两句话，大家说了些无谓的攀谈，弄得彼此都很窘。乞乞科夫走掉了，他在路上竭力地思索，要猜出厅长是什么意见，他的话里含着怎样的意义来，但是什么也没有做到。他于是再去访别人。访警察局长，访副知事，访邮政局长，然而并不招待他，或者给他一种非常奇特的招待，说些莫名其妙的话，令人很发烦，要以为他们实在有点不清醒。他又访了一个人，还找着几个熟识者，想知道这变化的缘故，却仍然不得手。他仿佛半睡似的在街上徘徊，决不定是他自己发懵呢还是官员们失了神，这一切都不过是一个梦呢还是比梦更无味的、荒谬糊涂的真实。迟到晚上，已经黑下来了，他这才回到他高高兴兴地出了门的自己的旅馆去，叫人备茶，来排遣烦闷和无聊。他沉思地推察着他这奇怪的景况，斟出一杯茶来的时候，突然间，房门开处，走进他万料不到的诺兹德廖夫来了。

“俗谚里说过的，为朋友不怕路远。”那人大声说，除下了帽子，“我刚刚走过这里，看见你的窗子里还亮。‘他大约还没有睡觉，’我想，‘我得跑上去瞧一瞧。’哎哟！这可是好极了，你有茶，我很愿意喝一杯。今天吃了各式各样的东西，我的肚子里在造反了！给我装一筒烟吧。你的烟斗在哪里？”

“我可是不吸烟的。”乞乞科夫不大理会地说。

“胡说，你是一个大瘾头的吸烟家，还当我不知道。喂！你的仆人叫什么呀？喂，瓦赫拉米，听哪！”

“他不叫瓦赫拉米，他叫彼得鲁什卡。”

“怎么？你先前不有一个瓦赫拉米吗？”

“我这里可并没有！”乞乞科夫说。

“不错，真的。那是杰烈宾的，他有一个瓦赫拉米。你想，杰烈宾有多么好运道：他的婶娘和自己的儿子吵架，因为他和婢女结了婚，她就把全部财产都送给杰烈宾了。这才有意思哩，如果我们这边有这样的一位婶娘，你知道，那才是好出息，对不对？告诉我，朋友，为什么你忽然这么的躲了起来，大家简直不再看见你了！我知道，你是在研究学术上的事物的，书也看得很多。（诺兹德廖夫从哪里决定，我们的主角是在研究学术上的事物，而且书也看得很多的呢，我们只好声明我们的抱歉，可惜不能泄露，然而乞乞科夫却更不清楚了。）听哪，乞乞科夫！如果你单是看见……也就该有益于你那讽刺的精神了。（为什么乞乞科夫会有一种讽刺的精神呢？可惜简直不明白。）你想想看，好朋友，新近在商人列哈且夫那里，我们去打牌，呵，可是笑得可以。贝来本杰夫，就是和我同在那里的，总是说：‘如果乞乞科夫在这里，他就用得着这些了！’（乞乞科夫却一向没有和贝来本杰夫见过面。）哦，招认吧，乖乖，那一回你可实在玩得没出息，你还记得吗，我们下棋的时候？我确是赢了的……然而你简直诓骗我！但是，妈的，我是不会恼很久的。新近在厅长那里……哦，不错，我还得告诉你，市里是谁都和你决裂了！他们相信，你造假钞票……

“但是，听着，乞乞科夫，你可是真的在干危险事情呀！”
“怎样的危险事情？”乞乞科夫不安地回问道。
“喏，诱拐执政官的女儿。老实说，我是料到了的，苍天在上，我是料到了的！”

大家忽然都找着我——喏，我自然遮住你，好像一座山——我对他们说：我们是同学，我认识你的父亲。总而言之，我狠狠地骗了他们一下子！”

“我造假钞票？”乞乞科夫叫喊着，从椅子上跳了起来。

“但是你为什么要吓唬他们？”诺兹德廖夫接着说，“他们实在是吓得半疯了，他们当你是侦探和强盗。检察长就因为受惊，死掉了……明天下葬。你预备去送吗？老实说，他们是怕新总督，还怕因为你再闹出什么故事来。关于总督，我自然是这样的意见，如果他太骄傲，太摆架子，和贵族们是弄不好的。贵族们要亲热，对不对？自然也可以躲在自己的屋子里，一个舞会也不开，然而这有什么用？更没有好处。但是，听着，乞乞科夫，你可是真的在干危险事情呀！”

“怎样的危险事情？”乞乞科夫不安地回问道。

“喏，诱拐执政官的女儿。老实说，我是料到了的，苍天在上，我是料到了的！我在舞会上一看见你，‘喏！’我就心里想，‘乞乞科夫在这里还有缘故哩……’但是你没有眼睛，我从她那里简直找不出一点好处来。另外有毕库索夫的亲戚，他的姊妹的女儿，那可是一个美人儿！这才可以说，就是一个出色！”

“你在说什么废话？谁要拐执政官的女儿？你什么意思？”乞乞科夫不懂似的凝视着他，说。

“不要玩花样了，好朋友。我明白地说出来吧，我就是为了这事，跑到你这里来的，要给你出一点力。我可以帮你结婚，并且把我的车子和马匹借给你去诱拐，不过有一个条件：你得借我三千卢布。我正在一个没法的景况中，就是要用。”

在诺兹德廖夫的这些胡说八道之间，乞乞科夫擦了好几回眼睛，查考他是否在做梦。假钞票、诱拐执政官的女儿、原因起于他的检察长的死亡、新总督的到任，这一切，都使他吃惊不小。“唉，糟了，如果是这样的情形，”他想，“我可耽误不得了，我应该赶紧走。”

他设法把诺兹德廖夫从速支使出去，立刻叫了谢利凡来，命令他一到天亮就得准备妥当，因为明早六点钟就要从这市上出发。他又嘱咐他检查一遍，车子上是否添好了油，等等。谢利凡单是说："知道了，帕维尔·伊万诺维奇！"却在门口站了一会，动也不动。主人又命令彼得鲁什卡立刻从卧床底下，拖出那积满了灰尘的箱子来，和那小子动手收拾他所有的物件。这并不费事，他只是什么都随手抛进箱子里面去：袜子、小衫、干净的和龌龊的衬衣、靴楦、一个日历之类。这些都收拾得很匆忙，因为他要在这一夜里全都整好，以免明天早上白费了时光。谢利凡还在门口站了一两分钟，于是走掉了。以总算还在意料之中的谨慎缓慢，把他那湿的长靴的印子留在踏坏了的梯级上，走下楼梯去。他在那里又站了不少的工夫，搔着后脑壳。这举动，是什么意思？它所表示的究竟是什么呢？是在懊恼和那里的一个也是身穿破皮袍、腰系破皮带的伙伴，明天同到什么御酒馆里去的约定因此不成功？还是在这新地方已经发生了交情，舍不得一到黄昏，红小衫的青年们在宫女面前弹起巴罗拉加来，人们卸下白天的重担和疲劳，低声谈天时候的门前的伫立和殷勤的握手？还是不过因为要离开那穿了皮袍，坐在那里的厨房里炉边的暖热之处，离开京里才有的白菜汤和软馒头的同人，从新在雨雪之下，去受旅行的颠连和辛苦，所以觉得苦痛呢？这只有上帝知道——谁愿意猜，猜就是。俄国的人民一搔后脑壳，是表示着很多意思的。

# 第十一章

出现的却完全是乞乞科夫意料以外的事。首先是他醒得比想定的太晚了——这是第一件不高兴；他一起来，就叫人下去问车子整好了没有，马匹驾好了没有，一切旅行的事情，是否都已经准备停当，但恼人的是他竟明白了，马匹并没有驾好，而且毫无一点什么旅行的准备——这是第二件不高兴。他气愤起来了，要给我们的朋友谢利凡着着实实地当面吃一拳，就焦灼地等着，不管他来说怎样的谢罪的话。谢利凡也立刻在门口出现了，这时他的主人，就得受用凡有急于旅行的人，总得由他的仆役听一回的一番话。

"不过马匹的马掌先得钉一下呀，帕维尔·伊万诺维奇！"

"唉唉，你这贱胎！你这混蛋，你！为什么你不早对我说呢？你没有工夫吗？"

"唔，对，工夫自然是有的……不过轮子也不行了，帕维尔·伊万诺维奇……总得换一个新箍，路上是有这么多的高低、窟窿，不平得很……哦，还有，我又忘记了一点事：车台断了，摇摇摆摆的，怕挨不到两站路。"

"这恶棍！"乞乞科夫叫了起来，两手一拍，奔向谢利凡去，使他恐怕要遭主人的打，吓得倒退了几步。

"你要我的命吗？你要谋害我吗？是不是？你要像拦路强盗似的，在路上杀死我吗？你这猪猡，你这海怪！三个礼拜，我们在这里一动也不动！却不来说一声，这不中用的家伙！什么都挨到这最末的时光！现在，已经要上车，动身了，竟对人来玩这一下！什么……你早就知道的吧？还是不知道？怎么样？说出来！”

“自然！”谢利凡回答说，低了头。

“那么，你为什么不说呢？为什么？”对于这问题，没有回答。谢利凡还是低了头，站在那里，好像在对自己说：“你看见这事情闹成怎样了吗？我原是早就知道的，不过没有说！”

“那就立刻跑到铁匠那里去，叫了他来。要两个钟头之内全都弄好，懂了没有？至迟两个钟头！如果弄不好，那么——那么，我就把你捆成一个结子！”我们的主角非常愤怒了。

谢利凡已经要走了，去奉行他的主人的命令，但他又想了一想，站下来说道：“您知道，老爷，那匹花马，到底也只好卖掉，真的，帕维尔·伊万诺维奇，那真是一条恶棍……苍天在上，那么的一匹坏马，是只会妨碍赶路的！”

“哦？我就跑到市场去，卖掉它来吧。好不好？”

“苍天在上，帕维尔·伊万诺维奇。它不过看起来有劲道，其实是靠不住的，这样的马，简直再没有……”

“驴子！如果我要卖掉，我会卖掉的。这东西还在这里说个没完！听着：如果你不给我立刻叫一两个铁匠来，如果不给我把一切都在两个钟头之内办好，我就给你兜鼻一拳，打得你昏头昏脑！跑，快去！跑！”谢利凡走出屋子去了。

乞乞科夫的心情非常之恶劣，恨恨地把长刀抛在地板上，这是他总是随身带着，用它恐吓人们并且保护威严的。他和铁匠们争论了一刻多钟，这才说定了价钱，因为他们照例是狡猾的贼坯，一看出乞乞科夫在赶忙，就多讨了六倍。他很气恼，说他们是贼骨头，是强盗，是拦路贼，他们也什么都不怕。他只好诅咒，用末日裁判来吓他们，然而这对于铁匠帮也毫无影响，他们一口咬定，不但连一文也不肯让，还不管两个钟头的约定，用去整整五个半钟头，这才修好了马车。这之间，乞乞科夫就只得

他很气恼，说他们是贼骨头，是强盗，是拦路贼，他们也什么都不怕。他只好诅咒，用末日裁判来吓他们，然而这对于铁匠帮也毫无影响。

消受着出色的时光，这是凡有出门人全都尝试过的，箱子理好了，屋子里只剩下几条绳子，几个纸团，以及别样的废物，人是还没有上车，然而也不能静静地停在屋子里，终于走到窗口，去看看下面在街上经过或是跑过的人们，谈看他们的银钱，偶尔他们抬起呆眼，诧异地来看他，使不能动身的可怜的旅人，更加焦急。一切东西，凡是他所看见的：面前的小铺子，住在对面的屋子里，时时跑到挂着短帘的窗口来的老太婆的头，无不使他讨厌，然而他又不能决计从窗口离开。他一步不移，没有思想，忘记了自己，忘记了周围，只等着立刻到来的切实的目的。他麻木地看着在身边活动的一切，结果是懊恼地捺杀了一只在玻璃上叫着撞着，投到他指头下面来的苍蝇。然而世间的事，是总有一个结局的，这渴望着的时刻到底等到了。车台已经修好，轮子嵌了新箍，马匹也喝过水，铁匠们再数了一回工钱，祝了乞乞科夫一路平安之后，走掉了。终于是马也驾在车子前面了，还赶忙往车里装上两个刚刚买来的热的白面包，坐到车台上去的谢利凡，也把一点什么东西塞在衣袋里，我们的主角就走出旅馆，来上他的车，欢送的是永远穿着呢布礼服的侍者，摇着他的帽子在作别，还有来看客人怎么出发的，本馆和外来的几个仆役和车夫，以及出门时候总不会缺的一切附属的事物。乞乞科夫坐进篷车里面去，于是这久停在车房里，连读者也恐怕已经觉得无聊起来的熟识的鳏夫的车子，就往门外驶出去了。“谢谢上帝！”乞乞科夫想，并且画了一个十字。谢利凡鸣着鞭，彼得鲁什卡呢，先是站在踏台上面的，不久就和他并排坐下了，我们的主角是在高加索毯子上坐安稳，把皮靠枕垫在背后，紧压着两个热的白面包，那车子就重新迸跳起来了，多谢铺石路，可真有出色的震动力。乞乞科夫怀着一种奇特的、莫名其妙的心情，看着房屋、墙壁、篱垣和街道，都跟着车子的迸跳，显得一起一落，在他眼前慢慢地移过去。上帝知道，在他一生中，可还能再见不能呢？到一条十字路口，车子只得停止了，是被一个沿着大街，蜿蜒而来的大出丧挡了道。乞乞科夫把头伸出车子外面去，叫彼得鲁什卡问一问，这去下葬的是什么人。于是知道了这人是检察长。乞乞科夫满不舒服地连忙缩在一个角落里，放下车子的皮帘，遮好了窗幔。当

乞乞科夫把头伸出车子外面去，叫彼得鲁什卡问一问，这去下葬的是什么人。于是知道了这人是检察长。

篷车停着的时候，谢利凡和彼得鲁什卡都恭恭敬敬地脱了帽，留心注视着行列，尤其有味的是车子和其中的坐客，还好像在数着坐车的是多少人，步行的是多少人。他们的主人吩咐了他们不要和别人招呼，不要和熟识的仆役话别之后，也从皮幔的小窗洞里在窥探着行列。一切官员都露了顶，恭送着灵柩。乞乞科夫怕他们会看见自己的篷车，然而他们竟毫没有注意到。当送葬之际，他们是连平时常在争论的实际问题也没有提一句的。他们的思想都集中于自己。他们在想着新总督究竟是怎样的一个人，他怎样办这事，怎样对他们。步行的官员们之后，跟着一串车子，里面是闺秀们——露着黑色的衣帽，看那手和嘴唇的动作，就知道她们是在起劲地谈天：大约也是议论新总督的到来，尤其是关于他要来开的舞会的准备，而且现在已在愁着自己的新的褶纽和发饰了。马车之后，又来了几辆空车子，一辆接着一辆的，后来就什么也没有了，道路旷荡，我们的主角就又可以往前走。他拉开皮幔，从心底里叹出一口气来，说道："这是检察长！他做了一辈子人，现在可是死掉了！现在是报上怕要登载，说他在所有属员和一切人们的大悲痛之下，长辞了人间，他是一位可敬的市民，稀有的父亲，模范的丈夫。他们怎不还要大写一通呢，恐怕接下去就说，那寡妇孤儿的血泪，一直送他到了坟头，然而如果接近地看起事情来，一探他的底细，除了你的浓眉毛之外，你可是毫没有什么动人之处了。"于是他吩咐谢利凡赶快走，并且对自己说道："我们遇着了大出丧，可是好得很，人说，路上看见棺材，是有运气的。"

这之间，车子已经通过了郊外的空虚荒僻的道路，立刻看见两面只有显示着街市尽头的延长的木栅子了。现在是铺石路也已走完，市门和市镇都在旅人的背后。到了荒凉的公路上，车子就又沿着驿道飞跑，两边是早就熟识了的景象：路标、站长、井、车子、货车；灰色的村庄和它的大茶壶；农妇和拿着一个燕麦袋，跑出客栈来的活泼的大胡子的汉子；足蹬破草鞋，恐怕已经走了八百俄里路的巡行者；热闹的小镇和它那木造的店铺、粉桶、草鞋、面包和其余的旧货；斑驳的市门柱子；正在修缮的桥梁；两边的一望无际的平野；地主的旅行马车。骑马的兵丁，带一个满装枪弹的绿箱子，上面写道：送某某炮兵连的字样。绿色的、黄色的，和刚刚耕过的黑色的地块；从远地里传来的忧郁的歌曲；淡烟里的松梢；飘走的钟声；蝇群似的乌鸦队；以及无穷无尽的地平线……唉唉，俄国呀！我的俄国呀！我在看你，从我那堂皇的、美丽的远处在看你了[①]。贫瘠、很散漫和不愉快是你的各省府，没有一种造化的豪放的奇迹，曾蒙豪放的人工的超群之作的光荣——令人惊心悦目的，没有可见造在山石中间的许多窗牖的高殿的市镇，没有如画的树木和绕屋的藤萝，珠玑四溅的不竭的瀑布；用不着回过头去，去看那高入云际的岩岫；不见葡萄枝、藤蔓和无数的野蔷薇交织而成的幽暗的长夹道；也不见那些后面的耸在银色天空中的永久灿烂的高峰。你只是坦白，荒凉，平板；就像小点子，或是细线条，把你的小市镇站在平野里，毫不诱人眼目。然而是一种什么不可捉摸的，非常神秘的力量，把我拉到你这里去的呢？为什么你那忧郁的，不息的，无远弗届，无海弗传的歌声，在我们的耳朵里响个不住的呢？有怎么一种奇异的魔力藏在这歌里面？其中有什么在叫唤，有什么在呜咽，竟这么奇特地抓住了人心？是什么声音，竟这么柔和我们的魂灵，深入心中，给以甜美的拥抱的呢？唉唉，俄国呀！说出来吧，你要我怎样？我们之间有着怎样的不可捉摸的联系？你为什么这样地凝视我，为什么怀着你所有的一切一切，把你的眼睛这么满是期望地向着我的呢？……我还是疑惑地，不动地站着，含雨的阴云已经盖在我的头上，而且把在你的无边的广漠中所发生的思想沉默了。这不可测度的开展和广漠是什么意思？莫非因为你自己是无穷的，就得在这里，在你的怀抱里，也生出无穷的思想吗？空间旷远，可以施展，可以迈步，这里不该生出英雄来吗？用了它一切的可怕，深深地震动了我的心曲的雄伟的空间，吓人地笼罩着我。一种超乎自然的力量，开了我的眼……唉唉，怎么的一种晃耀的，稀奇的，未知的广远呵！我的俄国！……

“停住，停住，你这驴子！”乞乞科夫向谢利凡叫喊道。

---

① 作者此时正旅居国外。——编者注

“我马上用这刀砍掉你！”一个飞驰的急差吆喝着，他胡子长有三尺多，“你没看见吗，这是官车？妈的！”于是那三驾马车，就像幻影似的在雷和烟云中消失了。

然而这两个字里可藏着多么稀罕的、神奇的蛊惑：公路！而且又多么的出色呢，这公路！一个晴天，秋叶，空气是凉爽的……你紧紧地裹在自己的雨衣里，帽子拉到耳朵边，舒服地缩在你的车角上！到得后来，寒气就从你肢节上走掉，涌出温暖来了。马在跑着……有些瞌睡了起来。眼睑合上了。朦胧中还听得一点“雪不白呀……”的歌儿，马的鼻息和轮子的响动，终于是把你的邻人挤在车角里，高声地打了鼾。然而你现在醒来了，已经走过了五站；月亮升在空中，你经过一个陌生的市镇，有旧式圆屋顶和昏沉的尖塔的教堂，有阴暗的木造的和雪白的石造的房屋，处处有一大条闪烁的月光，白麻布头巾似的罩在墙壁和街道上，漆黑的阴影斜躺在这上面，照亮了的木屋顶，像闪闪的金属一般的在发着光。一个人也没有，都睡着了。只有一个孤独的灯，还点在这里或是那里的小窗里：是居民在修自己的长靴，或则面包师正在炉边做事吧？——你不高兴什么呢？唉唉，怎样的夜……天上的力！在这上面的是怎样的夜呀！唉唉，空气，唉唉，天空，在你那莫测的深处，在我们的上头，不可捉摸的明朗地、响亮地展开着的又高又远的天空……夜的凉爽的呼息，吹着你的眼睛，唱着使你入于甜美的酣睡，于是你蒙眬了，全不自觉，而且打鼾了。然而被你挤在车角上的可怜的邻人，却因为你这太重的负担，愤愤地一摇。你又重新醒了过来，你的面前就又是田地和平原，只见无际的野地，此外什么也没有。路标一个个地跑过去。天亮了，在苍白的、寒冷的地平线上，露出微弱的金色的光芒，朝风冷冰冰地、有力地吹着耳朵。你要裹好外套！多么出色的寒冷呵！又来招你的睡眠，可多么稀奇！一震又震醒了你。太阳已经升在天顶了。“小心，小心！”你的旁边有人在喊着，车子驰下了陡坡来。下面等着一只渡船，一个很大的清池，在太阳下，铜锅似的在发闪；一个村庄，坡上是如画的小屋；旁边闪烁着村教堂的十字架，好像一颗星；蜂鸣似的响着农夫们的起劲的闲谈，还有肚子里的熬不下去的饥饿……我的上帝，这是很远很远的旅行的道路，可是多么美丽呵！每当陷没和沉溺，我总是立刻抓住你，你也总是拉我上来，宽仁地抓着我的臂膊！而且由这样子，又产生了多少满是神异的诗情的雄伟的思想和梦境，多少幸福的印象充实了魂灵……

这时候，我们的朋友乞乞科夫的梦想，也不再这样的全是散文一类了。我们且来看一看他起了怎样的感情吧！首先是他简直毫无所感，单是不住地回过头去看，因为要断定那市镇是否的确已经在他的背后。但待到早已望不见，也没有了打铁店，没有了磨粉作坊，以及凡在市旁边常常遇着的一切，连石造教堂的白色塔尖也隐在地平线后的时候，他却把全盘注意都向着路上了。他向两边看，把N市忘得干干净净，好像他在很久很久之前，还是早先的孩子时代，曾在那里住过似的。终于也遇到了使他觉得无聊的路，他就略闭了眼睛，把头靠在皮枕上。作者应该声明，到底找着了来说几句关于他那主角的话的机会，这是他觉得很高兴的，因为直到现在，实在总是——读者自己也很知道——忽而被诺兹德廖夫，忽而被什么一个舞会，忽而被闺秀们或者街谈巷议，或者是许多别的小事情所妨碍，这些事情，要写进书里去，就显得它琐小，但还在世界上飞扬之际，是当做极其重大、极其要紧的事件的。现在我们却要放下一切，专来做这工作了。

我很怀疑，我这诗篇里的主角，是否中了读者的意。在闺秀们中，他完全没有被中意，是已经可以断定的——因为闺秀们都愿意她们的主角是一位无不完美的模范，只要有一点极小的体质上或是精神上的缺点，那就从此完结了。作者更深一层地映进了他的魂灵，当做镜子来照清他的形象——这人在她们的眼睛里也还是毫无价值。乞乞科夫的肥胖和中年，就已经该是他的非常吃亏之处，这肥胖，是没有人原谅的，许多闺秀们会轻蔑地转过脸去，并且说道："呸，多么讨厌！"唉唉，真是的！这些一切，作者都很明白，但话虽如此，他却还不能选一个正人君子来做主角……然而……在这故事里，可也许会听到未曾弹过的弦曲，看见俄罗斯精神的无限的丰饶，一个男子，有神明一般的特长和德行，向我们走来，或者一个出色的俄国女儿，具有女性的一切之美，满是高尚的努力，甘作

“啊呀，我的天哪！这可和我预料的一点不对呀！我想他是该像外祖母的，那就很好，不料他竟一点也不这样，倒如俗语里说的：不像爷，不像娘，倒像一个过路少年郎。”

伟大的牺牲，在全世界上找不出第二个！其他种族里的一切有德的男男女女，便在他们面前褪色、消失，恰如死文学遇见了活言语一样！俄罗斯精神的一切强有力的活动，就要朗然分明，而且要明白，其他的国民不过触着浮面的，斯拉夫性情却抓得多么深，捏得多么紧……然而，为什么我应该来叙述另外还有什么事呢？已经到了男子的成年，经历过严峻和孤独的生活的诗人，倒像孩子似的忘其所以，是不相称的。各个事物，都自有它的地位和时候！然而也仍不选有德之士为主角。我们还可以说一说他为什么不选的原因。这是因为已经到了给可怜的有德之人休息的时候；因为“有德之士”这句话已经成了大家的口头禅；因为人们已经将有德之士当做竹马，而且没有一个作家不骑着他驰驱，还用鞭子以及天知道另外的东西鞭策他前进；因为人们已经把有德之士驱使得要死，快要连道德的影子气也不剩，他身上只还留下几条肋骨和一点皮；因为人们简直已经并不尊重有德之士了。不，究竟也到了把坏人驾在车子前面的时候了！那么，我们就把他来驾在我们的车子前面吧！

我们的主角的出身，是不大清楚的。他的两亲是贵族，世袭的，还不过是本身的贵族呢，却只有敬爱的上帝明白。而且他和父母也不相像，至少，当他生下来的时候，有一个在场的亲戚，是生得很小俏的太太，我们乡下称为野鸭的，就抱着孩子，叫了起来道：“啊呀，我的天哪！这可和我预料的一点不对呀！我想他是该像外祖母的，那就很好，不料他竟一点也不这样，倒如俗语里说的：不像爷，不像娘，倒像一个过路少年郎。”一开头，人生就偏执地、懊恼地，仿佛通过了一个遮着雪的昏暗的窗门似的来凝视他了：他的儿童时代就没有一个朋友，也没有一个伙伴！一间小房子，一个小窗子，无论冬、夏，总是不开放。他的父亲是一个病人，身穿羊皮里子的长外褂，赤脚套着编织的拖鞋，在屋子里踱来踱去，叹着气，把唾沫吐在屋角的沙盂里，孩子就得永远坐在椅子上，捏着笔，指头和嘴唇沾满了墨水，当面学着不能规避的字：“汝毋妄言，应敬尊长，抱道在躬！”拖鞋的永久的拖曳和蹒跚，熟识的永久的森严的言语：“你又发昏了吗？”如果孩子厌倦了练习的单调，在字母上加一个小钩子

他的父亲是一个病人，身穿羊皮里子的长外褂，赤脚套着编织的拖鞋，在屋子里踱来踱去，叹着气，把唾沫吐在屋角的沙盂里……

或者小花纹，就得接受这一句。于是，是久已熟识，然而也总是苦痛的感觉，跟着这句话，就从背后伸过长指头的爪甲来，把耳轮拧得非常之疼痛。这是他最初的做孩子的景象，只剩下一点模糊的记忆了的。然而人生都变化得很突然和飞快。一个好天气的日子，春日的最初的光线刚刚温暖了地面，小河才开始着流动，那父亲就携着他的儿子的手，上了一辆四轮车，拉车的是在我们马业们中叫做“喜鹊”的小花马，一个矮小的驼背的车夫赶着车，他是乞乞科夫的父亲所有的唯一的一家农奴的家长。这旅行几乎有一日半之久，在路上过了一夜，渡过一条小河，吃着冷馒头和烤羊肉，到第三天的早晨，这才到了市镇上。意外的辉煌和街道的壮丽，都给孩子一个很深的印象，使他诧异到大张了嘴巴，后来“喜鹊”和车子都陷在泥洼里了，这地方是一条又狭又峭、满是泥泞的街道的进口，那马四脚满是泥污，下死劲地挣了许久，靠着驼背车夫和主人自己的策励，这才终于把车子和坐客从泥泞中拉出，到了一个小小的前园。这是站在小岗子上面的。旧的小房屋前面有两株正在开花的苹果树，树后是一片简陋的小园，只有一两株野薇、接骨木，和一直造在里面的小木屋，盖着木板，有一个半瞎的小窗。这里住着乞乞科夫的亲戚，是一位满脸打皱的老婆婆，然而每天早晨还到市场去，后来就在大茶壶上烘干她的袜子。她敲敲孩子的面颊，喜欢他长得这么胖，养得这么好。在这里，他就得从此住下，去进市立学校了。那父亲在老婆婆家里过了一夜，第二天就又上了路，回到家里去。当他的儿子和他作别的时候，他并没有淌下眼泪来，他给了半卢布的铜元，做零用，更其重要的倒是几句智慧的教训：“你听哪，帕维卢沙，要学正经，不要糊涂，也不要胡闹，不过最要紧的是要博得你的师长欢心。只要和你的师长弄好，那么，即使你生来没有才能，学问不大长进，也都不打紧，你会赛过你所有的同学的；不要多交朋友；他们不会给你多大好处的；如果要交，那就拣一拣，要拣有钱有势的来做朋友，好帮帮你的忙，这才有用处；不要乱花钱，滥请客，倒要使别人请你吃，替你花；但顶要紧的是：省钱，积钱，世界上的什么东西都可以不要，这却不能不要的。朋友和伙伴会欺骗你，你一倒运，首先抛弃你的是他们，但钱

进得学校，就坐在最富足、最有钱的人的旁边，一看出一个同学无精打采了——这就是觉得肚饿的征候——他就装作并非故意模样，在椅子下面，给他看见一个姜饼或者面饼的一角。

是永不会抛弃你的，即使遭了艰难或危险！只要有钱，你想怎样就怎样，什么都办得到，什么都做得成。”给了这智慧的教训之后，那父亲就受了他的儿子的告别，和“喜鹊”一同回去了。那儿子就从此不再看见他，然而他的言语和教训，却深刻地印进了魂灵。

到第二天，帕维卢沙就上学校去了。对于规定的学科，他并不见得有特别的才能，优秀之处倒在肯用功和爱整洁，然而他立刻又迸出另外一种才能来：很切实的智力。他立刻明白了办法，和朋友交际，就遵照着父亲的教训，那就是使他们请自己吃，给自己花，他自己却一点也不破费，而且有时还得到赠品，后来看着机会，仍旧卖给原先的赠送者。事事俭省，是他孩子时候就学好了的。从父亲得来的半卢布，他不但一文也没有花，在这一年里倒还增加了数目，这是因为他显出一种伟大的创业精神来：用白蜡做成云雀，画得斑斓悦目，非常贵地卖掉了。后来有一时期，他又试办着其他投机事业，用的是这样的方法：他到市场上去买了食物来，进得学校，就坐在最富足、最有钱的人的旁边，一看出一个同学无精打采了——这就是觉得肚饿的征候——他就装作并非故意模样，在椅子下面，给他看见一个姜饼或者面饼的一角。待到引得人嘴馋，他于是取得一个价钱，并无一定，以馋的大小为标准。两个月之久，他又在房里不断地训练着一只关在小木笼里的老鼠，到练得那老鼠听着命令，用后脚直立，躺倒，站起了，他就一样地卖掉，得了大价钱。用这样的法子，积到大约五个卢布的时候，便缝在一个小袋里，再重新来积钱。和学校的教师的关系，他可更要聪明些。谁也不及他，能在椅子上坐得老鼠一般静。我们在这里应该声明一下，教师是最喜欢安静的人，而对于机灵的孩子，却是受不住的，他觉得他们常常在笑他。一个学生，如果先被认作狡猾、爱闹的了，那么，他只要在椅子上略略一动，无意地把眉头一皱，教师就要对他发怒。他毫不宽恕地窘迫他，责罚他。“我要教好你的骄傲和反抗！”他叫喊着说，“我看得你清清楚楚，比你自己还清楚！跪下！你要知道肚子饿是什么味道了！”于是这孩子就应该擦破膝盖，挨饿一天，连自己也不明白为什么。“本领、资质、才能——这都是胡说八道！”教师常常说，

两个月之久，他又在房里不断地训练着一匹关在小木笼里的老鼠，到练得那老鼠听着命令，用后脚直立……

“我顶着重的是品行。一个彬彬有礼的学生，就是连字母也不认识，一切学科我还是给他很好的分数；但一给我看出回嘴和笑人的坏脾气——就给一个零分，即使他有一个梭伦[①]，藏在衣袋里！”所以他也很愤愤地憎恶克雷洛夫[②]，因为这人在他的寓言里说过：“喝酒毫不要紧，但要明白事情！”他又时常十分满足地、脸上和眼里全都光辉灿烂地讲述他先前教过的学校，竟有这么安静，连一个蝇子在屋里飞过，也可以听出来，整整一年，学生在授课时间中敢发一声咳嗽、擤一下鼻子的，连一回也没有，直到摇铃为止，谁也辨不出教室里有没有人。乞乞科夫立刻捉着了教师的精神和意思，懂得这好品行是什么了。在授课时间中，无论别人怎么来拧他，来抓他，他连一动眼、一皱眉的事，也一回都没有；铃声一响，乞乞科夫可就没命地奔到门口去，为的是争先把帽子递给那教师——那教师戴的是一顶普通的农家帽；然后首先跑出了教室，设法和教师在路上遇到好几回，每一回又恭恭敬敬地除下了帽子。他的办法得了很出色的效验。自从他入校以来，成绩一直都很好，毕业是优等的文凭和全学科最好的分数，另外还有一本书，印着金字：“敦品励学之赏”。当他离开学校的时候，已经是一个有着必须常常修剃的下巴的仪表非凡的青年了。这时他的父亲就去世了，他留给自己儿子的是四件破旧的粗呢小衫，两件羊皮里子的旧长褂，以及全不足道的一点钱。那父亲分明是只会说节俭的好教训，自己却储蓄得很有限的。乞乞科夫立刻把古老的小屋子和连带的瘠地一起卖了一千个卢布，把住着的一家农奴送到市里去，自己也在那里住下，给国家去服务了。这时候，那最着重安静和好品行的可怜的教师，不知道为了他没本领，还是一种别的过失呢，却失了业，因为气愤，他就喝起酒来，但又立刻没有了钱，生病，无法可想，连一口面包也得不到，他只好长久饿在一间冰冷的偏僻的阁楼里。那些先前为了顽皮和乖巧，他总是斥为顽梗和骄傲的学生们，一知道他的景况，便赶紧来募集一点钱，有几个还因此卖掉了自己的缺少不得的物件。只有帕维卢沙·乞乞科夫却推

---

① Solon（638B.C.—559 B.C.），古希腊七贤之一，也是有名的雅典的立法者。——译者注

② Ivan Krylov（1769—1844），有名的俄国寓言作家。——译者注

铃声一响，乞乞科夫可就没命地奔到门口去，为的是争先把帽子递给那教师……

托了，说他一无所有，单捐了一枚小气的五戈比的银钱，同学们向他说了一句：哼，你这吝啬鬼！便抛在地上了。可怜的教师一知道他先前的学生的这举动，就用两手掩了脸，像一个孱弱的孩子，眼泪滔滔不绝，涌出他昏浊的眼睛来。"在临死的床上，上帝还送我这眼泪！"他用微弱的声音说。到得知道了乞乞科夫怎样对他的时候，他就苦痛地叹息，接着道："唉唉，帕维卢沙，帕维卢沙！人是多么善变呵！他曾是怎样的一个驯良的好孩子呀！他毫不粗野，软得像丝绢一样。他骗了我了，唉唉，他真的骗了我了……"

但也不能说我们的主角的天性，竟有这样的冷酷和顽固，感情竟有这样的麻木，以至于不知道怜悯和同情。这两种感情，他是都有的，而且还准备了帮助，只因为他不能动用那决计不再动用的款子，所以也不能捐很多的钱。总而言之，父亲的"要省钱，积钱"的忠告，是已经落在肥地上了。不过他也并非为钱而爱钱，吝啬还不全是支配他的发条，不是的，这并非指使他的原动力。他所企慕的是无不舒服的安乐富足的生活，车马，整顿的家计，美味的饭菜——这才是占领了他，驱策着他的东西。所以他要苦了自己和别人，一文一文地省钱、积钱，直到尝饱了这一切阔绰的时候。倘有一个有钱人坐了华美的轻车，驾着马具辉煌的高头大马，从他旁边经过，他就生根似的站住，于是好像从大梦里醒来一样，说道："而且他是一个普通的助理，却烫着卷头发！"凡有显示着豪富和安乐的，都给他一个很深的印象，连他自己也不太明白是怎么一回事。出了学校以后，他一刻也没有安静过：希望很强，要赶快找一种职业，给国家去服务。然而，虽有优等的文凭，却不过就了财政厅里的一个不相干的位置。没有靠山，是弄不到很远的巢儿的！终于他又找着了一点小事情，薪水每年三四十卢布。但他决计献身于这职务，把所有障碍都打退、克服。他真的显出未曾前闻的克己和忍耐来了，用最重要的事情来节制了自己的需要。从早晨一早起到很迟的晚上止，总是毫不疲倦地坐在桌子前面，倾注精神和肉体的全力，写呀写呀，都花在他的文件上，不很回家，睡在办公室的桌子上，有时就和当差的和管门的一同吃中饭，而且知道顶要紧的

那些先前为了顽皮和乖巧，他总是斥为顽梗和骄傲的学生们，一知道他的景况，便赶紧来募集一点钱，有几个还因此卖掉了自己的缺少不得的物件。只有帕维卢沙·乞乞科夫却推托了，说他一无所有，单捐了一枚小气的五戈贝克的银钱，同学们向他说了一句：哼，你这吝啬鬼！便抛在地上了。

是干净的、高尚的外观，衣服像样，脸上有一种令人愉快的表情，还要从举动上，显出他是一位真正的上等人。这里应该说，财政厅的官员，是尤以他们的质朴和讨厌见长的。所有脸孔，都像烤得不好的白面包。一边的面颊是鼓起的，下巴是歪的，上唇肿得像一个水泡，而且还要开着裂。总而言之，他们都很不漂亮。他们都用一种很凶的言语，声音很粗，好像要打人。在酒神[①]那里，他们献了很多的祭品，在证明斯拉夫民族里，也还剩着不少邪教的残滓。噢，他们还时常有点醉醺醺地来办公，使办公室实在不愉快，至少也只好称这里的空气为酒香。在这样的官员里，乞乞科夫当然是惹眼的了，一切事情，他几乎和他们完全相反：他的相貌是动人的，他的声音是愉快的，而且什么酒类都不喝。然而他的前途还是很暗淡。他得了一位很老的科长来做上司，是石头似的没感觉和不摇动的好模范，总是不可亲近，脸上从来没有显过一点笑影，对人从来没有给过一句亲热的招呼，或者问一问安好。在家里或在街上，谁也没有见过他和老样子有些不同；他从不表示一点兴趣或者似乎对于别人的命运的同情；没有见过他喝醉和醉得呵呵大笑；没有闹过强盗在酩酊时候似的豪兴——而且连一点影子也找不出。他是出于善恶之外的，然而在这绝无强烈的感情和热情中，却藏着一点可怕。他那大理石脸孔上，找不出什么不匀称的特征，但也记不起相像的人脸，线条都凑合得很草率。不过一看许多痘痕和麻点，却是属于那魔鬼在夜里来撒了豆的脸孔一类的。和这样的人物去亲近，想讨他的欢喜，人总以为决非一切人力所能及的吧，然而乞乞科夫竟去尝试了。他先从各种琐细的小事情上去迎合他：他悉心研究，科长用的鹅毛笔是怎样削法的，于是照样的削好几支，放在他容易看见的处所；把他桌子上的尘沙和烟灰吹掉，擦去；给墨水瓶换上一块新布片；记住了他的帽子挂在哪里——那世界上最讨人厌的帽子，每当下班之前，就取来放在他的旁边；如果他的背脊在墙壁上摩白了，就替他去刷，而且很赶紧。然而这些都丝毫没有效验，仿佛简直并无其事一样。乞乞科夫终于打听到

① Bacchus，古希腊神话上的酒神。——译者注

乞乞科夫就搬到他的家里去，又立刻弄得必不可少。他买面粉和白糖，像自己的未婚妻似的和那女儿来往，称科长先生为“爸爸”……

他那上司的家族情形了：他知道他有一个成年的女儿，那脸孔也生得好像“在夜里撒了豆”。于是他就准备从这一边去攻城。他查出了每礼拜日她前去的是哪一个教堂，每回都穿得很漂亮、很整齐，衬着出色的笔挺的硬胸衣，站在她对面。这事情有了结果：严厉的科长软下来了，邀他去喝茶！马上见了大进步，乞乞科夫就搬到他的家里去，又立刻弄得必不可少。他买面粉和白糖，像自己的未婚妻似的和那女儿来往，称科长先生为“爸爸”，在他的手上亲吻。衙门里大家相信，在二月底，大斋日之前，是要举行婚礼的。严厉的科长就替他在自己的上司面前出力，不多久，乞乞科夫自己就当了科长，坐在一个刚刚空出的位置上了。这大约正是他亲近老科长的主要目的，因为这一天，他就悄悄地把行李搬回家里去，第二天已经住在别的屋子里了。他终止了尊科长为“爸爸”和在他手上亲吻，婚礼这件事是从此永远拖下去，几乎好像简直并没有提起过似的。然而他如果遇见科长，却仍旧殷勤地抢先和他握手，请他去喝茶，使这老头子虽然很麻木、极冷淡，也每次摇着头，喃喃自语道：“他骗我，这恶鬼！”

这是最大的难关，然而现在通过了。从此就很容易，一路更加顺当地向前进。大家尊重他起来了，他具备了凡有想要打出这世界去的人们所必需的一切：愉快的态度，优美的举动，以及办事上的大胆的决断。用了这手段，不久就补了一个一般之所谓“好缺”。大家应该知道，在这时候，是开始严禁收贿的了。但一切规条都吓不倒他，倒时常用它来收自己的利益，而且还显出了每当严禁时候，却更加旺盛的真正俄罗斯式的发明精神来。他的办法是这样的：倘有一个来办事的人出现，把手伸进衣袋里，要摸出一张谁都极熟的在我们俄国称为“霍万斯基公爵介绍信”[①]来的时候——他就马上显出和气的微笑，紧紧地按住了这个人的手，说道：“您以为我是……不必，真的！不必！这是我们的义务和责任，就是没有报酬我们也应该办的！这一点，您放心就是。一到明天早上，就什么都妥当了！我可以问您住在哪儿吗？您全不必自己费神。一切都会替您送到府

① 贿赂之戏称，霍万斯基（Chovanshi）一词源自乌克兰语“隐藏”。——编者注

他如果遇见科长，却仍旧殷勤地抢先和他握手，请他去喝茶，使这老头子虽然很麻木，极冷淡，也每次摇着头，喃喃自语道：“他骗我，这恶鬼！”

上去的！”这来办事的人很吃惊很感动地回到家里去，自己想道：“这才是一个人！唉唉，要多一点，这才好，这是真的宝石呵！”然而这人等候了一天，等候了两天，却还是总不见有他的文件送到家里去。到第三天也一样。他再上官厅去一趟——简直还没有看过他的呈文。他再去找他的宝石。“啊呀，对不起，对不起，”乞乞科夫优雅地说，一面握住了那位先生的两只手，“我们实在忙得要命，但是明天，明天您一定收到的！这真连我自己也非常过意不去！”和这些话，还伴着蛊惑的态度。如果这时衣角敞开了，他就连忙用手来整好，这样地敷衍了对手。然而文件却仍旧没有来，无论明天，后天，以至再后天。要办事的人于是要想一想了：“哼，恐怕一定有些别的缘故吧？”他去探问，得了这样的回答：“办事员得要一点！”“当然，我怎么可以不给他呢，他们照例有他们的二十五个戈比，可是五十个也可以的。”“不，那可不行，您至少得给他一张白票子[①]。”“什么？给办事员一张白的？”来办事的人吓得叫了起来。“是的，您为什么只是这么的吃惊呢？”人回答他说，“办事员确是只有他们的二十五戈比的，其余的要送到上头去！”于是麻木的来办事的人就敲一下自己的头，愤愤地诅咒新规则，诅咒禁收贿和官场的非常精练的交际式。在先前，人们至少是知道办法：给头儿放一张红的票子[②]在桌子上，事情就有了着落，现在却要牺牲一张白的了，还要花掉整整一礼拜工夫，这才明白其中究竟是怎么一回事！……妈的。这大人老爷们的廉洁和清高！来办事的人自然是完全不错的；可是现在也不再有收贿；所有上司都是正经的，高尚的人物，只有办事员和秘书还是恶棍和强盗。但不多久，乞乞科夫的前面展开一片活动的大场面来了：成立了一个建筑很大的官家屋宇的委员会。在这委员会里，乞乞科夫也入了选，而且是其中的一个最活动的分子。大家立刻来办公。给这官家建筑出力了六年之久，然而为了气候，或者因为材料，这建筑简直不想往前走，总是跨不出地基以外去。但会里的委员们，却在市边的各处，造起一排京式的很好看的屋子来

① 白色的钞票是二十五卢布。——译者注
② 十卢布的钞票。——译者注

乞乞科夫现在也已经染上用一块海绵，蘸着水和古龙水的混合物，来拭身体的习惯了……

了：大约是那些地方的地面好一点。委员老爷们已经开始在享福，并且立了家庭的基础。到现在，乞乞科夫这才在新的景况之下，脱离了他那严厉的禁制和克己的重担的压迫。到现在，他这才对于向来看得很重的大斋[1]规则，决计通融办理，而且到现在，他才明白了对于人还不能自主的如火的青年时代力加抑制的那些享乐，他也并不是敌人。他竟阔绰起来了，雇厨子，买漂亮的荷兰小衫。他也买了外省无法买到的，特别是深灰和发光的淡红颜色的衣料，也办了一对高头大马，还自己来操纵他的车，抓好缰绳，使边马出色地驰骋；现在也已经染上用一块海绵，蘸着水和古龙水的混合物，来拭身体的习惯了，已经为了要使自己的皮肤软滑，购买高价的肥皂了，已经……

但那老废物的位置上，忽然换了新长官，是一个严厉的军人，贿赂系统和一切所谓不正和不端的死敌。到第二天，他就使所有官员全都惶恐了起来，直到最末的一个。要求收支账目，到处都发现了漏洞，看起来什么总数都不对，立刻注意到京式的体面屋子，而且接着就执行了调查。官员们被停职了；京式屋子被官家所没收，变作各种慈善事业机关和新兵的学校了；所有官员们都受了严重的道德的训斥，而尤其是我们的朋友乞乞科夫。他的脸虽然有愉快的表情，却忽然很招了上司的憎厌——究竟为什么呢？可只有上帝知道，这些事是往往并无缘故的——总之，他讨厌乞乞科夫得要死。而且这铁面无私的长官，发起怒来，也可怕得很！然而他究竟不过是一个老兵，不明白文官们的一切精致的曲折和乖巧，别的一些官就仗着相貌老实和办事熟练的混骗，蒙恩得到登用了，于是这位将军就马上落在更大、更坏的恶棍的手里，而他却完全不知道、竟还在满足，自以为找着了好人，而且认真地自负，他怎样善于从才能和本领上来辨别和鉴定人。官员们立刻看透了他的性格和脾气。他的下属，就全是激烈的真理疯子，对于不正和不法，都毫不宽容地惩罚，无论哪里，一遇到这等事，他们就穷追它，恰如渔人的捏着鱼叉，去追一条肥大的白鲟鱼一样，而且

① 耶稣复活节之前的四十日间的节食。——译者注

到第二天，他就使所有官员全都惶恐了起来，直到最末的一个。要求收支账目，到处都发现了漏洞……

实在也有很大的结果，过不多久，每人就都有几千卢布的财产了。这时候，先前的官员也回来了很不少，又蒙宽恩，仍见收录，只有乞乞科夫独没有再回衙门的运气。虽有将军的秘书长因为一封霍万斯基公爵的介绍信的督促，很替他出力，替他设法，这人，是最善于控御将军的鼻子的——然而他什么也办不成。将军原是一个被牵着鼻子跑来跑去的人（他自己当然并不觉得的）；但倘若他的脑袋里起了一种想法，那就牢得像一枚铁钉，决非人力所能拔出。这聪明的秘书长办得到的一切，是消灭先前的齷龊的履历，然而也只好打动他的长官，是诉之于他的同情，并且用浓烈的色彩，向他画出乞乞科夫的悲惨的命运，和他那不幸的，然而其实是幸而完全没有的家族罢了。

“怎么了！”乞乞科夫说，“我的钓着了，拉上来了，可是这东西又断掉了——这没有话好说。就是号啕大哭，也不能使这不幸变好的。还不如做事情去！”于是他决计重新开始他的行径，用忍耐武装起来，甘心抑制他先前那样的阔绰。他决计搬到一个其他城市去，在那里博得名声。然而一切都不十分顺手。在很短的时光中，他改换了两三回他的职业，因为那些事情，全是齷龊而且讨厌的。读者应该知道，在闲雅和洁净上，乞乞科夫是这世界上不可多得的人。开初虽然也只得在不干净的社会里活动，但他的魂灵却总是纯洁、无瑕的，所以他在衙门的公事房里，桌子也喜欢瓷漆，而且一切都见得高尚和精致。他决不许自己的谈吐中，有一句不雅的言语，别人的话里倘有疏忽了他的品级和身份的句子，他也很不高兴，我相信，这大约是读者也很赞成的吧，如果知道了他每两天换一次白衬衫，夏天的大热时候，那就每天换两次：些微的不愉快的气味，他的灵敏的嗅觉机关是受不住的。所以每当彼得鲁什卡进来替他脱衣服，脱长靴，他总是用两粒丁香塞在鼻孔里；而且他那神经之娇嫩，是往往赛过一位年轻小姐的；所以要再混进谁都发着烧酒气，全无礼貌的一伙里面去，真也苦痛得很。他虽然勉力自持，但在这样的逆境和坏运道之下，竟也瘦了一点，而且显出绿莹莹的脸色来了。当读者最初遇见，和他相识的时候，他是正在开始发胖，成了圆圆的，合适的身样了的。每一照镜，他已

“神圣的圣母，我是多么丑了呵！”

经常常想到尘世的快乐：一位漂亮的夫人，一间住满孩子的房子，于是他脸上就和这思想一同露出微笑。但现在如果偶向镜子一瞥，就不禁叫喊起来道："神圣的圣母，我是多么丑了呵！"他从此长久不高兴去照镜子了。然而我们的主角担受着一切，坚忍地、勇敢地担受着，于是他到底在税关上得了一个位置。我们应该在这里说明，这样的地位，本来久已是他的秘密希望的对象。他看见过税务官员弄到怎样的好看到出奇的外国货，把怎样的出色的麻纱和瓷器去送他的姊妹、教母和婶娘。他屡次叹息着叫喊道："但愿我也去得成：国界不远，四近都是有教育的人，还能穿多么精致的荷兰小衫呀！"我们还应该附白一下，他也还想着使皮肤洁白柔软，使面颊鲜活发光的一种特别的法兰西肥皂，是什么商标呢？上帝知道，总之，他推测起来，是只在国界上才有的。所以，他虽然久已神往于税关，但从建筑委员会办事所发生出来的目前的利益，却把他暂时按下，他说得很不错，当建筑委员会还总是手里的麻雀时，税关也不过是屋顶上的鸽子罢了。现在他却已经决定，无论如何要进税关去，而且也真的进去了。他用了真正的火一般的热心去办事，好像命里也注定他来做税务官吏似的。三四个礼拜后，他已经把税关事务练习得这样的熟悉，从头到底什么都明白了：他全不用称，也不用量，他只要一看发票，立刻知道包裹里有几丈匹布；只消用手把袋子一提，就说得出有多少重量；至于检查，恰如他自己的同事所说的一样，简直有"一条好猎狗似的嗅觉"。这也实在很奇怪，他会耐心地去查每个纽扣，而且都做得绝顶的冷静，又是出奇的文雅的。就是那被检查的不幸的对手气得发昏，失了一切自制的力量，恨不得在他愉快的脸上，重重地给一个耳刮子的时候，他也仍然神色自若，总是一样地说得很和气："您肯赏光，劳您的驾，站起来一下子吧！"或是："您肯屈驾，太太，到间壁的屋子里去一下吗？那里有一位我们公务人员的夫人，想和您谈几句天呢。"或者"请您许可，我在您那外套的里子上，用小刀拆开一点点吧"。说这话同时，他就非常冷静地从这地方拉出头巾、围巾以及别的东西来，简直好像在翻自己的箱子一样。连上司也说，这是一个精怪，不是人。他到处搜出些东西，车轮间，车辕中，马耳朵里，以及上帝知道什么另外的处所，这些处所，没有一个诗人会想到去搜寻，只有税务官员这才想得出来的。那可怜的旅客通过了国境之后，很久还不能定下心神来，揩掉从一切毛孔中涌出的大汗，画一个十字，喃喃地说道："哎哟，哎哟！"他的境遇好像一个逃出密室来的中学生，教师叫他进去听几句小教训，却竟是完全出于意外地挨了一顿痛打。对于他，私贩子一时丝毫没有法子想：他是所有波兰一带的犹太人帮的灾星和恶煞。他的正直和廉洁是无比的，而且也是出乎自然以上的。他从那些因为省掉无谓的登记，就不再充公的没收的货品和截留的东西上，决不沾一点光。办事有一种这样的毫不自私自利的热心，当然要惹起大家的惊异，终于也传到长官的耳朵里去。他升了一级，并且赶紧向长官提出了一个方案，说怎样才可以捕获全部偷运者，加以法办。在这个方案里，还请给他以实行方法的委任。他立刻被任为指挥长，得了施行一切调查搜检的绝对的全权。他所要的就正是这一件。在这时候，私贩们恰恰也成立了一个大团体，做得很有心计，也很有盘算：这无耻的勾当，准备要赚一百万。乞乞科夫是早已知道了一点的，但当私贩们派人来通关节时，却遭了拒绝，他很冷淡地说，时候还没有到。一到掌握了一切关键之后，他便使人去通知这团体，告诉他们道：现在是时候了。他算得很正确。只在一年里面，他就能够赚得比二十年的热心办公还要多。他在先前是不愿意和他们合作的，因为他还不像一个棋中之帅，所以分起来也很有限。现在可是完全不同了，现在他可以对他们提出条件去了。因为要事情十分稳当，他又去引另一个官吏加入自己这面来，这计划成功了，那同事虽然头发已经雪白，竟不能拒绝他的诱惑。契约一结好，团体就进行了实施。他们的第一番活动，是见了冠冕堂皇的结果的。读者一定已经听到过关于西班牙羊的巧计旅行的故事了，那羊外面又蒙着一张皮，通过了国境，皮下面却藏着值到一百万的布拉班特[①]的花边。这事情就正出在乞乞科夫做着税务官的时候。如果他自己不去参加这计划，世界上是没有一个犹太人办得妥这类玩

① Brabant，是跨荷兰和比利时两国的平野地方，以出产极贵的花边著名。——译者注

恶魔来搅扰这两位官。公羊触动了他们，他们无缘无故地彼此弄出事来了……

意的。羊通过了国境三四回之后，两个官员就各有了四十万卢布的财产哦。哦，人们私议，是乞乞科夫怕要到五十万的了，因为他比另一个还要放肆点。只要没有一只该死的羊捣乱，上帝才知道，这大财是会发到怎么一个值得赞叹的总数呢。恶魔来搅扰这两位官。公羊触动了他们，他们无缘无故地彼此弄出事来了。正在快活地谈天的时候，乞乞科夫也许多喝了一点酒，就称那一个官为教士的儿子，那人虽然确是教士的儿子，但不知怎么却非常地以为受辱，就很激烈、很锋利地回过来。他说道："你胡说，我是五等官，不是教士的儿子。你倒恐怕是教士的儿子！"因为要给对手一个刺，使他更加懊恼，就再添上一句道："哼，一定是的！"他虽然把加在自己头上的坏话，回敬了我们的乞乞科夫，虽然那"哼，一定是的！"一转，已经够得厉害，他却另外还向长官送了一个秘密的告发。听人说，除此之外，他们俩原已为了一个活泼茁壮的女人，正在争风吃醋了的，那女人呢，用官们的表现法来说，那就是"水灵结实"得像一个萝卜，哦，那人还雇了两个很有力气的家伙，要夜里在一条昏暗的小巷里把我们的主角狠命地打一通。然而到底也还是两位老爷们发糊涂，该女人是已经被一位沙姆沙列夫大尉弄了去的了。那实情究竟怎么样呢，可只有上帝知道。总之，和私贩们的秘密关系是传扬开来，显露出来了。五等文官立刻完蛋了，但他也没有放过同事，他们被传到法庭上去，全部财产都被查抄，就像在他们负罪的头上来了一个晴天霹雳。他们的精神好像被烟雾所笼罩，到得清楚起来，这才明白了自己犯了什么事，五等文官禁不起这命运的打击，在什么地方穷死了，但六等文官却没有倒运，还是牢牢地站着。纵使前来搜查的官们的嗅觉有多么细致，他也能稳妥地藏下了财产的一部分。他用尽了一切凡有识得透、做得多的深通世故的人的策略和口实：这里用合适的态度，那里用动人的言语，而且用些决不令人难受的谄媚，博得官们的帮忙，有时还塞给他们一点点，总而言之，他知道把他的事情怎么化小，纵使无论如何逃不出刑事裁判，至少，也不像他的同事那样没面子的收场。自然，财产和一切出色的外国货是不见了，这些东西，都跑到某个赏鉴家的手里去了。剩在这里的，是他从这大破绽里救出来的，藏着应急的至多一万卢布，还有两打荷兰小衫，一辆年轻独身者所坐的小马车，以及两个农奴：马夫谢利凡和随从彼得鲁什卡，此外是因为税务官员的纯粹的好心，留给他的五六块肥皂，使他把他的脸好弄得干净和光鲜一些——这就是一切。我们的主角现在又一下子陷在这样的逆境里了！忽然来毁坏了他的，是多么一个吓人的坏运道！他称这为：因真理而受苦。人们也许想，在这些变动、历练、命运的打击和人生的恶趣之后，他会带了他那最后的伤心的一万块，躲到外省的平安的角落里，从此在那里锈下去：身穿印花的睡衣，坐在小屋的窗口，看着农夫们在礼拜天怎样的打架，或者也许为了保养，到鸡棚那边去走一趟，查一下哪一只可以烧汤，那么，他的生活就真的很闲静，而且为他设想，也并非过得毫无意思的吧。然而全不是这么一回事。对于我们的主角的不屈不挠的性格之坚强，人只好又说他不错。经过了够使一个人纵不灭亡，但遇事总不免沉静和驯良下去的一切这些打击之后，在他那里却仍没有消掉那未曾前闻的热情。他懊恼，他愤怒，唠叨全世界，骂命运的不公平，恨人们的奸恶，然而他不能放掉再来一个新的尝试。总而言之，他显出一种英雄气概来了，在这前面，那发源于迟钝的血液循环的德国人的萎靡不振的忍耐，就缩得一无所有。乞乞科夫的血液，却是火一般在脉管里流行的，倘要驾御一切要从这里奔迸出来，自由活动的欲望，必须有坚强的、明晰的意志。他这样那样地反省了许多时，而且总反省出一些正当。为什么我竟这样子？为什么现在不幸应该闯到我的头上来？那么，现在谁得了职业？人都在图谋好处。我没有陷害过什么人，没有抢掠过一个寡妇，没有弄得谁去做乞丐，我不过取了一点余剩，别人站在我的地位上，也要伸下手去的。我不趁这机会揩点油，别人也要来揩的。为什么别人可以称心享福？为什么我却应该蛆虫似的烂掉？我现在是什么东西？我还有什么用处？我现在怎么和一个体面的一家之父见面呢？如果我一想到空活在这世界上，能不觉得良心的苛责吗？而且将来我的孩子们会怎么说呢？——“看我们的父亲吧，”他们会说；“他是一只猪，毫不留给我们一点财产。”

我们已经知道，乞乞科夫是很担心着他的后代的。这是一件发痒似的事情。假使嘴唇上不常涌出这奇特的、渺茫的“我的孩子们会怎么说”的问题来，许多人就未必这么深地去捞别人的袋子了。未来的一家之父却赶忙去捞一切手头的东西，恰如一只谨慎的雄猫，惴惴地斜视着两边，看主人可在近地：只要看到一块肥皂，一支蜡烛，一片脂肪，爪下的一只金丝雀，它就全都抓来，什么也不放过。我们的主角在这么地慨叹和诉苦，但他的头却不断地在用功，他固执地要想出一些什么来。只还缺新建设的计划，他又缩小了，他又开始辛苦地工作生活，他又无不省俭，他又下了高尚和纯净的天，掉在龌龊和困苦的存在里了。在等候着好机会之间，总算得了法院代书人的职务，这职业者，在我们这里是还没有争得公民资格，非忍受各方面的打和推不可，被法院小官和他们的上司所轻蔑，判定了候在房外，并挨各种欺侮呵斥的苦恼的。然而艰难使我们的主角炼成一切的本领。在他所委托执行的许多公务中，也有这样的一件事：是有几百个农奴到救济局[①]里来做抵押。那些农奴所属的土地已经成为荒场。可怕的家畜传染病、奸恶经理人的舞弊，送掉顶好的农奴的时疫、坏收成，以及地主的不小的糊涂，都使这成为不毛之地。主人在莫斯科造起时髦房子来，装饰的最新式，最适意，但却把他的财产花得不剩一文钱，以至于连吃也不容易。于是他只好把还剩在他手里的唯一的田地，拿去做抵押了。向国家抵押的事，当时还不很明白，而且试办未久，所以要决定这一步，总不免心怀一点疑惧。乞乞科夫以代书人的资格，先来准备下一切：他首先是博得所有在场人的欢心（没有这预先的调度，谁都知道是连简单的讯问也轮不到的——总得每人有一瓶马德拉酒才好），待到确实地笼络住了所有官员之后，他才告诉他们说：“这事件里还有一点必须注意的情形：农奴的一半是已经死掉了的，要防后来会有什么申诉……”“但他们是还写在户口调查册上的，不是吗？”秘书官说。“自然。”乞乞科夫回答道。“那么，你还怕什么呢？”秘书官道，“这一个死掉，另一个会生，并无失少呀！这么样就成。”谁都看见，这位秘书官是能够用诗来

① 俄国19世纪初管理孤儿院、养老院的机关，设有贷款银行。——编者注

“我在找我的手套，它却就塞在自己的腰带上！……”

说话的。但在我们的主角的头里，却闪出一个人所能想到的最天才的思想来了。“唉，我这老实人！”他对自己说，“我在找我的手套，它却就塞在自己的腰带上！趁新的人口调查还没有造好之前，我去买了所有死掉了的人们来，一下子弄它一千个，于是到救济局里去抵押。那么每个魂灵，我就有二百卢布，目前足可以弄到二十万卢布了！而且现在恰是最好的时机，时疫正在流行，靠上帝，送命的很不少！地主们输光了他的钱，到处游荡，把财产用得一点不剩，都想往彼得堡去做官，抛下田地。经理人又不太帮他们，收租也逐年地难起来，单是用不着再付人头税，就不知道他们多么愿意把死掉的魂灵让给我呢，噢，恐怕我到底只要花一两个戈比就什么都拿来了。这自然是不容易的，要费许多力，人只好永远在苦海里漂泛，掉下去，又从此造出新的历史来。然而人究竟为什么要他的聪明呢？所谓好事情，就是很不真实、没有人真肯相信的事情。自然，不连田地，是不能买，也不能押的；但我用移住的目的去买，自然，移住的目的；塔夫利塔省和赫尔松省的荒地，现在几乎可以不花钱去领；那地方你就可以移民的，心里想多少就多少！我直接送他们到那地方去：到赫尔松省去，使他们住下！移民是要履行法律的程序，遵照设定的条文，经过裁决的。如果他们要证明书，可以，我不反对。为什么不可以？我也能拿出一个地方审判厅长亲笔署名的证明书来的。这田地，就叫做‘乞乞科夫庄’，或者用我的本名，称为‘帕维尔村’吧。”在我们的主角的头里，设计了这奇特的计划。读者对于这，是否十分感谢呢，我毫不知道，但作者却觉得应该不可以言语形容的感谢的，无论如何，假使乞乞科夫没有发生这思想，这诗篇也不会看见世界的光了。

他依照俄国的习惯，画过一个十字之后，要实行他的大计划了。他要撒着谎，他是在找寻一块可以住下的小地方，还用许多另外的借口，到我们国度里的边疆僻壤去察看，尤其是比别处蒙着更多的灾害之处，就是荒歉、死亡以及其他种种。一言以蔽之，是给他极好的机会，十分便宜地买到他所需要的农奴的地方。他决不随便去找任何的地主，却从他的口味来挑选人，这就是，须是和他做成这一种交易，不会怎样棘手，他先设法

他依照俄国的习惯，划过一个十字之后，要实行他的大计划了。

去和他接近，赚得他的交情，使农奴可以白白地送他，自己无须破费。

在我们这故事的进行中，出现的人物虽然总不合他的口味，但读者却也不能怪作者的，这是乞乞科夫的错，因为这里他是局面的主人公，他想往哪里去，我们也只好跟着他。如果有人加以责备，说我们的人物和性格都模糊、轻淡，那么，我们这一面也只能总是反复地说，在一件事情的开初，是不能测度它的全部情状，以及经过的广和深的。坐车到一个都会去，即使是繁华的首都，也往往毫无趣味。先是什么都显得灰色、单调。无边际的工厂和熏黑的作坊干燥无味地屹立着。稍迟就出现了六层楼房的屋角，体面的店铺，挂着的招牌，街道的长行和钟楼，圆柱，雕像，教堂，还有街上的喧嚣和灿烂，以及人的手和人的精神所创造的奇迹。第一回的购买是怎样的成交，读者已经看见了。这事件怎样地展开，怎样的成功和失败等候着我们的主角，他怎样地打胜和克服更其艰难的障碍，还有是强大的形象怎样地在我们前面开步，极其秘密的杠杆怎样地使我们这泛滥很广的故事运行，水平线怎样地激荡起来，于是进为堂皇的抒情诗的洪流呢，我们到后来就看见。一位中年的绅士，一辆年轻独身者常坐的马车，随从彼得鲁什卡，马夫谢利凡和驾车的三头骏马，从议员到卑劣的花马，是我们已经介绍过了的，由这些编成的我们的旅团，要走的是一条远路。于此就可见我们的主角的生涯。

但也许大家还希望我用最后的一笔，描出性格来，从他的德行方面说起来，他是怎样的人呢？他并不是具备一切道德、优点，以及无不完善的英雄——那是明明白白的。他究竟是怎样的人？那就是一个恶棍了？为什么立刻就是一个恶棍？对于别人，我们又何必这么严厉呢？我们这里，现在是已经没有恶棍的了。有的是仁善的、坚定的、和气的人，不过对于公然的侮辱，肯献出他的脸相来迎接颊上的一击的，却还是少得很。这一种类，我们只能找出两三个，他们自然立刻高声地谈起道德来。最确切是称他为好掌柜，或是获利的天才。获利的欲望，是罪魁祸首，它就是世间称为“不很干净”的一切关系和事务的原因。自然，这样的性格是有一点招人反感的，就是读者，即使在自己的一生中，和这样的人打交道，引他到自己的家里来，和他消遣过许多愉快的时间，但一在什么戏曲里，或者一篇诗歌里遇见，却就疑忌地向他看。然而什么性格都不畏惮，倒放出考察的眼光，来把握他那最深层的欲望的弹簧的人，是聪明、聪明、第三个聪明的。在人，什么都变化得很迅速，一瞬息间，内部就有可怕的蛆虫做了窠，不住地生长起来，把所有的生活力吸得干干净净。还有已经不只发现过一回的，是一个人系出高门，不但是剧烈的热情生长得很强盛，倒往往因为一种可怜的渺小的欲望，忘却了崇高的神圣的义务，向无聊的空虚里，去找伟大和尊荣了。像海中沙的，是人的热情，彼此无一相像，起初是无不柔顺，听命于人的，高超的也如卑俗的一样，但后来却成为可怕的暴君。恭喜的是从中选取最美的热情的人：他的无边的幸福逐日逐时地生长起来，愈来愈深地进了他的魂灵的无际的天国，然而也有并不由人挑选的热情。这是和人一同出世的，却没有能够推开它的力量。它所驱使的是最高的计划，有一点东西含在这里面，在人的一生中决不暂时沉默，总在叫唤和招呼。使下界的大竞走场，至于完成，乃是它的目的，无论它以朦胧的姿态游行，或者以使全世界发大欢呼的辉煌的现象，在我们面前经过——完全一样——它的到来，是为了给人以未知之善的。在驱使和催促我们的主角乞乞科夫的，大约也是发源于热情的吧，这非出于他自己，是伏在他的冰冷的生涯中，将来要令人向上天的智慧屈膝，而且微如尘沙的。至于这形象，为什么不就在目下已经出世的这诗篇里出现呢，却还是一个秘密。

但人家不喜欢我们的主角，作者并不苦楚，更其苦楚和伤心的倒是作者的魂灵里生活着推不开的确信：无论如何，读者竟会满足于这样的主角，满足于就是这样一个乞乞科夫的。如果作者不去洞察他的心，如果他不去搅起那瞒着人眼，遮盖起来的，活在他的魂灵的最底里的一切，如果他不去揭破那谁也不肯对人明说的，他的秘密的心思，却只写得他像全市镇里马尼洛夫以及所有别的人们那样子，那么，大家就会非常满足，谁都把他当做一个很有意思的人物的。不过他的姿态和形象，也就当然不会那么活泼地在我们眼前出现，因此也没有什么感动、事后还在震撼我们的魂灵，我们只要一放下书本，就又可以安详地坐到那全俄之乐的我们的打牌桌子前面去了。是的，我的体面的读者，你们是不喜欢看人的精赤条条的可怜相的。“看什么呢？”你们说，“这些有什么用呢？难道我们自己不知道世界上有很多的卑鄙和糊涂吗？即使没有这书，人也常常看见无法自慰的事物。还是给我们看看惊心动魄的美丽的东西吧！来帮帮我们，还是使我们忘记自己吧！”“为什么你要来告诉我，说我的经济不行呀，兄弟？”一个地主对他的管家说，“没有你，我也明白，好朋友。你就竟不会谈谈什么别的了吗？是不是？还是帮我忘记一切，不要想到它的好。那么，我就幸福了。”钱也一样，是用它来经营田地的，却为了忘却自己，用各种手段去花掉。连也许能够忽然发现大宗财源的精神，也睡了觉了。他的田地拍卖了，地主为了忘却自己，只好去乞食，带着一个原是出奇的下贱和庸俗，连自己看见也要大吃一惊的魂灵。

对于作者，还有一种别样的申斥，这是出于所谓爱国者的。他们悠闲地坐在自己的窠里，做着随随便便的事情，在别人的粮食上，抽着好签子，积起了一批财产。然而一有从他们看起来，以为是辱没祖国的东西，即使不过是包含着苦口的真实的什么书一出版，他们也就像蜘蛛发现一个苍蝇兜在它们的网上了一般，从各处的角角落落里爬出来，扬起一种大声地叫喊道：“噢，把这样的事物发表出来，公然叙述，这是好的吗？写在这里的，确是我们的事，但这么办，算得聪明吗？况且外国人会怎么说呢？听别人说我们坏，觉得舒服吗？”而且他们想：这于我们有没有损呢？我们岂不是爱国者吗？对于这样的警告，尤其是关于外国人，我找不出适当的回答，只能说这样的一个故事：

在俄国的什么偏僻之处，曾经生活着两个人。其一，是一个大家族的父亲，叫吉法·莫基耶维奇。他是温和、平静的人，只爱舒适和悠闲的生活。他不大过问家务，他的生涯，倒是献给思索的居多，他沉潜于他自己说的“哲学的问题”里，“拿走兽来做例子吧，”他时常说，一面在房里走来走去，“走兽是完全精赤条条的生下来的。为什么竟是精赤条条？为什么不像飞禽似的再多一些毛？为什么它，譬如说，不从蛋壳里爬出来呢？唉唉，真的，奇怪得很……人研究自然越深，就知道得越少！”市民吉法·莫基耶维奇这样想。然而这还不是最关紧要的。另一位市民是莫基·吉法耶维奇，他的亲生儿子。他是一个俄国一般之所谓英雄，当那父亲正在研究走兽的产生的时候，他那二十来岁的广肩阔背的身体，却以全力在倾注于发展和生长。无论什么事，他不能轻易地、照常地就完——总是折断了谁的臂膊，或者给鼻子上肿起一大块。在家里或在邻近，只要一望见他，一切——从家里的使女一直到狗——全都逃跑，连在他卧房里的自己的眠床，他也捣成了碎片。这样的是莫基·吉法耶维奇，除此之外，他却是一个善良的好心的人物。但这并不是重要的，重要的是在这里：“我告诉你，吉法·莫基耶维奇老爷，”自家的和别人的使女和家丁都来对父亲说，“你那莫基·吉法耶维奇是怎样的一位少爷呀？他给谁都安静不来，太捣乱了！”“对的，对的，他真也有些胡闹。”那父亲总是这么回答着，“但有什么办法呢？打他是已经不行的了，大家就都要说我严厉和苛刻，他却是一个爱面子的人。如果我在别人面前申斥他呢，他一定会小心的，但也忘不了当场丢脸——这就着实可怜。市里一知道，他们是要立刻叫他畜生的。你们以为我不会觉得苦痛的吗？你们以为我在研究哲学，再没有别的工夫，就不是他的父亲了吗？哪里的话，你们弄错了。我是父亲呀，是的，我是父亲呀。莫基·吉法耶维奇是深深地藏在我心里的。”吉法·莫基耶维奇用拳头使劲地捶着胸膛，非常愤激了，“即使他一世总是一匹畜生，至少，从我的嘴里，是总不会说出来的，我可不能自己来给他丢脸！”他这样地发挥了父亲的感情之后，就一任莫基·吉法耶维奇仍旧做着他的英雄事业，自己却回到他心爱的研究对象去，其间忽然提出这样的问题来了：“哼，如果像是生蛋的，那蛋壳应该不至于厚到没有什么炮弹打得碎吧？唉，唉，现在是到了发明一种新火器的时候了！”我们的两位居民，就是这样地在平安的地角里过活。他们，在我们这诗篇的完结之处，突然好像从一个窗口来窥探了一下，为的是对于热烈的爱国者的申斥，给一个平稳的回答。

这些爱国者，就大概是一向静静地研究着哲学，或者他们所热爱的祖国的财富的增加，不管做着坏事情，却只怕有人说出做着坏事情来的。然而爱国主义和上述的感情，也并不是这一切责备和申斥的原因，还有完全两样的东西藏在那里面。我为什么该守秘密呢？除了作者，谁还有这义务，来宣告神圣的真实呢？你们怕深刻的、探究的眼光射到你们的身上来。你们不敢自己用这眼光去看对象，你们喜欢瞎了眼睛，毫不思索，在一切之前溜过。你们也许在心里嗤笑乞乞科夫，也许竟在称赞作者，说，“然而，许多事情，他实在也观察得很精细！该是一个性情快活的人吧！”这话之后，你们就以加倍的骄傲，回到自己的本来，脸上显出一种很自负的微笑，接下去道：“人可是应该说，在俄国的一两个地方，确有非常特别和可笑的人，其中也还有实在精炼的恶棍！”不过你们里面，可有谁怀着基督教的谦虚，不高声，不明说，只在万籁俱寂，魂灵孤独的自言自语的一瞬息间，在内部的深处，提一个问题来道：“怎么样？我这里恐怕也含有一点乞乞科夫气吧？”怎么会一点也没有。假如迎面走过来一个官，是中等品级的汉子，他就立刻会触一触他的邻人，几乎要笑出来的样子，告诉他道：“看呀，看呀，这是乞乞科夫，他走过去了！”他还会忘记了和自己的身份和年龄相当的礼仪，孩子似的跟住他，嘲笑他，愚弄他，并且在他后面叫喊道：“乞乞科夫！乞乞科夫！乞乞科夫！”

然而我们话讲得太响，竟全没有留心到我们的主角在讲他一生的故事时睡得很熟，现在却已经醒来，而且要隐约地听到有谁屡次地叫着他的姓氏了。他这人，是很容易生气的，如果毫不客气地在讲他，也是极不高兴的。得罪了乞乞科夫没有，读者自然觉得并无关系，但作者却相反，无论如何，他总不能和他的主角闹散的：他还有许多路，要和他携手同行，还有两大部诗，摆在自己的面前，而且这实在也不是小事情。

“喂，喂！你在闹什么了！”乞乞科夫向谢利凡叫喊道，“你……？”

“什么呀？”谢利凡慢吞吞地问。

“什么呀？你问！你这混蛋！这是什么走法？前去，赶紧！”

实在的，谢利凡坐在他的马夫台上，久已迷蒙着眼睛了。他不过在半醒半睡中，间或用缰绳轻轻地敲着也在睡觉的马的背脊。彼得鲁什卡也不知道在什么地方落掉了帽子，反身向后，把头搁在乞乞科夫的膝髁上，吃了主人的许多有力的敲击。谢利凡鼓起勇气来，在花马上使劲地抽上一两鞭，马就跑起了活泼的步子。于是他使鞭子在马背脊上呼呼发响，用了尖细的声音，唱歌似的叱咤道："不怕就是了！"马匹奋迅起来，曳着轻车，羽毛似的前进。谢利凡单是挥着鞭子，赶着马，一面在他的马夫台上很有规律地颠来簸去，车子就在散着公路的山谷上飞驰，乞乞科夫靠在垫子上，略略欠起一点身子来，愉快地微笑着，因为他是喜欢疾走的。哪一个俄国人不喜欢疾走呢？他的魂灵，无时无地不神往于朦胧和颠倒，而且时常要高声地叫出"管他妈的"来，他的魂灵会不喜欢疾走吗？倘若其中含着一点很神妙、很奇异的东西，他会不喜欢吗？好像一种不知的伟力，把你载在它的翼子上，你飞去了，周围的一切也和你一同飞去了：路标、坐在车上的商人、两旁幽暗的松树和枞树、听到斧声和鸦鸣的树林、很长的道路，都飞过去了，远远地飞去在不可知的远地里。而在这飞速的闪烁和动荡中，却含有一种恐怖、可怕，一切飞逝的对象，都没有看清模样的工夫，只有我们头上的天，淡淡的云，上升的月亮，却好像不动地静静地站着。我的三驾马车呵！唉唉，我的鸟儿三驾马车呵，是谁发明了你的呢？你是只从大胆的、勇敢的国民里，这才生得出来的——在不爱玩笑，却如无边的平野一般，展布在半个地球之上的那个国度里。试去数一数路标吧，可不要闪花了眼睛！真的，你不是用铁襻来钩连起来的、乖巧地弄成的车了，却是迅速地，随随便便地，单单用了斧凿，个敏捷的耶罗斯拉夫的农人将你做成功的。驾驶你的马夫，并不穿德国的长统靴，他蓬着胡子，戴着手套，坐着，鬼知道是在什么上。他一站起，挥动他的鞭子，唱起他的无穷尽的歌来，马就旋风似的飞跑。车轴闪成一枚圆圆的平板，道路隆隆鸣动。行路人吓得发喊，停下来仿佛生了根。车子飞过去了，飞呀飞呀！……只看见在远地里好像一阵浓密的烟云，后面旋转着空气。

你不是也在飞跑，俄国啊，很像大胆的、总是追不着的三驾马车吗？地面在你底下扬尘，桥在发吼。一切都留在你后面了，远远地留在你后面。被上帝的奇迹所震悚似的，吃惊的旁观者站了下来。这是出自云间的闪电吗？这令人恐怖的动作，是什么意义？而且在这世所未见的马身上，是蓄着怎样的不可思议的力量呢？唉，你们马啊！你们神奇的马呵！有旋风住在你们的鬃毛上面吗？在每条血管里，都颤动着一只留神的耳朵吗？你们倾听了头上的、心爱的、熟识的歌，现在就一致地挺起你们这黄铜的胸脯吗？你们几乎蹄不点地，把身子伸成一线，飞过空中，狂奔而去，简直像是得了神助！……俄国啊，你奔到哪里去，给一个回答吧！你一声也不响，奇妙的响着铃子的歌。好像被风所搅碎似的，空气在咆哮，在凝结，超过了凡在地上生活和动弹的一切，涌过去了。所有别的国度和国民，都对你退避，闪在一旁，让给你道路。

# 第二卷

VOLUME Ⅱ

（残　稿）

## 第一章

为什么我们要从我们的祖国的荒僻和角落之处，把人们掘了出来，拉了出来，单将我们的生活的空虚，而且专是空虚和可怜的缺点，来公然展览呢？但如果这是作者的特性，如果他有一种特别的脾气，就只会这一件事：从我们的祖国的荒僻和角落之处，把人们掘了出来，来描写我们的生活的空虚，而且专是空虚和可怜的缺点，那又有什么法子呢？于是我们又跑到荒僻之处的中心，又闯进一个寂寥的、凄凉的窠里来了。而且还是怎样的一个窠，怎样的一个荒僻之处呵！

恰如带着炮塔和角堡的无际的城墙一样，一座不断的连山，延绵曲折着有一千俄里之远。它倨傲地、尊严地耸在无边的平野上，忽而是精光的黏土和白垩的断崖，忽而是到处开裂的崩坠的绝壁，忽而又是碧绿的山顶模样，覆盖着从枯株上发出的新丛，远望就像柔软的羊皮一样，忽而终于是茂密的、幽暗的森林了，奇怪得很，还没有遭过斧伐。那溪流呢，到处在高岸间潺湲，跟着山蜿蜒曲折，只有几处离开了它，飞到平野和牧场那里去，流作闪闪的弯曲，突然不见了，还在白桦、白杨，或者赤杨的林中，映着辉煌的阳光，灿然一闪，但到底又胜利地从昏暗中出现，受着每一曲折之处的小桥、水磨和堤防的相送，奔波而去了。

有一处地方，是险峻的山地，特别满饰着新的绿树。仗着山地的不一律，由人力的树艺，南北的植物都聚起来了。槲树、枫树、梨树和柳丛，蒌蒿和白桦，还有绕着蛇麻的山薇，这边协力着，彼此互助着滋生，那边妨碍着，挤得紧紧的，都满生在险峻的山上。山顶上面，在碧绿的枝梢间，夹杂着地主老爷的红屋顶，藏在背后的农家的屋角和屋梁，主邸的高楼和它那雕花的露台和半圆的窗户。在这挨挤的房屋和树木的一团之上，是一所旧式的教堂，将它那五个贴金的光辉灿烂的阁顶耸在天空中。这阁顶上装饰着金的雕镂的十字架，是用同一质料的也施雕镂的链条，系在圆顶格上，远远一望，令人觉得好像空气被毫无支架、浮在蔚蓝的天宇中的发光的黄金，烧得红光闪闪。而这树木、屋顶和十字架，又出色地倒映在溪水里。这里有高大的不等样的杨柳，一部分剩在岸上，一部分站在水中，把它那纠缠着碧绿的、黏腻的水草和茂盛的睡莲的枝叶浸入溪流，仿佛在凝眺这辉煌的景象。

这风景实在很出色，然而从高处向着山谷，从府邸的高楼向着远方眺望，却还要美丽得多。没有一个宾客、没有一个访问者能够淡然在露台上久立，他总是惊异得喘不出气来，只好大声叫喊道："天哪，这里是多么旷远和开阔呵！"一片无边无际的空阔，在眼前展开：点缀着小树林和水磨的牧场后面，耸立着郁苍的森林，像一条微微发光的丝带；森林之后是在渐远渐昏的空际，隐现着闪闪的黄色的沙丘；接着就又是森林，青苍隐约，恰如辽阔的大海或者平远的烟霭；后面又是沙丘，已经没有前一道的清楚了，然而还是很分明地在黄苍苍的空气中发闪。在远远的地平线上，看见山脊的轮廓：这是白垩岩，虽在极坏的天气，也灿然发白，似乎为永久的太阳所照射。在这一部分是石膏岩的山脚下，由雪白的质地衬托出几个烟雾似的依稀的斑点来：这是远处的乡村，却已不是人的目力所能辨别——但见一个教堂的金色的尖顶，炎炎的火花似的忽明忽灭，令人觉得这该是住着许多人的较大的村庄。但全体却沉浸于深的寂静中，绝不被在澄净的大气里飘扬、忽又在遥远的寥廓里消失的隐约可闻的空际歌人的歌词所妨碍。总而言之，是没有一个宾客和访问者能在露台上静下来的，如果站着凝眺了一两个钟头，他就总是反复着这句话："天哪，这里是多么旷远和开阔呵！"

然而这宛然是不可攻取的城寨，从这方面并无道路可通的田庄的居人和地主，是什么人呢？人应该从另一方面去——那地方有许多散种的槲树，在欣欣然迎接渐渐临近的行人，远伸着宽阔的枝条，像一个朋友的臂膊，把人一直引到邸宅那里去。那屋顶，是我们已经从后面看见过了的，现在却完全显现了，在一大排农人小屋，带着雕刻的屋栋和屋角，以及它那十字架和雕镂的悬空的链条，都在发着金光的教堂的中间。

这是列马拉汉县的地主安德烈·伊万诺维奇·坚捷德尼科夫的地方。这福人是一个三十三岁的年轻的汉子，而且还没有结过婚。

这地主安德烈·伊万诺维奇又是何等样人呢？是什么人物？特质怎样，性格如何？那我们可当然应该去打听亲爱的邻人了，好心的读者女士们。邻人们中的一个，是退伍上校和快乐主义者一流，现在是已经死掉了，往往用这样的话来说明："一匹极平常的猪狗！"一位将军，住在相距大约十俄里地的地方，时常说："这小伙子并不蠢，但是他脑袋里装得太多了。我能够帮助他，因为我在彼得堡有着一点联络，而且在……"将军从来没有说完他的话。地方审判厅长的回答却用了这样的形式："明天我要向他收取还没完清的税款去了！"一个农夫，对于他的主人是何等样人的问题，简直什么回答也没有。总而言之，邻人们对他所抱的意见，是很不妙的。但去掉成见的来说，安德烈·伊万诺维奇却实在并不是坏人，倒仅仅是无所为地活在世上的一个。就是没有他，无所为地活在世上的家伙也多得很，为什么坚捷德尼科夫就不该这么着呢？至于其余，我们只将他每天相同的一天的生活，给一个简短的摘要，他是怎样的性格，他的生活，和围绕着他的天然之美相关到怎样，请读者由此自去判断就是了。

每天早上，他照例醒得很晚，于是坐在床上，很久很久地擦眼睛。晦气的是他的眼睛小得很，所以这工作就需要很多的时光。在这施行期间，有一个汉子，名叫米哈罗，拿着一个面盆和一条手巾，站在房门口。这可怜的米哈罗在这里总得站个把钟头，后来走到厨房里去了，于是仍复回转来，但他的主人却还是坐在床上，尽在擦他的眼睛。然而他终于跳起来了，洗过手脸，穿好睡衣，走进客厅里去喝一杯茶，咖啡，可可，或者还有鲜牛奶。他总是慢吞吞地喝，一面胡乱地撒散着面包屑，漠不关心地到处落着烟灰。单是吃早餐，他就要坐到两个钟头，但是这还不够。他又取一杯凉茶，慢慢地走到对着庭园的窗口去。在这里，是每天上演着这样的一出的。

首先，是侍者性质的家丁[①]格里戈里和管家女佩尔菲利耶夫娜吵架，这是他照例用了这样的话来道白的："哼，你这贱货，你这不中用的！你还是闭了嘴的好，你这野种！"

"你要这样吗？"佩尔菲利耶夫娜给他看一看攥紧的拳头，怒吼着，她虽然极喜欢锁在自己箱子里的葡萄干、果子酱和别的甜东西，但是并非没有危险，态度也实在很粗野勇壮的。

"你还和当差的打过架哩，你这贱人！"格里戈里叫喊道。

"那当差的可也正像你一样，是一个贼骨头呀，你想是老爷不知道你吗？他可是在那里，什么都听见。"

"老爷在哪里呀？"

"他坐在窗口，什么都看见。"

一点不错，老爷坐在窗口，什么都看见。

还有来添凑这所多玛和蛾摩拉[②]的，是一个孩子在院子里放声大叫，因为母亲给了他一个耳光；还有一匹猎狗也一下子坐倒，狂吠起来了；厨子从窗口倒出沸水来，把它烫坏；总而言之，是一切都咆哮，喧嚷得令人受不住。那主人却看着一切，听着一切，待到这吵闹非常激烈，快要妨碍他坚捷德尼科夫的无所为了，他这才派人到院子里来，说道，但愿下面闹得轻一点。

午餐之前的两个钟头，安德烈·伊万诺维奇是坐在书房里，做着一部伟大的著作，要从所有一切的立场，社会的、政治的、哲学的和宗教的，来把捉和照见全体俄罗斯；并且解决时代所给予的困难的悬案和问题，分明地决定俄国的伟大的将来是在哪一条道路上。总而言之，这是一

① 这类家丁专掌器皿、酒等，在贵族、富人之家常见，地位高过一般仆人。——译者注

② Sodom、Gomorrah是两个古市名，见于《旧约》，大约在近死海南界，后来就用它来喻风俗紊乱的都市了。这里是比喻下面的胡闹和喧嚣。——译者注

部现代人才能够计划出来的著作。但首先是关于他那主意的架构的布置。他咬着笔杆，在纸上画一点花儿，于是又把一切都推在一边；另外拿起一本书，一直到午餐时候不放下。一面喝羹汤，添酱油，吃烧肉以及甜点心，一面慢慢地看着这本书，弄得别的肴馔完全冰冷了，有些还简直没有动。于是又喝下一杯咖啡去，吸起烟斗儿，独自玩一局象棋作消遣。到晚餐时候为止，此外还做些什么呢——可实在很难说。我想，大概是什么也不做了。

这三十三岁的年轻人，就总是穿着睡衣，不系领带，完全孤独而且与世隔绝，消遣着他的时光。散步和奔波，他不喜欢，他从来不高兴到外面去走走，或者开一扇窗户，把新鲜空气放进房里来。乡村的美丽的风景，宾客和访问者是不胜其叹赏的，但对于主人自己，却仿佛一无所有，读者由此可以知道，这安德烈·伊万诺维奇·坚捷德尼科夫，是属于在俄国已经绝迹，先前是叫做睡帽、废料、熊皮等等的，现在我可实在找不出名目。这样的特质，是生成的，还是置身严厉的环境里，作为一个悲凉的生活关系的产出，造了出来的，是一个问题。要来解答，也许还是讲一讲安德烈·伊万诺维奇的童年和学龄的故事较为合适。

起初，是大家都说他会很有些聪明的。到十二岁，有一点病态和幻想了，但以神经敏锐的儿童进了一所学校，那校长，是一位当时实在很不平常的人：是少年们的偶像，所有教师们的惊奇的模范，他有一种非常微妙的感觉，他多么熟悉俄国人的性质呵！他多么知道孩子的心情呵！他多么懂得引导和操纵儿童呵！刁滑的和捣乱的如果闹出事情来，没有一个不自己去找校长招认他的胡行和坏事的。然而这还不是全部：他受了严重的责罚，但小滑头却并不因此垂头丧气，反比先前更加昂然地走出屋子来。他的脸上有着新鲜的勇气模样的东西，一种心里的声音在告诉他道：“前去，快点站起，再静静地立定吧。虽然你跌倒了。”校长对于他的少年们从不多讲好规矩。他单是常常说：“我只希望我的学生一件事：就是他们伶俐和懂事，此外什么也没有！谁有想要聪明的雄心，他就没有工夫胡闹，那胡闹也就自然消灭了。”而且也真是这样子，胡闹完全消灭了，一个不肯用功的学生，只好受他的同窗的轻蔑。年纪大的蠢才和傻子，就得甘受最年幼者给他起的极坏的绰号，不能动一动他们的毫毛。“这太过了！”许多人说。“孩子太伶俐，就会骄傲的。”“不，毫没有太过。”他回答道，“资质低的学生，我是不久留在这里的，只要他修完了课程，就足够了；但给资质好的，我却还有别样的科目。”而且实在，资质好的可真得修完一种别样的课程。他许可许多捣乱和胡闹，毫不想去禁止它。在孩子的这轻举妄动里，他看见他们的精神活动的滋长的开端，他还声明说，在他，这是少不得的，倒非常必要，恰如一个医生的看疹子——为了精密的调查人体的内部，究竟在怎样地发展起来。

然而孩子们也多么爱他呵！孩子对他的父母，也没有这样的依恋和亲爱，在不顾前后的年纪，投入怀抱的奔放的情热，也不及对于他的爱的强烈和坚牢。他的感恩的门徒们，一直到入墓，一直到临终，都在他久经死去的先生的生辰，举起酒杯，来作纪念，闭了眼睛，为他流下感伤之泪。从他嘴里得一句小小的夸奖，学生们就高兴得发抖，萌生努力的志愿，要胜过所有的同窗。没有资质的人，他是不给久留在校里的，他们只须修完一种短短的课程；但有资质的，就得做加倍的学业，而全由特选生组成的最高年级，和别的学校完全不相同。到这一级，这才把别的糊涂虫所施教于孩子的东西，来向学生们施教——就是发达的理性，不自戏弄，然而了然，安受讥笑，宽恕昏愚，力戒轻率，不失坚忍，决不抱怨，长保俨然的宁静和坚定的自持。只要遇到可以炼成一个强毅的人的一切，就来实行，他自己也和学生们在不断地尝试和实验。唉，他是多么深通人生的科学呵！

他的教师的数目不很多，大部分的学科都由他自己教。他不玩学者的排场，不用难懂的术语，不说高远的学说和旷大的空谈，而讲述学问的精神，就是还未成年的人，也立刻懂得，他讲这智识有什么用。从一切学问里，他只先取教人成为祖国的一个公民的东西。他的讲义，大半是关于青年将来的，且又善于将他们的人生轨道的全局，在学生面前展开，使青年们在学校的桌子上，那精神的一切思维和梦想，却已在将来的职务：为国家出力。他对他们毫不遮瞒：无论是起于人生前路的绝望和艰难，无论是算着他们的蛊惑和诱惑，都以绝无粉饰的裸露，呈现在他们的眼前，什么隐讳也没有。他又熟悉一切官职和职务，好像亲身经历过似的。奇怪得很，也许是他们起了非常强烈的雄心，也许是在这非凡的教育家的眼里，含着叱咤青年“前进”的东西——这句话，是俄国人非常耳熟，也在他们的敏感的天性上，有伟大的神奇作用的——总而言之，青年们就立刻去找寻艰苦，渴望着克服一种困难或者一个障碍，以及显出英毅和神勇的地方。修完了这课程的，固然非常之少，完成的都是坚强的好汉，久经沙场的人才。出去办公，他们也只得到不安稳的地位，比他们聪明的许多人，已经耐不下去，为了小小的个人的不舒服，就放弃一切，或者行乐，偷懒，落在骗子和强盗的手里了。他们却站得极稳，毫不动摇地在自己的哨位上，还由于认识人物和性灵，而更加老练，也将一种强有力的道德的影响，给予了不良和不正的人们。

孩子的热烈的雄心，是只为着到底能够编进这学级里去的思想鼓动了很久的。给我们的坚捷德尼科夫，人总以为再没有比这样的教育家更好的了。但不幸的是刚在允许他编入级里的时候——这是他非常希望的——这位非凡的教师竟突然死掉了。对于少年人，这真是一个大打击，一个吓人的、无可补救的损失。现在是学校立刻两样了。亚历山大·彼得洛维奇的位置上，来了一个叫费奥多尔·伊万诺维奇的人。他首先是定出只管表面的章程和严厉的规则，并且向孩子们督促着只有成年人才能做到的东西。他把自由的解放，看做粗蛮和放纵。恰如反对着他的前任校长似的，在第一天，他就声明在学问上的理解和进步，毫无价值，最要紧的是好品行。然而怪哉！费奥多尔·伊万诺维奇在这么竭力经营的好品行，从他的学生那里却是得不到。他们玩着一切坏道儿，不过很秘密。白天是好像有点秩序的，但到夜里，可就闹起粗野的不拘礼节的筵宴和小吃来了。

在学问上，也弄得很奇怪，费奥多尔·伊万诺维奇请了有着新的见解和主意的新教师。他们向学生们落下新的言语和术语的很急的雹子来。他们的开讲，并不怠慢逻辑的联系，也注意于科学的新进步，又不缺少热烈和精诚——然而，唉，他们的学问上，却欠缺真实的生活！使知识讲出来有些硬，而且死气沉沉的。一句话，就是什么都颠倒了。对于学校当局和师长的尊敬，完全失坠，大家嘲笑着教师，连校长也叫费奥地加[①]，起了“打鼓手”以及别样出色的绰号了。暗暗地起了坏风气，简直毫不再有烂漫的天真，那些学生们就闹着很狡猾的乱子，令人只好从中开除了许多。两年之间，这学校就几乎面目全非了。

安德烈·伊万诺维奇的特质是安静、温和的。他反对同学们在校长住宅的窗前，毫无规矩地留住了一个小妇人，来开不讲礼节的夜宴，也不赞成他们的对于宗教的攻击和坏话，只因为偶然有一个真很愚蠢的教士来做教师，他们闹得过火了。不但如此，他是梦想着自己的魂灵，发源于天国的。这还不至于迷惑他，然而他立刻因此很懊丧。他的雄心已经觉醒了，可惜的是并无用武之地。这雄心，也许还是没有起来的好。安德烈·伊万诺维奇听着教授们在讲台上大发气焰，一面就记起了并不这么起劲、却也总是说得很明白、很易解的先前的先生。他有什么对象和学科没有听呢！哲学，医学，还有法学，世界通史，详细到整整三年间，教授总算讲完了序论和关于所谓德意志联邦的成立——天知道他什么还没有听呢，然而这些都塞在他脑子里，像一堆歪七竖八的零碎。亏得他天资好，觉到了这并不是正当的教育法，但要怎样才算是正当的呢，他却自己也不明白。他于是时常记起亚历山大·彼得洛维奇来，心里沉甸甸的，悲伤到不知道要怎么样才好。

然而青春还有着将来，这正是它的幸福。到得快要毕业的时候，他的心在胸膛里跳得很活泼了。他对自己说：“这一切可还不是人生，真的人生是要到为国效力这才开始的，那可进了大有作为的时期了。”于是他毫不顾及使所有宾客耸然惊叹的美丽的乡村，也不去拜扫他父母的坟墓，恰如一切雄才大志的人们一样，照着一切青年所抱的热烈的目的，赶忙跑上彼得堡去了。那些青年们，就是都为了给国家去服务，为了赚堂皇的履

① 就是费奥多尔的爱称，也是贱称。——译者注

历，或者也不过为了想添一点我们那冰冷的，没有颜色的，昏昏沉沉的社会的情态，从俄国的各地，聚到这里来的。然而安德烈·伊万诺维奇的雄心大志，立刻被他的叔父，现任四等官阿努弗里·伊万诺维奇挫折了，他直接地说，第一要紧的是写得一笔好字，除此之外，什么都不相干。要不然，他就没法做到大官或者得到高级的地位。仗了他叔父的非常的尽力和庇护，总算给他在属下的衙门里找到了一个小位置。当他跨进那发光的地板，亮漆的桌子的辉煌华丽的大厅，仿佛国家的最高的勋臣，就坐在这里决定全国的命运的时候，当他看见了漂亮的绅士一大堆，坐着歪了头，笔尖写得飕飕的发响，招呼他坐在一顶桌子前，去抄一件公事的时候（好像是故意给他毫无意思的东西的，只为着三个卢布的诉讼，这个那个的已经抄写了半个年头了），一种非常奇怪的感情，就来侵袭这未经世故的青年了。环坐在他周围的绅士们，使他明明白白地记起学校的同窗来。他们中的有几个，在听讲义时一心一意地只看翻译出来的无聊的小说，就使情形更加神似。他们把小说夹在公文的页子里，装作好像在检查案卷模样，长官在门口一出现，他也就吃一惊。这一切都使他很诧异，而且总觉得他先前的工作，到底更其有意义，而办公的预备，也远胜于实在的办公。他并神往于自己的学校时代了。亚历山大·彼得洛维奇就忽然像活着似的站在他的眼前——他好容易这才熬住了眼泪。

全部的屋子都旋转起来，桌子和官员，转得混成一团。他眼前骤然一黑，几乎倒在地上了。“不能，”他一定神，就对自己说，“纵使事务见得这么琐碎，我可也要办的。”他鼓起勇气之后，就决心像别人一样，把自己的事务安心办下去。

世界哪里会毫无快乐？就是圣彼得堡，表面上虽然显得粗糙和阴郁，却也给人许多乐趣的。外面是零下三十三度的怕人的严寒，风卷雪的巫女，是朔方的孩儿，恰如脱了束缚的恶魔似的，咆哮着在空中奔腾，愤愤地把雪片打向街道，粘住人们的眼睛，还用白粉洒在人的皮袍和外套的领子上，动物的嘴脸上；但在盘旋交错的雪花之间，那里的高高的五层楼上，却令人眷念地闪着一个可爱的明窗；在舒适的屋子里，在得宜的脂油烛光和大茶壶的沸腾音响的旁边，交换着温暖心神的意见，朗吟着上帝送给他所眷爱的俄国的一大批辉煌超妙的诗篇，许多青年的心，都颤动的潮涌起来，这在广大的南方的天宇下，是决不会有的。

坚捷德尼科夫立刻惯于他的职务了，然而这并不是他先前所想象的，合于他的宗旨的光荣的事业，倒是所谓第二义。他的办公只不过消磨时光，真的爱惜的却是其余的闲空的一瞬息。他的叔父现任四等官，刚以为侄子是还会好一点的，然而立刻碰了一个大钉子。我们在这里应该说明，在安德烈·伊万诺维奇的许多朋友里面，有两个年轻人，是属于所谓“脾气大”的人们一类的。他们俩都是古怪的不平稳的性格，不但对于不正不肯忍受，连对于他们看来好像不正的也决不肯忍受。天性并不坏，但他们的行为却不伶俐，没秩序，自己对人却丝毫不能容忍，一面却要别人凡事都万分周详。他们的火一般的谈吐和对于社会的义愤的表示，给了坚捷德尼科夫一个强有力的影响。在交际中，他的神经也锐敏起来，觉得到极小的感触和刺激了。他向他们学习了注意一切小事情，先前是并不在意的。莱尼金，是设在那堂皇的大厅里的一科的科长，忽然招了他的厌恶了。他觉得这莱尼金和上司说话，就简直变了一块糖，满脸浮着讨厌的甜腻腻的微笑，但转过来对着他的属下，却立刻摆出一副威严腔，而且也如凡是小人之流，总在留心的一样，有谁在大节日不到他家里去拜访，他总不会忘记把那人的姓名记在门房里的簿子上。于是他对他起了一种按捺不住的、近于切身的反感。好像有恶鬼在螫他，撩他似的，总想给莱尼金一个不舒服。他怀着秘密的高兴在等机会，也立刻就得到了。有一回，他对科长很粗暴，弄到当局要他去谢罪，或者就辞职。他就辞了职。他的叔父，现任四等官，像怕得不得了，跑到他那里去恳求他道：“看上帝面上，安德烈·伊万诺维奇！我求你！你这是怎么的？单为了看得一个上司不顺眼，你就把你全盘的幸而弄到手里的前程统统玩掉了！这是什么意思呀？如果谁都这么干，衙门里就要一个都不剩了。你明白一点吧……改掉你的虚矫之气和你的自负，到他那里去和他好好地说一说吧！”

“可是完全不是在这一点呵，亲爱的叔父。”那侄儿说，“向他去请求宽恕，我倒是毫不难办的。这实在是我的过失，他是我的上司，我不该向他这样说话。然而事情却在这里：我还有一个别样的职务和别样的使命，我有三百个农奴，我的田地交息少，我的管家又是一个傻子。如果衙门里叫别人补了我的缺，来誊写我的公文，国家的损失是并不很多的，但倘使三百个农奴缴不出他们的捐税，那损失可就很大了。请你想一想吧，我是地主呀，闲散的职业并不是我的事。如果我来用心于委任给我的农人的地位的保护和提高，给国家造成三百个有用的、谨慎和勤快的小百姓——那么，我的事情，还比一个什么科长莱尼金做得少吗？”

现任四等官吃了一惊，大张了嘴巴。这样的一番话，他是没有料到的。他想了一下，这才说出一点这种话：“不过……唉唉，你怎么这样想呀？你不能把自己埋在乡下吧？农人可并不是你的前程呵！这里却两样，时常会遇见一个将军，或者一个公爵的。只要你高兴，你也可以走过那里的一所堂皇高敞的屋子。这里有煤气灯，有欧洲工业，都看得见！那里却只有村夫村妇，为什么你竟要把自己弄到那么无智识的人们里去了？”

然而叔父的这竭力晓谕的抗议和说明，对于侄儿并没有影响。他觉得乡村乃是自由的幽栖，好梦和深思的乳母，有用之业的唯一的原野了。他早已经收集了关于农业的最新的书籍。总而言之，在这番对话的两礼拜之后，他已在他年轻时代曾经生活过的地方，使所有宾客非常惊叹的乡曲的附近了。一种全新的感情来激励他。他的心灵中，又觉醒了旧日的久已褪色的印象。许多地方，他是已经忘却了的，就很诧异地看着一路的美丽之处，仿佛一个生客。忽然间，为了一种莫名其妙的原因，他的心剧烈地跳动起来了。但道路进了大森林的茂密所形成的狭窄的隧道里，他只看见上上下下，各到各处，都是要三个人才能合抱的三百年老的槲树，其间夹杂些比普通的白杨长得还高的枞树、榆树和黑杨，他一问：“这森林是谁家的呢？”那回答是：“坚捷德尼科夫的。”于是道路出了森林，沿着白杨树丛、新柳树和老柳树、灌木，以及远处的连山前进，过了两条桥，时而走在河的左边，时而又在那右边，当旅人一问：“这牧场和这水地是谁家的呢？”那回答又是：“坚捷德尼科夫的。”路又引向山上，在高原中展开，经过了禾束、小麦、燕麦和大麦，一面是他曾经经过之处，又忽然远远地全盘出现了，道路愈走愈暗，入了密密的站在绿茵上面的横枝广远的树荫下，一直到了村边。当那饰着雕刻的农家小屋，石造的府邸的红屋顶，亲密地迎面而来的时候，当那教堂的金色屋尖向他发闪的时候，他的猛跳的心，就是并不问，也知道自己是在哪里了，于是他那愈涨愈高的感情，竟迸出这样的大声的话来道："至今为止，我不是一个呆子吗？命运是选拔我来做世间的天国的主人，我却自贬了去充下贱的誊录，自去当死文字的奴才。我学得很多，受过严密的教育，通晓物情，有大识见，足够督励自己的下属，改良全体的田地，执行地主的许多义务，是集管理人、执法官和秩序监督人于一身的！但是我跑掉了，把这职掌托付一个什么没教育、没资格的总管！自己却挑选了法院书记的职务，给漠不相识、也毫不知道那资质和性格的别人的讼事去着忙。我怎么能只去办那些单会弄出一大堆糊涂事的，离我怕有一千里地之远，而我也没有到过的外省的纸片上的空想的公事，来代我自己的田地的、现实的公事呢？"

然而其时在等候他的还有一场别样的戏剧。农奴们一听到主人的归来，就都聚在府邸的大门口了。这些美丽人种的斑斓的围巾、带子、头巾、小衫和浓密的如画的大胡子，挤满了他的周围。当百来个喉咙大叫道："小爹！你竟也记得我们了！"而年老的人们，还认识他的祖父和曾祖父的，不由得流出泪来的时候，他也禁不住自己的感动。他只好暗暗地追问："有这样爱！我给他们办了些什么呀？我还没有见过他们，还没有给他们出过力哩！"于是他就立誓，从今以后，要和他们分任一切工作和勤劳了。

于是坚捷德尼科夫就很认真地来管理和经营他的田产。他削减地租，减少服役，给农奴们有为自己做事的较多的时间。糊涂总管被赶走了，自己来独当一切。他亲自去到田野、去到谷仓、去到打禾场、去到磨场和河埠，也去看装货和三桅船的发送，这就已经使懒家伙窘得抓耳搔腮。然而这继续得并不久。农人是并不愚蠢的，他立刻觉得，主人实在是敏捷、聪明，而且喜欢做出能干的事情来，但还不大明白这应该怎样下手。而他的说话，也太复杂，太有教养。到底就弄成这模样，主人和农奴——这是说过一说的了：彼此全不了解，然而并不互相协同，学走一致的步调。

坚捷德尼科夫立刻觉察到，主人的田地上，什么都远不及农奴的田地上的收成好：种子撒得早，可是出得迟；不过也不能说人们做得坏。主人是总归亲自站在那里的，如果农奴们特别出力，还给他们一杯烧酒喝。但是虽然如此，农奴那边的裸麦早已长足，燕麦成熟了，黍子长得很兴旺，他的却不过种子发了一点芽，穗子也没有饱满。一言以蔽之，主人觉得了他对于农奴，虽然全都平等、宽仁，但农奴对于他，却简直是欺骗。他试去责备那农奴，然而得到的是这样的答话："您怎么能这样想，好老爷，说我们没有替主人利益着想呢？您亲自看见的，我们怎样使劲地锄地下种！您还给我们一杯烧酒哩。"对于这，他还能回答些什么呢？

"那么，谷子怎会长得这么坏的呢？"主人问了下去。

"天知道！一定有虫子在下面咬吧！况且是这么坏的一夏天：连一点雨也没有。"

但主人知道，谷物的虫子是袒护农奴的，而且雨也下得很小心，就是所谓条纹式，只把好处去给农奴，主人的田地上却一滴也没有。

更艰难的是他对付女人们。她们总在恳求工作的自由，和诉说服役的负担之苦。奇怪得很！他把她们的麻布、果实、香菇、胡桃那些的贡献品，统统废止了，还免掉了她们所有别样工作的一半，因为他以为女人们就会用了这闲空的时间，去料理家务，给自己的男人照顾衣服，开辟自家的菜园。怎样的一个错误呵！在这些美人儿之间，倒盛行了懒散、吵嘴、饶舌，以及各种争闹之类的事情，致使男人们时时刻刻跑到主人这里来，恳求他道："好老爷，请您叫那一个女人清楚些！这真是恶鬼。和她是谁也过活不了的！"

他屡次说服了自己，要严加管理。然而他怎么能做得出来呢！如果是一个女人，女人式的呼号起来，他怎么能够严厉呢？况且她又显得这么有病、可怜，穿着非常龌龊的、讨厌的破布片！（她从哪里弄来的呢，只有天晓得！）“去吧，离开我的眼前，让我用不着看见你！”可怜的坚捷德尼科夫大声说，立刻也就赏鉴了这女人刚出门口，就为了一个芜菁和邻女争闹起来，虽然生着病，却极有劲道地在脊梁上狠狠地给了一下，虽是壮健的农夫，也不能打得这么出色的。

很有一些时候，他要给他们办一个学校，然而这却吃了大苦，弄得非常消沉，垂头丧气，后悔他要来开办了。

他一去做调停人和和事佬，也即刻觉到了他那哲学教授传授给他的法律上的原则，简直没有什么用。这一边说假话，那一边谎也撒的并不少，归根结蒂，事件也只有魔鬼才了然。他知道了平常的世故、价值，远胜于一切法律的原则和哲学的书籍；他觉察了自己还有所欠缺，但缺的是什么呢，却只有上帝知道。而且发生了常常发生的事情：就是主人不明白农奴，农奴也不明白主人；而两方面，无论主人或农奴，都把错处推到别人身上去。这很冷却了地主的热心。现在他出去监督工作的时候，几乎完全缺少了先前那样的注意了。当收割牧草之际，他不再留心镰刀的微音，不去看干草怎样的堆积，怎样的装载，也不注意周围割草工作的进行。他的眼睛只看着远方：一看见工作正在那边，那眼睛就在四近去找一种什么对象，或者看看旁边的河流的曲折，那地方有一个红腿红嘴的家伙，正在来回地散步——我说的自然是一只鸟，不是人。他新奇地凝视着翠鸟怎样在河边捕了一条鱼，衔在嘴里许多工夫，好像在沉思是否应该吞下去，再细心地沿河一望，就看见远地里另有一只同类的鸟，还没有捉到鱼的，却在紧张地看着衔鱼的翠鸟。或者是闭了眼睛，仰起头，向着蔚蓝的天空，他的鼻子嗅着旷野的气息，耳朵是听着有翼的、愉快的歌人的歌吟，这从天上，从地下，集成一个神奇的合唱，没有噪音来搅乱那美丽的和谐：鹌鹑在裸麦中鼓翼，秧鸡在野草里尖鸣，红雀四处飞鸣，一匹水鹬冲上空中，嘎的一声叫，云雀歌啭着，消失在蔚蓝的天空中，而鹤唳就像鼓声，高高地在天上布成三角形的阵势。上下四方，无不作响，有声，而每一音响，都神奇地互相呼应……唉唉，上帝呵！你的世界，即使在荒僻的土地，在远离通都大邑的最小的村庄，也还是多么壮美呵！但到后来，虽是这些，也使他厌倦了。他不久就完全不到野外去，从此只躲在屋子里，连跑来报告事情的总管，也简直不想接见了。

早先还时时有一个邻居到他这里来谈天，什么退伍的骠骑兵中尉呀，是一位容易生气的吸烟家，浑身熏透着烟气，或者一位激进的大学生，大学没有毕业，他的智慧是从各种应时的小本子和日报上采来的。但这也使他厌倦起来了。这些人们的谈话，立刻使他觉得很浅薄。他们那欧式的恳切的、伶俐的举动，来敲一下他的膝盖那样的随便，他们的趋奉和亲昵，他看起来都以为太不雅、太庸俗。于是他决计和他们断绝往来，还用了很粗鲁的方法。当一位上校而且是快乐主义者一类货色的代表，现在是已经亡故了的专会浮谈的周到的交际家，和我们这里刚刚起来的新思想的先驱者尼古拉耶维奇，两个同来访他，要和他畅谈政治、哲学、文学、道德还有英国的经济情形的时候，他派了一个当差的去，嘱咐他说，主人不在家，而自己却立刻轻率地在窗口露了脸。主人和客人的眼光相遇了。一个自然是低声说："这畜生！"另一个在齿缝里，也一样地送了他一个近乎畜生之类。他们的交情就从此完结，以后也不再有人来访他了。

他倒很喜欢，就潜心思索着他那关于俄国的大著作。怎样做法的呢，那是读者已经知道的了。他的家里传染了一种奇特的、随随便便的规矩。虽然人也不能说他竟并无暂时梦醒的工夫，如果邮差把新的日报和杂志送到家里来，他碰巧读到一个旧同学的姓名，或者出仕升到荣显的地位，或者对于科学的进步和全人类的事业有了贡献，他的心就隐隐地发生一种幽微的酸辛，对于自己的无为的生活，起了轻柔的、沉默的然而是严峻的不满。觉得他全部的存在都恶心，讨厌了。久经过去的他的学校时代的光景，历历在目，亚历山大·彼得洛维奇的形象，突然活泼地在面前出现，他的眼泪就泉涌起来……

这眼泪是表示什么的呢？恐怕是大受震撼的魂灵，借此来发抒他那烦恼的苦楚的秘密，他胸中蕴蓄着伟大高贵的人物，正想使他发达强壮起来，却中途受了窒碍的苦痛的吧？还没有试和命运的嫉妒相搏斗，他还未达到这样的成熟，学得使自己很强大，能冲开遮拦和妨碍；伟大而高华的感情的宝藏，未经最后的锻炼，就烧红的金属似的化掉了；对于他，那出色的教师真是死得太早，现在是全世界已没有一个人，具备才能来振作这因怯弱而不绝地动摇，为反对所劫夺的无力的意志。用一句激励的话来使他奋起——一声激励的“前进”来号令精神了，这号令，是凡有俄国人，无论贵贱，不问等级，不分职业和地位，谁都非常渴望的。

能向我们俄国的魂灵，用了自己的高贵的国语，来号令这全能的言语“前进”的人在哪里呢？谁通晓我们本质中的一切力量和才能，所有的深度，能用神通的一眨眼，就带我们到最高的生活去呢？俄国人会用了怎样的泪，怎样的爱来酬谢他呵！然而一世纪一世纪地驶去了，我们的男女沉沦在不成材的青年的无耻的怠惰和昏愚的举动里，上帝没有肯给我们会说这句全能言语的人！

然而有一件事几乎使坚捷德尼科夫觉醒过来，在他的性格上发生一个彻底的转变。这是恋爱故事一类的，但也继续得并不久。在坚捷德尼科夫的邻村，离他的田地十俄里地之远，住着一个将军，这人，我们早已经知道，对坚捷德尼科夫并不是很好。这位将军的过活，可真是一位将军，这就是说，恰像一位大人物，大开府第，喜欢前来拜访、向他致敬的邻人；他自己呢，自然是不去回拜的，一口粗哑的声音，看着许多书，还有一个女儿，是稀奇的、异乎寻常的存在。她非常活泼，有生气，好像她就是生活似的。

她的名字是马莉尼卡，受过特别的教育。教她的是一个一句俄国话也不懂的英国家庭教师。她的母亲很早就死掉了，父亲又没有常常照管她的余暇。但发疯似的爱着女儿，以至于一味拼命地趋奉。她什么都唯我独尊，恰如一个放纵长大的孩子一样。倘使有谁见过她怎样忽然发怒，美丽的额上蹙起严峻的皱纹，怎样懊恼地和她的父亲争论，那是一定要以为她是世界上最任性的物种的。但她的愤怒，只在听到了一件别人所遭遇的惨事或不平。她决不为了自己来发怒或纷争，也不为自己来辩解。一看见她所恼怒的人陷入不幸和困苦，她的气恼也就立刻消失了！有人来求她布施，她当即抛出整个的钱袋去，却并不仔细地想一想，这是对的呢还是不对的。她有些莽撞、急躁，说起话来，好像什么都在跟着思想飞跑：她那脸上的表情，她的言语，她的举动，她的一双手，连她的衣服的褶子也仿佛在向前飘动，人几乎要想，她自己也和她的言语一同飞去了。她毫不隐瞒，对谁也不怕说出自己的秘密思想，如果要说话，世界上就没有力量能够使她沉默。她那惊人的步法，是一种唯她独具的，非常自由而稳重的步法，谁一相遇，就会不由自主地退到一旁，给她让出道路来。和她当面，坏人就总有些惶恐、沉默了。连最不怕羞的人也说不出话，失了所有的把握和从容，而老实人却立刻极其坦然地和她谈起闲天来，仿佛遇到了世间未见的人物，听过一句话，就好像他在什么地方什么时候曾经认识她，而且已在什么地方见过这一个相貌：是在他仅能依稀记得的童年，在自己的父亲的家里，在快乐的夜晚，在一群孩子高兴地玩着闹着的当时——从此以后许多时，成年人的严肃和成就，就使他觉得凄凉了。

坚捷德尼科夫和她的关系，是也和一切别的人们完全一样的。一种新的，不可以言语形容的感情激励了他，一道明亮的光辉，照耀了他那单调的、凄凉的生活。

将军当初是很亲爱和诚恳地接待了坚捷德尼科夫的，但两人之间，竟不能弄到实在的融洽。每一见面，临了总是争论，彼此都怀着不舒服的感情。因为将军是不受反对和辩驳的。而坚捷德尼科夫这一面，可也是有些易于感动的年轻人，他自然也为了他的女儿，常常对父亲让步，因此久没有搅乱彼此之间的平和，直到一个很好的日子，有将军的两位亲戚，一位是伯爵夫人博尔德列娃，一位是公爵夫人尤贾吉娜，前来访问的时候。这两位都曾经做过老女皇的宫中女官，但和彼得堡的大有势力的人物，也还有一点密切的关系。将军就竭力地向她们去献媚。坚捷德尼科夫觉得她们一到，对他就很冷淡，不大注意，把他当哑巴看待了。将军向他常用居高临下的口气称他为“我的好人”或是“最敬爱的”，而有一回竟对他称了“你”。坚捷德尼科夫气恼起来了。他咬着牙齿，然而还知道用非常的自制力，保持着镇静，当怒不可遏、脸上飞红的时候，也用了很和气、很谦虚的声音回答道：“对于您的出格的好意，我是万分感谢的，将军大人。您用这亲昵的‘你’对我表示着密切的交情，我就对您也有了一样的称‘你’的义务。然而年纪的悬隔，却使我们之间完全不能打这样亲戚似的交道呵！”将军狼狈了，他搜寻着自己的意思和适当的说法，终于声明了这“你”用的并不是这一种意思，老年人对于一个年轻人，大约是可以称之为“你”的。关于他的将军的军衔，却一句话也不说。

当然，两面的交际，自从这一事件以后就彼此断绝了，他的爱情，也一发芽就凋落。暂时在他面前一闪的光明，黯然消灭，现在降临的昏暮，比先前更暗淡、更昏沉。他的生活又回上旧路，成了读者已经知道的那老样子了。他又整天无所作为地躺着，家里满是龌龊和杂乱，扫帚在屋子的中央，终日混在一堆尘埃里，裤子竟会在客厅里到处游牧，安乐椅前面的华美的桌子上，放着几条垢腻的裤带，像是对于来宾的赠品似的。坚捷德尼科夫的全部生活，就这样无聊、昏沉起来，不但他的仆役不再敬畏，连鸡也肆无忌惮地来啄他了。他会许多工夫拿着笔，坐在那里，在摊在面前的一张纸上面画着各种图：饼干，房屋，小屋，小车，三驾马车等。有时还会忘掉了一切，笔在纸上简直自动起来，在主人的无意中，形成一个娇小的头脸，是优秀动人的相貌，流利探索的眼光和一个微微蜷曲的髻子——于是画家就惊疑地凝视，这是那人的略画，那肖像是没有一个美术家能够摹绘的。他心里就越加伤痛起来，他不愿意再相信这世界上会有幸福，因此也比先前更其悲哀，更少说话了——这就是安德烈·伊万诺维奇的心情。

有一天当他照例地坐在窗前，望着前园时，忽然惊疑不定，是觉得既不见格里戈里，也不见佩尔菲利耶夫娜，外面却只是一种不安和扰动了。

年轻的厨子和管家女都跑出去开大门：门一开，就看见三匹马，和刻在凯旋门上的完全一样的。一匹的头在左，一匹在右，一匹是在中间。这上面高高地坐着一个马夫和一个家丁，宽大的衣服，头上包一块手帕。两人之后坐着一位穿外套和戴皮帽的绅士，满满地围着红色的围巾。当马车停在门口的台阶前时，就显出这原来是一辆有弹簧的轻巧的车子。那仪表非凡的绅士，就以仿佛军人似的敏捷和熟练，跳出车子，匆匆地跑上阶沿来了。

安德烈·伊万诺维奇着了急。他以为来客是一位政府的官员。到这里我应该补叙一下，他在年轻时候，是受过一件傻事情的连累的。有一对读过一大批时下小本子的哲学化的骠骑兵官，一位进了大学却未毕业的美学家，和一个败落的赌客要设立一个慈善会，会长是一个秘密共济会员，是一位爱打牌的老骗子，然而口才极好的。这会藏着一种非常高尚的目的：就是要使从泰晤士河边到堪察加岛的全人类永远得到幸福。但这须有莫大的现钱，从大度的会员们募集的捐款，是闻所未闻的大。这钱跑到哪里去了呢，除了掌握指导之权的会长以外，自然谁也不知道。坚捷德尼科夫是由两个朋友拉进这会里去的，那两个都是属于满肚牢骚类的人，天性是善良的，为了科学，为了教化，以及为了给人类服务的他们的未来的壮举，喝了许许多多杯，于是就成为正式的酒鬼了。坚捷德尼科夫觉察的还早，退了会。但这会却已经玩了一个与上等人不很相宜的另外的花样，招出不愉快的结果来，竟闹到警察局去了……坚捷德尼科夫退会之后，就和这些人断绝了一切的交涉，但还不能觉得很放心，也是毫不足怪的：他的良心并不完全清净。所以他现在瞥见大门一开放，就不能不吃惊。

但当来客几乎出人意外地老练地一鞠躬，一面微微地侧着头，作为致敬的表示的时候，他的焦急立刻消散了。那人简短地，然而清楚地声明，他从很久以前起，就一半为了事务，一半为了好奇，在俄国旅行。即使不计那些有余的产业和多种的土壤，我们的国度里也很富于显著的东西：他是给这田地的美景震撼了，但倘若他的马车没有因为这春天的泛滥和难走的道路忽然出了毛病，他是决不敢到这美丽之处来惊动主人的，就为了想借铁匠的高手给修理一下。然而即使马车全没有出什么事，他也还是禁不住要趋前来请安的。

那客人一说完话，就又可爱到迷人地一鞠躬，露出他那珠扣的华美的亮漆长靴来，而且他的身子虽然肥胖，却以橡皮球的弹性，向后跳退了几步。

安德烈·伊万诺维奇早已放心了。他认为这人该是一个好奇的学者或是教授，旅行俄国，在采集植物或者也许倒是稀奇的化石的。他立刻声明了对于一切事情，自己都愿意协助。请他用自己的车匠和铁匠来修理马车，请他像在他自己的家里一样在这里休息，请他坐在一把宽大的伏尔泰式安乐椅子①上，要倾听他那博学的，关于自然科学的事物的谈话了。

然而那客人所讲的却多是内心生活的事情。他把自己的生涯比作一只小船，在大海里，被怕人的风暴所吹送。说他怎样的屡次变换了职业，他多少次为真理受苦，以及他怎样的屡次被敌人所暗算，生命几濒于危险，此外还有许多别的事。于是坚捷德尼科夫看出来了，他的客人乃是一个实际家。收场是他把一块雪白的麻纺手巾按在鼻子上，大声地擤了一下鼻涕，响到安德烈·伊万诺维奇从来没有听到过。在交响乐里，是往往会遇到这种讨厌的喇叭的，如果只有这一声，却令人觉得并不在交响乐里，倒是自己的耳朵在发响。在久经沉睡的府邸中的突然惊醒的许多屋子里，立刻轰传了一样的声音，而立刻也在空气中充满了古龙水的芳烈的气息，这是由麻纺手帕地轻轻一挥，隐隐约约地散在屋里的。

读者恐怕已经猜到，这客人并非别人，即是我们那可敬的、长久没有顾到了的帕维尔·伊万诺维奇·乞乞科夫。他老了一点了，可见他的过活，也并非没有狂风骇浪。就是他穿着的常礼服，也显得有些穿熟的样子。连那马夫和篷车，家丁，马匹和马具，看去都好像有一点减损和消耗了。他的经济景况似乎也并不很出色。但那脸面的表情，行为的优雅，恰依然全如先前一样。是的，他的应酬，倒比以前更可爱了一些，坐在安乐椅子上的时候，也还是架起了一条腿。谈吐近乎更加柔软，言语之间，也仿佛愈在留心和节制，态度是更聪明、更稳重，在一切举动上，几乎更加能干了。他的衣领和胸衣是雪似的又白又亮，虽然在旅行，外衣上却不沾一粒灰尘：他可以立刻去赴庆祝生日的筵宴。下巴和面颊都刮得极光，只有瞎子，才会不惊叹他那饱满和圆滑的。

① 一种宽而深的椅子：法国的作家伏尔泰（Voltaire，1694—1778）因病曾用这样的椅子，故名。——译者注

府邸里立刻起了很大的变化。因为关着外层门，久已躲在昏暗中的一半，突然照得光明耀眼了。很亮的屋子里，摆起家具来，一切就马上显得这模样：作为卧室的屋子，陈列着各种夜晚化妆用的东西，作书房的一间……等一等吧，我们先应该知道这屋子里摆着三张桌子：一张是沙发前面的书桌，一张是镜子和窗门之间的打牌桌，还有一张是屋角上的三角桌，正摆放在卧室的门和通到堆积破烂家具、不住人的大厅的门的中间。这大厅，向来是充作前厅之用的，已经整年的没有人进去过。在这三角桌子上，那旅客从衣箱里取出来的衣裳就找到了它的位置，便是：两条配着那件常礼服用的裤子，两条簇新的裤子，两条灰色的裤子，两件绒背心，两件绸背心和一件常礼服。这些都积叠了起来，像一座金字塔，上面盖一块绢手帕。在房门和窗门之间的另一个屋角上呢，排着一大批长靴：一双不很新的，一双完全新的，一双亮漆鞋和一双睡鞋。这些上面也怕羞似的盖着一块绢帕——简直好像并无其物的一样。书桌上也立刻整整齐齐地摆出这些东西来：小匣子，一个装有古龙香水的瓶儿，一个日历和两种小说，但两种都只有第二本。干净的小衫裤，是放在卧室里的衣橱里面了，要给洗衣女人去洗的那些，就捆成一团，塞在床底下。连那衣箱，到得变空之后，也塞进床底下去了。为了吓跑强盗和偷儿，一路带着的长刀，也拿进卧室去，挂在靠近眠床的一个钉头上。什么都显得了不得的干净，异乎寻常的整齐了。哪里都找不出一片纸，一根毛，或者一粒尘埃了。连空气也显得美好起来：其中散布着一个小衫裤常常替换，礼拜天一定要去用湿海绵洗澡的鲜活而健康的、男子汉的令人舒服的气味。在充作前厅之用的大厅里，一时也粘住了家丁彼得鲁什卡的气息，但彼得鲁什卡又即搬家，这正和他相称，弄到厨房里去了。

在第一天，安德烈·伊万诺维奇很有些为自己的无拘无束担心；他怕这客人会烦扰他，带累他的生活有不惬意的变化，扰乱他自己幸而立定了的日课。但他的担心是毫无根据的。我们的朋友帕维尔·伊万诺维奇却显示了适应一切的非凡的弹性和才能。他称扬主人的哲学气味的悠闲，并且说明这可以使人长寿。关于主人的孤独生活，他赞成地说，这对于人乃是养成伟大思想的。也看了一看图书室，把书籍赞美非常，还指出这可以防人的误入歧路。他话说得很少，但凡有所说，却无不真切，而且分明。一切举动，尤其证明着可爱和伶俐，进退都适得其时，不把质问和愿望来麻烦主人，如果是这边沉默着，不爱谈天的话，也很满足来下一盘棋，也很满足不开口，当主人把烟草的烟云喷向空中时，他不吸烟，就来找一件相称的事情。举个例子，就如他从袋子里摸出银烟盒来，夹在右手的两个指头的中间，再用左手的一个指头拨得它飞快地旋转起来，简直好像地球在转着自己的轴子，或者用手指咚咚地敲着盖子，再加口哨吹出和谐的声调。一句话，他一点也不妨碍他的主人。“在一生中，这才看见了一个可以一同过活的人！”坚捷德尼科夫对自己说，“这种本领，在我们这里实在是很少有的。我们里面有许多人，聪明，有教养，也确是好人。然而永远稳妥的人，可以同住一世纪，并不争闹的人——这样的人我却不知道。这一种人，我们这里到底有多少呢？这是我所认识的这类人的第一个。”坚捷德尼科夫这样地判断着他的客人。

乞乞科夫那一面也很高兴，因为他能够在一个这么温和而恳切的主人家里，寄住若干的时光。流浪人的生活，他实在尝饱了。能够好好地住下一个月，欣赏着出色的村庄的风景，田野的气味，和开始的春光，就是为痔疮起见，也有大用处和利益的。

轻易就找不出给他休息的更好的地方来。春天战胜了压迫的严寒，骤然展开那全部的华美，幼小的生命到处抽芽了。树林和牧场都闪出淡绿，嫩草的新鲜的碧玉里，明晃晃地抽着蒲公英的黄花，还有红紫的白头翁花，也温顺地垂着纤柔的颈子。成群的蚊虻和许多昆虫，都在沼泽上出现，跟着的是长脚的水黾，于是禽鸟也从各方面来躲在干枯的、可以遮蔽的芦苇里。一切都潮涌似的聚集在这地方，彼此互相见面，互相亲近了。地上忽然增添了丁口，树林觉醒起来，牧场上是活泼而且响动，村子里跳着圆舞。还有多少地方是闲空的呢。怎样的明朗的新绿！空气是多么的清新！园里是多少禽鸟的歌吟！万有的天上似的欢呼和高兴！村庄在发声，在歌唱，好像结婚的大宴了。

乞乞科夫时常去散步，出去游行和漫步的机会是多得很的。他直上平坦的高原，可眺望横在下面的溪谷，到处还有啮岸的洪水所留下的大湖，其中耸着幽暗的、尚未生叶的树林的岛屿；或者是穿过暗林的密处和阴地的中间，树木戴着鸟巢，接近的屹立着，乌鸦叫着乱飞起来，好像一片云遮暗了天宇。从燥地上可以一径走到埠头，装着豌豆、大麦和小麦的初次的船刚要开行，流水激着慢慢地转动起来，水车轮发出震聋耳朵的声响。或者他去看看方才开始的春耕，观察一块新耕的土地，怎样展在原野的碧绿里，还有播种的人，用手敲着挂在胸前的筛子，匀整地撒出种子去，却没有一粒落在别地方。

乞乞科夫什么地方都走到。他和管家、农夫、磨工一样一样地议论、谈天。他什么都问到，问那里怎样，还问怎样营生，卖掉了多少谷子，春天和秋天磨什么谷子，每个农奴叫什么名字，谁和谁有亲，他从哪里买了他的公牛，他用什么喂他的猪，总而言之，他一点也不漏落。他也问出了死掉多少农奴，知道是好像少得很。因为他是聪明人，立刻明白了安德烈·伊万诺维奇的家景并不很出色。他到处发现了怠慢、懒惰、偷盗，还有纵酒也很风行，他自己想："坚捷德尼科夫可多么糊涂呀！这样的产业，却一点也不管！从这里赚出总额五万卢布来，是可以把得稳的！"

在散步时，他不止一回，起了这样的思想，自己也在什么时候——当然并非现在，却在将来，如果办妥要务，他手里有了钱的话——自己也在什么时候要做一个像这产业的平和的主人。于是不消说，立刻有一个商家的，或是别的有钱人家的，粉面的年轻而娇滴滴的女人的形象，在他眼前出现。噢，他竟还梦想她是性情和音乐相近的哩。他也设想着后代，他的子孙，那责任，是在传乞乞科夫氏于无穷：一个泼辣的男孩和一个漂亮的女孩，或者简直是两个男孩和两个女孩，当然，三个也可以，由此给大家知道知道，他的确生活过，存在过，至少是并不像一个幽灵或者影子似的在地上逛荡了一下——而且他对于祖国，因此也用不着惭愧了。于是就往往起了这一种思想，那也并不坏，如果他有了头衔的话，例如五等官，这总是一个很有名誉，很可尊敬的称号呀！人如果去散步，是什么都会想起来的，非常之多，致使把人从这无聊的、凄凉的现在拉开，挑拨他的幻想力，加以戏弄，使他活动，纵使他明知道做不到，在他自己却还是觉得甜蜜的。

乞乞科夫的仆役也很中意这地方。他们很快地习惯了新生活。彼得鲁什卡立刻和侍者格里戈里结了交，虽然他们俩开初都很矜持，而且非常之装模作样。彼得鲁什卡想蒙蔽格里戈里，用自己的游历和世界知识，使他肃然起敬。但格里戈里却马上用了彼得鲁什卡没有到过的彼得堡制了胜。他还要用那些地方的非常之远来对抗，而格里戈里可就说出这样的一个地方来，谁都决不能在地图上找到，而且据说还远在三千里以上，弄得帕维尔·伊万诺维奇的家丁无法可想，只好张开了嘴巴，遭所有奴婢的哄笑了。但相处却很合适，两个家丁订结了亲密的交情。村边有一个出名的小酒店，是一切农奴的老伯伯、秃头的皮门大叔开设的，店名叫“阿库利”。在这店堂里，每天总可以见到他们。所以用人民爱用的话来说，他们是成了酒店的“老主顾”了。

给谢利凡却有另外的乐处。村子里是每晚上都唱歌，村里的年轻人聚集起来，用歌唱和跳舞来庆祝新春。跳着圆舞，合围了，又忽然分散。在现在的大村子里是已经很少有了的苗条而血统纯粹的、招人怜爱的姑娘们，给了他一个强有力的印象，以至于久立不动，看得入迷。其中谁最漂亮呢，那可很难说。她们都是雪白的胸脯和颈子，又大又圆的含蓄的眼睛，孔雀似的步子，一条辫发，一直拖到腰带边。每当她那洁白的双手拉着他的手，在圆阵中和她们徐徐前进，或者和别的青年们排成一道墙，向她们挤过去的时候，每当姑娘们高声大笑着，向他们迎上来，并且唱着“新郎在哪里呢，主人呀？”的时候，每当周围都沉入黑夜中，那谐调的回声，远从河流的后边，忧郁地反响过来的时候，他就几乎忘却了自己。此后许多时，无论是在早上或是黄昏，是在睡着或是醒着，他总觉得好像有一双雪白的手捏在自己的两手里，和她们在圆阵里慢慢地动弹。

乞乞科夫的马匹也觉得在它们的新住宅里好得很。青马、议员，连花马在内，也以为留在坚捷德尼科夫这里毫不无聊，燕麦是很出色的，而马房的形势，也极其适意。每匹都各有各自的位置，用隔板和别的分开，然而又很容易从上面窥探。所以也能够看见别的马，如果从中有一匹，即使是在最末的边上的，高兴嘶起来了，那么，别的马也就可以用同样的方法，来回答它的同僚。

总而言之，在坚捷德尼科夫这里，谁都马上觉得像在自己的家里了。但一涉及帕维尔·伊万诺维奇因此游历着广大的俄国的事务，即死魂灵，关于这一点，他却纵使和十足的呆子做对手，也格外谨慎和干练了。然而坚捷德尼科夫总是在看书，在思索，要查明一切现象的原因和底蕴——它们的为着什么和什么缘故……"不，我从另一面下手，也许要好一些吧！"乞乞科夫这样想。他时常和婢仆去谈闲天，于是他有一回，知道了主人先前常常到一家邻居——一位将军——那里去做客，知道了那将军有一个女儿；知道了主人对于那小姐——而小姐对于主人也有一点……知道了但他们忽然断绝，从此永远不相来往了。而他自己也已经觉到，安德烈·伊万诺维奇总在用铅笔或毛笔画着种种头像，但是全都显得非常相像的。

有一天，午餐之后，他又照例地用了第二个指头，使银烟盒依轴而转的时候，向着坚捷德尼科夫道："凡是心里想要的东西，您什么都有，安德烈·伊万诺维奇，只是您还缺一样。"

"那是？"这边问，一面在空中喷出一团的烟云。

"一个终身的伴侣。"乞乞科夫说。安德烈·伊万诺维奇没有回答，于是这回的谈话，就此收场了。

乞乞科夫却并不害怕，寻出一个另外的时机来。这回是在晚餐之前，当谈天的中途，突然说："真的，安德烈·伊万诺维奇，您得结婚了！"

然而坚捷德尼科夫仍旧一句话也不回答，仿佛他不爱这个题目似的。

但是，乞乞科夫不退缩。他第三次选了另外一个时机，是在晚餐之后说了这些话："唤，真的，无论从哪一方面来看您的生活，我总以为您得结婚了！您还会生忧郁症呢。”

也许是乞乞科夫的话，这回说得特别动听，也许是安德烈·伊万诺维奇这时特别倾于直率和坦白，他叹息一声，并且说，一面又喷出一口烟：“第一者，是人总该有幸福，总该有运气的，帕维尔·伊万诺维奇。”于是他很详细地对他讲述了自己的遭遇：他和将军的结交以及他们的绝交的全部故事。

当乞乞科夫一句一句地明白了已经知道的案件，听到那只为一句“你”，却闹出这么大故事来的时候，他简直骇了一跳。暂时之间，他查考似的看着坚捷德尼科夫的眼睛，决不定他是十足的呆子呢，还不过稍微有一点昏。

“安德烈·伊万诺维奇！我请教您！”他终于说，一面握住了主人的两只手：“这算什么侮辱呢？在‘你’这个字里，您找得出什么侮辱来呢？”

“这字的本身里自然是并不含有侮辱的。”坚捷德尼科夫回答道，“侮辱是在说出这字来的意思里、表现里。‘你！’——这就是说：‘知道吧，你是一个无足重轻的东西，我和你来往，只因为没有比你好的人，现在是公爵夫人尤贾吉娜在这里了，我请你记一记哪里是你本来的地位，站到门口去。’就是这意思呀！”说到这里，我们的和气的、温顺的安德烈·伊万诺维奇的眼睛就发光，在他的声音里，颤动着出于大受侮辱的感情的愤激。

“嗅，就算是这一类的意思？——那有什么要紧呀？”乞乞科夫说。

“怎么，您要我在这样的举动之后，还去访问他吗？”

“是的，这算得什么举动？这是决不能称为一种举动的。”乞乞科夫极冷静地说。

“怎么会不是‘举动’的？”坚捷德尼科夫诧异地问道。

“总之这不是举动，安德烈·伊万诺维奇。这不过是这位将军大人的一种习惯，对谁都这么称呼。况且对于一位这样的给国家出过力、可以尊敬的人物，为什么不宽恕他一下呢？”

"这又是另一件事了。"坚捷德尼科夫说,"如果他只是一个老先生或者一个穷小子,不这么浮夸、骄傲和锋利,如果他不是将军,那么,就是用'你'来称呼我,我也很愿意宽恕,而且还要恭恭敬敬地应对的。"

"实实在在,他是一个呆子!"乞乞科夫想,"他肯宽恕一个破烂衣服的家伙,对于一位将军却不!"在这料想之后,他就大声地说下去道:"好,可以,就是了,算是他侮辱您吧,但是您也回报他:他侮辱您了,您也还了他侮辱。然而人怎么可以为了一点这样的芥蒂,就大家分开,抛掉个人藏在心里的事情呢?我应该先求原谅,这真是……如果您立定了目标,那么,您也应该向这奔过去,有什么要来吗,来就是。谁还留心有人在对人吐唾沫呢?一切的人,都在互相吐唾沫。现在是您在全世界上也找不出一个人,会不周围乱打,也不对人吐唾沫了。"

坚捷德尼科夫被这些话吓了一大跳,他完全目瞪口呆地坐着,单是想:"一个太古怪的人,这乞乞科夫!"

"是一个稀奇的家伙,坚捷德尼科夫!"乞乞科夫想,于是他放声说下去道:"安德烈·伊万诺维奇,请您让我像对兄弟似的来说一说吧。您还毫无经验。您要原谅我去弄明白这件事。我要去拜访大人,向他说明,这件事在您这边是由于您的误会,原因还在于您年纪轻,您的世界知识和人间知识都很有限。"

"我没有到他面前去爬的意思。"坚捷德尼科夫不高兴地说,"也不能托付给您的!"

"我也没有爬的本领。"乞乞科夫不高兴地回答道,"我只是一个人。我会犯错误,但是爬呢——断断不来的!请您原谅吧,安德烈·伊万诺维奇。您竟有权利,在我的话里垫进这么侮辱的意义去,我可是没有料到的。"

"您宽恕吧,帕维尔·伊万诺维奇,我错了!"坚捷德尼科夫握着乞乞科夫的两只手,感激地说,"我实在并不想侮辱您。您的好意,在我是极有价值的。我对您起誓。但我们收起这话来,我们不要再来谈这件事吧！”

“那么，我也就平平常常地到将军那里去吧。”乞乞科夫说。

“为什么？”坚捷德尼科夫问，一面诧异地凝视着乞乞科夫。

“我要去拜访他！”乞乞科夫道。

“这乞乞科夫是一个多么古怪的人呵！”坚捷德尼科夫想。

“这坚捷德尼科夫是一个多么古怪的人呵！”乞乞科夫想。

“我明天早上十点钟的时候到他那里去，安德烈·伊万诺维奇。我想，去拜访一位这样的人物表示自己的敬意，还是早一点好。只可惜我的马车还没有整顿，我想请您允许我用一用您的车子。我预备早晨十点钟就到他那里去的！”

“自然可以。这算得什么！您吩咐就是。您爱用哪一辆，就用哪一辆，都随您的便！”

在这交谈之后，他们就走散，各归自己的房子，睡觉去了，彼此也并非没有推测着别人的思想的特性。

但是——这岂不奇怪——当第二天马车到门，乞乞科夫身穿新衣服，白背心，结着白领带，以军人似的熟练，一跳而上，驶了出去，拜访将军去了的时候，坚捷德尼科夫就起了一种好像从未体验过的感动。他那一切生锈和昏睡的思想都不安起来，活动起来。神经质的激情，忽然用了全力，把这昏沉的、浸在舒服和无为中的迷梦，一扫而空了。

他忽而坐在沙发上，忽而走向窗口去，忽而拿起一本书，忽而又想思索些什么事。失掉的爱的苦恼啊！他找不出思想来。或者他想什么也不想。枉然的辛苦啊！一种思想的无聊的零星，各种思想的尾巴和断片，都闯进脑子里，搅扰着他的头颅。“这情形可真怪！”他说着，坐在窗前，眺望道路去了，道路穿过昏暗的槲树林，林边分明有一阵烟尘，是驶去的马车卷了起来的。但是，我们抛下坚捷德尼科夫，我们跟定乞乞科夫吧。

## 第二章

在十足的半个钟头里，出色的马匹就把乞乞科夫拉了大约十里远——先过槲树林，其次是横在新耕的长条土地之间的，跨着春天新绿的谷物的田地，其次又沿了时时刻刻展开着堂皇的远景的连山，终于是经过了刚在吐叶的菩提树的宽阔的林荫路，直到将军的领地里。菩提树路立刻变成一条两面白杨的长路，树身都围着四方的篱笆，后来就到透空铸铁的大门，可以窥见府邸的八个哥特式的圆柱子，支着华美的破风，雕镂得非常精美。到处发着油漆气，全部给人新鲜之感，没有一样东西显得陈旧。前园是平坦而且干净，令人觉得就要变成地板。当马车停在门前时，乞乞科夫就十分恭敬地跳了下来，走上阶沿去。他立刻把名片送到将军那里，而且又即被引进书斋里去了。

将军的威严相貌，可给了我们的主角一个很深的印象。他穿一件草莓色的柔软的天鹅绒的睡衣，他的神色是坦白的，他的脸相是有丈夫气的，他有一大部唇须，茂盛而花白的颊须和头发，背后剪得很短；他的颈子，又宽又肥，也就是我们这里之所谓“三层楼”，意思是那上面有横走的三条皱，一言以蔽之，这是1812年间非常多的豪华的将军标本中的一个。这位贝德里谢夫将军，是也如我们大家一样，有一大堆优点和缺点的。在我们俄国人里面也常常可以看到，这两点实在交织得非常光怪陆离：豁达、大度，临到要决断的时候，也果决、明白，然而一到他居高无事，以及没有事情来惹他了，那就也如没有一个俄国人能够破例一样，要夹上一大批虚荣、野心、独断和小气。凡有品级超过了他的，他都非常厌恶，对他们发表一些冷话似的东西。最遭殃的是他的一个先前的同僚，因为将军确信着自己的明白和干练都在那人之上，而那人却超过了自己，已经做了两省的总督。还有一样晦气的事情，是将军的田产，又正在他的同僚所管的一省里。将军就屡次复仇。一有机会，他就讲起自己的对手，批评他的一切命令，说明他的一切办公和行政，都是糊涂透顶。他什么都显得有些所谓古怪，尤其是在教养上。他是一个革新的好朋友和前驱，也总在愿意比别人知道得更多，知道得更好，所以他不喜欢知道一点什么他所不知道的东西的人。总而言之，他是很爱夸耀自己的聪明的。他的教育，大半从外国得来，然而又要摆俄国的贵人架子。性格上既然有这么多的固执，这么多的厉害的冲突，做起官来，自然只好和不如意打仗，终于也弄得自己告退了。闹成这样的罪孽，他却归之于一个所谓敌党，因为他是没有负点责任的勇气的。告退以后，他仍旧保存着堂堂的威风。无论他穿着一件燕尾服，一件常礼服，或者一件睡衣——他总是这模样。从他的声音起，一直到一举一动，无不是号令和威严，使他的一切下属，即使并非尊敬，至少也要觉得害怕或胆怯。

乞乞科夫觉到了两样：敬重和胆怯。他恭敬地微歪了头，好像要搬一个载着茶杯的盘子似的，伸出两只手去，用了出奇的熟练，鞠躬快要碰到地面上，并且说道："前来恭候大人，我以为是自己的义务。对于在战场上救了祖国的人们的道德，抱着至高的尊敬，所以使我，使我来拜见您老了。"

这几句开场白，在将军似乎并没有什么不满意。他很和气地点点头，说道："和您相识，我是很高兴的。请，您请坐！您是在哪里办公的呀？"

"我的办事地方，"乞乞科夫说，一面坐在安乐椅子上——但并非中央，却在微微靠边的一面——而且用手紧抓着椅子的靠手，"我的办事的地方，最初是在国库局的，大人，后来就过种种的位置：我在地方审判厅，在一个建筑委员会，在税务处，都办过公。我的生涯，就像一只小船，在狂风巨浪中间一样，大人。我可以说，我是用忍耐喂养大的，我自己就是所谓忍耐的化身。我吃了敌人多少苦呢，这是用言语，就是用艺术家的画笔，也都描写不来的。现在到了晚年，这才在寻一个角落，好做一个窠，给自己过活。这回是就住在您大人的近邻的人家……”

“谁家呀，如果我可以问？”

“在坚捷德尼科夫家，大人。”

将军皱起了眉头。

“他现在非常懊悔，没有向您大人来表示当然的尊敬。”

“尊敬！为什么？”

“为了您大人的勋业。”乞乞科夫说，“不过他找不出适当的话来……他说：‘只要我能够给将军大人做点什么……因为我是知道尊重救了祖国的人物的。’他说。”

“我，那么，他想怎样？……我可是毫不怪他呀！”将军说着，已经和气得多了，“我是真心喜欢他的，还相信他一到时候，会成为一个很有用的人物呢。”

“说的真对，大人。”乞乞科夫插嘴道，“一个很有用的人。他很有口才，文章也写得非常好。”

“但我想，他是写着种种无聊东西的。我想，他是在作诗或者这一类吧。”

“并不是的，大人，全不是无聊的东西。他在做一部极切实、极紧要的著作。他在做……一部历史，大人……”

“一部历史？……什么历史？”

“一部历史……”到这里，乞乞科夫停了一下，不知道是因为有一位将军坐在眼前，还不过是想要加重这事情的力量呢，总之，他又接着道：“一部将军们的历史，大人！”

“什么？将军们的？怎样的将军们的？”

“将军们全部，大人，就是全体的将军们……也就是，切实地说起来，是祖国的将军们的。”

乞乞科夫觉得自己岔得太远了，因此非常惶惑。他恨得要吐唾沫，一面自己想：我的上帝，我在说什么昏话呀。

“请您原谅，我还没有全懂……那究竟是怎么的呀？那是一时代的历史，还是各人的传记呢？还有，写的是现存的所有的将军们，还是只写那参与过1812年战事的呢？”

“对得很，大人，只是那参加战事的！”一面却自己想道，“打死我吧，我可说不清！”

“哦，那么，他为什么不到我这里来呢？我可以给他非常有用的史料哩！”

“他不敢，大人！”

“多么糊涂！为了彼此之间有什么一句傻话……我可全不是这样的人啊。我自己到他那里去也可以的。”

“这他可不敢当，他自己会来的。”乞乞科夫说，他已经完全恢复了元气，自己想道：“哼，将军们！可来的真凑巧，然而这全是我随口滑出来的！”

在将军的书斋里，听到一种声音，雕花框子的胡桃木门，自己开开了。门背后出现了一个闺女的活泼的姿色，手拉着房门的把手。即使在屋子的昏暗的背景上忽而显出了被灯火映得雪亮的图画也不及这可爱的丰姿的突然涌现，给人这么强有力的印象。她分明是因为要说什么话，走了进来的，但一看见屋子里有一个陌生人……好像和她一同涌进了太阳的光线，将军的森严的房屋，也仿佛全部灿烂起来，微笑起来了。在最初的一瞬间，乞乞科夫竟猜不出站在他面前的是什么人。她是生在哪一国度里的呢，也很难断定，因为这么纯净而优美的相貌，是并不能够轻易找到的，即使在古代的浮雕玉石上。她那高华的全体，苗条而轻捷像一支箭，显得比一切都高一些。然而这只是一种美的错觉。她其实并不很高大。这种现象，不过由于她的肢体，彼此无不出奇地融洽和均匀。那衣服，她所穿的，也和她的身样非常相称，令人要以为因为想给她做得极好，最有名的裁缝们曾经商讨一番的。然而这也只是一种错觉。她并不考究自己的装饰，什么都好像自然而然的一样：只要在单色的匆匆裁好的布片上，用针缝上两三处，就自然成为了称身的高华的襞褶；倘将这衣裳和它的穿着人一同移在绘画上，那么，一切时髦的年轻闺秀，就显得好像花母牛，或是旧货店里的美人儿了。倘将她连这襞褶和所穿的衣裳一同凿在白石上，那么，人就要称这雕像为天才的艺术家的作品的。她只有一个缺点：是她有些过于瘦弱和纤柔。

“我来给您介绍我的搅家精吧！”将军说着，转向乞乞科夫这面去，“还要请您原谅，我还没有知道您的本名和父称哩……”

“对于一个还没有表现一点特色和德行的人，也得知道那本名和父称吗？”乞乞科夫谦虚地歪着头，回答道。

“但是……这一点是总该知道的！”

“帕维尔·伊万诺维奇，大人！”乞乞科夫说着，一面用了军人似的熟练，鞠一个躬，又用了橡皮球似的弹力，向后跳了一下。

“乌莉尼卡！”将军接着道，“帕维尔·伊万诺维奇刚告诉了我很有意思的新闻。我们邻人坚捷德尼科夫，可全不是像我们所想那样的傻子。他在做一部大著作：一部1812年的将军们的历史哩。”

“哦，但是谁说他是傻的呀？”她很快地说，“至多，也不过是你很相信的那个米锡内波克罗莫夫会这么说，爸爸，而他却不过是一个空虚而卑劣的人呀。”

“怎么就卑劣？他有些肤浅，那是真的！”将军说。

“他有点卑劣，也有点坏，不单是肤浅的。谁能这样地对付自己的兄弟，还把他的同胞姊妹从家里赶出去呢，这是一个讨厌的、可恶的人！”

“然而这不过是人们讲说他的话。”

“人们不会无缘无故地说出这样的事来的。我真不懂你，爸爸。你有一颗少有的好心，但你却会和一个万不及你、你也明知道他不好的人打交道。”

“你瞧就是，”将军微笑着对乞乞科夫说，“我们是总在这么吵架的！”于是他又转向乌莉尼卡去，接着道：“亲爱的心儿！我可不能赶出他去呀！”

“为什么就赶出去？但也用不着招待得这么恭敬，像要把他抱在你的怀里似的呀！”

到这里，乞乞科夫以为也来说句话，已是他的义务了。

“每个生物都在求爱。”乞乞科夫道，“这叫人有什么办法呢？连兽类也爱被人抚摸，它从槛房里伸出鼻子来，仿佛想要说：来呀，摸摸我。”

将军笑起来了。“真对，就是这样的。它伸出鼻子来，恳求着：在这里呢。摸我！哈，哈，哈！不单是鼻子哩，整个人都从龌龊东西里钻上来，然而他却求人表示所谓同情……哈，哈，哈！”将军笑得发了抖。他那曾经搁过肥厚的肩章的双肩在抖动，好像现在也还饰着肥厚的肩章一样。

乞乞科夫也短声地笑起来，但因为对于将军的尊敬，他的笑总不张开口：嘻，嘻，嘻，嘻，嘻，嘻！[①]他也笑得发了抖，不过肩膀没有动，因为他并不缀着肥厚的肩章。

“这么一个先是欺骗和偷窃国家的家伙，却还想人因此来奖励他！倘没有奖励的鼓舞和希望，谁肯来出力和吃苦呀！”他说，“哈，哈，哈，哈！”

一种悲伤的感情，遮暗了闺女的高华而可爱的脸：“爸爸！我真不懂你怎么就是会笑！这样的坏事和这样的下流，只使我觉得伤心。如果我看见一个人，简直公然地，而且当众做出欺骗的事情，却没有得到到处被人轻蔑的报应，我真不知道自己会怎么样，因为我自己就要不好起来了。我想呀想呀的……”她几乎要哭出来了。

“但愿不要怪我们。”将军说，“我们和这事情是毫无关系的。不是吗？”他一面转向乞乞科夫，接着说，“哦，现在吻我一下，回你自己

① 原是He, he, he……，一时找不出适当的音译字。——译者注

的房里去吧，我就要换衣服，因为立刻是午餐时候了。”

“你在我这里吃！”于是他瞥了乞乞科夫一眼，说。

“如果您大人……”

“吃吧，不要客气。这是还能请你的。谢谢上帝，我们今天有菜汤！”

乞乞科夫伸出了他的两只手，敬畏地垂了头，屋子里的一切事物，在眼睛里暂时都无影无踪了，只还能够看见自己的鞋尖。他在这种恭敬态度上，固定了一会之后，才又把脑袋抬起，却已经看不见乌莉尼卡。她消失了。她的位置上，站着一条大汉，是长着一副浓密的唇须和出色的络腮须子的家丁，两手分拿着银的面盆和水盂。

“你该是准许我在你面前换衣服的吧？”

“您不但可以在我面前换衣服，只要您爱在我面前做什么，都听您的便，大人！”

将军从睡衣里伸出一只手来，在斗士似的臂膊上，勒高了汗衫的袖口。他动手洗脸了，泼着水珠，哼着鼻子，好像一只鸭。肥皂水溅满了一屋子。

“哦，哦，他们要一种鼓舞和奖励。”他说，一面细心地擦着他的胖脖子，“抚摸他，抚摸他吧。没有奖励，他们就连偷也从此不听了。”

乞乞科夫起了少有的好心机，他突然得到一种灵感，“将军是一个快活的、好心的人物！可以试一试的！”他想，待到看见家丁拿着水盂走了出去，就大声地说道：“大人！您是对谁都很和善、恳切的！我对您有一个大大的请求。”

“怎样的请求？”

乞乞科夫谨慎地向四面看了一看。“我有一个伯父，是一个上了年纪、很是衰弱的人。他有三百个农奴和二千……而我是他唯一的承继者。他自己早不能管理他的产业，因为他太老、太弱了，然而他也不肯交给我。他寻了一个万分奇怪的缘由：‘我不熟悉我的侄子，’他说，‘他也许是一个浪子和废料的。他得先给我看看他是可靠的人，自己先去弄三百个农奴来，那么，我就给他我的那三百了。’”

“您不要见怪！这人简直是傻的吗？”

“如果他只是一个傻子，那倒还不算顶坏的事情。这是他自己的损害。但请您替我来设身处地，大人……您想，他有一个管家女，住在他那里的，而这管家女又有孩子。这就应该留心，怕他会把全部财产都传给他们了。”

“这老傻子发了昏，如此而已。”将军说，“我怎么帮助您呢，我看是没有法子的！”他诧异地看定了乞乞科夫，一面说。

“我有一个想法，大人。如果您肯把您所有的一切死掉的农奴，都让给我，大人，我想，立起买卖合同来，装得他们还活着一样，那么，我就可以把这合同给老头子看，他也就应该把遗产移交给我了。”

然而现在是将军很大声地笑起来了，笑得大约还没有人这样的笑过：很长久，他倒在靠椅上，把头靠在椅背上，几乎闭了气。整个屋子全都动摇。家丁在门口出现，女儿也吃惊地跑来了。

“爸爸，什么事呀？”她害怕地嚷着，并且疑惑地看定他。然而许多工夫，将军还说不出一句话。“放心吧，没有事，好孩子。哈，哈，哈！回你的房里去就是。我们就来吃中饭了。你不要担心。哈，哈，哈！”

将军喘息了几回之后，就又用新的力量哄笑了起来，洪亮的笑声响彻了全家，从前厅一直到最末的屋子。

乞乞科夫有一点不安了。

“可怜的阿伯！他要做大傻子了！哈，哈，哈！他要没有活的庄稼人，却得到死的了。哈，哈！”

“又来了！”乞乞科夫想，“真会笑！还会炸破的！”

“哈，哈，哈！”将军接着说，“这样的一匹驴子！怎么竟会这样地吩咐：去，自己先弄三百个农奴来，那你就再有三百了！他真是一匹驴子！”

“对了，大人，他真是一匹驴子！”

“喏，不过你的玩笑开得也不小！请老头子吃死魂灵！哈，哈，哈！上帝在上，只要我能够从旁看见你把买卖合同交给他，我情愿给的还要多，他究竟是怎样的一个人呀？他样子怎么样？他很老了吗？”

“八十岁了！”

“他兴致还好吗？他还很行吗？他和管家女弄在一起，总该还有力气吧？”

“一点也不，大人！他很不行！好像孩子一样了！”

“这样的一个混蛋！不是吗？他是一个混蛋呀！”

“一点不错，大人！一个十足的混蛋！”

“他还出去散步？他去访人？他的腿倒还好？”

“是的，不过也已经不大好走了。”

“这样的一个混蛋！然而他倒还有兴致。怎样？他还有牙齿吗？”

“只有两个了，将军大人！”

“这样的一匹驴子！请不要生气，最敬爱的——他是你的伯父，但他却是一匹驴子啊。”

“自然是一匹驴子，大人！虽然他是我的家族，承认您说得对，我也有些为难，然而这有什么法子呢？”

好人乞乞科夫说了谎。承认这事，在他是毫没有什么为难的，因为他大约连这样的一个伯父也未必有。

“只要您大人肯赏光……”

“把死魂灵卖给你吗？为了这大计划，你可以把他们连地面和他们现在的住房都拿了去！你连全部坟地都带了去也不要紧。哈，哈，哈！唉，这老头子！他要给玩一下子了！哈，哈，哈，哈！”

于是将军的哄笑，又重新响满所有的房屋了！

（这里缺掉一大段，是从第二章引渡到第三章去的。）

# 第三章

“如果科什卡列夫上校确是发疯的，那就着实不坏了。”当乞乞科夫又到了广宇之下，旷野之上的时候，他说。一切人们的住所，都远远地横在他后面，他现在只看见广大的苍穹和远处的两朵小小的云片。

“你问明白了到科什卡列夫上校那里去的路了吗，谢利凡？”

“您要知道，帕维尔·伊万诺维奇，我对付车子的事情多得很，分不出工夫来呀。不过，彼得鲁什卡是向车夫问了路的。”

“这样的一匹驴子！我早对你说过，你不要听凭彼得鲁什卡，他一定又喝得烂醉了。”

“这可并不是了不得的事情。”彼得鲁什卡从他的座位上稍微转过一点来，向乞乞科夫瞥了一眼，说，“我们只要跑下山，顺草地走上去，再没有别的了！”

“可是你专门喝烧酒！再没有别的了！你总是不会错的！谈到你，人也可以说：这是漂亮到要吓倒欧洲的家伙哩。”说到这里，乞乞科夫就摸一把自己的下巴，并且想道：“好出身的有教养的人和这样的一个粗俗的下人之间，是有很大的区别的。”

这时车子已经驶向山下去。又只看见草地和广远的种着白杨树林的原野了。

舒适的马车在弹簧上轻轻摇动着，小心地下了微斜的山脚。于是又经过草地、旷野和水磨。车子隆隆地过了几道桥，摇摇摆摆地在远的、不平的地面上跳来跳去。然而没有一座土冈，连打搅我们的旅客的清游的一个道路的高低，也非常之少。这简直是享福，并不是坐车。

葡萄架丛、细瘦的赤杨和银色的白杨，在他们身边很快地飞过去，还用它们的枝条着实打着两个坐在马夫台上的下人谢利凡和彼得鲁什卡。而且屡次从彼得鲁什卡的头上掀去了帽子。这严厉的家丁有一回就跳下马夫台，骂着混账树，以及栽种它们的人，但他竟不想缚住自己的帽子，或者用手将它按定，因为他希望这是最末的一次，以后就不再遇到这等事了。不多久，树木里又加上了白桦，有几处还有一株枞树，树根上长着茂草，其间开着蓝色的燕子花和黄色的野生郁金香。树林尽是昏暗下去，好像黑夜笼罩了旅行者。突然在枝条和树桩之间，到处闪出雪亮的光辉，仿佛一面明镜的反射。树木疏下去了，发光的面积就大起来……他们面前横着一个湖——很大的水面，方圆十二三里。对面的岸上，现出许多小小的木屋。这是一个村子。湖水中发着大声的叫喊和呼唤。大约有二十个汉子都站在湖水里，水或者到腰带，或者到肩头，或者到颈子，是在把网拉到岸上去。这之间，他们里面竟起了意外的事情。其中的一个壮大的汉子，和一条鱼一同落在网里了，这人几乎身宽和身长相等，看上去好像一个西瓜，或者像是一个桶。他的景况是极窘的，就使尽力量大叫道："丹尼斯，你这混蛋，把这交给柯什玛！柯什玛，从丹尼斯手里接过网头来呀。不要这么推，喂，大个子孚玛。来来，站到那边去，到小个子孚玛站着的地方去。畜生！我对你们说，你们还连网都要撕破了！"这"西瓜"分明并不担心他本身：他太胖，是淹不死的，即使想要沉没，翻个筋斗，水也总会把他送上来。真的，他的背脊上简直还可以坐两个人，也能像顽强的猪尿泡一样，浮在水面上，至多，也不过哼上几声，用鼻子吹起几个泡。然而他很害怕网会撕破，鱼会逃走，所以许多人只好拉着渔网的绳索，要把他拖到岸上来。

"这一定是老爷，科什卡列夫上校了。"谢利凡说。

"为什么？"

"您只要看看他是怎样的一个身子就是。他比别人白，他的块头也出色，正像一位阔佬呀。”

这之间，人已经把这落网的地主拉得很近湖边了。他一觉得他的脚踏着实地，就站起来，而且在这瞬间，也看见了驶下堤来的马车和里面的乘客乞乞科夫。

“您吃过中饭了吗？”那绅士向他们叫喊着，一面拿着捉到的鱼，走向岸上来。他还全罩在渔网里，很有些像夏天的闺秀的纤手，戴着镂空的手套，一只手搭在眼上，仿佛一个遮阳，防着日光，另一只垂在下面，近乎刚刚出海的维纳斯[①]的位置。

“还没有呢。”乞乞科夫回答着，除下帽子，在马车里极客气地招呼。

“哦，那么，您感谢您的造物主吧！”

“为什么呢？”乞乞科夫好奇地问，把帽子擎在头顶上。

“您马上知道了！喂，小个子孚玛，放下渔网，向桶子里去取出鲟鱼来。柯什玛，你这混蛋，去，帮帮他！”

两个渔夫从桶子里拉出一个怪物的头来。“瞧吧，怎样一个大家伙！这是从河里错跑进这里来的！”那滚圆的绅士大声说，“您到本府去就是！车夫，经过菜园，往下走！跑呀，大个子孚玛，你这呆木头，开园门去！他来带领您了，我立刻就来……”

长腿而赤脚的大个子孚玛，简直是只穿一件小衫，在马车前头跑过了全村。每家的小屋子前面，挂着各种打鱼器具，渔网呀，鱼簖呀，以及诸如此类。全村人都是渔夫。于是孚玛开了园的栅门，马车经过一些菜畦，到了村教堂附近的一块空地上。在教堂稍远之处，望见主人的府邸的屋顶。

“这科什卡列夫是有点古怪的！”乞乞科夫想。

“噢，我在这里！”旁边起了一种声音。乞乞科夫向周围一看。那

① 维纳斯是古罗马神话中的美和爱的女神，至今还存留着当时的好几种雕像。“美第奇的维纳斯”（Venus de Medici）一手挡胸，一手置胸腹之间，现藏在佛罗伦萨的乌菲齐画廊内。——译者注

主人穿着草绿色的粗棉布的上衣，黄色的裤子，没有领带，仿佛一个丘比特[1]似的从他旁边擦身过去了。他斜坐在弹簧马车里，填满着全座位。乞乞科夫想对他说几句话，但这胖子又即不见了。他的车子立刻又在用网打鱼的地方出现，又听到他那叫喊的声音："大个子孚玛，小个子孚玛！柯什玛和丹尼斯呀！"然而乞乞科夫到得府邸门口的时候，却大大地吃了一惊，他看见那胖子地主已经站在阶沿上，迎接着来宾，亲爱地抱在他的臂膊里。他怎么跑得这么飞快呢——却终于是一个谜。他们依照俄国的古礼，十字形地亲吻了三回：这地主是一个古董的汉子。

"我到您这里，是来传达大人的问候的。"乞乞科夫说。

"哪一位大人？"

"您的亲戚，亚历山大·特米德里维奇将军！"

"这亚历山大·特米德里维奇是谁呀？"

"贝德里谢夫将军。"乞乞科夫答着，有点错愕了。

"我不认识他。"那人也诧异地回答道。

乞乞科夫的惊异，只是增加了起来。

"哦，那是怎的……？我的希望，是在和科什卡列夫上校谈话的？"

"不，您还是不希望吧！您没有到他那里，却到我这里来了。我是彼得·彼得洛维奇·佩图赫！佩图赫·彼得·彼得洛维奇！"主人回答说。

乞乞科夫惊愕得手足无措。"这不能！"他说，一面转向一样地张着嘴巴、瞪着眼睛的谢利凡和彼得鲁什卡。一个坐在马夫台上，另一个是站在车门口。"你们是怎么弄的，你们这驴子！我对你们说过，驶到科什卡列夫上校那里去……这里却是彼得·彼得洛维奇……"

"你们弄得很好，伙计们！到厨房去，好请你们喝杯烧酒……"彼得·彼得洛维奇·佩图赫大声说。"卸下马匹，就到厨房里去吧！"

---

① Cupido，古罗马神话里的小爱神。——译者注

“我真是抱歉得很！闹这么一个大错！这么突然的……”乞乞科夫喃喃地说。

“一点也没有错。您先等一等，看午餐的味道怎么样，那时再说错了没有。请请，”佩图赫说着，一面拉了乞乞科夫的臂膊，引进宅子里去了。这里有两个穿着夏衣的少年来迎接他们，都很细长，像一对柳条，比他们的父亲总要高出一阿耳申[1]的样子。

“是我的小儿！他们都在中学里，放暑假回来的……尼古拉沙，你留在这里陪客；你，亚历克赛沙，同我来。”说到这里，主人就不见了。

乞乞科夫和尼古拉沙留下，寻些话来和他谈。尼古拉沙立刻对乞乞科夫说，进外省的中学全无意义，他和他的兄弟，都准备上圣彼得堡去，因为在外省过活是没有价值的。

“我懂得了，”乞乞科夫想，“马路边和咖啡店在招引你们呀……”但他就又大声地问道：“请您告诉我，您父亲的田地，是什么情形呢？”

“我押掉了！”那父亲忽然又在大厅上出现了，就自己回答道：“押掉了许多。”

“不行，这很不行，”乞乞科夫想，“没有抵押的田地，立刻就要一点不剩了。要赶紧才好……”“您去抵押，是应该慢一些的。”他装着同情的样子，说。

“啊，不的。那不相干！”佩图赫答道，“人说，这倒上算。现在大家都在去抵押，人可也不愿意自己比别人落后呀！况且我一生住在这地方，现在也想去看一看莫斯科了。我的儿子们也总在催逼我，他们实在想受些大都会的教育哩。”

“这样的一个糊涂虫！”乞乞科夫想，“他会把一切弄得精光，连自己的儿子也教成浪费者的。他有这么一宗出色的田产，看起来，到处显着好景况。农奴是好好的，主人也不愁什么缺乏。但如果他们一受大菜馆

① Arshin=2／3米，约中国二尺二寸。——译者注

和戏院的教育，可就全都一塌糊涂了。他其实还不如静静地留在乡下的好，这吹牛皮的家伙。”

“您现在在想什么，我知道的！”佩图赫说。

“什么呀？”乞乞科夫说着，有点狼狈了。

“您在想：‘这佩图赫可真是一个糊涂虫，他邀人来吃中饭，却叫人尽等。’就来，马上来了，最敬爱的。您看着吧，一个短发的姑娘还不及赶忙挽好髻子，饭菜就摆在桌子上了。”

“啊呀！柏拉图·米哈洛维奇骑了马来哩！”站在窗前，望着外面的亚历克赛沙说。

“他骑着他那枣骝马呢！”尼古拉沙接着道，一面向窗口弯着腰。

“哪里？哪里？”佩图赫叫着，也跑到窗口去了。

“那是谁呀，柏拉图·米哈洛维奇？”乞乞科夫问亚历克赛沙道。

“我们的邻居，柏拉图·米哈洛维奇·普拉多诺夫，一个非凡的人，一个出众的人！”主人自己回答说。

在这瞬息中，普拉多诺夫走进屋子里来了。他是一个亚麻色卷发的漂亮而瘦长的男子。一只精怪的狗，名叫雅尔伯，响着项圈，跟在他后面。

“您已经吃过饭了吗？”

“是的，多谢！”

“您是来和我开玩笑的吗？如果您已经吃过，叫我怎么办才好呢？”

客人微笑着说道：“我可以不使您为难，我其实什么也没有吃过，我不想吃。”

“您就瞧瞧吧，我们今天捉到了怎样的东西呀！我们网得了出色的鲟鱼！还有出色的鲫鱼和鲤鱼呢！”

“听您说话，就令人要生起气来的。您为什么总是这么高兴的？”

“为什么我该阴郁呢？我请教您！”那主人说。

“怎么？为什么吗？因为世界上是悲哀和无聊呀。”

“这只因为您没有吃足。您饱饱地吃一顿试试看。这阴郁和这忧愁，也是一种摩登的发明。先前是谁也不阴郁的。”

“您的指教是够了！这么一说，好像您就没有忧愁过似的。”

“从来没有！我也毫没有分给忧愁的工夫。早上，是睡着，刚刚睁开眼睛，厨子已经站在面前了，就得安排中餐的菜单。于是喝茶，吩咐管事人，出去捉鱼，一下子，就到了中餐的时候。中餐之后，不过睡了一下，厨子可又来了，得准备晚餐，晚餐之后又来了厨子，又得想明天的中餐。叫人哪里有忧愁的工夫呢？”

当两人交谈之间，乞乞科夫就观察那来客，他那非凡的俊朗，他那匀称的、合适的体态，他那尚未耗损的青春之力的清新，以及他那绝无小疮损了颜色的处女一般的纯净，都使他惊异了。激情或苦痛，连近似懊恼或不安那样的东西，也从没有碰着过他那年轻的纯洁的脸，或在平静的表面上，掘出一条皱纹来，但自然也不能使它活泼。他的脸虽然由于嘲弄的微笑，有时显得快活，然而总有些懵懂的样子。

“如果您容许我说几句话，那么，以您的风采，却还要悲哀，我可实在不解了！”乞乞科夫说，“人自然也愁生计，也有仇人，也有谁在想陷害或者竟至于图谋性命……”

“您以为我，”那漂亮的客人打断他道，“您以为我因为要有变化，竟至于在希望什么小小的刺激吗？如果有谁要恼我一下，或者有这一类事情的话——然而这事谁也没有做。生活只是无聊，如此而已。”

“那么，您该是地面不够，或者也许是农奴太少了。”

“完全不是。我的兄弟和我一共有一万顷的田地，一千以上的农奴。”

“奇怪。那我就不能懂了。但也许您苦于收成不好和时疫？也许您损失了许多农奴？”

“倒相反，什么都非常之好，我的兄弟是一个出众的田地经营家！”

“但是您却在悲哀和不舒服！这我不懂。”乞乞科夫说，耸一耸肩。

“您瞧着吧，我们要立刻来赶走这忧郁病了。”主人说，“亚历克赛沙，快跑到厨房里去，对厨子说，他得给我们送鱼肉饼来了。懒虫亚美利扬在哪里？一定又是大张着嘴巴了。还有那贼骨头，那安多什卡呢？他们为什么不搬冷盘来的？”

但这时候，房门被打开了。走进懒虫亚美利扬和贼骨头安多什卡来，挟着桌布，盖好了餐桌，摆上一个盘，其中是各样颜色的六瓶酒。绕着这些，立刻攒聚了盛着种种可口的食品的盘子一大圈。家丁们敏捷地在奔走，总在搬进些有盖的盘子来，人听到那里面牛酪吱吱发响。懒虫亚美利扬和贼骨头安多什卡都把自己的事情做得很出色。他们有着这样的绰号，是不过为了鼓励而设的。主人决没有骂人的嗜好，他还要和善得多。然而一个俄国人，是不能不说一句恶话的。他要这东西，正如他那帮助消化的一小杯烧酒。有什么办法呢！这是他的天性，来消遣那没有刺激性的食料的！

接着冷盘，才是正式的中餐。这时候，我们的和善的主人可就变为真正的专制君主了。他一看见客人中有谁盘子里只剩着一块，便立刻给他放上第二块，一面说道：“世界上是什么都成对的，人类、飞禽和走兽！”谁的盘子里有两块，他就去添上第三块，并且注意道：“这不是好数目：二！所有的好物事都是三。”客人刚把三块吃完，他又已经叫起来了：“您曾见过一辆三轮的车子，或者一间三角的小屋子吗？”对于四或五这些数目，他也都准备着一句成语。乞乞科夫确已吃了十二块，自己想：“哼，现在是主人一定不会再劝了！”然而他是错误的。主人一声不响，就把一大块烤牛排和腰子都放在他的盘子上。而且是多么大的牛排呀！

“这是两个月之间，单用牛奶喂养的。”主人说，“我抚养它，就像亲生儿子一样。”

“我吃不下了！”乞乞科夫呻吟道。

“您先尝一尝，然后再说：我吃不下了！”

“这可实在不成了！我胃里已经没有地方了。”

“教堂里也已经没有地方，但警察局长跑来了，瞧吧，总还能找出一块小地方。那是拥挤到连一个苹果也落不到地的时候呢。您尝一尝，这一小块——这也是一位警察局长呀。”

乞乞科夫尝起来，而且的确——这一块和警察局长十分相像，真的找到了地方，然而他的胃也好像填得满满了。

“这样的人，是不能到圣彼得堡或莫斯科去的，他那阔绰，三年里面就会弄到一文不剩。”然而他还不知道，现在已经很不同：即使并不这么请客，在那地方也能把他的财产在三年里——什么话，在三年里——在三个月里花得精光的。

这之间，主人还不住地斟酒。客人不喝，就得由亚历克赛沙和尼古拉沙来喝干，一杯一杯挨次灌下喉咙去。这就可以推想，他们将来到得首都，特别用功的是人类知识的哪一方面了。客人们几乎都弄得昏头昏脑！他们只好努力趔趄着走上凉台去，立刻倒在安乐椅子上。主人是好不容易才找到自己的座位，但一坐倒也就睡去了。他那茁壮的身体立刻化为大风箱，从张开的嘴巴和鼻孔里发出一种我们现代的音乐家很少演奏的声音来：混杂着打鼓和吹笛，还有短促的断续声，非常像狗叫。

“您听到他怎样吹吗？”普拉多诺夫说。

乞乞科夫只得笑了起来。

“自然，如果吃了这样的中餐，人还哪里来的无聊呢？睡觉压倒他了——不是吗？”

“是的。请您宽恕，但我可真的不懂，人怎么会不快活，消遣的方法是多得很的。”

“那是些什么呢？”

“一个年轻人，什么不可以弄呢？跳舞、音乐……玩一种什么乐器……或者……譬如说，他为什么不结婚呢？”

“但和谁呀？”

“好像身边竟没有漂亮的、有钱的闺女似的！”

“没有呀！”

“那么，到别地方去看去。旅行一下……”乞乞科夫突然起了出色的想法。“您是有对付忧郁和无聊的好法子的！”他说，一面看一看普拉多诺夫的眼睛。

“什么法子呢？”

“旅行。”

“到哪里去旅行呢？”

“如果您有工夫，那么，就请您同我一道走吧。”乞乞科夫说，并且观察着普拉多诺夫，自己想道：“这真上算。他可以负担一半用度，马车修缮费也可以归他独自支付了。”

“您要到哪里去呀？”

“眼下我并非怎么为了自己的事情，倒是别人的关系。贝德里谢夫将军是我的一个好朋友，我也可以说，是我的恩人，他托我去探问几个他的亲戚……探亲戚自然是很重要的，但我的旅行，可也为了所谓我本身的快乐：见见世面，在人海的大旋涡中混一下——无论怎么说，这是所谓活书本，而且也是一种学问呀。”说到这里，他又想道：“真的，这很好。他简直可以负担全部的用度，我们还连马匹也可以用他的，把我的放在他这里，好好地养一养哩。”

“为什么我不去旅行一下呢？”这时普拉多诺夫想，“就是不出去，我在家里也没有事，管理经济的是我的兄弟，也不是我。我出了门，这些都毫无影响的。为什么我不同去走走呢？”“您能到我的兄弟那里去做两天客吗？”他大声说，“要不然，我的兄弟是不放我走的。”

“这可是非常之愿意。就是三天也不要紧。”

“那么，约定了。我们走吧！”普拉多诺夫快活地说。

乞乞科夫握手为信。“很好！我们走吧！”

“哪里去？哪里去？”主人刚刚从睡梦里醒来，吃惊地看定了他们，叫喊道，“不成的呀，亲爱的先生们，我已经吩咐把车轮子卸掉了，还赶走了您的马，柏拉图·米哈洛维奇，你家离这里有五里地。不成的，今天你们总得在我这里过夜，明天我们中餐吃得早一点，然后随便，你们走就是了。”

这有什么办法呢？人只好决定留下，但他们却因此无忧无虑地过了可惊的春晚。主人带他们去游湖了。十二个桨手用二十四支桨，唱着快活的歌，送他们到了镜似的湖面上。从湖里又到了河上，前面一望无涯，两面都是平坦的河岸。他们逐渐临近那横截河流的大网和张着小网的地方去。没有一个微波来皱褶那光滑的水面；乡村的美景，寂无声息地在他们面前联翩而过，还有昏暗的丛树和小林，则以树木的各式各样的排列和聚集，来耸动他们的视线。船夫们一律抓住桨，仿佛出于一手似的二十四支就同时举在空中——恰如一只轻禽一样，小船就在不动的水面上滑过去了。一个年轻人，是强壮的阔肩膀的家伙，舵前的第三个，用出于夜莺的喉里一般的他那澄净的声音，开始唱起歌来，于是第五个接唱着，第六个摇曳着，响亮而抑扬地弥满了歌曲，无边无际，恰如俄罗斯本身。如果合唱队没了劲，佩图赫也常常亲自出马和支持，用一种声音，很像公鸡叫。真的，在这一晚，连乞乞科夫也快活地觉得自己是俄国人了。只有普拉多诺夫却想："在这忧郁的歌里面，有什么好东西呢？这不过使已在悲哀的人，更加悲哀罢了。"

当大家返舵时，黄昏已经开始，天色昏暗起来，现在是只在不再反映天空的水里打桨。到得岸上，早已完全昏黑了。到处点着火把，渔夫们用了还会动弹的活鲈鱼，在三脚架上熬鱼汤。人们都回到家里去了，家畜和家禽久已归舍，它们搅起的尘头，也已经平静，牧人们站在门口，等着牛奶瓶和分来的鱼汤。人声的轻微的嘈杂，在夜中发响，还从一个邻村传来了远远的犬吠声。月亮刚刚上升，阴暗处这才笼罩了它的光辉，一切东西，立刻全都朗然晃耀了。多么出色的景象啊！然而能够欣赏的人，却一个也没有。尼古拉沙和亚历克赛沙也没有跳上两匹彪悍的骏马，为了打赌，在夜里发狂地飞跑，却只默默地想着莫斯科，想着咖啡店和戏院，这是一个士官候补生从首都前来访问，滔滔地讲给他们听了的；他们的父亲是在想他怎样来好好地塞饱他的客人；普拉多诺夫则在打呵欠，乞乞科夫却还算最活泼："唔，真的，我也应该给自己买一宗田产的！"于是他已经看见，旁边一位结实的娘儿们，周围一大群小乞乞科夫们的幻影了。

晚餐也还是吃得很多。当乞乞科夫跨进给他睡觉的屋子，躺在床上，摸着自己的肚子时，就说："简直成了一面鼓！连警察局长也进不去了！"而且环境也很不寻常，卧室的隔壁就是主人的屋子。墙壁又薄得很，因此什么谈话都听得到。主人正在吩咐厨子，安排明天一早开出来的中餐的丰盛之至的饭菜。而且那是多么注意周到！连一个死尸也会馋起来的！

"那么，你给我烤起四方的鱼肉馅饼来。"他说，一面高声地啧啧地响着嘴巴，使劲地吸一口气，"一个角上，你给我包上鲟鱼的脸肉和软骨，别的地方就用荞麦粥呀，蘑菇呀，葱呀，甜的鱼白呀，脑子呀，以及什么这一类东西，你是知道的……一面你要烤得透，烤得它发黄，另一面可用不着这么烤透。最要紧的是得留心馅子——要拌得极匀，你知道，万不可弄得散散的，却应该放到嘴里就化，像雪一样，连吃的人自己也不大觉得。"说到这里，佩图赫又啧啧地响了几下嘴唇，啧地响了一声舌头。

"见鬼！这叫人怎么睡得着。"乞乞科夫想着，拉上盖被来蒙了头，要不再听到。然而这并不能救助他，在盖被下面，他还是听到佩图赫的说话。

"鲟鱼旁边，你得围上红萝卜的星花，白鱼和香菇，也还要加些萝卜呀，胡萝卜呀，豆子呀，以及各式各样，这你是知道的。总而言之，添配的作料要多，你听见了没有？你还得在猪肚里灌上冰，使它胀起一点。"

佩图赫还吩咐了许多另外的美味的食品。人只听得他总在说："给我烤一下，要烤得透，给我蒸一蒸吧！"待到他终于讲到火鸡的时候，乞乞科夫睡着了。

第二天，客人们吃得非常之饱，普拉多诺夫甚至于再不能骑马了。佩图赫的马夫把他的骏马送到家里去。于是大家上了车。那只大头狗就懒懒地跟在车后面，它也吃得太饱了。

"唉唉，这太过了！"当大家离开府邸时，乞乞科夫说。

"那人可总是快活！这真恼人。"

"倘使我有你的七万卢布的进款，忧郁是进不了门的！"乞乞科夫想：那个包办酒捐的地主，就有一千万。说说容易，一千万——你以为只是一个数儿呀！

“如果我们在中途停一下，您没有什么异议吧？我还想上我的姐姐和姐夫那里去辞一辞行呢。”

“非常之愿意！”乞乞科夫说。

“他是一个极出色的地主。在这四周是首屈一指的。八年以前，收入不到二万卢布的田产，他现在弄到岁收二十万卢布了！”

“哦，这一定是一位极有意思、极可尊敬的人了！我是很愿意向这样的人请教的。我拜托您……您以为怎么样……他的贵姓呢？”

“康士坦夏格罗。”

“那么，他的本名和父称呢，如果我可以问的话？”

“康士坦丁·费奥多洛维奇。”

“康士坦丁·费奥多洛维奇·康士坦夏格罗。我实在极愿意认识认识他。从这样的一个人，可学的地方多得很。”

普拉多诺夫担当了重大的职务，是监督谢利凡，因为他不大能够在马夫台上坐定了，所以要监督。彼得鲁什卡是已经两回倒栽葱跌下马车来，因此也要用一条绳，在马夫台上缚住。

“这猪猡！”乞乞科夫所能说的，只有这一句。

“您看！从这里起，是他的田地了！”普拉多诺夫说，“样子就全两样！”

实在的，他们前面横着一片满生嫩林的幼树保护地，每棵小树，都很苗条，而且直得像一支箭，这后面又看见第二片也还是幼稚的小树林，再后面才耸着一座老林，满是出色的枞树，越后就越高大。于是又来了一片幼树保护地，一条新的，之后是一条老的树林子。他们经过了三回树林，好像通过城门一样：“这整个林子，仅仅种了八年到十年，倘是别人，即使等到二十年，恐怕也未必长得这么高大。”

“但是他怎样办的呢？”

“您问他自己吧。那是一个非凡的土壤学家——什么也不会白费。

他不但很明白土壤，也知道什么树木，什么植物，在什么近邻就长得最好，以及什么树木应该靠近谷物来种之类。在他那里，一切东西都同时有三四种作用。树林是不但为了木料的，尤其是因为这一带的田野，要有许多湿气和许多阴凉。枯叶呢，他还用作土壤的肥料……即使四周到处是旱灾，他这里却什么都很像样。所有的邻居都叹收成坏，只有他却用不着诉苦。可惜我对于这事情知道得很少，讲不出来……谁明白他那些花样和玩艺呢！在那里，人是大抵叫他魔术家的。他有什么会没有呀！……但是呢，虽然如此，也无聊得很！”

“这实在该是一个可惊的人物了！”乞乞科夫想，“可惜这少年人竟这么肤浅，对人讲不出什么来。”

村庄也到底出现了。遍布在三个高地上的许多农家，远看竟好像一个市镇。每个冈上，都有教堂结顶，到处看见站着谷物和干草的大堆。“噢！”乞乞科夫想，“人立刻知道，这里是住着一位王侯似的地主的！”农夫小屋都造得很坚牢和耐久，处处停着货车——车子也都强固，簇新。凡所遇见的农奴，个个是聪明伶俐的脸相。牛羊也是最好的品种，连农奴的猪，看去也好像贵族似的。人们所得的印象，是住在这里的农夫，恰如诗歌里说的那样，在用铲子把银子搬到家里去。这地方没有英国式的公园，以及草地，以及别样穷工尽巧的布置，倒不过照着旧习惯，是一大排谷仓和工厂，一直接到府邸，便于主人可以管理他前前后后的事情；府邸的高的屋顶上有一座灯塔一类的东西，这并非建筑上的装饰，也不是为主人和他的客人而设，给他们可以在这里赏鉴美丽的风景，倒是由此监视那些在远处的工人的。旅客们到了门口，由机灵的家丁们来招待，全不像永远烂醉的彼得鲁什卡，他们也不穿常礼服，却是平常的手织的蓝布衫，像哥萨克所常用的那样。

主妇也跑下阶沿来。她有血乳交融似的鲜活的脸色，美如上帝的晴天，她和普拉多诺夫就像两个蛋，所不同的只是她没有他那么衰弱和昏沉，却总是快活，爱说话。

“你好，兄弟！你来了，这使我很高兴。可惜的是康士坦丁没在家，但他也就回来的。”

“他哪里去了呢？”

“他和几个商人在村子里有点事情。”她说着，一面把客人引进屋里去。

乞乞科夫好奇地环顾了这岁收二十万卢布的奇特人物的住家，他以为可以由这里窥见主人的性格和特长，恰如从曾经住过，剩着痕迹的空壳，来推见牡蛎或蜗牛一样。然而住家却什么线索也不给。屋子全都质朴，简单，而且近乎空空洞洞。既没有壁画，也没有铜像、花卉、放着贵重瓷器的架子，简直连书籍也没有。总而言之，这一切，就说明了住在这里的人，他那生活的最大部分，是不在四面墙壁的房子里面的，却过在外面的田野上。而且他的计划，也不是安闲地靠着软椅，对着炉火，在这里耽乐他的思想的，却在正在努力做事的处所，而且也就在那里实行。在屋子里，乞乞科夫只能发现一位贤妇的治家精神的痕迹：桌子和椅子上，放着菩提树板，板上撒着一种花瓣，分明是在阴干。

“这是什么废物呀，那散在这里的，姐姐？”普拉多诺夫说。

“这可并不是废物呀！”主妇回答道，“这是医热病的好药料。去年我们把所有我们的农夫都用这东西治好了。我们用这来做酒，那边的一些是要浸的。你总是笑我们的果酱和腌菜，但你一吃，却自己称赞起来了。”

普拉多诺夫走近钢琴去，看看翻开着的乐谱。

“天哪，这古董！”他说，“你毫不难为情吗，姐姐？”

“你不要怪我吧，兄弟，我已经没有潜心音乐的工夫了。我有一个八岁的女儿，我得教导她。难道为了要有闲工夫来弄音乐，就把她交给一个外国的家庭教师吗？这是不行的，对不起，我可不这么办！”

“你也变得无聊了，姐姐！”那兄弟说着，走到窗口去，“啊呀！他已经在这里，他来了，他回来了！”普拉多诺夫叫喊道。

乞乞科夫也跑到窗口去。一个大约四十岁的男子，浅黑的生动的脸，身穿驼毛的短衫，正在走向家里来。对于衣服，他是不注意的。他戴一顶没边的帽子。旁边一同走着两个身份低微的男人，极恭敬地光着头，交谈得很起劲：一个只是平常的农奴，另一个是走江湖的乡下掮客，穿着垂膝的长衫的狡猾家伙。三个人都在门口站住了，但在屋子里，可以分明地听到他们的谈话。

“你们所做得到的，最好是这样：把你们从自己的主人那里赎出来。这款子我不妨借给你们，你们将来可以用做工来还清的！”

“不不，康士坦丁·费奥多洛维奇，我们为什么要赎出自己来呢？还是请您完全买了我们的好。在您这里，我们能够学好。像您似的好人，全世界上是不会再有的。现在谁都过着困苦的日子，没有法子办。酒店主人发明了这样的烧酒，喝一点到肚子里，就像喝完了一大桶水似的：不知不觉，把最末的一文钱也花光了。诱惑也很大。我相信，恶在支配着世界哩，实在的！教农夫们发昏的事情，他们什么不干呢！烟草和所有这些坏花样。怎么办才好呢，康士坦丁·费奥多洛维奇？人总不过是一个人，是很容易受引诱的。”

“听着：要商量的就是这件事。即使你们到我这里来，你们也还是并不自由的呀！自然，你们能得到一切需要的东西：一头牛和一匹马。不过我所要求于我的农夫的，却也和别的地主不一样。在我这里，首先是要做工，这是第一。为我，还是为自己呢，这都毫无差别，只是不能偷懒。我自己也公牛似的做，和我的农夫一样多，因为据我的经验，凡一个人，只想轻浮，就因为不做事的缘故。总之，关于这事情，你们去想一想，并且好好地商量一下吧，如果你们统统要来的话。”

“我们商量过好多回了，康士坦丁·费奥多洛维奇。就是老人们也已经说过：‘您这里的农夫都有钱，这不是偶然的；您这里的牧师也很会体贴人，有好心肠。我们的却满不管，现在是，我们连一个能给人好好安葬的人也没有了。’”

“你还是再向教区去谈一谈的好。”

“遵您的命。”

“不是吗，康士坦丁·费奥多洛维奇，您已经这么客气了，把价钱让一点点吧。”在另一边和康士坦夏格罗排着走来的、穿蓝长衫的走江湖的乡下掮客说。

“我早已告诉你，我是不让价的。我可不像别的地主，他们那里，你是总在他们应该还款子的时候立刻露脸的。我很明白你们，你们有一本簿子，记着欠账的人们。这简单得很。这样的人，是在毫无办法的境地上，那他自然把一切都用半价卖给你们了。我这里却不一样。我要你的钱做什么呢？我可以把货色静静地躺三年，我不必到抵押银行里去付利息！”

“您说得真对，康士坦丁·费奥多洛维奇。我说这话，不过为了将来也要和您有往来，并不是出于贪得和利己。请，这里是三千卢布的定钱！”一说这话，商人就从胸口的袋子里，拉出一束污旧的钞票来。康士坦夏格罗极平淡地接到手，也不点数，就塞在衣袋里了。

“哼，”乞乞科夫想，“就好像是他的手帕似的！”但这时康士坦夏格罗在客厅的门口出现了。他那晒黑的脸孔，他那处处见得已经发白的蓬松的黑头发，他那眼睛的生动的表情，以及显得是出于南方的有些激情的样子，都给了乞乞科夫很深的印象。他不是纯粹的俄罗斯人。但他的祖先是出于哪里的呢，他却连自己也不十分明白。他并不留心自己的家谱，这和他不相干，而且他以为对于经营家业，这是没有什么用处的。他自认为是一个俄国人，除俄国话之外，他也不懂别的语言。

普拉多诺夫绍介了乞乞科夫。他们俩亲了吻。

“你知道，康士坦丁，我已经决定，要旅行一下，到几个外省去看看了，我要治一治我的无聊。”普拉多诺夫说，“帕维尔·伊万诺维奇已经对我说过，和他一同走。”

“这好极了！”康士坦夏格罗说，“但是您预备到哪些地方去呢？”他亲热地转向乞乞科夫，接下去道。

“我得申明一下，”乞乞科夫说，一面谦恭地侧着头，并用手擦着安乐椅子的靠手，“我得申明一下，我旅行并非为了自己的事情，倒是别人的关系：我的一个好朋友，我也可以说，是我的恩人，贝德里谢夫将军，嘱托了我，去探问几个他的亲戚。探亲自然很重要的，但另一方面，我的旅行，却也为了所谓我本身的快乐，即使把旅行有益于痔疮不算作一件事，但见见世面，在人海的大旋涡中混一下——这是所谓活书本，而且也是一种学问呀。”

“非常之对！到世界上去游历游历，是很好的。”

“高明的见解！实在是好的。人可以看见平常不会看见的各式各样的东西，还遇见平常恐怕不会碰到的人物。许多交谈，是价值等于黄金的，例子就在眼前，在我是一个很侥幸的机会……我拜托您，最可敬的康士坦丁·费奥多洛维奇。请您帮助我，请您教导我，请您抚慰我的饥渴，并且指示我近向真理的道路。我非常渴望您的话，恰如对于上天的吗哪①”。

“哦，那是什么呢？……我能教您什么呢？”康士坦夏格罗惶惑地说，“连我自己也不过花了几文学费的！”

“智慧呀，尊敬的人，请您指教我智慧和方法，怎样操纵农业经济的重任，怎样赚取确实的利益，怎样获得财富和幸福，而且要并非空想上，却是实际上的幸福，因为这是每个市民的义务，也借此博得同人的尊敬的啊。”

“您可知道？”康士坦夏格罗说，并且深思地向他凝视着，“您在我这里停一天吧。我就给您看所有的设备，并且告诉您一切，您就知道，这是用不着什么大智慧的。”

“当然，您住下吧！”主妇插嘴说，于是转向她的兄弟，接下去道：“住下吧，兄弟，你是不忙什么的。”

“我都随便。但帕维尔·伊万诺维奇，没有什么不方便吗？”

“一点儿也没有，非常之愿意……只不过还有一件事情：一位贝德里谢夫将军的亲戚，科什卡列夫上校……”

“这人可是发疯的哩！”

① Manna，古代以色列人旅行荒野时所用的食物，以其信为上天所赐，所以也可以译作“天禄”。——译者注

“自然是发疯的！我并不要去探问他，然而贝德里谢夫将军，您知道，我的一个好朋友，也是所谓我的恩人……”

“您可知道？那么，您马上就去吧。”康士坦夏格罗说，“您马上到他那里去。他家离这里不到十里的。我的车正驾着——您坐了去就是。到喝茶时候，您就可以已经回来了。”

“很好的想法！”乞乞科夫抓起了帽子，大声说。